Panini BOOKS

AUSSERDEM BEI PANINI ERHÄLTLICH

GINNY MYERS SAIN

DARK AND SHALLOW LIES –
Von seichten Lügen und dunklen Geheimnissen
ISBN 978-3-8332-4180-2

Nähere Infos und weitere phantastische Bände unter:
paninishop.de/phantastik/

GINNY MYERS SAIN

SECRETS SO DEEP

Flüstern aus der Tiefe

Ins Deutsche übertragen
von Helga Parmiter

PANINI BOOKS

Bibliografische Information der Deutschen Nationalbibliothek
Die Deutsche Nationalbibliothek verzeichnet diese Publikation in der Deutschen Nationalbibliografie; detaillierte bibliografische Daten sind im Internet über http://dnb.d-nb.de abrufbar.

MIX
Papier | Fördert gute Waldnutzung
FSC® C014496

Titel der Englischen Originalausgabe: »*Secrets so Deep*« by Ginny Myers Sain, published in the United States 2022 by Razorbill, an imprint of Random House, a division of Penguin Random House LLC, New York.

Deutsche Ausgabe 2023 Panini Verlags GmbH,
Schloßstr. 76, 70176 Stuttgart.

Geschäftsführer: Hermann Paul
Head of Editorial: Jo Löffler
Head of Marketing: Holger Wiest (E-Mail: marketing@panini.de)
Presse & PR: Steffen Volkmer

Übersetzung: Helga Parmiter
Lektorat: Katharina Altreuther
Umschlaggestaltung: tab indivisuell, Stuttgart, Shutterstock
Satz und E-Book: Greiner & Reichel, Köln
Druck: GGP Media GmbH, Pößneck
Gedruckt in Deutschland

YDMYERS002

1. Auflage, Mai 2023,
ISBN 978-3-8332-4334-9

Auch als E-Book erhältlich:
ISBN 978-3-7569-9996-5

Findet uns im Netz:
www.paninicomics.de

PaniniComicsDE

An meine Zwillingsflamme Wes …
zu der ich immer zurückfinden werde.
Bring mich weiterhin dazu, lauter zu singen,
mutiger zu lieben und ehrlicher zu leben.
Dies ist für all die Zeiten,
in denen wir die Welt durchquert haben,
als sie noch schlief.

HERR, WIR WISSEN WOHL, WAS WIR SIND;
ABER NICHT, WAS WIR WERDEN KÖNNEN.

OPHELIA

HAMLET VON WILLIAM SHAKESPEARE

AKT I: SZENE 1

In der Nacht, in der die Sterne vom Himmel fielen, war ich fünf Jahre alt. Sie lösten sich irgendwie und kamen herunter wie Regen. Ich erinnere mich an das schwere, dumpfe Geräusch, als sie aufs Wasser trafen.

Plopp.

Plopp. Plopp.

Plopp.

Ich beobachte sie und warte darauf, dass sie wieder so etwas tun, aber heute Abend bleiben sie fest an der großen Schwärze über uns. Wo sie eigentlich auch hingehören. Das ist mehr, als ich von uns sagen kann, denn wir sollten in unseren Hütten sein. Ausgangssperre war schon vor einer Stunde.

Aber hier sind wir am Strand.

Das Salz hängt schwer in der Luft. Es kribbelt auf meiner Haut.

Es verbrennt meine Lippen und kitzelt mein Gedächtnis.

Ich glaube, das Mädchen heißt Viv. Die, die den Arm um mich gelegt hat. Sie ist meine Mitbewohnerin. Sie hat die Koje gegenüber von meiner, und wir sind die perfekten Gegensätze. Mein Haar hat die Farbe von Eis. Mehr weiß als blond. Es fällt mir bis knapp unterhalb der Schulterlinie und hängt gerade und schlaff in der Feuchtigkeit herab, aber Vivs pechschwarze Locken schwingen über ihren ganzen Rücken hinunter. Wie

Gelächter. Unsere Augen haben fast denselben Grünton, aber ihre sind in diesem sexy Katzenaugen-Stil geschminkt, den ich irgendwie nie hinbekomme. Sie wiegt sich hin und her und hält inne, um mir etwas ins Ohr zu flüstern. Dann lacht sie, kehlig und tief. Und ich lache auch. Denn Viv ist die Art von Mädchen, mit dem man lachen möchte. Die Wahrheit ist allerdings, dass ich nicht verstanden habe, was sie sagte. Ihre Worte gingen im Rauschen der Wellen und im Anschwellen der Stimmen um uns herum unter.

»Avril!«, ruft sie. »Ich bin gleich wieder da! Ich muss pinkeln!« Das wiederum verstehe ich, also nicke ich und atme tief durch. Ich bin dankbar für ein paar Sekunden allein in der Menge. Ein wenig Zeit, um einfach hier zu stehen und alles in mich aufzunehmen. Deshalb bin ich heute Abend an den Strand gekommen. Ich hatte überlegt, die Party ausfallen zu lassen, aber ich musste hier sein. An diesem Ort. Irgendetwas in mir wollte nicht auf den Morgen warten – konnte nicht warten.

Ich habe mich schon immer zum Wasser hingezogen gefühlt. Selbst im Binnenland von Nordtexas habe ich die Anziehungskraft der Gezeiten gespürt. Ich sehnte mich nach den wilden Klüften der Küstenlinie. Und jetzt bin ich endlich hier.

Wieder.

Ich bin wieder hier.

Aber es sind so viele Leute da, und mit großen Gruppen komme ich nicht wirklich gut zurecht.

Oder mit kleinen.

Oder Menschen im Allgemeinen.

Ich habe das große Mädchen, das seine Initialen in den Sand am Feuer schreibt, noch nicht kennengelernt. Oder den zottelhaarigen Typen, der neben ihr sitzt und Akkorde auf der Gitarre zupft. Melodiefragmente, zu denen Viv und ich versucht haben – erfolglos – mitzusingen.

Ich kenne den Rothaarigen, der mit ein paar Bieren auf mich zukommt. Sein Name ist Lex. Ich habe ihn beim Abendessen kennengelernt, und das macht uns jetzt offensichtlich zu besten Freunden.

»Heilige Scheiße«, sagt er und reicht mir eine der schwitzenden Flaschen. »Kannst du glauben, dass wir wirklich hier sind?« Er hebt sein eigenes, halb leeres Bier in meine Richtung, und seine blauen Augen werden durch die reflektierten Flammen lebendig. »Auf die erste Nacht des besten Sommers aller Zeiten!«

Jedes Jahr bewerben sich Highschool-Junioren aus dem ganzen Land um die Teilnahme am vierwöchigen Theater-Intensivkurs in Whisper Cove. Sie alle wollen die Gelegenheit haben, von Willa Culver zu lernen. Und wir haben es geschafft – ich, mein neuer Freund Lex und alle anderen, die sich um uns herum tummeln. Diese geheime Willkommensparty nach Feierabend macht es offiziell.

Lex spielt mit den Fransen eines leichten Schals, den er gekonnt um seinen Hals drapiert hat. Er hat Sommersprossen und im Schein des Feuers wunderschönes rot-goldenes Haar. Barfuß und mit hochgekrempelten Jeans sieht er aus wie ein stilvoller Tom Sawyer, und ich fühle mich in meinen abgeschnittenen Shorts und meinem Konzert-T-Shirt plötzlich ziemlich unscheinbar. »Warst du schon mal in Connecticut?«, fragt er mich.

»Einmal«, sage ich zu ihm. »Vor langer Zeit. Und du?«

»Nein«, antwortet Lex. »Ich habe noch nie den Ozean gesehen.«

Ich höre einen südlichen Tonfall, lang gezogene Vokale, die zusammenklingen wie Eiswürfel in einem Glas süßen Tees, und ich erinnere mich, dass er mir beim Abendessen erzählte, dass er aus der Nähe von Nashville, Tennessee, stammt. Franklin, sagte er, glaube ich. Oder so etwas in der Art.

»Es ist eigentlich nicht der Ozean«, korrigiere ich ihn, auch wenn mich das zum Arschloch macht. »Es ist der Long Island Sound.«

»Wie auch immer.« Er verdreht völlig unbeeindruckt die Augen. »Im Grunde ist es das Meer. Und es ist schön, oder?«

Damit hat er nicht unrecht.

Heute Nacht hängt der Vollmond riesig und tief über dem Horizont, der aussieht, als wäre er mit einem goldenen Faden genäht worden, und darunter heben und senken sich die Wellen in einem silbrigen Schimmer. In der Ferne hebt sich ein Leuchtturm gegen die Schwärze ab und ist der Zeltmast, der die Weite des dunklen Himmels aufrechterhält.

Die Aussicht wirkt nicht real. Sie erinnert mich an ein Märchenbuch, das ich als Kind hatte. Etwas, das mir mein Vater immer vor dem Schlafengehen vorgelesen hat. Über Meerjungfrauen.

Oder vielleicht waren es Piraten.

Lex und ich stehen da und starren. Die Zehen im Sand vergraben.

»Avril! Hey! Du hast dich entschieden zu kommen!« Beim Klang meines Namens drehe ich den Kopf, um einen Blick über die Schulter zu werfen, und Jude kommt mit einem breiten Grinsen auf uns zu. Er ist der Programmassistent, der mich heute Abend am Bahnhof abgeholt hat. Mein Flug von Dallas nach New York City hatte Verspätung, sodass ich einen späteren Zug nach Connecticut nehmen musste, was bedeutete, dass ich als Allerletzte ankam. Gerade noch rechtzeitig, um mein Gepäck vor dem Abendessen in Hütte Nummer eins abzustellen. »Und Alexander«, fügt er hinzu, als er Lex sieht. »Scheiße!« Er schnippt mit den Fingern. »Entschuldigung. Du sagtest, du wirst Alex genannt, richtig?«

Jude ist süß. Dunkelbraune Haut und große, warme Augen. Sein Haar ist kurz rasiert, bis auf eine Kaskade perfekter anthrazitfarbener Löckchen vorne. Ich sehe, wie Lex sich mit der Hand durch sein eigenes rotes Haar fährt, bevor er in Judes Richtung grinst. »Einfach nur Lex. Man nennt mich Lex.« Er spielt wieder mit den Fransen seines Schals.

»Lex.« Jude nickt. »Verstanden.« Und ich bemerke, wie sein Blick für eine Sekunde auf Lex verweilt, obwohl er mit mir spricht. »Ich habe dir gesagt, dass das Lagerfeuer toll wird. Das ist so etwas wie eine Tradition am ersten Abend. Hast du dich gut eingelebt?«

»Ja«, sage ich ihm. »Wie du gesagt hast. Hilton am Meer.«

Die Temperatur ist gesunken, und ich schlinge die Arme um meine Brust. Ich wünschte, ich hätte einen Pullover dabei. Ständig vergesse ich, dass ich nicht mehr in Texas bin. Mitte Juni ist es in Dallas bereits brütend heiß. Sogar nachts. Aber hier, wo die Brise vom Wasser herüberweht, ist es kühl.

»Ja.« Jude lacht. »Die Hütten sind nicht gerade luxuriös.« Das scheint eine Untertreibung zu sein. Ich denke an die papierdünne Etagenbettmatratze und die schiefen Kommoden mit den krummen Schubladen. »Aber du wirst sowieso nur zum Schlafen dort sein. Willa hält alle auf Trab.« Er lacht wieder. Es ist ein unbeschwertes Lachen, und es macht mich ein bisschen neidisch. Ich wünschte, ich könnte auch so unbeschwert sein. »Oh Mann, ihr werdet Willa lieben. Sie ist der Knaller. Und zwar auf die beste Art und Weise. Ihr werdet sie morgen vor dem Frühstück kennenlernen.«

»Wow«, murmelt Lex leise, als könnte er es nicht ganz begreifen. »Willa fucking Culver.«

Ich wusste natürlich, dass sie hier sein würde. Wir alle wussten, dass sie hier sein würde. Aber Lex' Reaktion ist trotzdem verständlich, denn Willa Culver ist eine Theaterlegende.

»Die einzig Wahre«, sagt Jude zu uns. »Macht euch bereit, denn in den nächsten vier Wochen wird Willa eure Direktorin, eure Lehrerin, eure Chefin, eure Mutter und eure beste Freundin in einer Person sein.«

»Klingt, als wüsstest du, wie's läuft.« Lex zwinkert Jude kokett zu. Ich bin beeindruckt und frage mich, ob er immer so mutig ist oder ob ihn das Bier und das Mondlicht mutig machen.

»Ich habe den Intensivkurs im letzten Sommer gemacht«, erzählt Jude ihm. »Aber Willa wählt aus jeder Gruppe jemanden aus, der im nächsten Jahr wiederkommt und aushilft. Die Proben leitet. Transporte in die Stadt macht. So was in der Art.«

»Hattest du Spaß?«, frage ich. »Letztes Jahr.«

»Die besten vier Wochen meines ganzen verdammten Lebens.« So wie er das sagt, ist es klar, dass es die Wahrheit ist. »Und Gott, ich habe so viel gelernt. Deshalb habe ich die Chance ergriffen, als Programmassistent zurückzukommen.« Jude sieht auf einmal ein wenig traurig aus. »Mann, dieser Monat wird wie im Flug vergehen. Also macht das Beste draus.« Und dann ist das Grinsen wieder da. Und das freundliche braune Augenpaar. Er schnippt den Deckel von einer Bierflasche, die er in der Hand hält, und ich sehe, wie er den Kronkorken wie einen Vierteldollar in seine Tasche steckt. »Das ist nur ein kleiner kostenloser Rat von jemandem, der da war, wo du jetzt stehst.«

»Zur Kenntnis genommen«, sagt Lex, und ich bin froh, dass er nicht noch einmal zwinkert, denn das wäre zu viel des Guten.

Viv, die dunkelhaarige Schönheit, kommt zum Feuer zurück. »Avril!« Sie packt mich am Arm. »Komm mit mir schwimmen!«

»Hey, hey!« Jude hebt seine Flasche, um sie wie eine alte Freundin zu begrüßen. »Val, richtig? Aus der Stadt der Engel.«

Mist! Er hat recht. Sie heißt Val. Nicht Viv.

Valeria aus Los Angeles. Daran erinnere ich mich jetzt.

Und woher, zum Teufel, kennt Jude die Namen von allen? Es gibt etwa zwei Dutzend von uns, und er hat uns alle erst heute kennengelernt.

Val wirft ihr Haar über ihre Schulter. »Gutes Gedächtnis«, meint sie, und ich hoffe inständig, dass ich ihr niemals Viv ins Gesicht gesagt habe. »Komm schon, Avril.« Sie zerrt mich zum Wasser. Ich drehe mich wieder zu Lex und Jude um.

»Wollt ihr schwimmen?«

»Schwimmen?« Jude lacht und schüttelt den Kopf. »Oh, verdammt, nein.« Er nimmt einen großen Schluck von dem Bier, das er in der Hand hält.

»Hast du Angst?«, stichelt Val.

»Ich?« Jude hebt sein Kinn und streicht sich die dunklen Locken aus der Stirn. »Nein. Aber hör zu, California Girl, das sind nicht die warmen Gewässer deiner verplemperten L. A.-Jugend.« Er zittert und deutet mit einem Ruck seines Kopfes auf die Wellen. »Der Sund ist kalt. Besonders nachts.«

Val rollt mit den Augen. Dann starrt sie Lex an. Er schluckt den Rest seines Biers herunter und zuckt mit den Schultern. »Ich habe keine Badehose.«

Val wirft ihren Kopf zurück und lacht, aber Lex steht einfach nur da. Wartet.

»Oh«, sagt sie. »Du meinst das ernst.« Und sie zieht eine Augenbraue hoch. »Wen interessiert das? Kein Badezeug? Kein Problem.« Dann zieht sie ihren Pullover aus.

»Ich bin dabei«, sage ich, nicht weil Val mich überredet hat, sondern weil mich das dunkle Wasser anzieht, seit ich es zum ersten Mal gesehen habe. Ich bücke mich, um meine halb leere Bierflasche in den Sand zu stecken, und werde mit einem breiten Lächeln von Val belohnt. Sie ergreift meine Hand und zieht mich zum Ufer.

»Mein Gott!« Ich kann nicht anders und schreie auf, als die Wellen über meine Füße schwappen. Jude hat die Wahrheit gesagt. So kaltes Wasser haben wir in Texas nicht. Nicht einmal mitten im Winter.

»Es ist verdammt kalt«, zischt Val leise und hält meine Hand fester. Sie dreht sich um und schreit in die Richtung von Lex und Jude zurück. »Kommt schon! So schlimm ist es doch gar nicht!« Dann sieht sie mich an, und wir brechen beide in schallendes Gelächter aus, denn es ist so kalt, dass einem das Herz stehen bleibt.

Die Jungs wechseln einen skeptischen Blick, aber sie stecken ihre Flaschen nebeneinander in den Sand und folgen uns zum Wasser.

»Heilige Scheiße!« Lex führt einen kleinen Tanz auf, als der Sund an seinen Zehen leckt. »Ich dachte, das Meer wäre warm, Leute!«

»Ganz ruhig, Nashville«, sagt Jude und grinst ihn an. »Du denkst an Florida. Siehst du hier irgendwelche Palmen?«

Val lässt meine Hand los und schlüpft aus ihrer Jeans, als würde sie sich ihrer Haut entledigen, und platscht nur in ihrem Tank-Top und ihrer Unterwäsche ins Wasser. Ich blinzle, und sie taucht unter die schwarze Oberfläche und kommt keuchend wieder hoch. »Oh mein Gott! So kalt!« Ihr dunkles Haar fällt ihr nun noch weiter den Rücken hinunter. Es ist jetzt schwer und nass.

Lex zögert, aber dann zieht er seinen Schal und sein T-Shirt aus und schmeißt sie in den Sand, als wollte er einen Fehdehandschuh hinwerfen. Seine Haut ist babyweich und porzellanblass. Gesprenkelt mit Sommersprossen.

Er packt Jude am Arm und versucht, ihn in die Wellen zu zerren. Ich sehe deutlich den Moment, in dem Jude beschließt, ihn damit durchkommen zu lassen, und die beiden lachen.

Val greift wieder nach mir. Eine kalte Hand fest um mein Handgelenk.

Und nur eine Sekunde lang bin ich wie eingefroren.

Fünf Jahre alt.

Ängstlich.

Dann schreien Val und ich beide auf, als eine große Welle uns fast mitreißt, und der Blitz der Beinahe-Erinnerung wird zurück aufs Meer hinausgetragen. Verschwunden. Weggespült. Als hätte sie nie existiert.

Wir spielen und planschen jetzt alle. Schreien und flitzen den Strand auf und ab, stürzen uns in die Arme des anderen und entziehen uns ihm. Sandige Finger greifen zu, und nasse Hände rutschen ab. Unser Lachen vermischt sich mit dem Rauschen der Brandung.

Das Wasser ist wie Eis, aber nach ein paar Minuten stört mich die beißende Kälte nicht mehr. Sie fühlt sich beinahe gut an. Zarte Seetangstücke streifen meine Kniekehlen wie schwimmende Spinnweben, und weicher, tiefer Sand quetscht sich zwischen meine Zehen.

Mein T-Shirt und meine Shorts sind bereits durchnässt, also wate ich tiefer, bis ich meine Füße vom Grund heben kann, und schwimme. Und dann kann ich die Kälte nicht mehr spüren. Ich spüre gar nichts mehr. Also lasse ich mich noch weiter von der Strömung hinausziehen, an einem Schwimmsteg vorbei und über die klappernden Sicherheitsbojen hinaus.

Ich kann immer noch hören, wie sich die anderen unterhalten und amüsieren. Aber es ist wie ein Echo. Ich bin jetzt von dem ganzen Chaos getrennt. Ich strecke mich auf dem Rücken aus und lasse mich vom Wasser tragen. Es trägt mich fort. Ich bin weit genug vom Ufer entfernt, dass es nur noch sanften Wellengang gibt. Ich hebe und senke mich mit ihm. Wie das Atmen.

Es gibt mir ein Gefühl der Sicherheit. Dieses schmerzfreie, schwebende Gefühl. Das Taubheitsgefühl. Und die Dunkelheit. Als würde man in den Schlaf gewiegt. Schwebend. In einem Kokon vielleicht.

Oder einer Gebärmutter.

Ich starre hinauf in die Leere und denke an jene Nacht. Vor zwölf Jahren, als ich fünf war.

Dieser Strand.

Diese Wellen.

Dieser Himmel.

Ich versuche, mich an etwas Reales zu erinnern. Eine feste Hand an meinem Handgelenk vielleicht? Aber dieser Moment ist mir entglitten, und ich kann ihn nicht zurückholen. Da ist nur die gleiche unmögliche Erinnerung wie immer.

Sterne, die ins Meer fallen. Wie Regen auf Feuer.

Ihr schweres, nasses Ploppen.

Und immer eine Stimme, die aus dem Nichts zu kommen scheint. Von niemandem.

Sieh dir die Sterne an!

Das Wasser schwappt mir um die Ohren, aber irgendwie höre ich Rufe. Keine Stimmen aus der Erinnerung. Echte Stimmen. Gedämpfte Worte mit einem Hauch von Panik.

»Avril!« Es ist Jude. »Zu weit draußen!« Dann etwas, das ich nicht verstehe. Gefährlich. Irgendwas Unterströmung. »Komm zurück!« Ich öffne die Augen und lasse meine Füße sinken, sodass ich Wasser trete. Hier ist es so viel tiefer als am Rande.

Dunkler.

Kälter.

Val und Lex winken mir zu, als würden sie einem Flugzeug ein Zeichen geben. Sie fordern mich auf, zu ihnen zu schwimmen. Lex schreit etwas über Haie.

Ich drehe mich langsam im Kreis. In einer Richtung sehe

ich meine neuen Freunde. Jude, Lex und Val. Das Feuer, das am Strand brennt. Die Lichter des Whisper Cove Theaters leuchten in der Ferne, auf der Spitze des Hügels hinter ihnen.

Aber in der anderen Richtung gibt es offenes Wasser. Der Leuchtturm und dann nur noch Schwarz. Ein glitschiges, nasses Nichts, das ewig anzuhalten scheint.

Und eine Sekunde lang weiß ich nicht, in welche Richtung ich schwimmen will.

Ich zögere. Ich bin auf der Suche nach jemandem. Ich warte auf sie.

In der Hoffnung, dass sie mich finden wird.

Ich habe jahrelang nach meiner Mutter gesucht. In Bächen und Flüssen. In schlammigen texanischen Seen. Im bodenlosen Swimmingpool unseres Nachbarn. In der Badewanne. Aber ich habe sie nie gefunden.

Oder sie hat mich nie gefunden.

Aber hier klappt es bestimmt. Genau an diesem Ort.

Dieser Ozean, dunkel und tief.

Ich warte. Trete Wasser. Zähle meine Herzschläge. Lasse eine Einladung in die Tiefe ausströmen.

Ich bin hier. Ich bin zurückgekommen.

Aber da ist nichts. Da ist nie etwas. Also beginne ich zu schwimmen. Auf das Licht zu. Ich schneide durch die Wellen. Ich stemme mich gegen eine Strömung, die mich noch weiter in die Leere ziehen will, spucke Wasser aus und schwimme weiter.

Die anderen warten am Ufer. Keuchend und tropfend ziehe ich mich aus dem Sund. Sand klebt an unseren Füßen. Und an den Beinen. Das Meer rinnt uns in kleinen Bächen den Rücken hinunter, und wir frösteln gemeinsam.

Meine Mutter ist für mich immer noch verloren. Sie ist immer noch tot. Aber ich bin am Leben. Der rasende Atem in meiner Kehle und das Brennen meiner Muskeln reichen aus, um mich das wissen zu lassen. Zumindest in diesem Moment.

Ich bin am Leben.

Der Strand ist jetzt so gut wie leer. Alle anderen sind weg. Oder gehen. Sie schütteln ihre Handtücher aus und gehen zurück zu den Hütten. Jemand hat eine verlassene Decke neben dem Feuer liegen lassen. Jude holt uns ein paar neue Biere aus der Kühlbox – eins für ihn und Lex und eins für mich und Val –, und wir vier drängen uns eng aneinander, gierig nach Wärme, während das Wasser verdunstet und das Salz auf unserer Haut klebt.

Jude, Lex und Valeria versuchen gegenseitig, sich Informationen zu entlocken. Sie geben sorgfältig ausgewählte Einzelheiten über sich selbst preis, geben kleine Teile ihres Lebens weiter wie glänzende Goldmünzen.

Val hat einen Freund in L. A. Er schickt ihr ständig SMS. Chester. Sie verzieht das Gesicht, als sie seinen Namen sagt. »Ich weiß, ich weiß. Das ist ein schrecklicher Name«, sagt sie uns. »Hört sich an wie der seltsame Onkel von jemandem. Aber er ist scharf ... also ...« Sie zuckt mit den Schultern und zeigt uns ein Foto auf ihrem Handy, auf dem er mit seinen grüblerischen Augen und der Ausstrahlung eines Bad Boys zu sehen ist. Aber sie ist sich nicht sicher, ob sie ihn liebt.

Zumindest nicht sehr.

Sie will Schauspielerin werden, allerdings beim Film. Nicht auf der Bühne. »Mit Live-Theater ist kein Geld zu verdienen«, warnt sie uns.

Jude kommt aus Macon, Georgia. Er ist ein Jahr älter als der Rest von uns und geht im Herbst aufs College. Universität von North Carolina. Chapel Hill. Er will Tanz studieren. Ballett, um genau zu sein. »Meine Mutter findet das aber blöd.«

Er fährt sich mit der Hand über die Brust, und ich sehe das Glitzern von getrockneten Salzkristallen auf der dunklen Haut. »Sie ist sauer, weil meine Schwester britische Poesie des achtzehnten Jahrhunderts oder so einen Scheiß studiert, also werden wir beide total pleite sein. Und wer kümmert sich dann um sie, wenn sie alt ist?« Er zuckt mit den Schultern. »Sie will, dass ich Buchhaltung studiere. Und da sie zahlt, geht es nach ihrer Nase.«

Lex erzählt uns, dass er in den nächsten vier Wochen zwei Ziele hat. »Alles von Willa Culver lernen, was ich kann, und eine heiße Sommerromanze haben.« Ich sehe, wie er errötet und einen hoffnungsvollen Blick zu Jude wirft. »Wie Sandy in *Grease*.« Er grinst, als er das sagt, aber unter dem schelmischen Funkeln in seinen blauen Augen liegt etwas fast Trauriges, und ich frage mich, was seine Geschichte ist.

Dann sehen mich alle an. Warten. Also bin ich an der Reihe und verteile die Kleinigkeiten von mir, die ich bewusst ausgewählt habe. Ich lebe mit meinem Vater zusammen. Es gibt nur uns beide. Meine Mutter starb, als ich noch klein war. Die Schauspielerei ist so tief in mir verwurzelt, dass ich mir ein Leben ohne das Theater gar nicht mehr vorstellen kann. Im Moment habe ich keinen Freund oder eine Freundin. Ich vermisse meine Katze, bin aber froh, dass ich für ein paar Wochen aus Texas raus bin. Wegen der Hitze.

Ich halte diese Teile von mir hoch, als ginge es darum, sie zu präsentieren. Aber es gibt andere Teile, die ich geheim halte. Wahrheiten, die ich in meine Taschen stopfe. Geheimnisse, an denen ich ersticke wie an Meerwasser. Zumindest im Moment.

Ich gebe nicht zu, dass ich hierhergekommen bin, um etwas zu suchen.

Jemanden.

Oder dass ich schon mal hier war. Ich meine nicht nur in Connecticut. Ich meine genau hier. Genau an dieser Stelle.

Und ich sage ihnen bestimmt nicht, dass ich hier gestorben bin.

AKT I: SZENE 2

»Auf neue Freunde«, sagt Lex und hebt sein Bier zum Anstoßen, bevor er es an Jude weiterreicht. Die Finger berühren sich. Ein kokettes Lächeln. Der wortlose Austausch der glatten Flasche. Lippen an Lippen.

»Auf den Sommer«, sagt Val, und wir stoßen alle darauf an.

»Auf George«, fügt Jude hinzu, und alle schauen verwirrt. »Er ist derjenige, der das Bier gekauft hat.«

»Wer ist George?«, erkundigt sich Lex.

»Der Verwalter von Whisper Cove«, erklärt Jude. »Er wird extra dafür bezahlt, dass er nachts ein Auge auf die Dinge wirft. Aber wenn man ihm ein bisschen Gras zuschiebt, schaut er gerne weg.«

»Also auf George«, sagt Val.

Ein Chor der Dankbarkeit und das Klirren von Flaschen. »Auf George!« Noch mehr Gelächter.

Dann bin ich an der Reihe. Ich spüre den Raum, den sie für mich frei gelassen haben.

»Auf die Bühne«, gebe ich vor. Sie applaudieren alle und trinken.

»Bist du bereit für das Vorsprechen morgen, Avril?« Vals Gesicht ist entspannt. Sie lässt den Sand durch ihre Finger rieseln, aber ich erkenne einen gewissen Unterton in ihren Worten.

Sicher, wir können Freundinnen sein, sagt sie, aber vergiss nicht, dass wir auch Konkurrentinnen sind. Denn das Vorsprechen morgen Abend wird darüber entscheiden, welche Rolle jeder von uns in dem Stück bekommt, an dem wir gemeinsam arbeiten werden.

Das Stück von Willa Culver. Das Stück, das sie berühmt gemacht hat.

»Ja«, sage ich. »Ich denke, ich bin bereit.« Aber plötzlich fühle ich mich nicht mehr so sicher.

»Gut.« Val lacht, und die Schärfe verschwindet. »Dann kannst du mir bei meinem Monolog helfen. Es ist ein Chaos. Ich habe ihn erst heute Nachmittag im Flugzeug auswendig gelernt.«

Lex zieht eine zerknüllte Zigarette aus seiner Tasche, und wir reichen sie unter uns vieren herum. Das Feuer wird langsam schwach, also gehen Jude und Lex los, um mehr Treibholz zu sammeln. Ich beobachte sie am Strand, wo sie mehr flirten und lachen als Holz sammeln.

Val erhält einen Anruf von Chester. Sie verdreht die Augen und geht weg, um etwas Privatsphäre zu haben. Ich kann nicht verstehen, was sie sagt, aber die Hand, die sie in ihre Hüfte stemmt, verrät mir, dass sie verärgert ist, und der arme Kerl tut mir fast leid.

Dann ist es endlich für ein paar Minuten still. Nur das Geräusch des verlöschenden Feuers. Und die hypnotische Wiederholung der Wellen. Ich stütze mich auf meine Ellbogen und atme Rauch und Salz ein. Das Feuer und das Meer. Dieser Geruch ist fast noch berauschender als das Bier. Wenn jemand eine Kerze erfinden könnte, die wirklich so riecht, dann würde er sicher unheimlich reich werden.

Dann höre ich von irgendwo hinter mir Stimmen. Leise, geheimnisvoll und vom Wind getragen. Ich kann die Worte nicht verstehen, aber der kaum hörbare Klang hat etwas Vertrautes an sich. Er streift meine Erinnerung, so wie der Seetang meine Kniekehlen leicht berührt hat.

Mehr Geflüster.

Ich denke, das müssen Lex und Jude sein, aber als ich mich aufsetze und zum Wasser sehe, entdecke ich die beiden, wie sie dicht beieinanderstehen, die Arme voll mit sonnengebleichtem Treibholz. Das Mondlicht lässt es so aussehen, als hätten sie Knochen gesammelt.

Ich werfe einen Blick über die Schulter, und es ist niemand da, aber ich höre trotzdem gedämpftes Flüstern. Wahrscheinlich die übrig gebliebenen Partygäste. Ein halb betrunkenes Pärchen, das im hohen Gras rummacht.

Ich stehe auf und gehe ein paar Schritte vom Feuer weg. In Richtung der Dünen und auf dieses flüsternde Geräusch zu.

»Wer ist da?«, frage ich. Meine Stimme ist leise, fast schon ein Flüstern. Aber in der feuchten Nachtluft höre ich keine Antwort, also versuche ich es noch einmal. Diesmal lauter. »Ist da draußen jemand?«

Jetzt ist nichts mehr zu hören. Überhaupt kein Ton. Vielleicht habe ich also gar nichts gehört.

Ich wende mich wieder dem Wasser zu, und sehe nach Lex, Jude und Val. Nur um sicherzugehen, dass sie sich keinen Spaß mit mir erlauben. Ich zähle Köpfe. Einer. Zwei. Drei.

»Hey.«

Eine Stimme aus der Dunkelheit. Diesmal kein Flüstern. Ein festes Wort.

Ich drehe mich um, um hinter mich zu sehen, und eine Gestalt tritt aus der Dunkelheit hervor. Ein Typ in meinem Alter. Jemand, den ich noch nie gesehen habe.

»Sieht aus, als hätte ich die Party verpasst«, sagt er.

Meine Muskeln spannen sich an. Die Art, wie er sich bewegt, hat etwas an sich. Zu langsam. Zu leicht. Zu selbstsicher. Als gehörte ihm der Laden oder so.

Er bleibt ein paar Meter entfernt stehen, immer noch größtenteils im Schatten. Alles, was ich wirklich sehen kann, sind seine Augen. »Ich bin Cole.« Es entsteht eine Pause. Als ob mir das vielleicht etwas sagen sollte. »Der Sohn von Willa Culver.«

»Oh«, sage ich und entspanne mich ein wenig, denn das bedeutet zumindest, dass er kein seltsamer Herumtreiber mit einer Halskette aus menschlichen Zähnen ist. Aber ich bin auch überrascht, denn ich wusste nicht, dass Willa Culver einen Sohn hat. Oder überhaupt Kinder.

Cole starrt mich einfach nur an. Als würde er darauf warten, dass ich noch etwas sage.

»Und, hast du einen Namen?«, fragt er schließlich mit einem kleinen Grinsen. »Oder …«

Mist! Jetzt sehe ich wie ein Idiot aus.

»Avril«, sage ich zu ihm, und wir starren uns einige Sekunden lang an. »Avril Vincent.«

Er kommt einen Schritt näher, und jetzt wird er von dem, was vom Feuer übrig geblieben ist, erleuchtet. Ich bemerke die zerschlissenen Jeans, die mit einem teuren Pullover kombiniert sind. Das dunkle, gewellte Haar über den wilden, dunklen Brauen. Seine harten Kanten. Wie aus dem Felsen gemeißelte Gesichtszüge. Ich spüre, wie er seine Blicke über mein nasses T-Shirt und meine Shorts gleiten lässt. Meine sandigen nackten Füße.

Mein Gesicht.

Die Art und Weise, wie er mich jetzt anstarrt, ist seltsam. Die Veränderung in seiner Atmung. Ich spüre es. Und ich frage mich, ob ich mich vielleicht geirrt habe, was die Kette aus menschlichen Zähnen angeht. Aber dann lächelt er.

Und verdammt … Mir wird flau im Magen.

Ich löse meinen Blick von Cole und sehe um ihn herum in die Schwärze. »Mit wem hast du gesprochen?«, frage ich, und er wirft mir einen komischen Blick zu. Ich suche immer noch die Dünen hinter ihm ab und warte darauf, dass eine andere Gestalt aus der Nacht auftaucht. »Gerade eben. Wer war mit dir da draußen?«

Er schüttelt den Kopf. Vergräbt die Hände in den Taschen. »Niemand.« Ich spüre immer noch seinen Blick auf mir. »Warum?«

Ich denke nicht, dass ich ihm glaube, aber ich habe das Flüstern auch nicht mehr gehört.

Ich zucke mit den Schultern. »Ich dachte, ich hätte etwas gehört.« Mein feuchtes Haar klebt in meinem Gesicht. Es ist in meinem Mund. In meinen Augen. Ich greife nach oben, um eine Strähne hinter mein Ohr zu streichen. »Ich …« Ich halte inne und lausche, denn vielleicht ist es schon wieder fast da. Dieses flüsternde Geräusch.

Oder vielleicht auch nicht. Ich kann es nicht mehr sagen. Die Wellen sind so laut.

Die Art, wie Cole mich mustert, ist mir unangenehm. »Vergiss es«, sage ich zu ihm. »Es spielt keine Rolle.« Ich fröstele und wünschte wieder, ich wäre zurück in die Hütte gegangen, um ein Sweatshirt oder so etwas zu holen. Ich drehe mich um und gehe zurück in Richtung des sterbenden Feuers. Cole folgt mir.

»Dir ist kalt«, sagt er.

»Ein bisschen«, lüge ich. Meine Zähne fangen an zu klappern.

»Hier. Nimm das.« Er zieht sich seinen Pullover über den Kopf und wirft ihn mir zu. Das T-Shirt, das er darunter trägt, schmiegt sich an seine Brust und seine Arme, aber ich erlaube mir nicht, ihn anzustarren, denn er steht nur da und beobachtet mich mit diesem leicht amüsierten Gesichtsausdruck. »Ich meine, es sei denn, du frierst gerne.«

Der Pullover fühlt sich weich in meinen Händen an. Dick und warm. Und er riecht nach Sandelholz und Sommer.

Aber dieses überhebliche Grinsen macht mich wütend.

»Danke«, sage ich. Und ich werfe den Pullover zurück. »Aber mir geht es gut. Wirklich.« Ich zwinge meine Muskeln, sich zu entspannen. Weigere mich zu zittern.

Er zuckt mit den Schultern und zieht den Pullover wieder an. »Wie du willst.«

»Cole!«, ruft Jude. Er und Lex gehen zurück in unsere Richtung. »Schön, dich wiederzusehen, mein Freund!« Sie schichten das Treibholz auf und entfachen das Feuer.

Val kommt auch zurück, angezogen von den Flammen. Sie setzt sich dicht an das Feuer und steckt ihre langen Beine unter die Decke. Die Jeans liegt ausgebreitet neben ihr, um in der Wärme zu trocknen.

Jude übernimmt die formale Vorstellung.

Lex.

Val.

Avril.

Cole.

»Willas Sohn«, sagt Jude, und Lex und Val wirken entsprechend beeindruckt. Das ist wahrscheinlich die Reaktion, die Cole gewohnt ist. »Wir haben letzten Sommer zusammen rumgehangen.« Jude fischt das letzte schwimmende Bier aus der Kühlbox und wischt die nasse Flasche an seiner feuchten Shorts ab, bevor er sie Cole reicht. »Er geht dieses Jahr in die Oberstufe. Genauso wie ihr.«

»Machst du auch den Intensivkurs?«, fragt Lex. Ich denke, er will die Konkurrenz einschätzen, so wie Val es bei mir getan hat, aber Cole schüttelt den Kopf.

»Ich bin kein großer Schauspieler. Musik ist mein Ding.« Er schnippt den Deckel von seinem Bier. »Aber ich werde in der Nähe sein.«

Jude beschäftigt Cole damit, Fragen über das vergangene Jahr zu beantworten. Alles, was passiert ist, seit sie sich das letzte Mal gesehen haben. Aber ich bemerke, wie Coles Augen in meine Richtung wandern. Die Art, wie er mich durch das Feuer hindurch anschaut. Zwischen den Flammen.

Ich versuche, nicht zurückzustarren, aber Cole Culver hat etwas an sich, das es mir schwer macht wegzusehen.

»Du bist also hier aufgewachsen?«, fragt Val ihn.

»Ich habe mein ganzes Leben hier gewohnt«, antwortet Cole. »Direkt neben dem Theater.«

»Ich habe Lex gerade ein paar Geschichten über diesen Ort erzählt«, sagt Jude, »aber er hat mir nicht geglaubt.«

Lex verdreht die Augen. »Ich habe dir nicht geglaubt, als du sagtest, dass es hier spukt.«

»Jedes Theater hat einen Geist«, meint Val. Sie malt faul mit einem Finger Kreise in den Sand. »Es ist wie eine Notwendigkeit oder so.«

Jude lacht, aber ich denke an unsere Highschool zu Hause. Sie ist erst ein paar Jahre alt. Alles verchromte Armaturen und große Fenster. Helle Lichter und frische Farbe. Das Gebäude für die schönen Künste befindet sich auf dem Gelände eines ehemaligen JCPenney.

Dort gibt es keine Geister, außer vielleicht die Geister der vergangenen Verkäufe.

Das ist einer der Gründe, warum ich es dort so sehr liebe. Ich fühle mich auf dieser Bühne weniger verfolgt als an den meisten anderen Orten.

Cole schüttelt den Kopf, als hätte Val das falsch verstanden. »Jedes Theater hat eine *Geistergeschichte*«, berichtigt er sie. Er leert den letzten Schluck seines Biers und wirft die Flasche ins Feuer. »Aber das ist nicht dasselbe.« Dann sieht er mich an, und in seinen Augen ist etwas zu erkennen. »Whisper Cove ist anders.«

»Tja, Scheiße aber auch«, sagt Lex und kichert. Aber es ist ein nervöses Kichern. »Ich habe mich nicht für Geister angemeldet. Das stand nicht in der Broschüre, Leute.«

Cole schaut sich in unserem kleinen Kreis um. Die Gesichter sind vom Feuerschein erleuchtet. »Wisst ihr, woher dieser Ort seinen Namen hat?«

Wir schütteln den Kopf. Geben zu, dass wir es nicht wissen.

»Ach, Mist«, sagt Jude. »Jetzt geht's los.« Er hebt eine Augenbraue in Lex' Richtung und reicht ihm die Flasche hinüber. »Nimm lieber noch einen Drink.«

»Früher gab es ein kleines Walfangdorf«, erzählt Cole. »Genau hier, auf diesem Grundstück. Damals, um 1800. Ein Dutzend kleiner Häuser oben auf dem Hügel, wo jetzt das Theater steht. Ein Gemischtwarenladen und eine Kneipe.« Er sieht sich um, um sicherzugehen, dass wir alle aufmerksam zuhören. »Es heißt, dass die Männer eines Sommers zur See fuhren, wie immer. Aber als sie sechs Monate später nach Hause kamen, war das Dorf verlassen. Völlig leer. Alle Häuser waren verwaist. Auf den Tischen standen noch die Teller. Das Gemüse verrottete in den Gärten. Die Wäsche flatterte auf den Leinen.« Er zuckt mit den Schultern. »Aber es war keine Menschenseele zu finden.«

Cole mag kein guter Schauspieler sein, aber er ist der geborene Geschichtenerzähler. Wir hängen gebannt an seinen Lippen. Alle sehen sich um, als könnten wir jetzt die Wäsche sehen. Diese stillen Häuser, die am Rande des Meeres Wache halten.

Aber alles, was wir sehen, ist die Dunkelheit an den Rändern unseres Kreises, wo der Schein des Feuers nicht hinfällt. Und das merkwürdige Glühen des Leuchtturms in der Ferne.

»Also fangen sie an, sich umzuhören«, fährt Cole fort. »Wo sind ihre Ehefrauen? Ihre Liebsten? Aber niemand will etwas sagen. Und schließlich erzählt ihnen ein alter Mann, was passiert ist. Sie sind alle ertrunken, sagt er. Die Frauen sind alle tot. Sie sind ins Meer gegangen.«

»Jesus!« Lex erschaudert.

»Ich hab's dir gesagt«, meint Jude und greift nach der gemeinsamen Flasche. »Es spukt wie verrückt.«

»Das ist noch nicht einmal das Schlimmste«, sagt Cole. »Sie nahmen ihre Kinder mit. Hielten ihre Kleinkinder an der Hand. Sie trugen ihre Babys auf dem Arm.«

»Du hast nur Scheiße im Hirn«, bemerkt Val anklagend, und Cole zuckt mit den Schultern.

»Ich erzähle nur die Geschichte.« Er hält inne, um sich das getrocknete Salz von den Lippen zu lecken, und sieht sich wieder in unserem Kreis um. Sein Haar ist feucht von der Nachtluft und glänzt im Schein des Feuers wie Obsidian. »Die Leute hier glauben, dass das Meer nach diesen Frauen gerufen hat. Es hat sie in den Tod gelockt.« Cole dreht sich um und sieht in meine Richtung. Er streicht sich die Haare aus den Augen. »Es flüsterte ihnen zu.«

Und jetzt kapiere ich.

Er macht sich über mich lustig. Er versucht, mich zu verunsichern.

Das ist schließlich der Sinn einer guten Geistergeschichte.

»Ernsthaft?«, sagt Lex, und Cole nickt. Er nimmt einen Stock in die Hand und stochert im Feuer herum. Die Funken sprühen wie eine Fontäne.

»Ich schwöre bei Gott, so geht die Geschichte.«

Jude lehnt sich nahe an Lex' Ohr und macht ein flüsterndes Geräusch, woraufhin Lex ihm einen Schubs gibt. »Arschloch«, murmelt er. Aber ein Mundwinkel zuckt nach oben.

»Jedenfalls«, sagt Cole und wischt sich die sandigen Handflächen an seiner Jeans ab, »nennt man diese Bucht deshalb Whisper Cove. Und man sagt, wenn du anfängst, dieses Flüstern zu hören, dringt es in deinen Kopf ein. Das Meer wird anfangen, nach dir zu rufen. Es flüstert nachts direkt in dein Ohr, und wenn du nicht aufpasst, endest du genau wie diese Frauen vor mehr als zweihundert Jahren. Ertrunken.« Er hält inne und sieht sich noch einmal in unserer kleinen Gruppe um. »Denn was das Meer will, wird das Meer bekommen.«

Die Worte bleiben eine Sekunde lang hängen. Schweben über dem Feuer.

Dann lacht Val, und Coles Bann ist gebrochen. Sie verdreht die Augen. »Oh mein Gott«, sagt sie und greift nach der Flasche, die ich in der Hand halte. »So dramatisch.« Ihr dunkler Eyeliner ist jetzt ganz verschmiert, aber irgendwie macht sie das nur noch schöner. »Was das Meer will, wird das Meer bekommen. Das ist ein toller Spruch.«

Cole zuckt mit den Schultern. »Es ist kein Spruch.« Er sieht in meine Richtung. Unsere Blicke treffen sich wieder, und ich kann den Blick nicht abwenden, denn ich möchte, dass Cole Culver weiß, dass ich keine Angst vor seiner Lagerfeuer-Geschichte habe. Ich habe mein ganzes Leben lang mit Geistern gelebt.

»Hört zu«, sagt Jude und reibt sich die Arme. »Ich weiß, es ist kitschig, aber ich bekomme jedes Mal eine verdammte Gänsehaut, wenn ich es höre.«

»Es ist nur eine Geschichte«, bemerkt Lex, fast mehr zu sich selbst als zu uns. Er kämmt sich mit den Fingern durch sein wunderschönes rotes Haar, aber er bleibt stehen und sieht in die Runde. »Nicht wahr?«

»Vielleicht«, fügt Jude hinzu. Er rückt näher an das Feuer heran. »Aber an jeder Geschichte ist etwas Wahres dran.«

»Das ist ein Haufen Blödsinn«, sage ich, und alle drehen sich um und sehen mich an. »Menschen sterben. Das Meer ist gefährlich.« Mein Mund fühlt sich plötzlich an, als wäre er voller Sand, und die Worte kommen rauer heraus, als ich es beabsichtige. Sie knirschen auf meiner Zunge. »Man braucht keinen Grund, um zu ertrinken.«

»Das trifft auf die meisten Orte zu.« Cole wirft mir einen Blick zu, fast so, als würden wir beide eine Art Geheimnis teilen. Einen Insider-Witz, den ich nicht ganz verstehe. »Aber Whisper Cove ist anders.«

»Da hat er recht.« Jude lässt seinen Blick über uns Neue schweifen. In seinen großen braunen Augen steht etwas, das ich nicht deuten kann. »Ihr werdet es selbst sehen.«

Das Feuer knistert und prasselt.

Die Wellen stöhnen.

Der Strand ist erfüllt von nächtlichen Geräuschen. Singende Frösche. Das Summen der Insekten.

Und das Klirren der Sicherheitsbojen. Sie läuten wie Alarmglocken.

Aber eine endlose Minute lang spricht niemand. Dann erwähnt Jude, dass es schon spät ist, und wir müssen früh beim Frühstück sein. Also stehen wir alle auf und fangen an, unsere Sachen zusammenzusuchen. Val zieht ihre Jeans an, und fast alle gehen zum Wasser, um einzusammeln, was sie dort abgelegt haben. Hemden. Socken. Ein oder zwei Pullover. Val schüttelt sich den Sand aus dem Haar, und ich sehe, wie Jude etwas zu Lex sagt, während er sein Halstuch aufhebt. Das leise Lachen von Lex verrät mir, dass es ein für ihn bestimmter Scherz war.

Ich habe keine Kleidung zum Einsammeln, also bleiben Cole und ich in der Wärme des Feuers zurück. Vom Wasser her hat sich dicker Nebel gebildet, und ich spüre, wie er sich an meine Haut schmiegt.

Cole streckt die Hand aus, um durch sein dunkles, gewelltes Haar zu fahren, und ich bemerke eine kleine Tätowierung. Eine Art vierzackiger Stern auf der Innenseite seines Handgelenks. Er sieht, wie ich darauf starre.

»Es ist eine Kompassrose«, sagt er und geht um das Feuer herum, um sie mir zu zeigen. »Ich habe sie letztes Jahr bekommen, als ich sechzehn war. Ich habe einen gefälschten Ausweis benutzt. Ein Punkt für jede Richtung. Siehst du? Norden, Süden, Osten und Westen.«

»Cool«, sage ich und sehe zum Wasser. Ich höre Lex jetzt kichern, aber ich kann ihn nicht mehr sehen. Ich kann keinen der anderen sehen. Der Nebel hat sich wie ein Vorhang zwischen uns gelegt.

Cole mustert mich wieder. Seine Augen sind grau. Die Farbe von Rauch. Oder Asche. »Matrosen dachten, ein Windrosen-Tattoo bringe Glück«, sagt er. Seine Stimme kommt tief aus der Kehle, und sie hat eine fast hypnotisierende Schwingung. Die Worte dringen im Rhythmus der Wellen an mein Ohr. »Sie dachten, es würde sie beschützen. Sie würden auf dem Meer sicher sein.«

»Bist du ein Seemann?«, frage ich, und er lacht.

»Nein. Meine Mutter hat eine Todesangst vor dem Meer.« Er rollt mit den Augen. »Wir leben hier direkt am Wasser, aber wir haben nicht mal ein Boot.«

»Wovor brauchst du dann Schutz?«

Er schenkt mir das kleine Grinsen von vorhin. Aber dieses Mal ist da Ehrlichkeit in seinen Augen.

»Hauptsächlich vor mir selbst.« Er kommt näher, und jetzt starrt er mich wirklich an. Mein Gesicht errötet, und ich spüre seinen Atem auf meinem Scheitel. »Wovor brauchst du Schutz, Avril?«

»Nichts«, sage ich ihm. Aber er starrt mich immer noch an.

Ich bin erleichtert, als die anderen aus dem Nebel auftauchen, sandig, mit strähnigen Haaren und gähnend. Ich sehe, dass Lex bemerkt, wie dicht Cole und ich beieinanderstehen. Ich sehe es an der Art, wie er mir tief in die Augen sieht.

Und dann spüre ich wieder diesen warmen Atem auf meinem Kopf. Wärme. Und Nähe. »Wovor brauchst du Schutz, Avril?«

Cole starrt auf mich hinunter. Er wartet auf eine Antwort. Ich sehe mich um. Wir sind allein. Wo sind denn alle?

»I…«

Ich blinzle. Und die anderen kommen aus dem Nebel auf uns zu. Wieder. Lex richtet seinen Blick auf Cole. Dann auf mich. Genau wie zuvor.

Der Sand verschiebt sich unter meinen Füßen, und ich verliere das Gleichgewicht. Cole streckt eine Hand aus, um mich zu stützen. »Ganz ruhig«, sagt er, aber ich mache einen stolpernden Schritt zurück. Weg von ihm.

Das Bier macht mich schwindlig. Alles fühlt sich seltsam an.

Abgefahren.

Jude erstickt das Feuer mit Sand. Val sammelt die leeren Bierflaschen ein. Jemand rollt die Decke zusammen.

Alle sind still, als wir uns gemeinsam auf den Rückweg zum Theater machen. Der Nebel folgt uns die Promenade hinauf und über die Dünen, durch ein Salzsumpfgebiet, wo der süßliche Geruch von Schlamm und Fäulnis meine Nase erfüllt. Der überwältigende Geruch des Verfalls.

Und dann werden wir auf dickem Gras abgesetzt. Die Uferpromenade spuckt uns aus, und wir stolpern übereinander, während wir versuchen, unsere Schuhe anzuziehen.

Wir gehen den großen Wiesenabhang hinauf zu der Ansammlung von Gebäuden, die sich auf der Spitze des Hügels befinden. Das große gelbe Bauernhaus, in dem wir heute alle zu Abend gegessen haben. Das rote Scheunentheater. Und die beiden blauen Hütten auf der anderen Seite des Feldes.

Im dichten Nebel kann ich gerade noch ein grün gestreiftes Vordach erkennen, das an der Rückseite des Bauernhauses angebracht ist.

Die Meeresveranda.

Das weiß ich irgendwie. Vorhin beim Abendessen war es mir nicht eingefallen, als ich sie sah. Aber jetzt weiß ich es.

Ich erinnere mich daran.

Cole sagt gute Nacht, als wir die Kiesauffahrt erreichen, und Jude macht sich auf den Weg zu den Hütten. Lex und Val folgen ihm, aber als ich mich umdrehe, um mit ihnen zu gehen, ergreift Cole meine Hand und hält mich auf. Seine Berührung ist heiß auf meiner Haut. Ich spüre den sich bewegenden Sand unter meinen Füßen, obwohl ich jetzt auf festem Boden stehe.

Er greift in seine Tasche und holt etwas Kleines heraus, dann drückt er es mir in die Hand. Er schließt meine Finger fest darum, und ich spüre die sanfte Kühle seines Geschenks.

»Meerglas«, sagt er, und ich öffne meine Faust, um den kleinen blauen Brocken zu betrachten. Er ist wunderschön. Frostig und poliert. Rund wie ein Kieselstein. »Man findet es hier überall am Strand. Die Wellen und der Sand nutzen es ab.«

»Was soll ich damit machen?«

Cole lacht leise und kehlig. »Behalte es einfach. Es ist ein Glücksbringer. Ich habe eine ganze Menge davon. In allen möglichen Farben.« Jetzt bin ich an der Reihe, ihn anzustarren. »Es ist zum Schutz.«

»Ich glaube nicht an Glücksbringer«, sage ich. Ein paar Jahre lang habe ich eine Hasenpfote mit mir herumgetragen. Sie war pink gefärbt, und ich hatte sie auf der Texas State Fair gewonnen. Ich habe sie allerdings weggeworfen, als ich merkte, dass sie dem Hasen offensichtlich kein Glück gebracht hatte. »Und ich glaube nicht an Geister.«

Auch wenn ich mein ganzes Leben lang danach gesucht habe.

»Ich glaube auch nicht an Geister.« Cole zuckt mit den Schultern. »Aber es gibt viele Möglichkeiten, heimgesucht zu werden.« Er schenkt mir ein kleines Lächeln. »Nimm es einfach.«

Ich habe ihn nie um ein Gastgeschenk gebeten, aber ich gebe auf und stecke seinen Schatz in meine Tasche.

»Willkommen in Whisper Cove«, sagt er zu mir, und wieder flackert etwas hinter diesen rauchgrauen Augen auf. Ich bin fast überrascht, als er sich nicht mit *»Willkommen zurück, wollte ich sagen«,* korrigiert. Aber er tut es nicht. Stattdessen verschwindet er einfach in der Dunkelheit, und ich starre ihm eine Sekunde lang hinterher, bevor ich mich beeile, die anderen einzuholen.

Ich bin dankbar, dass Jude den Weg kennt. Der Nebel hat mich ganz verwirrt. Umgedreht. Und desorientiert. Ich hätte schwören können, dass wir in die falsche Richtung gehen.

AKT I: SZENE 3

Wir folgen Jude durch den Nebel zur ersten der blauen Hütten, die zusammengekauert auf der anderen Seite eines schlammigen Feldes stehen. Eine für die Mädchen und eine für die Jungen. Er erinnert uns an das Frühstückstreffen mit Willa Culver, bevor er und Lex im Nebel verschwinden und sich auf den Weg zu der anderen Hütte machen, die nur ein paar Meter entfernt ist.

Val und ich trotten die Eingangstreppe zu unserem vorübergehenden Zuhause hinauf. Sie stößt die Tür auf, und ich schließe sie fest hinter uns. Ich habe eigentlich keine Angst vor Serienkillern, aber ich will nicht, dass der Nebel uns nach drinnen folgt und den Raum ausfüllt.

Uns ganz verschluckt.

An den Wänden der langen, schmalen Hütte stehen etwa ein Dutzend Etagenbetten, und ein fadenscheiniger grüner Teppich füllt den Boden dazwischen aus. Die meisten der anderen Mädchen schlafen bereits, also schleichen Val und ich im Schein der Handys herum und versuchen, leise zu sein. Es hat keinen Sinn, unsere neuen Mitbewohnerinnen gleich in der ersten Nacht zu verärgern.

Ihr Telefon vibriert. Es ist Chester. Schon wieder. RUF MICH AN, BABY. Sie zeigt es mir und verdreht die Augen. Dann löscht sie seine SMS, ohne zu antworten.

Ich ziehe Coles Meerglas aus meiner Tasche und stecke es in die überfüllte Schublade meiner Kommode, zwischen meine Socken. Ich muss noch fertig auspacken, aber das muss bis morgen warten. Ich bin zu müde, um heute Abend darüber nachzudenken. »Wo ist das Badezimmer?«, flüstere ich. »Ich brauche eine Dusche.«

»Hinten ist ein Gebäude«, murmelt Val. Sie hat sich mit all ihren sandigen Klamotten auf ihre Pritsche fallen lassen, und es juckt mich schon beim Gedanken daran. »Wie ein Plumpsklo, nur mit Strom und Sanitäranlagen und so. Folge einfach dem Weg.« Ich krame in meinem Koffer nach ein paar sauberen Shorts. »Soll ich mitkommen?« Ihre Stimme klingt so schläfrig.

Als ich mich umdrehe, um zu antworten, sind ihre Augen bereits zugefallen, also schnappe ich mir meine Sachen und gehe zur Tür. Aber sobald ich in den Nebel trete, ersticke ich. Ich bin wieder desorientiert. Ich wünschte, ich hätte eine richtige Taschenlampe eingepackt. Dad hat mir das geraten, aber ich habe ihn ignoriert. Weil ich siebzehn bin und mir nicht vorschreiben lassen muss, was ich einpacken soll.

Schon klar.

Ich taste mich die Stufen hinunter – eins, zwei, drei –, bis ich das Knirschen eines Kieswegs unter meinen Füßen höre, und arbeite mich dann um die kleine Hütte herum, bis meine Augen das Flackern einer nicht allzu weit entfernten Leuchtstoffröhre entdecken. Ich gehe in diese Richtung, aber dorthin zu gelangen scheint länger zu dauern, als es sollte. Als würde jemand sie immer wieder außerhalb meiner Reichweite verschieben. Ich bin erleichtert, als ich endlich einen altmodischen Türknauf unter meinen Fingern spüre. Die Körnung von verkrustetem Salz auf glattem, abgenutztem Metall.

Im Bad ist es kühl, aber wenigstens ist das Licht hell und das Wasser heiß. Ich bin erschöpft, und meine Muskeln tun weh.

Ich lehne mich gegen die Duschkabine und lasse den Dampf in meine Knochen eindringen. Ist es wirklich erst heute Morgen gewesen, als Dad mich am Flughafen in Dallas abgesetzt hat? Es scheint so lange her zu sein.

Ich denke an den großen Streit, den wir im Februar hatten, als ich ihm zum ersten Mal erzählte, dass ich mich für den Sommer-Intensivkurs in Whisper Cove bewerben wollte.

Pour l'amour de Dieu. Pourquoi?

Um Himmels willen. Warum?

Er hatte mir die Worte in unserer kleinen Küche zugerufen, die Hände umklammerten mit weißen Knöcheln die Stuhllehne.

Mein Vater ist Franzose, und es ärgert ihn maßlos, dass ich seine Muttersprache nicht so gut beherrsche. Er war Universitätsprofessor in Paris, bis er meine Mutter kennenlernte und sich in sie verliebte. Sie war als Studentin auf einer Studienreise im Ausland, aber er beschloss, dass er ohne sie nicht leben konnte. Also folgte er ihr nach Texas, nur um am Ende doch ohne sie zu leben. Jetzt unterrichtet er uninteressierte Studienanfänger in Französisch an einer privaten Highschool, auf die er mich nie schicken könnte, weil er es sich nicht leisten kann.

Und wenn er gereizt ist – was meistens der Fall ist – kommt das Französische zum Vorschein.

Warum willst du dorthin gehen?, hatte er gefragt. *An diesen Ort. Warum das alles wieder aufwühlen?* Wir stritten tagelang darüber, bis er schließlich die Hände in den Schoß legte und erklärte: »*Mach, was du willst. Je m'en fiche.*«

Es ist mir egal.

Er hat mir nicht gesagt, ich solle mich nicht bewerben, aber er verstand es offensichtlich nicht. Vielleicht hätte er es getan, wenn ich ihm gesagt hätte, warum ich unbedingt hierher wollte. Wenn ich ihm erklärt hätte, wie abgeschnitten ich mich immer gefühlt habe. Dass ich einfach eine Verbindung zu einer Mutter finden muss, die für mich nie mehr als ein Geist war. Einen Hinweis darauf, wer sie war. Einen Anker.

Vielleicht werde ich dann wissen, wer ich bin.

Aber ich konnte ihm nichts davon erzählen, weil Dad und ich schon vor Jahren aufgehört haben, miteinander zu reden – ich meine, wirklich zu reden, auf Englisch oder Französisch.

Ich sehe noch immer seinen Gesichtsausdruck, als er erfuhr, dass ich tatsächlich in das Programm aufgenommen worden war. Ganz blass und schmallippig. Verängstigt. Die letzten Worte, die er heute Morgen am Flughafen zu mir sagte, waren: »*Was auch immer du suchst, Avril, es wird nichts ändern. Elle sera toujours morte.*«

Sie wird trotzdem tot sein.

Vielleicht versteht er also mehr, als ich denke.

Das Wasser wird allmählich kalt. Ich trockne mich ab und ziehe mir saubere Kleidung an, dann putze ich mir die Reste von billigem Bier von den Zähnen, bevor ich zu unserer Hütte zurückkehre. Das nasse, abgenutzte Holz der Eingangstreppe ist glitschig wie Glas unter meinen Flip-Flops, und meine Füße rutschen fast unter mir weg. Vor Überraschung hole ich tief Luft. »Scheiße!« Ein scharfes Geräusch in dem dumpfen Nebel. Ich greife nach dem Geländer, um mich zu stützen. Ich scheine heute Abend keinen Halt zu finden.

»Avril?«

Ich drehe mich um, sehe über meine Schulter und bin sofort blind. Ich blinzle gegen die Blendung an. Grelles Licht, das von der Feuchtigkeit in der Luft reflektiert wird. Es trifft mich direkt ins Gesicht.

In der einen Sekunde bin ich siebzehn und stehe auf der Treppe.

In der nächsten bin ich fünf.

Stehe im dichten, nassen Gras.

Blinzle.

Gegen dieses plötzliche, blendende Licht.

Gelähmt.

Ich kann nichts sehen.

Meine Brust zieht sich zusammen, und ich kann nicht atmen. Ich kann mich nicht bewegen. Ich kann nicht nach meiner Mutter rufen.

»Avril?«

Der Rothaarige – Lex – senkt seine Taschenlampe. Und ich kann wieder sehen. Er steht am unteren Ende der Treppe.

Ich stehe auf der Veranda.

Wir sind siebzehn.

Die Rückkehr fühlt sich an, als würde man rückwärts in einen Staubsaugerschlauch gesogen.

»Bist du okay?«, fragt Lex.

»Ja«, sage ich, »ich habe gerade …« Aber ich weiß nicht, wie die nächsten Worte lauten. Denn ich weiß nicht, woher dieser Gedanke kommt. Diese Erinnerung. Oder was auch immer.

Das helle Licht in meinen Augen.

Es ist, als hätte man eine Amnesie und ein Déjà-vu zur gleichen Zeit.

»Ich war auf dem Weg zur Toilette«, sagt Lex, »aber ich habe etwas gehört.« Er zögert. Starrt mich an. Ich bin immer noch halb erfroren. »Ich wollte sichergehen, dass hier alles in Ordnung ist.« Er wartet. »Av?«

Niemand hat mich je so genannt. Ein Kosename. Ich glaube, wir sind jetzt wirklich beste Freunde.

»Ja«, sage ich wieder. »Mir geht es gut.«

Lex sieht sich um. Aber es gibt nichts zu sehen. Wir sind vom Nebel umzingelt.

»Kann ich 'ne Minute bleiben?«, fragt er. Ich will gerade Nein sagen, weil ich nur noch ins Bett will, aber Lex schaltet seine Taschenlampe aus und lässt sich auf der obersten Stufe nieder, ohne eine Antwort abzuwarten. »Ich glaube, ich kann noch nicht schlafen. Ich bin nervös, schätze ich. Wegen des Vorsprechens morgen und so.«

Ich nehme das Handtuch, das ich mir um die Schultern gelegt habe, und breite es auf den Brettern aus, um mich vor dem glitschigen Nass zu schützen, dann setze ich mich neben ihn. Ich ziehe die Ärmel meines Sweatshirts über meine Hände.

»Was hältst du von Whisper Cove?«, fragt Lex mich.

»Es ist gut«, sage ich. »Wie im Ferienlager, nur ohne das blöde Kanufahren.«

»Ich war nie im Ferienlager. Meine Mutter hatte nie das Geld dafür«, gibt er zu. »Also muss ich dir das wohl glauben.« Er stupst mich mit seiner Schulter an. »Ich habe gesehen, wie Cole dich heute Abend angeschaut hat.« Lex zieht eine Augenbraue hoch und schenkt mir ein schiefes Lächeln. »Nicht schlecht. Der Sohn von Willa Culver.«

»Wusstest du, dass sie einen Sohn hat?«, frage ich ihn. »Bevor du hierhergekommen bist?«

Lex schüttelt den Kopf. »Ich wusste nichts über sie persönlich. Ich kannte nur das Stück.«

Ich kenne das Stück, das er meint, natürlich. Jeder kennt *Midnight Music* von Willa Culver. Wir haben es in der neunten Klasse im Theaterkurs gelesen, und ich erinnere mich, dass ich von der herzzerreißenden Schönheit des Stücks unglaublich mitgerissen wurde. Es war das erste Stück, das mich je so berührt hat. Ich trug das Skript den Rest des Jahres in meinem Rucksack mit mir herum, nur um es herauszunehmen und meine Lieblingsstellen noch einmal zu lesen, wann immer ich einen freien Moment hatte.

»Ja«, sage ich. »Ich wusste auch nicht viel über sie.« Und das ist gewiss keine Lüge, aber ich denke an ein Foto, das ich damals in Dallas in einem Notizbuch versteckt habe. Meine Mutter mit langen Haaren – eisblond wie meine – mit einer schwarzen Kappe und Robe. College-Abschlussfeier. Sie lacht und hat den Arm um eine andere junge Frau gelegt, die ebenso dunkles Haar hat, wie meine Mutter blond ist.

Willa Culver. Die berühmte Dramatikerin. Nur war sie damals natürlich noch nicht berühmt. Und ihr Nachname war nicht Culver.

Sie waren College-Freundinnen. Das ist alles, was ich von Dad erfahren konnte. So sind meine Mutter und ich in jenem Sommer in Whisper Cove gelandet. Da war ich fünf Jahre alt.

»Er ist verdammt heiß«, sagt Lex. Und ich brauche eine Minute, um mich wieder darauf zu besinnen, was er meint.

Über wen er spricht.

Cole Culver.

Und damit hat Lex unbestreitbar recht, aber Cole hat etwas an sich, das mich nervös macht. Also wechsle ich das Thema.

»Was ist mit der Art und Weise, wie ihr, du und Jude, geflirtet habt?«

Lex errötet. »Er ist süß, oder?«

»Das ist er«, sage ich. »Auf jeden Fall.« Jetzt bin ich an der Reihe und stupse ihn an. »Du legst ein ganz schönes Tempo vor.«

»Na ja«, sagt er. »Normalerweise nicht. Aber ich habe nur vier Wochen Zeit.« Er zuckt mit den Schultern. »Also keine Zeit zu verlieren.« Lex seufzt, und sein Grinsen verzieht sich ein wenig. »Ich will nur nicht zu lange zögern. Wenn es da etwas gibt, will ich es herausfinden. Verstehst du? Bevor es zu spät ist.« Sein Gesicht hat sich verfinstert, und ich weiß, dass diese Wolke einen Namen haben muss. Aber er verrät mir nicht, wer ihn so seufzen lässt, also habe ich mich wohl geirrt, dass wir beste Freunde sind. Ganz so weit sind wir noch nicht.

Lex kramt in seiner Tasche und holt eine Zigarette hervor. Er bietet sie mir an, aber ich schüttle den Kopf, also zuckt er mit den Schultern und zündet sie für sich selbst an.

»Hast du dir jemals gewünscht, du könntest bestimmte Erinnerungen löschen?«, fragt er mich. »So wie man einen Lichtschalter ausschalten kann. Oder wie … fuck … keine Ahnung.« Er zieht den Rauch ein und hält ihn eine Minute lang, bevor er ihn wieder ausatmet. »So wie man ein Unkraut aus dem Garten ziehen kann oder so.«

Das ist eine seltsame Vorstellung für mich. Vergessen zu wollen. Ich habe mein ganzes Leben lang so verzweifelt versucht, mich zu erinnern. »Welche Erinnerungen würdest du auslöschen?«, frage ich ihn. »Wenn du könntest.«

Lex lacht, aber es ist nicht dasselbe spielerische Kichern wie am Strand. Dieses Lachen hat einen Hauch von Bitterkeit an sich. Wie Kaffeesatz, der auf dem Boden einer Tasse zurückbleibt.

»Oh, ich weiß nicht«, sagt er. »Die beschissenen?« Aber dann hält er inne. Setzt die Zigarette wieder an die Lippen. Nimmt einen weiteren langen Zug. »Eigentlich die glücklichen, vielleicht. Die wirklich guten. Also die verdammt besten. Das sind die Erinnerungen, die manchmal am meisten wehtun. Oder?«

Eine lange Minute ist es still, und ich starre hinaus in den Nebel. Er spielt meiner Tiefenwahrnehmung einen Streich. Das Licht auf der Veranda des großen Bauernhauses auf der anderen Seite des kleinen Feldes sieht aus, als könnte es das Licht auf einem Frachtschiff weit draußen auf dem Meer sein.

»Hast du dich jemals gefragt«, sage ich, »ob du vielleicht tot bist?«

Ich habe das Gefühl, wir lassen uns treiben. Ungebunden. Die einzigen zwei Menschen auf der Welt. Und wahrscheinlich sage ich es deshalb, weil es etwas ist, was ich noch nie jemand anderen gefragt habe. Etwas, das ich nie gefragt hätte. Nicht in einer Million Jahren.

Aber obwohl ich ihn erst seit ein paar Stunden kenne, hat Lex etwas an sich, das sich richtig anfühlt. Irgendetwas an ihm gibt mir das Gefühl, gesehen zu werden.

Anerkannt.

Vielleicht sogar sicher. So seltsam das auch klingt.

Er beobachtet mich. Sein Zigarettenrauch vermischt sich mit dem Nebel. Er schwebt träge und dicht um unsere Köpfe herum. »Ich weiß, das ist verrückt«, sage ich ihm, »aber mir ist etwas passiert. Das ist schon lange her. Und manchmal habe ich den Gedanken, dass ich vielleicht eine Szene aus einem dieser Filme erlebe, in denen die Hauptfigur nicht weiß, dass sie tot ist. Verstehst du? Dass sie den Unfall nicht überlebt hat. Oder was auch immer.«

Lex denkt ein paar Sekunden lang darüber nach, als wäre es eine ganz normale Frage, die man einem fast Fremden stellt.

»Manchmal frage ich mich, ob ich jemals wirklich gelebt habe«, sagt er schließlich. »Ist das dasselbe?« Er bietet mir den Rest seiner Zigarette an, und ich nehme sie ihm aus den Fingern und ziehe kräftig daran, bevor ich sie ihm zurückreiche, damit er sie auf der Veranda ausdrücken kann. Ich huste fürchterlich, aber es gefällt mir, wie es meinen Kopf zum Rotieren bringt.

»Ja«, würge ich hervor. Die Worte sind in Rauch gehüllt. »Ich denke, vielleicht ist es das.«

Ein langes, tiefes Geräusch hallt durch die stille Luft – eine Art beruhigender, anhaltender Bariton – und zunächst kann ich mir nicht erklären, was das sein könnte. Aber dann kommt es wieder, und mir wird klar, dass es ein Nebelhorn sein muss.

Mir gefällt seine Einsamkeit.

»Ich gehe besser ins Bett«, sagt Lex, als wäre das Nebelhorn eine Art umgekehrter Wecker gewesen. Er steht auf und streckt sich. »Nacht, Av!«

»Gute Nacht«, sage ich. Ich habe mich bereits in seinen Tennessee-Tonfall verliebt. Ich glaube, ich könnte mich daran gewöhnen, einen Kosenamen zu haben. »Wir sehen uns morgen früh.«

Ich verliere Lex aus den Augen, sobald er die Veranda verlässt, aber ich höre das Knirschen seiner Füße auf dem Kiesweg, der in Richtung Badezimmer führt. Ich lausche auf seine Schritte, bis sie verklingen.

Und dann bin ich ganz allein.

Aber ich gehe nicht hinein. Ich bin zu müde, um aufzustehen, und ich denke ständig an diese neuen Beinahe-Erinnerungen. Diese Blitze. Oder was auch immer sie sind.

Die am Strand mit Val. Eine kalte Hand fest um mein Handgelenk.

Und die Meeresveranda. Wie ich wusste, wie sie hieß. Diese grün gestreifte Markise.

Dann der Moment auf der Treppe mit Lex. Blendendes Licht in meinen Augen.

Ich habe mich nie an die Nacht erinnern können, in der meine Mutter starb. Und auch nicht an irgendetwas davor. Es ist, als hätte das Meer alles weggespült. Es stahl all meine Erinnerungen und spie mich einfach aus. Sauerstoffmangel, sagten die Ärzte.

Immerhin bin ich ertrunken.

Aber was ist, wenn die Anwesenheit hier eine Art verschlossene Schublade in meinem Kopf öffnet?

Ich weiß, dass Dad genau das Sorgen bereitet. Und ich habe ihm geschworen, dass ich damit klarkommen werde. Denn wenn ich nur eine einzige echte Erinnerung an sie – an meine Mutter – finden könnte, würde das den ganzen Unterschied ausmachen.

Plötzlich werde ich von einem vertrauten Schmerz überwältigt. Die Sehnsucht nach meiner Mutter ist so tief in mir verwurzelt, aber sie überrascht mich immer noch, wenn sie so schnell und hart zuschlägt. Es fühlt sich an wie ein Schlag mit einem Baseballschläger in den Magen.

Es saugt mir die Luft aus den Lungen und lässt mich keuchen.

Ich greife nach dem Feuerzeug, das Lex auf der Treppe liegen gelassen hat. Ich schnippe es mit dem Daumen an, und die Flamme erwacht in meinen Händen zum Leben. Es ist ein vertrautes Gefühl, und wenn ich es in der Hand halte, empfinde ich es als angenehm, die Kontrolle zu haben.

Ich berühre mit dem Feuerzeug einen Faden, der vom Rand meines Handtuchs hängt, und die Flamme frisst ihn bei lebendigem Leib. Sie verschlingt ihn in einem Lichtrausch. Ein heller Blitz. Und dann ist er weg. Ich verbrenne einen weiteren Faden. Und dann noch einen. Und noch einen. Bis keiner mehr da ist. Dann nehme ich meine andere Hand und halte meine Handfläche direkt über die Flamme des Feuerzeugs. Ich mag die Wärme, die sie abgibt. Und die Helligkeit. Den Schmerz, den sie verursacht. Wie das Stechen in meiner Lunge und der Muskelkater nach dem langen Schwimmen zurück zum Strand.

Die Verbrennung beweist, dass ich am Leben bin.

Ich stecke Lex' Feuerzeug in meine Tasche und lausche dem leisen Stöhnen des Nebelhorns.

Und dann ist da vielleicht noch ein anderes Geräusch – ein kaum wahrnehmbares Geräusch, das wie Zigarettenrauch in meine Ohren dringt –, und im ersten Moment denke ich, dass Lex vom Badezimmer zurückgekommen ist. Ich stehe auf und sage seinen Namen in die Dunkelheit.

Doch dann beginnt das Geflüster.

AKT I: SZENE 4

»Avril, wach auf. Wir kommen noch zu spät.«

Jemand schüttelt mich. Ich öffne die Augen und blinzle ein paarmal, bevor ich Vals grüne Augen und ihr dunkles Haar erkenne.

Ich richte mich auf und sehe mich um.

»Wie spät ist es?«, murmle ich. Alle anderen Kojen sind bereits leer.

»Sieben Uhr dreißig«, sagt Val. »Das Treffen beginnt in fünfzehn Minuten.«

Mist! Ich frage mich, warum mein Wecker nicht geklingelt hat. Val geht ins Bad, um sich die Zähne zu putzen, und ich sage mir, dass ich aufstehen und mich anziehen muss. Ein kurzer Blick zum Fenster verrät mir, dass der Nebel bereits verschwunden ist. Alles, was ich sehe, ist blauer Himmel und Sonnenschein.

Ich werfe das Laken zurück und schwinge meine Füße auf den Boden. Und da bemerke ich den getrockneten Schlamm. Und das Gras. An meinen Fußsohlen und in meinem Bett. Es ist nicht viel, aber ein paar Sekunden lang starre ich einfach nur und versuche, mir einen Reim darauf zu machen. Ich erinnere mich, dass ich gestern Abend auf der Veranda war. Ich erinnere mich an Lex. Und an das Nebelhorn. Aber nach meiner Dusche habe ich den Kiesweg und die Eingangstreppe nicht verlassen. Woher kommen also der Schlamm und das Gras?

Und dann erinnere ich mich an das Geflüster.

Aber dieser Teil scheint jetzt nicht real zu sein. Es ist wie ein Traum, vielleicht. Etwas, das ich mir eingebildet habe.

Ich fühle mich ein wenig schwindlig – wahrscheinlich leicht verkatert – aber ich schüttle es ab und stolpere in saubere Shorts und ein T-Shirt. Ich bürste mein Laken ab, kämme mir durch die Haare und stecke meine Füße in meine Flip-Flops. Dann schnappe ich mir meine Zahnbürste und eile ins Bad. Val ist schon auf dem Rückweg, aber sie verspricht, auf mich zu warten. Ich bin in Rekordzeit fertig, und wir gehen über das Feld in Richtung Farmhaus.

»Hey! Av! Warte doch!«

Ich werfe einen Blick über meine Schulter und sehe, wie Lex mir zuwinkt. Er und Jude joggen auf uns zu, und wir bleiben stehen, damit sie uns einholen können.

»Guten Morgen, Jungs«, tönt Val und klimpert mit ihren getuschten Wimpern. »Bereit, die Welt in Brand zu setzen?«

»Bereit fürs Frühstück«, sagt Jude. »So viel ist verdammt sicher.«

»Hast du gut geschlafen?«, fragt Lex mich.

»Ja«, antworte ich ihm. Aber dann muss ich wieder an das Gras in meinem Bett denken. An den Schlamm an meinen Füßen. Aber ich streiche ihn aus meinem Kopf, so wie ich ihn von meinem Laken gestrichen habe. Ich muss ihn irgendwie auf dem Weg aufgesammelt haben.

Der Tag ist perfekt. Die Sonne ist warm, aber die Brise ist frisch und trägt einen Hauch von Salz mit sich. Ich halte kurz inne und betrachte die bröckelnde Felswand, die den Garten umgibt. Der abfallende grüne Rasen und das Glitzern des Meeres dahinter. Es ist wie ein Gemälde eines Impressionisten.

»Jesus!« Val legt ihren Arm um meine Schultern. »Der Strand in L.A. sieht nie so aus«, flüstert sie, als wollte sie mich in ein Geheimnis einweihen. »Wir haben zwar verdammt tolle Sonnenuntergänge, aber so ein Blau gibt es bei uns nicht.«

»Es ist unglaublich«, stimme ich ihr zu. Man sollte meinen, ich würde mich an eine solche Aussicht erinnern.

Man sollte meinen, ich würde mich an viele Dinge erinnern.

Wir haben es fast bis zur Veranda geschafft, als ein Mann aus einer Baumgruppe neben dem Bauernhaus hervortritt. Er ist älter, hat sandblondes Haar und ein wettergegerbtes Gesicht, und er trägt eine riesige Heckenschere bei sich. Jude hebt den Arm und winkt freundlich. »Hey, George!«, ruft er. »Schön, dich zu sehen, Mann!«

Das ist also der berüchtigte Verwalter von Whisper Cove. Derjenige mit der Vorliebe für Gras und dem Ruf, ein Auge zuzudrücken.

George wirft Jude einen abschätzigen Blick zu, dann hebt er seine Schere, um einen tief hängenden Ast abzuschneiden. »Ich kann immer noch nicht glauben, dass sie dich hier wieder reinlassen«, brummelt er. Er schüttelt den Kopf und bückt sich, um das Schnittgut zu seinen Füßen aufzuheben. Als er sich wieder aufrichtet, fixieren seine Augen meine, nur für eine Sekunde. Die Art, wie er mich ansieht, hat etwas an sich, das mir eine Gänsehaut über den Rücken jagt. Vielleicht ist es die Art, wie seine Augen über meinen Körper wandern – oder vielleicht ist es die riesige Schere in seiner Hand –, aber ich fühle mich sofort unbehaglich und bin erleichtert, als er wieder zwischen den Bäumen verschwindet.

»Er liebt mich«, versichert uns Jude mit einem Grinsen. »Versprochen.« Und ich sage mir, dass ich mir dieses komische Gefühl nur eingebildet habe. Dass mir mein Verstand einen Streich spielt, wenn ich hier bin. Ich schüttle es ab und sage mir, dass ich mich auf wichtigere Dinge konzentrieren soll. Zum Beispiel, dass ich gleich Willa Culver von Angesicht zu Angesicht gegenüberstehen werde.

Das Bauernhaus ist leuchtend gelb gestrichen und scheint sich ohne klaren Plan in die Länge zu ziehen, so wie es bei Häusern der Fall ist, an die man immer wieder angebaut hat. Wir versammeln uns alle auf der großen Veranda, denn dort soll das Willkommenstreffen stattfinden.

Ein paar von den anderen sind schon da. Es ist voll, also hocke ich auf dem Geländer zwischen Lex und Val. Ich streiche mit der Hand über das abgenutzte Holz und denke daran, wie meine Mutter es womöglich berührt hat. Ich fühle mich ihr hier schon näher als jemals in unserer Wohnung zu Hause. Dort hat Dad vor Jahren jede Spur von ihr ausgelöscht, aber hier fällt es mir leicht, sie mir vorzustellen, wie sie über den Rasen schlendert. Oder wie sie im Schatten eines der großen Bäume sitzt und ein Textbuch liest.

»Seid ihr bereit, Willa kennenzulernen?«, fragt uns Jude. Sein Lächeln ist so breit. Es ist klar, wie sehr er sie verehrt. »Sie ist diejenige, die diesen Ort wirklich bekannt gemacht hat, wisst ihr. Vor einem Jahrzehnt oder so war Whisper Cove nur ein weiteres erfolgloses Sommertheater. Es war kurz davor, endgültig unterzugehen. Aber Willas Stück änderte das alles. Sie …«

Wir kommen nicht dazu, uns weiter zu unterhalten, denn plötzlich stürmt die auffälligste Frau, die ich je gesehen habe, durch die Gittertür auf die Veranda. Sie ist groß und elegant, hat lange Beine und langes, dunkles Haar, das mit Silber durchzogen ist. Sie trägt Jeans und hochhackige Stiefel. Sie hat baumelnde Ohrringe und klimpernde Armbänder. Ein fließender gelber Schal weht hinter ihr her wie der Schweif eines Drachens.

Aber es sind diese Augen, die wirklich meine Aufmerksamkeit auf sich ziehen. Sie sind grau. Unerschütterlich. So ähnlich wie die von Cole, sodass ich, selbst wenn ich nicht die letzten paar Jahre damit verbracht hätte, das Foto ihres jüngeren Ichs anzustarren, ohne Zweifel genau gewusst hätte, wer sie ist.

Es herrscht reges Treiben und aufgeregtes Gemurmel, denn das ist Willa Culver. Genau hier vor uns. Höchstpersönlich. Sie ist der Grund, warum sich Theaterschüler aus dem ganzen Land um die Chance bewerben hierherzukommen. Sie alle wollen die Gelegenheit haben, bei Willa zu studieren.

Ich kann jedoch aus einem anderen Grund nicht aufhören, sie anzustarren. Weil hier vor mir jemand steht, der meine Mutter gekannt hat. Jemand, der sie eine Freundin nannte.

»Hallo, meine Lieben!« Willa strahlt uns an. »Willkommen in Whisper Cove!«

Ich war so ein kleines Mädchen, als sie mich das letzte Mal gesehen hat, und mein Name ist ganz anders. Außerdem weiß ich, dass mein Gesicht gerade genug von meinem Vater geerbt hat, um zu verhindern, dass Willa Culver mich erkennt. Aber ich habe den plötzlichen Drang, aufzustehen und ihr meine Wahrheit entgegenzuschreien.

Meine Mutter war Nicole Kendrick!

Stattdessen beiße ich mir auf die Lippe und bleibe bei meinem Plan. Ich werde es ihr nach dem Vorsprechen sagen. Nachdem das Stück besetzt ist. Das habe ich schon im Flugzeug beschlossen.

»Okay, okay«, sagt sie zu uns. »Lasst uns zur Sache kommen. Zunächst möchte ich euch gratulieren und euch alle bitten, euch einen Moment Zeit zu nehmen und zu bedenken, dass ihr euch inmitten von etwas Großem befindet. Genau hier auf der Veranda dieses bescheidenen Bauernhauses.« Willa schaut in die Runde, und wir warten mit stummer Vorfreude, die sich dicker als der Nebel der letzten Nacht auf uns gelegt hat. »Die zwei Dutzend von euch, die in diesem Sommer hier sind, wurden von mir persönlich ausgewählt, handverlesen unter Hunderten von Bewerbern. Ich habe nach etwas Besonderem gesucht. Etwas, das heraussticht. Und jeder Einzelne von euch hatte das.« Sie bedenkt uns mit einem strahlenden Lächeln. »Deshalb solltet ihr wissen, dass jeder von euch bereits außergewöhnlich ist.«

Val beugt sich vor und flüstert mir ins Ohr. »Heilige Scheiße!« Sie wickelt eine lange Strähne ihres dunklen Haares um einen Finger. »Kannst du glauben, dass das wirklich passiert?«

Ich schaue mich um, und alle starren gebannt auf Willa. Lex. Jude. All die anderen. Sie hängen an jedem ihrer Worte. Ich weiß, dass sie über uns redet, aber offensichtlich ist auch an ihr etwas Besonderes.

»Ihr wisst vielleicht«, beginnt Willa, »dass ich vor einiger Zeit ein kleines Theaterstück geschrieben habe.« Natürlich kichern alle, und Willa lacht mit uns. »Aber im Ernst«, sagt sie, »*Midnight Music* ist die größte Errungenschaft in meinem Leben. Es ist der Grund, warum es dieses Theater noch gibt. Es ist der Grund, warum ich noch hier bin.« Sie hält inne und atmet tief durch. »Und jetzt ist es der Grund, warum ihr alle hier seid.« Unsere Gruppe jubelt und applaudiert, und Willa hält noch einen Moment inne, bevor sie fortfährt, eine Hand über ihrem Herzen. »Und dafür bin ich euch ewig dankbar.«

Sie erklärt weiter, dass unsere Vormittage mit Kursen über alles Mögliche gefüllt sein werden, von Bühnenkampf bis zu Dialekten. »Wir haben dafür gesorgt, dass einige der besten Theaterprofis der Branche diesen Monat mit euch arbeiten werden.« Natürlich unterrichtet sie höchstpersönlich das Schreiben von Theaterstücken.

An den Nachmittagen werden wir unsere Arbeitseinsätze haben. Da die Teilnahme am Intensivkurs nichts kostet, geben wir mit den Arbeitseinsätzen etwas an Whisper Cove zurück. Willa sagt uns, dass wir alle auf der Anschlagtafel auf der Veranda nachsehen sollen, wo wir arbeiten werden. Aber das habe ich schon getan, also weiß ich, dass ich an der Rezeption sein werde.

»Morgen beginnt der Unterricht«, lässt Willa uns wissen und streicht sich eine Strähne ihres langen, dunklen Haares hinter ein Ohr. Silberne Armbänder klimpern. »So habt ihr ein bisschen mehr Zeit, euch einzuleben. Aber die Arbeitseinsätze beginnen heute Nachmittag.« Sie hält inne, und ihre Augen funkeln. »Was uns zum Vorsprechen heute Abend bringt.«

Schweigen legt sich über die Gruppe. Wir beugen uns alle vor, als wären wir Metallfetzen, machtlos gegen Willas magnetische Anziehungskraft. Es erinnert mich daran, wie wir gestern Abend am Strand Coles Geschichte zugehört haben.

Diese verlassenen Häuser mit ihren verrottenden Gärten.

»Wie ihr wahrscheinlich wisst«, beginnt Willa, »führen die Schüler jedes Jahr am letzten Tag des Intensivkurses eine Workshop-Aufführung von *Midnight Music* auf.«

Lex hat neben mir aufgehört zu atmen. Er hält sich am Geländer der Veranda fest, und die Sommersprossen auf seinen Handrücken zeichnen sich wie winzige Blutstropfen ab.

»Aber ihr müsst nicht so besorgt aussehen«, sagt Willa. »Jeder bekommt eine Rolle. Alles würdige Rollen, das versichere ich euch. Zufällig kenne ich die Autorin des Stücks.« Sie zwinkert Lex zu, und er kichert. Es ist ein sehr hohes Kichern. Nervös. Und er hält sich verlegen eine Hand vor den Mund. Aber dann wirft Jude ihm ein Grinsen zu, und er beginnt wieder zu atmen.

»Und natürlich wird Jude hier unser treuer Inspizient sein.« Willa winkt mit einer Hand in Judes Richtung, und er strahlt unter ihrer Aufmerksamkeit. »Also keine Sorge wegen heute Abend«, sagt sie. »Ihr werdet alle Stars sein, versprochen.«

Zum Abschluss des Treffens gehen wir die Regeln durch. Es sind nicht viele. Seid pünktlich. Arbeitet hart. Liebt euch gegenseitig. Und eine letzte Sache. Niemand darf nach elf Uhr die Hütten verlassen. Das ist eine Regel, die wir bereits gebrochen haben, aber niemand gibt diese Information freiwillig weiter.

»Hier ist ein Gedanke für den Tag«, fügt Willa hinzu, bevor sie uns entlässt. »Im vierten Akt von *Hamlet* sagt die schöne, aber dem Tod geweihte Ophelia: ›Wir wissen wohl, was wir sind; aber nicht, was wir werden können.‹ Ich möchte, dass ihr euch das alle merkt. Denkt jeden einzelnen Tag daran, solange ihr hier seid. Sogar jeden Moment. Ihr seid als eine Person nach Whisper Cove gekommen, aber wenn ihr Glück habt, verlasst ihr sie als jemand anders. Jemand, den ihr euch noch nicht einmal ansatzweise vorstellen könnt.« Sie lässt ihren Blick erneut über unsere Gruppe schweifen. »Lasst eure Seelen durch diesen Sommer entflammen. Lasst euch durch ihn zum Leben erwecken, meine Lieben. Das ist der wahre Zauber des Theaters.« Sie klatscht in die Hände. »Treffen beendet. Und jetzt holt bitte jemand für Jude das Frühstück!«

Es gibt eine weitere Runde Applaus, und wir alle schweben auf einer Welle von Geschwätz und Aufregung durch die Eingangstür. Eine kleine Frau steht vom Empfangstresen auf, um uns zu begrüßen. Ihr lockiges braunes Haar wird gerade noch von einem überstrapazierten Stirnband unter Kontrolle gehalten. Sie sieht nicht sehr alt aus. Vielleicht Ende zwanzig. Wegen ihrer großen Brille ist das schwer zu sagen.

»Das«, verkündet Jude, »ist Glory.« Er stürzt sich auf sie, um sie zu umarmen. »Seht sie als eure große Schwester an. Sie kennt diesen Ort in- und auswendig. Wenn ihr Fragen habt oder irgendetwas braucht, sprecht ihr mit Glory. Sie ist der eigentliche Boss hier.«

Glory errötet. »Hört nicht auf den da«, warnt sie uns, und ich bemerke ihren Bostoner Akzent. Oder vielleicht ist es New York. Auf jeden Fall ist es nicht der texanische Akzent, den ich gewohnt bin. »Jude ist charmanter, als gut für ihn ist.« Sie streicht mit den Händen über ihren zerknitterten Rock. Zupft Katzenhaare von ihrer Strickjacke. »Jeder weiß, wer hier das Sagen hat.« Sie schenkt uns allen ein nervöses kleines Lächeln. »Whisper Cove ist Willas Baby. Ich habe einfach das Glück, ein Teil davon zu sein. Aber lasst es mich wissen, wenn ihr etwas braucht.« Sie bietet jedem von uns ein Pfefferminz aus der Schale auf ihrem Schreibtisch an. »Wir möchten, dass ihr euch hier wie zu Hause fühlt.«

Sie scheint freundlich zu sein, und das freut mich, denn ich bin ihr als Assistentin zugeteilt worden. Ich will mich grade vorstellen, aber in diesem Moment klingelt das Telefon, und Glory dreht sich um, um abzuheben. »Whisper Cove Theater. Hier ist Glory. Wie kann ich Ihnen helfen?«

Sie winkt uns allen entschuldigend zu, und Jude wirft ihr eine Kusshand zu, während er uns den Gang entlang, um eine Ecke und durch eine Schwingtür in die kleine Cafeteria führt.

An der hinteren Wand befindet sich eine Zeile mit warmen Speisen und Tischen in Buffetform, und in einer Ecke steht eine Getränkestation. Eine Salatbar füllt die Mitte des Raums. Gestern Abend, beim Abendessen, war sie überfüllt. Aber jetzt ist sie leer. Der Rest des Raums wird von runden Tischen eingenommen.

Wir schnappen uns alle Tabletts und bahnen uns einen Weg durch die Schlange, um unsere Teller mit Rührei und Würstchen zu füllen. Es gibt auch Kekse. Große, luftige Kekse. Und frische Erdbeeren.

Überall in der Cafeteria teilen sich die Jugendlichen in Gruppen auf. Wir sind erst seit einem Abend hier, aber jeder scheint schon seine Leute gefunden zu haben. Es erinnert mich an die Schulcafeteria zu Hause. Ich schätze, manche Dinge sind universell.

Ich fülle mein Glas mit Orangensaft aus dem Automaten und gehe zu einem Platz in der Mitte des Raums, wo Jude, Lex und Val auf mich warten.

»Wie findet ihr Willa?«, fragt Jude, als wir unsere Tabletts auf den Tisch schieben. Auf seinem Teller stapeln sich Kekse. »Ich habe euch doch gesagt, dass sie eine tolle Frau ist, oder?«

»Sie ist absolut fantastisch«, bestätigt Lex und greift nach dem Pfeffer. »Genau so, wie ich sie mir vorgestellt habe.«

»Ich muss immer wieder daran denken, worüber sie gesprochen hat«, sagt Val. Sie ist heute Morgen ganz in Schwarz gekleidet. Zerrissene Jeans und ein weiteres Tank-Top. Katzenaugen und roter Lippenstift. Sie sieht aus wie ein Rockstar. »Darüber, dass wir wissen, wer wir sind, aber nicht, wer wir sein können.« Sie schiebt sich eine Erdbeere in den Mund. »Das ist tiefgründige Scheiße.«

»Und wer werden wir in vier Wochen sein?«, fragt Lex, dessen Pfefferstreuer in der Luft über seinen Eiern eingefroren ist. Er wirft einen kurzen Blick auf Jude. »Ich will hier nicht als derselbe Mensch weggehen, der ich bei meiner Ankunft war.«

Ich auch nicht. Aber ich weiß noch nicht, wer ich werden will.

Vielleicht weiß das auch keiner der anderen. Vielleicht ist es das, worum es in diesem Sommer geht. Für uns alle.

Zwischen den Bissen füllen wir noch einige Lücken über uns selbst aus.

Val hat in L.A. ein bisschen gemodelt. Nur Sachen für ein örtliches Einkaufszentrum, erzählt sie uns, als wäre es ihr halbwegs peinlich. Aber der Rest von uns ist beeindruckt.

Lex wurde letztes Jahr wegen Schulschwänzens suspendiert. Aber er hatte trotzdem nur Einsen. Also scheiß drauf.

Und Jude spielt Saxofon in der Marschkapelle. »Habe gespielt«, korrigiert er sich. Nächstes Jahr wird er wahrscheinlich keine Zeit mehr haben, es weiterzumachen. Im College. Sein Gesichtsausdruck verrät uns, dass er es jetzt schon vermisst.

Ich suche in meinem Kopf nach etwas, das sich sicher anfühlt und das ich teilen kann. Etwas Einfaches und Bequemes. Etwas, das man auf dem Frühstückstisch neben den Keksen und der Butter auslegen kann. Aber ich war noch nie gut in solchen Dingen. Ich entscheide mich für eine lustige Geschichte über die Rolle eines Apfelbaums im *Zauberer von Oz*, obwohl ich allergisch auf Äpfel reagiere.

Und das scheint sie zufriedenzustellen.

Zumindest im Moment.

Der Rest des Gesprächs beim Frühstück dreht sich um das Vorsprechen. Die Monologe, die wir vorbereitet haben. Was wir anziehen. Wir belästigen Jude mit Fragen darüber, was uns erwartet, aber er grinst nur und sagt, dass Schweigen Gold ist.

Wir sind fast fertig mit dem Essen, als ein Mann in Kakihosen und einem zerknitterten blauen Hemd die Cafeteria betritt. Er bekommt zwar eine Glatze, hat aber ein hübsches Gesicht. Ich beobachte, wie er an der Theke stehen bleibt und sich seinen Teller mit Eiern und Keksen belädt. Jude winkt, und er kommt zu unserem Tisch.

»Morgen, Jude!« Seine Stimme ist lauter, als ich es erwartet hätte. »Das müssen einige unserer neuen Rekruten sein.«

»Lex, Avril und Val«, sagt Jude, »das ist Brody Culver. Er ist der künstlerische Leiter hier in Whisper Cove.«

Und wieder stehe ich jemandem gegenüber, der meine Mutter in diesem letzten Sommer ihres Lebens gekannt haben könnte. Ich möchte ihn fragen, ob er sich an sie erinnert. Aber ich tue es nicht. Noch nicht. Ich starre ihn nur an und mache mir Gedanken.

»Er ist auch Willas Ehemann«, stellt Jude klar. Aber das wussten wir alle schon.

»Der wichtigste Teil meines Titels«, sagt Brody mit einem Lachen. »Mr Willa Culver.«

Und er ist Coles Vater, natürlich. Aber in diesem Mann ist keine Spur von Cole. Cole hat nur dunkles Haar und ist intensiv. Wie seine Mutter. Dieser Typ ist fast zu entspannt und lässig. Zu entspannt, um echt zu sein.

»Tut mir leid, dass ich meinen Teller fülle und weglaufe«, entschuldigt sich Brody. »Aber ich muss zurück in mein Büro. Ihr werdet nicht viel von mir sehen. Ich konzentriere mich auf die professionellen Shows, die wir in der zweiten Hälfte des Sommers veranstalten. Aber bei Willa seid ihr in guten Händen.« Er klopft Jude auf den Rücken. »Und bei meinem Kumpel Jude hier natürlich auch.«

Als er weg ist, beenden wir unser Frühstück und stellen unsere Tabletts ab, dann teilen sich alle auf, um an ihren Vorsprechmonologen zu arbeiten. Lex und ich planen, gemeinsam zu proben, aber Jude passt uns auf dem Weg aus der Cafeteria ab. »Hey, Avril«, sagt er, »macht es dir was aus, wenn ich Lex für eine Weile entführe?« Er redet mit mir, aber diese großen braunen Augen sind auf Lex gerichtet. Genau wie letzte Nacht am Strand. »Ich habe versprochen, dass ich ihn heute Morgen herumführe.«

»Oh«, sage ich. »Ja. Klar.« Beinahe füge ich hinzu, dass ich auch mitkommen möchte, aber die Art und Weise, wie Lex rot wird, verrät mir, dass dies eine private Führung sein soll.

»Das macht dir doch nichts aus, oder, Av?« Lex sieht besorgt aus. Als würde er sich schlecht fühlen, wenn er mich allein lässt. Aber ich bin es gewohnt, allein zu sein, also schüttle ich den

Kopf und sage Lex, dass er mit Jude gehen soll. Denn Jude lehnt am Türrahmen und grinst, mit wunderschönen Locken, langen Wimpern und einem koketten Lächeln. Also, ja. Natürlich sollte Lex mit ihm gehen.

Wir versprechen, uns zum Mittagessen wiederzutreffen, und ich beschließe, auf die Veranda zu gehen. Ich denke über die grün gestreifte Markise nach, seit ich sie gestern Abend im Nebel gesehen habe.

Ich versuche, meinen Weg durch das Haus zu finden, aber die Räume und Gänge sind wie ein Labyrinth. Nachdem ich mich zum dritten Mal verlaufen habe, gebe ich auf und kehre zur Cafeteria zurück, um durch die Seitentür zu gehen und dem Steinweg nach hinten zu folgen.

Als ich um die Ecke des Bauernhauses komme, bleibe ich stehen. Ich frage mich, ob ich mich jemals an all das gewöhnen werde. An diese atemberaubende Aussicht. Oder an die Kühle einer Meeresbrise mitten im Juni. Und daran, wie die Luft hier riecht. Frisch, aber mit einem leichten Kratzen. Nach Salz, Blumen und Seetang. Und etwas, das mich daran erinnert, wie sich saubere, knackige Laken im Sommer auf der Haut anfühlen.

Ich lausche dem fernen Gesang der Wellen. Sehe zu, wie sie sich am Strand in einer Linie aus weißem Schaum brechen. Möwen schreien über mir, und bunte Segelboote huschen vor dem Horizont hin und her. Es ist perfekt.

Magisch.

Es ist so viel schöner als alles, was ich je in Texas gesehen habe. Es scheint eher ein anderer Planet als ein anderer Staat zu sein.

Es ist aber mehr als nur schön. Es hat auch etwas an sich, das sich einfach richtig anfühlt. Fast so, wie sich Lex richtig anfühlt. Als gehörte ich hierher. Auf diese breite Treppe mit dem Leuchtturm als Wächter.

Ich lasse meinen Blick über die Entfernung zum Wasser schweifen.

Grüner Rasen.

Brauner Sand.

Weißer Schaum.

Blaues Meer.

Dann sehe ich nach oben. Die gestreifte Markise über der großen Veranda kommt mir so bekannt vor.

Ich warte. Nur für den Fall. Aber es kommen keine neuen Erinnerungen hoch, also hole ich mein Handy heraus und beantworte ein paar SMS von Dad. Ich verspreche ihm, dass es mir gut geht. Ganz ehrlich. Dass alles großartig läuft. Dann ziehe ich das Textbuch für *Midnight Music* aus meiner Tasche. Es ist eine Ausgabe mit Eselsohren, die ich in der neunten Klasse zum ersten Mal gelesen habe. Ich muss es noch einmal durchgehen und mir vor heute Abend ein paar Notizen machen.

Aber etwas hält mich auf.

Unten am Strand kommt eine Gestalt aus der Brandung. Sie ist zu weit weg, als dass ich ihr Gesicht sehen könnte, aber der Schopf mit den dunklen Haaren verrät mir, wer es ist.

Cole Culver.

Ich sehe, wie er sich bückt und ein T-Shirt aufhebt. Den Sand ausschüttelt. Es sich über den Kopf zieht. Dann verliere ich ihn aus den Augen. Er verschwindet in den Dünen, und ich kann ihn nicht mehr sehen. Erst als er ein paar Minuten später wieder auf dem grünen Rasen auftaucht.

Er rennt jetzt. Kein Jogging. Er rennt mit Vollgas den großen Hügel hinauf zum Farmhaus. Als wäre ihm eine Art Monster auf den Fersen, das ihn verfolgt. Ich kann meine Augen nicht von ihm losreißen. Es hat etwas Wunderschönes an sich, wie er sich über das leuchtend grüne Gras bewegt. Als wäre er pure Energie. Seine Füße berühren den Boden nicht.

Ich schaffe es, meinen Blick auf meine Schrift zu richten, als er auf mich zu und immer näher kommt. Er hält nicht an, bis er die Veranda erreicht hat, und dann beugt er sich vor, die Hände auf den Knien. Er atmet schwer. Und tropft. Salzwasser rinnt über seine Wangen und Arme. Seinen Hals.

Nicht, dass ich auf seinen Hals schaue.

»Hey, Skeptikerin«, keucht er. »Bist du beschäftigt?«

Ich sehe auf, als hätte ich ihn gerade erst bemerkt. Cole steht am Fuß der Treppe und grinst mich an.

Es ist seltsam, ihn bei Tageslicht zu sehen, fast so, als hätte ich mir vorgestellt, er sei selbst ein Geist. Aber da steht er nun, mit seinem nervtötend schönen Haar und seinen rauchigen Augen.

»Ich lese«, sage ich. Und ich halte meine Kopie des Textbuchs hoch.

Cole lächelt und nimmt die Stufen mit einem langen Schritt. Er lässt sich neben mir nieder, als hätte ich ihn darum gebeten. »Ist es gut? Ich habe es nie gelesen.«

Ich kann nicht sagen, ob er ein Klugscheißer ist.

»Gar nicht übel«, sage ich mit ernster Miene. »Ich glaube, es könnte ein großer Hit werden.« Dann lacht Cole. Es ist ein echtes, aufrichtiges Lachen, und es lässt mich irgendwie vergessen, wie eingebildet er gestern Abend war.

»Hey«, beginnt er, als könnte er meine Gedanken lesen. »Wegen der Geschichte, die ich am Lagerfeuer erzählt habe. Ich wollte dir keine Angst machen. Ich wollte nur …«

»Du hast mir keine Angst gemacht«, sage ich. »Ich glaube nicht an so etwas. Das habe ich dir gesagt.«

»Ja. Das hast du. Stimmt.«

Cole greift in seine Tasche und holt ein weiteres kleines Stück Meerglas heraus. Dieses ist rosafarben. Es erinnert mich an eine Muschel. Er reibt es zwischen seinem Finger und seinem Daumen, während er auf das Wasser starrt, und ich frage mich, was er wirklich hier tut.

Er hat dunkelblaue Badeshorts an und ein verblichenes graues T-Shirt, das zu seinen Augen passt. Es klebt an seinem Rücken und seinen Schultern, wo er noch nass ist, und ich kann die Ecken und Kanten seines Körpers sehen. Er besteht nur aus schlanken Muskeln und Knochen. Das Einzige, was an ihm weich ist, sind seine dunklen, gewellten Haare.

Cole ist heiß, wie Lex gesagt hat, aber es gibt Dinge, die ich bei Tageslicht sehen kann. Dinge, die ich letzte Nacht am Strand nicht bemerkt habe.

Diese schwarzen Ringe um seine Augen.

Die abgekaute Haut an den Rändern seiner Fingernägel.

Diese Spannung in seinem Kiefer.

Er sieht, wie ich ihn ansehe, und ich wende mich wieder meinem Skript zu.

»Die meisten Leute behaupten, es sei nur der Wind im Dünengras«, sagt er. »Dieses flüsternde Geräusch, das du letzte Nacht gehört hast.«

Ich habe dieses plötzliche Gefühl der Angst. Nur ein kleiner Schauer. Und ich möchte ihm sagen, dass ich nichts gehört habe – weder am Strand noch später auf der Veranda der Hütte.

Cole wirft den rosafarbenen Glassplitter in die Luft und fängt ihn in seiner Hand auf, als ginge es um Kopf oder Zahl.

»Aber die Geschichte mit dem Massenertrinken ist wahr«, sagt er mir. »Nicht weit von hier gibt es einen kleinen Friedhof.« Er ruckt mit dem Kopf in Richtung Baumgrenze. »Dort sind die Frauen begraben. Und die Kinder.«

Der Gedanke an einen Friedhof, an Reihen von kleinen Gräbern, ist mir unangenehm, also wechsle ich das Thema.

»Warst du schwimmen?«, frage ich ihn, und er nickt. Er fährt sich mit den Fingern durch sein noch nasses Haar.

»Ich schwimme jeden Morgen. Ein paar Meilen. An der Küste entlang bis zum State Park und zurück.«

Das erklärt, warum er so schlank ist. Diese straffen Muskeln und diese agile Anmut.

»Du schwimmst als Sport?«, erkundige ich mich, und er schüttelt den Kopf.

»Ich schwimme, weil das Meer mir Angst macht.«

Wir sehen uns ein paar Sekunden lang an.

Er sagte mir gestern Abend, dass seine Mutter Angst vor dem Wasser habe. Er hat nicht gesagt, dass er Angst hat. Mein Blick fällt auf die weiche Haut seines Handgelenks. Das Tattoo mit der Kompassrose.

»Aber du bist sicher«, necke ich. »Du hast doch dieses magische Tattoo, oder?«

Er lacht wieder laut, und mir wird klar, dass ich nicht lange brauchen würde, um ein Fan von Coles Lachen zu werden. Wenn ich es zuließe.

»Ja«, sagt er. »Völlig sicher.« Er sieht mich an. Aber ich starre jetzt auf meine Zehen. »Du solltest mal mit mir kommen.«

»Vielleicht werde ich das«, sage ich. Und dann bin ich mir nicht sicher, was ich als Nächstes sagen soll.

Er sieht auf das Skript in meinem Schoß hinunter. »Hast du es schon mal gelesen?«

»Ja«, sage ich ihm, »ich habe es schon oft gelesen. Ich will nur sichergehen, dass ich für das Vorsprechen bereit bin.«

»Mach dir keine Mühe.« Cole greift nach unten, um eine Pferdefliege zu verscheuchen, die um seine Knöchel schwirrt. »Auf Willa Culver kann man sich nicht vorbereiten, glaub mir.«

»Wie meinst du das?«, frage ich ihn, und er zuckt mit den Schultern.

»Sie wird dich jedes Mal überraschen.« Er lächelt. »Wusstest du, dass sie das an einem einzigen Wochenende geschrieben hat? Sie ist einfach in unser Arbeitszimmer gegangen und hat es runtergetippt.« Er schüttelt den Kopf. »Niemand wusste, dass sie an einem Stück arbeitet.«

»Das ist unglaublich«, sage ich, obwohl ich das schon einmal gehört hatte. Es gehört zum Stoff der Theaterüberlieferung. Der Stoff, aus dem Mythen und Legenden sind. »Liegt dieses Talent in der Familie?« Jetzt ziehe ich ihn auf, vielleicht flirte ich, oder versuche es zumindest.

»Das Talent, Geheimnisse zu bewahren?«, fragt er. »Ja. Das tut es wirklich.« Er drückt sich von der Treppe ab. Sieht wieder auf mein Skript hinunter. »Lass mich wissen, wie es ausgeht.«

»Klar«, sage ich. Aber ich kann immer noch nicht sagen, ob er sich einen Scherz mit mir erlaubt.

»Und Hals- und Beinbruch für heute Abend.« Er neigt den Kopf zur Seite und grinst. »Oder glaubst du auch nicht an Glück?«

»Ich habe noch nie Glück gebraucht.« Ich denke, sein überhebliches Spiel kann von zweien gespielt werden.

»Tja, nun«, sagt er und tritt unter der grün gestreiften Markise hervor in den strahlenden Sonnenschein, »du warst noch nie in Whisper Cove, Avril Vincent.«

Und nur einer von uns weiß, dass das nicht wahr ist.

AKT I: SZENE 5

Bei meiner zweiten Begegnung mit Cole Culver bin ich fast genauso aus dem Gleichgewicht geraten wie bei der ersten. Und diesmal gibt es keinen Nebel, auf den ich es schieben könnte. Also schiebe ich es auf sein dunkles Haar. Die Wasserperlen auf seinen Wimpern.

Sein Lachen.

Und ich mahne mich selbst, vorsichtig zu sein.

Ich treffe mich beim Mittagessen wieder mit Lex, Jude und Val. Wir reden alle über unsere Lieblingssendungen. Über die besten Rollen, die wir je gespielt haben.

Val war im vergangenen Frühjahr die Hexe in *Into the Woods*, und Jude war Sky in *Guys and Dolls*. »Es war unglaublich«, schwärmt er. »Es gibt nichts Besseres als dieses Gefühl, wenn man weiß, dass das Publikum genau bei einem ist. Dass man es in der Hand hat.« Er schüttelt den Kopf und steckt sich ein paar Pommes in den Mund. »Pure verdammte Magie.«

Eine Gänsehaut macht sich auf meinen Armen breit, denn die Magie, von der Jude spricht, hat mich schon immer tief berührt.

Ich erzähle ihnen von der Rolle der Madge in *Picknick,* und Lex sagt, seine Lieblingsrolle sei Tom in *Die Glasmenagerie* gewesen. »Gott«, sagt er. »Ich habe es einfach so sehr gefühlt, wisst ihr?« Und ich weiß es, weil es so ist, als würden die Emotionen auf der Bühne verstärkt werden. Da ist so viel Gefühl in allem. Lex wendet diese strahlend blauen Augen in meine Richtung. »Was liebst du am Theater, Av?«

»Freiheit«, sage ich ihnen, ohne zu zögern. »Ich kann wütend sein oder untröstlich. Oder Hals über Kopf verliebt sein. Was auch immer. Ich kann alles auf die Spitze treiben. Und es besteht keine Gefahr. Denn das bin nicht ich.«

»Ja«, sagt Val, als hätte sie es verstanden. Sie schluckt einen Bissen von Schinken und Käse hinunter. »Es ist, als könnte man mit dem Feuer spielen, ohne sich zu verbrennen.«

Genau, das ist es. Auf der Bühne wirklich im Moment zu sein, fühlt sich an, als würde man in Flammen stehen. Nur weißt du, dass du, wenn alles vorbei ist, keine Narben haben wirst, die du zeigen kannst.«

Keine Blasen. Oder verbrannte Stellen.

Wir beenden unser Mittagessen, und als wir unsere Tabletts abstellen, frage ich Lex nach seiner Tour mit Jude. »Hat er dir gezeigt, was du sehen wolltest?«

»Noch nicht«, sagt Lex mit einem verschmitzten Grinsen. »Aber das wird er. Was hast du heute Morgen gemacht?«

»Nicht viel.« Ich zucke mit den Schultern und verdränge Coles Gesicht aus meinem Kopf, weil ich immer noch nicht weiß, was ich von ihm halten soll. Oder wie ich mich bei ihm fühle. »Ich habe nur das Textbuch studiert.«

Nach dem Mittagessen machen wir uns auf den Weg zu unserem ersten Arbeitstag, und Glory bietet mir noch ein Pfefferminz an, als ich an ihrem Schreibtisch auftauche. »Ich hoffe, du bist fleißig«, sagt sie und streicht mit einer Hand über ihre krausen Locken. »Das ist der einzige Monat im Jahr, in dem ich eine Assistentin habe, also muss ich das Beste daraus machen.«

Als Erstes bringt sie mir bei, wie man Kaffee kocht. »Job Nummer eins«, nennt sie das. Dann drückt sie mir einen dicken Stapel Ordner in die Hand und zeigt mir, wie ich sie in ihren überfüllten Aktenschrank einsortieren muss. Danach gehen wir den Kopierer und die Telefonanlage durch. »Brody bekommt eine Menge Anrufe«, warnt sie mich hinter ihrer großen Brille. »Vor allem, wenn wir uns den großen professionellen Shows nähern, die nächsten Monat anstehen.« Sie schenkt mir ein kleines Lächeln. »Das ist einer der Gründe, warum ich so froh bin, eine Assistentin zu haben.«

Wir sind fast fertig für den Nachmittag, da schickt Glory mich nach oben, um einige Akten für Brody abzugeben. Er ist nicht in seinem Büro, also lege ich sie auf seinen Schreibtisch. Aber als ich hinausgehe, fallen mir Reihen von gerahmten Fotos auf, die ordentlich an einer Wand hängen. Jedes einzelne ist fast identisch mit den anderen. Eine große Gruppe von Menschen, die auf den breiten hinteren Stufen der Veranda sitzen. Die grün gestreifte Markise über dem Dach. Auf den unteren Rand jedes Fotos ist eine Jahreszahl gekritzelt, und sie sind alle chronologisch geordnet.

Mir fällt etwas ins Auge, und ich werfe einen kurzen Blick darauf, bevor ich hinübergehe, um es mir genauer anzusehen, denn ich weiß, dass ich mich nicht in Brody Culvers Büro herumdrücken sollte.

Aber da ist sie. Dritte Reihe. Zweites Foto von links. Meine Mutter. Grüne Augen und weißblondes Haar, wie meines. Nur ist ihres länger.

Wir könnten fast Zwillinge sein. Wenn ich nicht die Nase von meinem Vater hätte.

Es müssen dreißig oder vierzig Leute auf dem Bild sein. Wahrscheinlich Schauspieler und Techniker von den professionellen Aufführungen in diesem Sommer. Ich weiß, dass wir deshalb hierhergekommen sind. Dad hat mir das erzählt. Er sagte, Willa habe meine Mutter angefleht, eine Rolle in einer von Brodys Produktionen zu übernehmen. Das war damals, als Whisper Cove noch ein winziges Sommertheater mit einem winzigen Budget war. Bevor Willas Stück das alles änderte. Es machte diesen Ort bekannt. Hatte Jude das nicht so gesagt?

Ich beuge mich näher heran, um das Bild meiner Mutter zu betrachten. Ihre Sonnenbrille sitzt wie ein Diadem auf ihrem Kopf, und ihr Gesicht ist zur Seite gedreht. Sie schaut auf den Mann neben ihr. Ihre Hand liegt auf seinem Arm, und sie lacht. Über etwas, das er gesagt hat, vielleicht. So sieht es jedenfalls aus.

Es dauert einen Moment, bis ich den Mann erkenne, denn er hat volles, lockiges braunes Haar. Sein Gesicht ist jedoch das gleiche. Es ist Brody Culver. Willa sitzt auf der anderen Seite, lächelt und lacht auch. Sie sehen alle so jung aus. Und so glücklich.

Meine Mutter trägt ein gelbes Oberteil und Jeansshorts. Goldene Riemchensandalen. Die Zehennägel sind rosa lackiert. Und sie ist wunderschön. Strahlend. Aber sobald ich diese Zehen sehe, überkommt mich Übelkeit.

Nicht nur Übelkeit. Angst.

Entsetzen.

Und dann stehe ich nicht mehr in Brodys Büro. Ich verstecke mich unter einem der großen Picknicktische auf der Meeresveranda. Raue Bretter schrammen an meinen Knien. Ich halte mir die Hände über die Ohren, aber ich kann immer noch das leise Zischen der wütenden Worte hören. Alles, was ich sehen kann, sind die Schuhe meiner Mutter.

Goldene Riemchensandalen.

Rosa lackierte Zehen.

Jemand keucht hinter mir. Das holt mich in die Realität zurück, und ich drehe mich um und sehe Brody Culver in der Tür seines Büros stehen und mich anstarren. Sein Mund steht offen und er ist ganz blass. Er erholt sich aber schnell wieder.

»Brauchst du etwas?«, fragt er. Sein Gesicht ist jetzt entspannt. Das unbeschwerte Lächeln, das ich beim Frühstück gesehen habe, ist wieder da. Die Veränderung geht so schnell vonstatten, dass sie mich ein wenig verunsichert.

»Ich habe nur ein paar Akten vorbeigebracht«, sage ich. »Von Glory.« Und ich flitze um ihn herum und aus der Tür, bevor er noch etwas sagen kann.

Ich ducke mich in die Toilette am Ende des Flurs und schließe die Tür ab. Meine Beine zittern. Ich stehe eine Minute lang da und stütze mich auf das Waschbecken. Ich versuche, mich zusammenzureißen. Aber das Gefühl der Angst ist noch da. Und ich muss immer wieder an das Keuchen denken. An den Ausdruck auf Brody Culvers Gesicht.

Fast so, als hätte er einen Geist gesehen.

Als ich schließlich die Augen hebe, um in den Spiegel zu schauen, brauche ich eine Sekunde, um zu erkennen, was ich sehe, denn der Spiegel ist alt und trüb, und die Verzerrung verwirrt mich.

Aber dann wird es klar. Ich sehe mich selbst an. Aber es sind die Augen meiner Mutter, die auf mich zurückstarren. Ich kenne sie von meinem versteckten Foto, auch wenn ich mich nicht im wirklichen Leben daran erinnern kann.

Ihre Augen.

Größer und wilder und in einem etwas dunkleren Grünton als meine eigenen. Mit goldenen Fleckchen gesprenkelt.

Ich starre diese Augen ein paar Sekunden lang an, bevor sich mein Spiegelbild zu verändern beginnt. Die feinen Unterschiede kräuseln sich auf dem Spiegel, als würde jemand mit der Hand über die Oberfläche eines stillen Teiches fahren.

Zuerst die Nase.

Dann das Kinn.

Und die Lippen.

Es dauert nur ein paar Sekunden, bis ich verschwunden bin. Und dann schaut mich meine Mutter aus dem rechteckigen Gefängnis des Badezimmerspiegels an.

Mit zitternden Händen greife ich nach dem Wasserhahn und drehe das kalte Wasser auf. Ich beuge mich hinunter und spritze mir das Gesicht ab, dann suche ich nach einem Papiertuch, um es abzutrocknen. Und als ich wieder aufschaue, ist meine Mutter weg. Natürlich.

Denn sie war gar nicht erst dort.

Ich bin's nur.

Es gab immer nur mich.

Ich gehe wieder nach unten, und Glory sieht von ihrem Schreibtisch hoch. »Da bist du ja«, sagt sie mit einem Lächeln. »Ich hatte schon Angst, du hättest dich verlaufen.« Dann verändert sich ihr Gesichtsausdruck. »Avril? Geht es dir gut?« Ihre Augen sind besorgt, und sie senkt ihre Stimme zu einem Flüstern. »Hat Brody …?«

Die Fliegengittertür knallt auf, und Lex und Val stürzen lachend herein. Sie sind beide verschwitzt und schmutzig, weil sie den ganzen Nachmittag mit den Bauarbeitern geschuftet haben.

»Oh mein Gott«, sagt Val. »Ich war noch nie in meinem Leben so bereit fürs Abendessen.«

Lex schenkt mir ein breites Grinsen. »Wir haben Blumen gepflanzt. Im Dreck!« Er lacht und hält seine mit Erde bedeckten Hände hoch. »George hat uns gezeigt, wie man das macht.«

Val verdreht die Augen. »Lüg nicht«, stichelt sie. Dann wendet sie sich an Glory und mich. »Ich habe die ganze Zeit gegraben. Mr Nutzlos hier hat mir nur die Blumen gegeben.« Sie packt Lex am Arm und zieht ihn in den Flur. »Komm mit«, sagt sie. »Ich bin am Verhungern.«

Er reckt den Hals und sieht mich an. »Kommst du, Av?«

»Ja«, antworte ich. »Ich bin gleich da.«

»Ich habe wohl das Zeitgefühl verloren«, meint Glory. »Ich habe nicht bemerkt, dass es schon fünf Uhr ist.«

»Ich auch nicht«, sage ich.

Die Angst, die ich verspürte, als ich das Foto in Brodys Büro sah, gleitet endlich von meinem Rücken ab, so wie das Wasser nach dem Schwimmen. Und die Erinnerung daran, wie ich mich unter dem Picknicktisch auf der Veranda versteckt habe, scheint jetzt nicht realer zu sein als das, was ich im Badezimmerspiegel gesehen habe. Oder das Flüstern, das ich letzte Nacht gehört habe.

Es ist mir peinlich, dass ich mich von meiner Fantasie habe leiten lassen. Ich suche so sehr nach meiner Mutter, dass ich ihren Geist hinter jeder Ecke wähne.

»Dann machen wir morgen weiter.« Glory lächelt. »Du warst heute großartig. Meine beste Assistentin bis jetzt.« Sie reicht mir ein weiteres Pfefferminzbonbon als Bezahlung, und das Bonbonpapier knistert, als ich es in meine Tasche stecke.

Ich gehe den Flur hinunter, aber Glory ruft meinen Namen, und ich drehe mich um und sehe sie an. »Gib mir Bescheid«, sagt sie, »wenn du irgendetwas brauchst. Okay?«

»Ja«, antworte ich. »Danke.« Glory sieht aus, als wollte sie mir noch etwas sagen, also warte ich einen Moment, aber dann klingelt das Telefon. Sie dreht sich um, um abzunehmen, und ich gehe weiter den Flur entlang.

Val und Lex haben zwar gelacht, als sie durch die Tür kamen, aber während des Abendessens steigt die Spannung. Alle denken über das Vorsprechen nach. Jude reißt Witze und versucht, die lockere Stimmung zu erhalten, aber wir sind alle nervös.

Val sagt, sie sei zu aufgeregt, um zu essen. Sie geht ihren Monolog immer wieder durch. Ich beobachte, wie sie die Worte vor sich hinmurmelt, während sie die Hühnerstäbchen auf ihrem Teller neu arrangiert.

Lex ist zappelig. Er spielt mit seinem Halstuch. Seinem Silberbesteck. Seiner Serviette.

Wir alle zählen die Minuten. Es ist diese seltsame Kombination aus Aufregung und Angst. Die, nach der wir uns alle sehnen, an die wir uns aber irgendwie nie gewöhnen.

Als wir uns gewaschen haben und zu der großen roten Scheune gehen, sind wir alle bereit, das Ganze hinter uns zu bringen.

Wir versammeln uns vor der Tür. Warten. Jude versucht, uns zu bespaßen. Abzulenken. Er erzählt uns, dass die Gebäude, aus denen Whisper Cove besteht, früher zu einem landwirtschaftlichen Betrieb gehörten und dass dies hier damals wirklich eine Scheune gewesen war. Das Äußere sieht nicht so aus, als hätte sich seitdem viel verändert. »Es gibt einen Witz, den Willa gerne erzählt«, sagt er und lacht. »Sie sagt, dass ein armer Bauer wahrscheinlich sein ganzes Leben damit verbracht hat, Pferdescheiße aus dieser Scheune zu schaufeln, und jetzt verbringen Theaterleute jeden Sommer damit, sie wieder hineinzuschaufeln.«

Wir kichern alle, und ich bin dankbar dafür. Denn es lockert die Stimmung ein wenig auf.

In diesem Moment taucht Willa auf. Sie trägt hochhackige Stiefel und einen langen, ausladenden Rock. Diese klimpernden Armbänder. Und sie hält einen riesigen silbernen Schlüsselring in einer Hand.

»Also gut, meine Lieben!«, verkündet sie mit einer ausladenden Geste. »It's showtime.«

Mein Magen ist verkrampft, zumindest bis sie die Theatertür öffnet.

Es ist schon komisch, dass es Orte gibt, in die ich mit verbundenen Augen gehen könnte und sie trotzdem wiedererkennen würde, allein schon am Geruch. Meine Lieblingspizzeria zu Hause. Mein Gruppenzimmer im Kindergarten. Sobald Willa die Tür zum Scheunentheater aufstößt, schlägt mir der Geruch von etwas so Vertrautem entgegen. Es ist Sägemehl. Und Farbe. Altes Holz. Muffige Vorhänge.

Zuhause.

Ich atme ihn ein und beginne, mich zu entspannen. Denn hier gehöre ich hin.

Aber es ist mehr als nur der Geruch. Ich spüre meine Mutter hier. Ein Teil von ihr verweilt immer noch in diesem Raum. Als wäre ihre Seele in das Holz und die Wände eingedrungen, und wenn ich diesen Theatergeruch einatme, atme ich auch sie ein.

Ich fahre mit meiner Handfläche über das hölzerne Geländer am Rand der Bühne. Es ist glatt und abgenutzt, weil es jahrelang immer wieder berührt wurde, und ich denke daran, dass die Finger meiner Mutter wahrscheinlich dort lagen, wo meine jetzt liegen. Es ist derselbe Gedanke, den ich heute Morgen wegen des Geländers der Veranda hatte, und mir wird klar, dass dies dem Gefühl am nächsten kommt, ihre Hand zu halten.

In der Scheune gibt es kein Foyer. Die großen Doppeltüren führen direkt in den Aufführungsraum. Und es ist dunkel, zumindest bis Jude in eine kleine Kabine im hinteren Bereich geht, um das Licht einzuschalten.

Wir alle blinzeln angesichts der plötzlichen Helligkeit, und ich bin fasziniert von den Staubkörnern, die wie Schnee durch die Luft schweben.

In der Mitte des riesigen Raums steht eine rechteckige Bühne, die auf drei Seiten von Tribünen umgeben ist. Ein großer schwarzer Vorhang hängt über der Rückseite. Über unseren Köpfen befindet sich eine Empore mit noch mehr Sitzplätzen unter den ursprünglichen Balken der Scheune.

»Nehmt euch alle einen Stuhl«, sagt Willa. »Wir müssen

noch ein paar Dinge durchgehen.« So, wie sie uns anlächelt, fällt es schwer, nervös zu bleiben. Ihre Energie ist so ansteckend. »Ich bin sicher, ihr wisst das alles«, beginnt sie, »aber *Midnight Music* ist eine Liebesgeschichte.« Sie hebt eine Augenbraue. »Mit einer kleinen, überraschenden Wendung.«

Es fällt mir wieder auf, wie verrückt es ist, dass wir alle hier mit Willa Culver sitzen. *Die* Willa Culver. *Midnight Music* ist ein wunderschönes Stück, und es war ein großer Erfolg am Broadway, aber das ist nur ein Teil des Mythos und der Mystik, die Willa umwittern. Sie hätte eine außergewöhnliche Karriere als brillante Dramatikerin in New York City machen können, aber sie tat es nicht. Sie nahm all den neu erlangten Ruhm und die Verbindungen mit hierher nach Whisper Cove und investierte alles stattdessen in die Entwicklung dieses kleinen Theaters zu etwas Außergewöhnlichem.

Ich habe einmal ein Interview mit ihr gelesen, in dem sie sagte, sie würde hierher zurückkehren, weil ihr Herz hier sei. Sie hatte nie wieder etwas geschrieben, weder vorher noch nachher. Aber das musste sie auch nicht. *Midnight Music* wurde sofort zum Klassiker, und sie wurde über Nacht berühmt. Der geheimnisvolle und zurückgezogene Liebling der Theaterwelt.

»In dieser Geschichte«, erinnert uns Willa, »verliebt sich ein Musiker namens Orion in ein Mädchen namens Eden, und als Eden stirbt, weigert sich Orion, sie gehen zu lassen. Er beschließt, sie auf die einzige Weise, die er kennt, zu sich zurückzurufen. Mit einem Lied. Und das Verrückte daran ist, dass es funktioniert.« Willa hält inne und grinst uns an. »Aber natürlich gibt es für die beiden kein ›Glücklich bis ans Ende ihrer Tage‹, denn wahre Liebe ist nie einfach, nicht wahr?«

Ihre Augen leuchten, und ihre Wangen sind gerötet. Selbst nach all den Jahren ist es klar, dass sie immer noch gerne über dieses Stück spricht.

Ihr Stück.

Als ich in der neunten Klasse war, sah mein Vater mein *Midnight Music*-Skript auf dem Tisch liegen. »Weißt du, deine Mutter kannte sie«, sagte er zu mir, und dann machte er sich wieder daran, seine Französischaufgaben zu korrigieren. Als ob diese Bombe, die er gerade hatte platzen lassen, nichts gewesen wäre.

Es dauerte Wochen, bis ich mehr Informationen aus ihm herausbekam. Schließlich fand ich heraus, dass Willa und meine Mutter College-Freundinnen gewesen waren und beide an der Universität von Texas Theater studiert hatten. Das war, bevor meine Mutter und mein Vater sich überhaupt kennenlernten.

Ich fand auch heraus, dass wir hier in Whisper Cove gewesen waren, als meine Mutter starb. Bis dahin hatte ich nur gewusst, dass sie … wir … bei einem Theater am Meer, in dem sie in jenem Sommer spielte, ertrunken sind.

Er hatte sich jedoch geweigert, mir noch irgendetwas zu erzählen. *Je ne sais pas!*, hatte er geschrien, als ich ihn zum millionsten Mal nach Willa gefragt hatte. *Ich weiß es nicht. Ich habe die Frau nur einmal getroffen!*

Ich fragte nicht noch einmal nach, aber eines Abends, nicht lange danach, als er nicht da war, kramte ich in dem Schuhkarton auf dem obersten Regal seines Schranks, dem einzigen verbliebenen Hinweis auf meine Mutter in unserer Wohnung. Zwischen einigen Versicherungspapieren und ihrer Sterbeurkunde fand ich das Abschlussfoto mit der Aufschrift NICOLE UND WILLA auf der Rückseite. Ich nahm es mit und bewahrte es versteckt in meinem Zimmer auf. Ein Beweis dafür, dass meine Mutter existiert hatte.

Und dass sie Willa Culver gekannt hatte.

Wir besprechen noch ein paar Details, und dann sagt Willa, dass Jude uns einzeln aufruft, um vor der ganzen Gruppe vorzusprechen. Ich erschaudere, denn ich hatte nicht gewusst, dass wir vor allen anderen vorsprechen würden. Den Gesichtern nach zu urteilen, wusste das auch sonst niemand. »Es ist eine Lernerfahrung, meine Lieben«, versichert uns Willa lächelnd. »Hals- und Beinbruch! Und vergesst das Atmen nicht.«

Ich sitze zwischen Val und Lex. Lex hört nicht auf, mit dem Knie zu wippen, und das macht mich wahnsinnig. Schließlich lege ich meine Hand auf sein Bein, um ihn zu stoppen. *Tut mir leid,* formt er mit den Lippen.

Val beugt sich vor und flüstert mir ins Ohr. »Ich kann mich an kein einziges Wort meines Monologs erinnern.« Aber als ihr Name aufgerufen wird, haut sie alle vom Hocker.

Das gilt auch für Lex.

Es ist ein langer Prozess, aber wir arbeiten uns durch die ganze Gruppe. Bis schließlich nur noch ich übrig bin. Die Allerletzte. Wie könnte es auch anders sein.

»Avril Vincent«, verkündet Jude mit offiziell klingender Stimme. »Du bist dran.«

Lex streckt seine Hand aus und drückt meine kurz. »Hau rein, Av«, flüstert er.

Willa sitzt in der ersten Reihe, und es schockiert mich ein wenig, wie nah sie ist. Nur ein paar Meter von mir entfernt. Ich könnte die Hand ausstrecken und sie berühren, wenn ich wollte. Das Theater meiner Highschool in Dallas ist riesig, denn es fasst etwa zweitausend Leute. Der Abstand ist also viel größer.

Das hier fühlt sich viel persönlicher an.

Viel weniger sicher.

»Okay, Avril«, sagt Willa. »An welchem Teil des Textbuchs hast du denn für dein Vorsprechen gearbeitet?«

»Edens Monolog am Ende des ersten Aktes, nach dem Tanz mit Orion. Die Szene, in der sie erkennt, dass sie in ihn verliebt ist.« Ich schlucke meine Nervosität hinunter. »Das ist eine meiner Lieblingsstellen im ganzen Stück.«

»Gute Wahl!«, sagt Willa. »Es ist auch eine meiner Lieblingsstellen. Das würde ich sehr gerne hören. Fang einfach an, wenn du so weit bist.« Sie lehnt sich auf ihrem Stuhl zurück und wartet.

Ich mach einen Schritt zur Mitte der Bühne und hebe mein Gesicht in das Licht, das von der Empore auf mich herabscheint. Denn eine gute Schauspielerin findet immer ihr Licht.

Und plötzlich spüre ich meine Mutter so stark, fast so, als stünde sie direkt hinter mir. Würde ich meinen Kopf ganz schnell drehen, könnte ich sie vielleicht sehen.

Dunkelgrüne, mit Gold gesprenkelte Augen.

Das Gefühl der Verbundenheit mit ihr hier – auf dieser Bühne – ist so stark, wie ich es noch nie erlebt habe. Es zwingt mich fast in die Knie, denn das ist es, wonach ich mein ganzes Leben lang gesucht habe. Es ist der Teil von mir, der mir immer gefehlt hat. Das, was ich in Texas nie finden konnte.

Aus diesem Grund bin ich nach Whisper Cove gekommen.

Meine Hände zittern, also atme ich tief ein, um mich zu konzentrieren. Ich lasse Avril los und öffne mich ganz für Eden. Ich spüre, wie sie mich umspült wie eine Welle, die an einem Strand über die Felsen bricht. Sie füllt alle leeren Ecken und die stillen Orte in mir aus.

Ich beginne den Monolog, und wenn ich spreche, dann mit ihrer Stimme, nicht mit meiner. Als ich bei der letzten Zeile ankomme – »Ich fliege verliebt!« – stehe ich mit ausgebreiteten Armen da, und alles in mir fühlt sich an, als wäre es aufgesprungen.

Und dieses Gefühl ist so gut. Es macht mich hungrig auf mehr. Bis zu diesem Moment war mir nicht ganz klar – oder vielleicht hatte ich es mir nur nicht eingestanden –, wie sehr ich die Hauptrolle in diesem Stück haben möchte.

Wie sehr ich Eden sein muss.

»Wow«, höre ich Willa hauchen. »Das war toll, Avril.« Sie beugt sich auf ihrem Stuhl vor.

»Danke«, sage ich und mache mich auf den Weg zurück zu meinem Platz. Aber Willa hält mich mit einem erhobenen Finger auf.

»Bleib da stehen«, befiehlt sie und ruft alle anderen Mädchen zurück auf die Bühne zu mir.

»Ich werde euch alle bitten, etwas Ungewöhnliches zu tun«, sagt sie zu uns. »Seid ihr mutig, meine Lieben?«

Wir nicken alle, und Willa strahlt uns an. »Gut. Ich habe hier ein Musikstück aus der Show. Ich möchte, dass ihr es alle hört. Es ist die Melodie, die Orion für Eden spielt, das Lied, mit dem er sie nach Hause ruft. In der Show wird Orion es live auf der Gitarre spielen. Aber ich fürchte, im Moment muss eine Aufnahme reichen.« Sie deutet auf einen großen Ghettoblaster, der zu ihren Füßen steht. Ein altmodischer Kasten mit einem Kassettenspieler.

Einer der Jungs streckt seine Hand hoch. Der Junge vom Lagerfeuer, mit den zotteligen Haaren. Der Gitarrentyp. »Ähm«, sagt er, »ich könnte es spielen, wenn Sie möchten. Wenn Sie Noten dafür haben.« Er grinst, eine Hand auf der Gitarre, die gegen sein Knie gelehnt ist. Er muss das Ding rund um die Uhr bei sich haben.

Willa schenkt ihm ihr strahlendes Lächeln, und es ist, als würde er nahezu dahinschmelzen. »Das wäre wunderbar!«, ruft sie aus. »Was für eine Freude!« Und sie zieht ein einzelnes Notenblatt aus einer Mappe, die in ihrem Ordner steckt. »Es gibt nichts Besseres als Live-Musik, nicht wahr?« Sie mustert die anderen Jungs im Publikum. »Gibt es noch andere Musiker unter uns?« Alle anderen schütteln den Kopf, und Zottelhaar erstrahlt, als hätte jemand seinen Stecker eingesteckt. Er steht auf und nimmt Willa die Noten aus der Hand, als würde er einen

Grammy entgegennehmen. »Das Wichtigste«, fährt Willa fort, »ist, dass dieses Musikstück Eden wirklich zum Leben erweckt. Es ist, als würde sie in diesen wenigen Takten leben. Wisst ihr, was ich meine?« Ich nicke mit den anderen Mädchen, auch wenn ich nicht sicher bin, ob ich es verstehe.

»Wir werden also nur dieses Musikstück hören, und ich möchte, dass ihr euch alle bewegt. Das ist alles. Es kann alles sein, was ihr wollt. Worauf auch immer ihr Lust habt. Es muss nicht unbedingt Tanz sein. Ich meine, kann es natürlich, wenn ihr euch dazu hingezogen fühlt, aber ich will einfach nur Bewegung.« Sie mustert mich wieder. »Ihr habt mir alle gezeigt, dass ihr Eden durch ihre Worte zum Leben erwecken könnt, aber so viel von dieser Geschichte ist visuell. Ich muss sehen, ob ihr Eden auch ohne Worte zum Leben erwecken könnt. Ergibt das Sinn?«

Ich fange an, in Panik zu geraten, weil das eigentlich nicht mein Ding ist. Ich bin keine Ballerina. Nicht einmal im Entferntesten. Ich entdecke Lex' blaue Augen, und er streckt seinen Daumen verstohlen hoch.

Willa nickt dem Jungen mit der Gitarre zu, und er nickt zurück. Er schaut auf das Papier vor sich, blinzelt ein wenig und streckt seine langen Finger aus. Und dann beginnt die Musik. Sie ist wunderschön. Glücklich und traurig zugleich. Ich kann mich nicht erinnern, etwas Ähnliches schon einmal gehört zu haben, und doch ist sie mir irgendwie eindringlich vertraut.

Ein paar der Mädchen fangen sofort an zu tanzen und zeigen ihr Können mit anmutigen Bewegungen, deren Namen ich nicht einmal kenne. Aber ich stehe nur ein paar Sekunden da, nehme die Musik mehr über meine Haut als über meine Ohren auf, wiege mich hin und her und lasse mich wieder von Eden erfüllen. Und als ich schließlich anfange, mich zu bewegen, fühlt es sich zuerst unangenehm an, vor allem, weil alle zusehen. Aber ich greife einfach weiter nach innen, um Eden zu finden, denn ich weiß, dass sie da drinnen ist.

Sie fliegt, glaube ich.

Nein. Dieser Gedanke trennt mich von ihr.

Ich fliege.

Verdrehen. Drehen. Greifen. Ausgestreckte Arme. Dann tief beugen, um über den Boden zu fegen.

Jedes Mal, wenn ich blinzle, sehe ich sie, Eden, auf der Innenseite meiner Augenlider, flackernd wie ein alter Film. Sie wirbelt im Takt mit mir, ihr Kleid bauscht sich auf, während wir uns in langsamen Kreisen drehen. Sie bewegt sich, wenn ich mich bewege, und lacht, wenn ich lache, und ich weiß, das liegt daran, dass wir ein und dieselbe Person sind.

Meine Augen sind offen, aber alles, was ich jetzt sehe, ist Eden. Ich greife nach ihr, und sie zerfällt in hunderttausend Mädchen, wie die Bilder in einem Irrgarten. Und ich lache laut auf. Weil sie so schön ist. Die Edens sind überall um mich herum. Sie nehmen kein Ende. Sie sind unendlich. Und sie sind alle ich. Und wir alle tanzen, halten uns an den Händen und fliegen gemeinsam frei. Wenn wir uns bewegen, bilden unsere miteinander verbundenen Körper kaleidoskopische Muster – sie verschieben und verändern sich. Rein und raus. Herum und herum.

Dann werfen wir unsere Köpfe zurück und heben unsere Augen in den Nachthimmel. Unsere Haare fallen nach hinten, und zum ersten Mal kann ich unsere Gesichter sehen.

Ich kann unsere Augen sehen.

Und ich merke, dass ich mich geirrt habe. Wir sind gar nicht wir selbst.

Wir sind nicht Avril.

Und wir sind nicht Eden.

Wir sind meine Mutter.

Der Duft von Lavendel steigt mir in die Nase. So stark, dass ich daran ersticke.

Wir sind Nicole.

Wir alle.

Jedes unserer Gesichter ist ihr Gesicht.

Unsere Augen sind ihre Augen.

Wir blinzeln gegen das grelle Licht an.

Und dann kommen die Sterne herunter wie Regen. Ich keuche, weil sie so schön sind.

Sieh dir die Sterne an!

Die Worte hallen laut in meinem Kopf nach.

Jemand packt mich am Handgelenk. Fest. Kalte Finger. Es tut weh, und ich versuche, mich loszureißen. Aber ich kann nicht.

Und dann falle ich. Genau wie die Sterne.

Ich falle

und falle

und falle

und falle.

Ich falle so lange, dass es sich anfühlt, als würde ich fliegen. Ich falle so lange, dass es mir wie hundert Jahre vorkommt, bevor ich endlich auf dem Boden aufschlage. Hart.

Und all das verschwindet.

Ich bin dankbar für die Unvermitteltheit des Bühnenbodens.

Für die Schmerzen in meinem verdrehten Knie und für das Pochen in meinem Ellbogen, wo ich ihn mir bei der Landung gestoßen habe.

Für das Echte.

»Es geht mir gut«, sage ich, mehr zu mir selbst als zu den anderen, nehme meine ganze Kraft zusammen und richte mich auf. Ich streiche das gelbe Sommerkleid, das ich für heute Abend ausgewählt habe, glatt. Ich streiche mir die Haare aus dem Gesicht.

Val ist sofort neben mir, eine Hand auf meinem Arm.

»Brauchst du einen Moment, Avril?« Willa ist ganz blass geworden. Der Junge mit der Gitarre spielt nicht mehr, und es ist plötzlich so still, dass man eine Stecknadel fallen hören könnte. Willa mustert mein Gesicht. Sie schaut durch meine Haut hindurch, bis tief in meine Mitte. So wie Cole es gestern Abend getan hat. »Die Toilette ist da drüben.«

Ich werfe einen Blick in die Ecke, in die Willa zeigt, und entdecke, wie George, der Verwalter von Whisper Cove, mich aus dem Schatten heraus anstarrt. Er stützt sich auf einen Kehrbesen, aber er fegt nicht. Er beobachtet mich nur. Ohne sich zu bewegen.

Niemand bewegt sich. Sie sind alle an ihrem Platz eingefroren.

Tränen brennen in meinen Augenwinkeln. Ich bin gedemütigt. Angeschlagen. Ich habe das Vorsprechen komplett vermasselt. Offensichtlich. Aber es ist noch mehr als das. Ich habe keine Erklärung für das, was gerade passiert ist.

»Mir geht es gut. I…« Aber dann verliere ich meinen Gedankengang. Denn alle starren mich an. »Es tut mir so leid«, sage ich. »Ich weiß nicht, was passiert ist. Mir ist wohl nur schwindelig geworden. I…«

»Du heißt April, nicht wahr?« Die ganze Luft weicht mit einem Rauschen aus meinen Lungen. Meine Knie werden schwach, und ich bin dankbar für Val. Sie lässt mich nicht wieder auf den Boden fallen. Willa hat mich mit ihren stahlharten Augen fest im Griff. Ich weiß also, dass es kein Entkommen gibt. »April Kendrick.«

Alle anderen murmeln verwirrt vor sich hin. Sie alle wissen, dass etwas Großes passiert, aber sie verstehen nicht, was.

»Früher einmal.« Ich ziehe mich von Val zurück und stehe allein. Denn ich will nicht schwach sein, wenn ich das sage. »Vor langer Zeit.«

Papa ließ meinen Namen ändern, als er mich mit nach Texas nahm. Als er mich abholen kam.

Danach.

Ich schätze, nachdem meine Mutter tot war, wollte er einen Neuanfang für mich. Für uns beide vielleicht. Also wurde aus April Kendrick Avril Vincent. Avril, weil das französisch für April ist. Vincent, weil das sein Nachname ist, auch wenn meine Mutter ihn nie für sich angenommen hatte. Oder für mich.

Ich konnte mich sowieso an nichts mehr erinnern, also war es beinahe so, als wäre ich gerade erst geboren worden.

Ein brandneuer Name für eine brandneue Person.

»Oh mein Gott«, flüstert Willa. Sie hat vergessen, wie man blinzelt. »Oh mein Gott!« Sie wiederholt diesen Satz immer wieder, während sie unsicher aufsteht und zu mir herüberkommt. Sie packt mich und zieht mich in ihre Arme, und ich spüre, wie sie zittert. Irgendetwas in mir zerbricht, und ich fange an zu schluchzen, auch wenn ich nicht genau sagen kann, warum.

»Du siehst ihr so ähnlich«, sagt Willa, als sie sich endlich zurückzieht und mich wieder anschaut. Ihre Hände liegen auf meinen feuchten Wangen. Sie streicht mit ihren Handflächen über mein Haar. »Natürlich. Ich hätte es wissen müssen, als ich dich das erste Mal gesehen habe. Als ich letzten Winter das Band mit dem Vorsprechen gesehen habe. Dein Porträtfoto. Aber ich wusste es nicht.« Sie starrt mich immer noch an, als könnte sie es nicht ganz glauben. »Nicht, bis ich dich gerade auf der Bühne gesehen habe. Lebendig. In diesem Moment. Und da wusste ich es.« Sie lächelt. »Ich wusste es.« Sie umarmt mich wieder fest. »Ich habe nur eine andere Schauspielerin gekannt, die diese Art von Macht hatte, sich einfach völlig zu verwandeln.« Sie unterdrückt ein kleines Schluchzen, das mich wieder zum Weinen bringt. »Und es hat mich einfach getroffen. *Bumm!* Ich wusste, dass du es sein musstest. Du musstest Nicoles Tochter sein.«

»Aber ich bin gestürzt«, sage ich, und es ist mir wieder peinlich, wenn ich daran denke, wie ich auf dem Boden aufgeschlagen bin. Wie das wohl für Willa ausgesehen haben muss. »Ich habe es komplett vermasselt.«

»Nein.« Sie schüttelt den Kopf. »Oh mein Gott! Nein, meine Süße. Du warst wunderschön. Transzendent.« Sie lächelt mich an. Legt ihre Hände auf beide Seiten meines Gesichts. »Du warst Eden.« Willa atmet einmal tief ein und wieder aus. »Heilige Scheiße«, sagt sie, und das bringt uns beide ein wenig zum Lachen. »Das ist einfach unglaublich.« Sie berührt wieder mein Gesicht. »Aber auch absolut erwartet. Unvermeidlich. Denn natürlich musstest du deinen Weg nach Hause finden.«

Wir sehen uns ein paar Sekunden lang an und wissen nicht, was wir sagen sollen. Und dann scheint sich Willa daran zu erinnern, dass sich noch etwa zwei Dutzend andere Leute im Theater befinden. Ich schaue mich um, und niemand hat sich bewegt. Sie sind alle zu Statuen mit identischen, gemeißelten Gesichtern geworden.

Große Augen.

Offene Münder.

Willa sagt uns allen, dass wir gehen können. Das Vorsprechen ist vorbei. Sie erinnert uns an die Regel. Niemand darf nach elf Uhr die Hütten verlassen. »Ihr braucht eure Ruhe«, mahnt sie uns. »Die nächsten Wochen werden anstrengend sein.«

Ich gehe zu meinem Platz zurück und sammle meine Sachen ein. Immer noch starren mich alle an, aber ich schaffe es, meinen Rucksack zu holen und zur Tür zu gehen.

»Avril«, sagt Willa, und ich drehe mich zu ihr um, während

die anderen nach draußen gehen und miteinander flüstern. »Nicole war etwas Besonderes. Sie liebte diesen Ort, und er liebte sie auch. Was in diesem Sommer geschah, war eine unerträgliche Tragödie, aber das ändert nichts daran.« Sie hält einen Moment inne. »Whisper Cove wird auch dich lieben, wenn du ihm die Chance dazu gibst. Das verspreche ich.«

»Danke«, sage ich ihr und fahre mit der Hand an der rauen Wand der Scheune entlang. Ich spüre den Holzboden unter meinen Füßen. *Meine Mutter war hier*, denke ich. Sie hat hier gelebt, an diesem Ort. Und zum ersten Mal in meinem Leben habe ich das Gefühl, ein Zuhause zu haben.

Ich weiß, dass alle vor der Scheune versammelt sind, denn ich höre das Gemurmel der Stimmen, aber sie verstummen alle, als ich die großen Doppeltüren aufstoße.

Lex legt schützend einen Arm um meine Schultern. »Jesus Christus«, murmelt er, während er mich an den Rand der Menge führt, wo Jude und Val auf uns warten. »Haltet euch alle verdammt noch mal zurück.«

»Was, zum Teufel, ist gerade passiert?«, fragt Val. Sie sieht besorgt aus. Als ob sie denken würde, ich könnte wieder ohnmächtig werden.

»Warte! Halt mal! Moment!« Jude starrt mich an, als würde er versuchen, sich einen Reim auf etwas zu machen. Seine großen braunen Augen blinzeln ungläubig. »Deine Mutter war Nicole Kendrick?«

»Ja«, sage ich. »Das war sie.«

»Wer?«, fragt Val.

»Meine Mutter war eine Freundin von Willa«, erkläre ich. »Sie ist hier ertrunken. Eines Sommers, vor langer Zeit.«

»Oh mein Gott«, keucht Val.

»Ich wäre auch fast gestorben«, sage ich ihnen. »Sie haben mich angespült am Strand gefunden.«

»Heilige Scheiße.« Jude haucht die Worte in einem langen, tiefen Flüsterton aus. »Wow!«

»Könnte mir bitte jemand sagen, was hier los ist?«, Lex sieht so verwirrt aus.

»Was mit Nicole Kendrick passiert ist, ist hier eine urbane Legende.« Jude hält inne und schüttelt den Kopf, als könnte er es nicht ganz glauben. »Oder eine ländliche Legende. Wie auch immer. Jeder kennt die Geschichte.« Er hält einen Moment inne. »Sie wurde ins Meer gerufen. Genau wie die Frauen in der Walfangzeit, von denen Cole uns erzählt hat.«

»Mein Gott, Jude«, sagt Val. Und sie greift nach meiner Hand.

»So lautet die Geschichte.« Jude entschuldigt sich mit Blicken bei mir. »Das ist alles, was ich meinte.«

»Es ist nicht diese große, mysteriöse Sache«, sage ich ihnen. »Was mit meiner Mutter passiert ist, war ein schrecklicher Unfall. Das ist alles.«

»Gott«, sagt Val. »Das muss dich doch kirre machen. Wieder hier zu sein.« Ihr langes, dunkles Haar fällt ihr über die Schultern. Sie drückt meine Finger. »Ich kann mir das gar nicht vorstellen.«

Und es ist seltsam, dass alles einen Sinn ergibt, wenn sie es so sagt. Plötzlich habe ich eine Erklärung für all die Seltsamkeiten der letzten zwei Tage. Die seltsamen Erinnerungsfetzen. Die Dinge, die ich gesehen und gefühlt habe.

Mein Verstand war einfach völlig durcheinander.

»Warum wolltest du hierher zurückkommen?«, fragt Lex.

»Um den Intensivkurs zu machen«, sage ich. »Wie ihr anderen auch.« Fast hätte ich es dabei belassen, aber ein Teil von mir möchte ihnen die ganze Wahrheit sagen. Und das ist ein seltsames Gefühl für mich. »Aber auch, weil ich meine Mutter nie gekannt habe. Und ich möchte sie wirklich kennenlernen.«

»Du erinnerst dich überhaupt nicht an deine Mutter?«, fragt Val.

Ich schüttle den Kopf. »Ich kann mich an nichts erinnern, was passiert ist, bevor ich im Krankenhaus aufgewacht bin.«

Ich kann mich nicht daran erinnern, dass meine Mutter die Kerzen angezündet hat, als ich fünf Jahre alt wurde.

Keine Erinnerung daran, dass sie mich an meinem ersten Kindergartentag hingebracht hat.

Keine Weihnachtsfeiern.

Keine Halloweens.

Und keine Erinnerungen an den letzten Sommer, den wir zusammen verbracht haben. In Whisper Cove.

Es gibt keinerlei Erinnerungen an sie.

Vals Finger sind mit meinen verschränkt. »Ich habe meinen Vater nie gekannt«, erzählt sie mir. »Er war schon lange tot, bevor ich geboren wurde.« In ihren grünen Augen steht der Schmerz, und ich rufe mir ins Gedächtnis, dass jeder Mensch Lücken hat. »Es ist beschissen – ich weiß –, mit diesem fehlenden Teil von sich selbst herumzulaufen.«

»Und wie sollen wir dich nennen?«, fragt Jude. »April? Oder Avril?«

»Avril. Mein Name ist Avril.«

April war ein völlig anderer Mensch. Sie war ein Mädchen, das eine Mutter hatte. Und ich kann mich an sie nicht besser erinnern als an meine Mutter.

Lex, Val und Jude sehen mich alle an. Ich halte den Atem an und frage mich, ob sich dadurch alles zwischen uns vieren ändert.

»Du warst unglaublich, Av«, sagt Lex zu mir. Sein Arm liegt immer noch um meine Schultern, und er drückt mich ein wenig. »Wie Willa gesagt hat. Du hast mir den Atem geraubt.«

»Du warst auch großartig«, antworte ich ihm. »Alle waren es.«

»Na schön«, tönt Jude und lässt sein typisches, warmes Grinsen aufblitzen. »Gebt euch einen Applaus, Leute. Ihr habt alle das Vorsprechen überlebt.« Er wackelt mit seinen Augenbrauen. »Willa gibt die Besetzung immer bei der ersten Probe bekannt, also werdet ihr eure Schicksale morgen Abend kennen.«

In dem Moment weiß ich, dass es in Ordnung ist. Sie wissen es. Und es ist in Ordnung.

»Es gibt immer irgendetwas, weswegen man nervös sein kann, nicht wahr?«, sagt Lex mit einem Seufzer.

Val lacht. »So ist das Leben im Theater, Baby.«

»So ist das Leben. Punkt«, sage ich, und alle stimmen zu.

Wir vier gehen gemeinsam zurück zu den Hütten. Es ist dunkel, aber heute Nacht gibt es keinen Nebel. Zumindest noch nicht. Und die Dunkelheit macht uns nichts aus. Theaterleute haben die besondere Fähigkeit, in die Schwärze zu blicken und durch sie hindurch auf die andere Seite zu gehen. Ich glaube, dieses Talent kommt daher, dass wir bei den Szenenwechseln den Weg von der Bühne finden.

Bevor wir uns gute Nacht sagen, umarmt mich Lex ganz fest. Ich versteife mich, weil ich eigentlich nicht viel von Umarmungen halte. Aber ich weiche nicht zurück, weil ich weiß, dass es ihn verletzen würde. Und auch, weil ich diese Nähe heute Abend brauche. Jetzt, wo alles offenliegt, meint er, hilft es mir vielleicht, mich zu erinnern. Ich sage ihm, dass ich hoffe, dass er recht hat, und mir entgeht nicht, dass Jude unauffällig zurückbleibt, um auf ihn zu warten. Wie sie sich gegenseitig anlächeln. Wie sich ihre Schultern berühren, als sie gemeinsam in die Dunkelheit gehen.

Zumindest einer von uns ist bereits auf dem Weg, der Mensch zu werden, der er sein möchte. Vielleicht gibt es also auch für mich noch Hoffnung.

Val und ich steigen die Stufen zur Hütte hinauf, und ich

werfe einen Blick über die Schulter in Richtung des Farmhauses. Ich entdecke Cole. Er sitzt auf dem Geländer und ist in den schmutzig-gelben Schein der Verandaleuchte getaucht. Sein Gesichtsausdruck ist undurchdringlich. Und ich bin zu weit weg, um seine Augen zu sehen. Aber ich hebe meine Hand zu einem kleinen Winken, und er winkt zurück. Ich sehe, wie er ein glänzendes Stück Meerglas in die Luft wirft. Er fängt es mit seiner Handfläche auf. Kopf oder Zahl.

Ich frage mich, was er denken wird, wenn er erfährt, wer ich wirklich bin.

Ich folge Val ins Haus und ignoriere die Blicke der anderen Mädchen, während ich mich bettfertig mache. Ich bin erschöpft und schlafe ein, noch bevor jemand das Deckenlicht ausschaltet.

Doch irgendwann nach Mitternacht holt mich ein alter Albtraum ein. Ich hocke in der Dunkelheit, und die Sterne fallen ins Meer.

Plopp. Plopp. Plopp.

Sieh dir die Sterne an, sagt eine Stimme zu mir. Und ich will hinsehen, aber ich kann nicht. Denn ich bin plötzlich blind. Die gleißende Helligkeit tut mir in den Augen weh, also kneife ich sie fest zu. Und mir ist kalt. So, so, so kalt. Mein Handgelenk schmerzt, und meine Füße sind zu Eisblöcken geworden. Meine Zähne klappern so stark, dass es wehtut.

Das einsame Stöhnen des Nebelhorns weckt mich auf, und ich friere immer noch. Fröstelnd liege ich in meinem Bett. Diese Worte hallen in meinen Ohren wider.

Sieh dir die Sterne an.

Die Stimme meiner Mutter, denke ich. In meinem Traum kam sie mir so vertraut vor, aber jetzt, wo ich wach bin, kann ich mich nicht mehr an ihren Klang erinnern. Und dann ist mir zum Weinen zumute. Es ist ein Schmerz, der sich immer irgendwo in mir versteckt, dieses Gefühl, sie zu wollen.

Ich brauche sie.

Tagsüber kann ich es unterdrücken. Aber manchmal im Dunkeln …

Ich drehe mich um und schließe meine Augen. Ich versuche, wieder einzuschlafen. Aber die Laken sind durchnässt. Alles fühlt sich nass an. Meine Haut. Mein Haar. Mein Kopfkissen. Sogar die Luft in meiner Lunge.

Die Vorhänge flattern in der nächtlichen Brise. Das erklärt die Kälte. Und die Feuchtigkeit.

Ich schlüpfe aus dem Bett und gehe auf Zehenspitzen zum Fenster. Nackte Füße auf dem eisigen Boden. Der Nebel zieht jetzt auf, aber er ist noch nicht so dicht. Nicht wie letzte Nacht.

Ich kann sie also deutlich sehen.

Eine Frau geht über das schlammige Feld zwischen dem Bauernhaus und den Hütten. Sie bewegt sich durch den Nebel und die Schatten hindurch und wieder heraus. Sie ist aus Mondlicht gemacht. Und dem schweren Duft von Lavendel. Und sie tanzt mit einer Anmut, die mein Herz schmerzen lässt.

Greifen. Herumwirbeln. Sich tief beugen, um über den Boden zu fegen.

Sie dreht sich in meine Richtung, und wir sehen uns in der Dunkelheit in die Augen. Die Arme sind ausgestreckt. Sie greift nach mir. Lange Finger. Knochig weiß.

Ich halte den Atem an. Gehe einen Schritt zurück. Weg vom Fenster.

Der Mund der Frau öffnet sich. Dann schließt er sich. Ihre Stimme ist der Klang des Nebelhorns. Ich blinzle, und jetzt sie ist näher. Ich könnte nach draußen greifen und sie berühren.

Eine Frau mit eisblondem Haar.

Eine Frau, die genauso aussieht wie ich.

Oder meine Mutter.

AKT I: SZENE 6

Mein Herz hämmert in meiner Brust. Ich blinzle, und sie ist nicht da. Natürlich nicht. Sie war nur ein Trugbild des Schattens und des Nebels. Ein Produkt der Schlaflosigkeit und des seltsamen Tages. Davon, an diesem Ort zu sein.

Wie Val sagte. Man wird kirre.

Meine Fantasie, in Mondlicht gekleidet.

Wie kann ich an Geister glauben, wenn nur ein paar Meter entfernt zwölf andere Mädchen schnarchen?

Nur der Geruch von Lavendel liegt noch in der Hütte.

Ich schließe das Fenster, gehe zurück ins Bett und ziehe die Decke bis zum Hals hoch, und irgendwie schlafe ich wieder ein.

Als mein Wecker am nächsten Morgen klingelt, ist die Hütte so gut wie leer. Ich schnappe mir meine Sachen und gehe ins Bad, um mich fertig zu machen. Val steht am Waschbecken und putzt sich die Zähne. »Geht es dir gut heute Morgen?«, fragt sie.

»Ja«, sage ich. »Mir geht es gut.«

Sie nimmt meinen Arm und fährt mit ihren Fingern über den Bluterguss an meinem Ellbogen. Ihre Berührung ist so sanft, aber ich zucke trotzdem zusammen, und sie sieht besorgt aus.

»Nur ein bisschen empfindlich«, sage ich. »Keine große Sache.«

Während des gesamten Frühstücks wird über die erste Probe heute Abend geredet. Alle sind so aufgeregt. Diese Begeisterung ist ansteckend, und sie füllt die ganze Cafeteria.

»Ihr habt keine Ahnung, was euch erwartet«, sagt Jude mit einem Grinsen und einem Kopfschütteln. Diese anthrazitfarbenen Locken. »Die Arbeit mit Willa wird euch umhauen.« Und das erinnert mich an das, was Cole gestern Nachmittag auf den Stufen der Veranda gesagt hat, dass man sich auf Willa Culver nicht vorbereiten kann.

Nur wenn Jude es sagt, klingt es nach einer guten Sache. Bei der Art, wie Cole es vorgebracht hat, bin ich mir da nicht so sicher.

Nach dem Frühstück versammeln wir uns alle in einer gemütlichen kleinen Bibliothek direkt neben der Cafeteria für den ersten unserer Vormittagskurse. Im heutigen Workshop geht es um die Analyse von Textbüchern, und Willa hat einen befreundeten bekannten Regisseur aus New York City als Dozenten gewonnen. Normalerweise würde ich so etwas lieben, aber der Raum selbst lenkt mich immer wieder ab. Die dunkle Vertäfelung und die gepolsterten Sofas, die mit Büchern und Textbüchern gefüllten Regale haben etwas Vertrautes an sich. Ich atme den Geruch von poliertem Holz und Leder ein.

»Ich glaube, hier habe ich früher gespielt«, sage ich zu Lex und Val, als wir eine kurze Pause machen, und gehe zum Fenster, um die dicken, bodenlangen Vorhänge zu befühlen. »Verstecken vielleicht.«

»Mit wem?«, fragt Lex, aber ich zucke mit den Schultern.

»Mit meiner Mutter, denke ich.« Es ist nur ein Gefühl, das ich habe, und keine wirkliche Erinnerung.

Dann streckt Willa ihren Kopf in die Bibliothek. »Guten Morgen, ihr Süßen«, sagt sie, und ich beobachte, wie sie den Raum absucht, bis ihr Blick auf mir landet. »Avril, komm nach dem Unterricht zu mir in die Cafeteria.« Sie lächelt. »Ich möchte, dass wir beide zusammen zu Mittag essen. Wenn du Lust dazu hast.«

»Klar«, sage ich. »Das wäre toll.« Ich spüre, wie mich alle anstarren, und hoffe, dass ich weniger nervös klinge, als ich mich fühle.

»Wunderbar!«, sagt sie. Sie winkt mit der Hand, und ich höre das Klimpern von Silberarmbändern. »Und jetzt zurück an die Arbeit, Leute! Keine Müdigkeit vorschützen!«

»Du bist ihre Eden«, flüstert Lex, als Willa weg ist. »Darauf würde ich eine Million Dollar wetten.«

»Du könntest vielleicht schon mal anfangen, ihren Text zu lernen«, fügt Val hinzu.

Mir dreht sich der Magen um. Ich will, dass das wahr ist, aber es gibt so viel, was ich von Willa will. Und die Hauptrolle in ihrem Stück ist nur ein Teil davon.

Unsere Lehrerin kommt von der Toilette zurück, und wir beginnen wieder mit der Textbuchanalyse. Aber jetzt kann ich nicht einmal mehr so tun, als würde ich aufpassen. Ich denke immer noch über diesen Raum nach. Diese langen Vorhänge, die mit goldenen Kordeln zurückgebunden sind. Aber ich habe auch Angst davor, mit Willa zu essen. Dann sind es nur wir beide.

Und ich denke daran, wie sehr ich Eden sein möchte.

Sobald wir Mittagspause machen, schnappe ich mir ein paar Pizzastücke vom Buffet und eile hinüber zu Willa, die mit ihrem eigenen Tablett an der Tür wartet. Sie führt mich den Flur entlang, durch etwas, das wie ein Konferenzraum aussieht, zu einer anderen Tür. Ich denke, dass sie mich vielleicht in ihr Büro bringt, und bin überrascht, als die Tür direkt auf die Veranda führt.

»Ich dachte, wir könnten hier draußen essen«, sagt sie. »Die

Nachmittagsbrise ist immer schön, nachdem wir den ganzen Vormittag drinnen eingesperrt waren.«

»Sicher«, entgegne ich und lasse mich ihr gegenüber auf die Bank des Picknicktisches fallen.

Für einen kurzen Moment sehe ich wieder mein fünfjähriges Ich, wie ich mich unter dem Tisch verstecke. Die Hände über den Ohren.

Ich sehe die goldenen Riemchensandalen meiner Mutter. Ihre rosa Zehen.

Und ich erstarre.

Aber dann greift Willa über den Tisch und nimmt meine Hand. Ihre Berührung ist so warm, dass sie mich in die Gegenwart zurückholt. Meine Augen füllen sich mit Tränen, und ich weiß nicht einmal, warum. Ich war noch nie eine Heulsuse. Niemals. Zumindest nicht, bevor ich nach Whisper Cove kam.

»Oh, Avril«, beginnt Willa. »Ich weiß gar nicht, wo ich anfangen soll.«

»Ich auch nicht«, sage ich, und wir lächeln beide ein wenig.

»Du weißt es wahrscheinlich, aber Nicole und ich waren nicht viel älter als du, als wir uns als Studienanfängerinnen kennenlernten. Gleich am ersten Tag der Vorlesungen.« Etwas unglaublich Trauriges huscht über Willas Gesicht. Es ist fast so, als würde man in eine offene Wunde blicken. Sie lässt meine Hand los und nimmt ihre Gabel, aber sie rührt ihren Salat nicht an. »Die nächsten vier Jahre waren wir unzertrennlich«, sagt sie. »Nur wir beide gegen den Rest der Welt.«

»Ich wünschte, ich könnte mich an sie erinnern«, gebe ich zu, und das ist die größte Untertreibung aller Zeiten. Aber alles, was darüber hinausgeht, fühlt sich heikel an. Gefährlich sogar. Ich könnte ausrutschen und fallen. Und ich habe schon vor langer Zeit gelernt, dass Schmerz wie Treibsand ist. Er saugt mich ein, wenn ich ihn zulasse. Am besten ist es, auf Zehenspitzen um die Ränder herumzugehen. Nicht zu viel zu sagen. Sich am Seil festzuhalten.

»Warum hast du uns nicht gesagt, wer du bist, als du deine Bewerbung eingereicht hast?« Willa starrt mich an, als würde sie nach Hinweisen suchen. Oder vielleicht sogar nach Ähnlichkeiten. Ich frage mich, ob sie sieht, dass ich die Augen meiner Mutter habe.

»Ich wollte nicht, dass ich deshalb zugelassen werde. Ich wollte es mir selbst verdienen, wissen Sie?«

»Das ist genau das, was deine Mutter gesagt hätte.« Willa spießt eine kleine Tomate auf und steckt sie sich in den Mund. Ich zwinge mich, einen Bissen Pizza zu essen. Ich muss ihn hinunterwürgen. Es ist, als hätte ich vergessen, wie man kaut. »Es würde Nicole so viel bedeuten, wenn sie wüsste, dass du Schauspielerin bist. So wie sie es war.«

»Das Komische ist, dass ich das gar nicht wusste, als ich anfing. Papa hat es mir erst später erzählt.«

Willa runzelt die Stirn bei der Erwähnung meines Vaters, aber das hält nicht lange an. Nur ein kurzer Ausrutscher. So klein, dass ich ihn mir vielleicht eingebildet habe.

Nur habe ich das nicht.

»Tja«, sagt sie. »Die Bühne liegt dir eindeutig im Blut.« Sie neigt den Kopf zur Seite und sieht mich lange an. »Ich glaube, du hast viel von deiner Mutter in dir.«

Mein Herz schwillt an, und ich kann nicht sprechen. Meine Kehle ist wie zugeschnürt, und ich blinzle wieder dumme Tränen zurück. Weil mir das noch nie jemand gesagt hat. Ich meine, ich weiß, dass ich wie sie aussehe. Das kann ich auf den wenigen Fotos sehen, die ich gefunden habe. Aber so zu sein wie sie, ist etwas anderes.

Tiefer.

Es bedeutet mehr.

Willas Augen sind mitfühlend. Sie nickt, als würde sie es verstehen. »Ich würde dich gerne kennenlernen, Avril. Dich wirklich kennen. So wie ich deine Mutter kannte.« Sie hält inne. »Natürlich nur, wenn das für dich in Ordnung ist.« Ihre Stimme zittert leicht, und ich befürchte, dass sie gleich anfängt zu weinen. Aber sie tut es nicht. Sie atmet einfach tief durch, und als sie wieder spricht, ist das Zittern verschwunden. »Nicole war die beste Freundin, die ich je hatte.«

»Okay«, sage ich zu ihr. »Ich würde Sie auch gerne kennenlernen.«

Und ich würde gerne meine Mutter kennenlernen.

Willa strahlt mich an. Sie streicht sich eine Strähne ihres langen, dunklen Haares hinters Ohr. Diese Silbersträhnen fangen das Nachmittagslicht ein, und ich höre das Klirren von Armbändern. »Dann wird es ein Sommer der Entdeckungen.« Sie nickt. »Für uns beide.«

Wir essen den Rest unseres Mittagessens, unterbrochen von kleinen Gesprächen. Sie fragt nach der Schule. Welcher Unterricht mir Spaß macht. In welchen Fächern ich gut bin. Welche Freunde ich habe. Meine Vorlieben und Abneigungen.

Aber nach meinem Vater fragt sie nie.

»Nicole war kämpferisch«, sagt Willa. »Das war es, was mich am Anfang zu ihr hinzog. Sie war knallhart, und das bewunderte ich so sehr.« Sie sieht über meine Schulter in Richtung der Geräusche in der Ferne. »Ich wusste, dass sie für etwas wirklich Außergewöhnliches bestimmt war. Und, Gott, was auch immer es war, ich wollte daran teilhaben.«

Auch wenn Willa mir nicht wirklich viel erzählt – sie liebte Schwarz-Weiß-Filme – sie hatte immer Zimtkaugummi in ihrer Handtasche – sie weinte, wenn sie wütend war –, so ist es doch mehr, als ich je über meine Mutter erfahren habe. In den zwei Tagen, in denen ich in Whisper Cove bin, ist sie für mich bereits auf eine Weise real geworden, wie sie es nie zuvor war.

Ich habe mich immer wie das Kind eines Geistes gefühlt. Eigentlich von zwei Geistern.

Und jetzt weiß ich, dass meine Mutter kämpferisch war.

Sie liebte Kaugummi.

Sie war zu etwas Außergewöhnlichem bestimmt.

Als wir mit dem Essen fertig sind, macht Willa sich auf den Weg zum Theater, damit sie und Jude den Proberaum für den heutigen Abend vorbereiten können, und ich melde mich zu meiner Nachmittagsarbeit. Glory lächelt und bietet mir das übliche Pfefferminzbonbon an, aber sie wirkt noch nervöser und unbeholfener als sonst.

In den nächsten Stunden bringt sie mir bei, wie man die Vertragsdatenbanken auf ihrem Computer aktualisiert. Sie zeigt mir, wo die ganzen Büromaterialien sind und wie man den Toner im Kopierer wechselt. Den Trick, wie man die Tinte in dem uralten Drucker auf ihrem Schreibtisch austauscht. Ich lerne, wie man mit Brodys Anrufen umgeht und was man mit seinen E-Mails macht.

Jude machte keine Witze, als er sagte, Glory kenne diesen Ort in- und auswendig. Es ist verrückt, wenn man sieht, wie sehr der tägliche Betrieb von Whisper Cove von ihr abhängt. Es gibt genug zu tun für uns beide, aber fast jedes Mal, wenn ich hochsehe, merke ich, dass Glory mich anstarrt. Und ich nehme an, das liegt daran, dass sie die Neuigkeiten gehört hat.

Die Tochter von Nicole Kendrick ist von den Toten auferstanden.

Sie spricht es aber nie an, und dafür bin ich dankbar. Das Gespräch mit Willa tat unglaublich gut, aber ich fühle mich ein wenig überfordert. Ich bin es nicht gewohnt, so viel zu reden.

Oder so viel zu fühlen.

Deshalb bin ich froh, wenn ich einfach nur schweigend mit Glory zusammensitzen und Umschläge füllen kann. Wir arbeiten den ganzen Nachmittag zusammen. Seite an Seite. Und es ist irgendwie beruhigend, mit Glory zusammen zu sein. Ihre Pfefferminzbonbons, ihr krauses Haar und ihr nervöses Lächeln haben etwas an sich, bei dem ich mich wie zu Hause fühle.

Meine Atmung ist leichter.

Meine Herzfrequenz ist langsamer.

Und meine Handflächen sind weniger verschwitzt.

Es dauert lange, bis ich merke, was das für ein Gefühl ist. Es dauert den ganzen Nachmittag. Aber um fünf Uhr habe ich es herausgefunden.

Es ist Vertrautheit.

Ich erinnere mich an Glory.

AKT I: 7. SZENE

Beim Abendessen bereiten sich alle auf die Bekanntgabe der Besetzungsliste und unsere erste Probe vor. Sie sagen sich, dass sie sich keine Hoffnungen machen sollen, weil sie wahrscheinlich nicht die Rolle bekommen werden, die sie wollen. Aber insgeheim sind ihre Hoffnungen doch groß. Das sind sie immer. Das müssen sie auch sein. Sonst gäbe es keinen Grund, vorzusprechen.

Ich zähle vor allem die Minuten, weil ich weiß, dass ich in der Rolle einer anderen Person etwas Raum bekomme, um aus mir herauszutreten und durchzuatmen. Ganz gleich, in welcher Rolle ich lande.

Das ist ein großer Teil dessen, was mich von Anfang an zum Theater hingezogen hat. Mich selbst zurückzulassen, auch wenn es nur für ein paar Stunden ist, fühlt sich immer wie eine große Freiheit an.

Ich gehe mit Jude, Lex und Val zum Theater hinunter. Und noch bevor Jude die Tür aufreißt, spüre ich das Kribbeln der gemeinsamen Energie. All diese Träume und all die Nervosität, alles zusammengepfercht in der alten Scheune. Sie füllt den ganzen Raum aus, vom abgewetzten Boden bis zu den großen Holzbalken an der Decke. Es ist spürbar. Dick wie der Nebel, der nachts über den Rasen kriecht.

Willa erwartet uns auf der Bühne und weist uns alle an,

in der ersten Reihe Platz zu nehmen. Sie steht mit ihrem Klemmbrett da und mustert uns alle, und wieder fällt mir auf, wie eindrucksvoll sie ist. Dieses lange, dunkle Haar mit den grauen Strähnen. Diese intensiven Augen. Genau wie die ihres Sohnes.

Die Gruppe wird still, und Willa neigt den Kopf zur Seite. Sie wartet. Wir warten. Die Luft summt. Sie knackt und knistert vor Aufregung. »Es gibt immer so schöne Möglichkeiten bei einer ersten Probe. Nicht wahr?« Alle nicken und stimmen zu. Wir sind aufgeregt, und sie weiß es. »Bevor ich die Besetzung für unsere Show bekannt gebe, möchte ich euch daran erinnern, dass jeder von euch auf einer persönlichen Reise ist. Vergleicht nicht die Wege und nicht die Rollen. Es gibt viel Platz für jeden, um zu glänzen.«

Willa fängt an, Namen und Figuren aufzurufen, beginnend mit allen kleineren Rollen. All die Kinder in der Tanzszene. Die Kellnerin. Ein Polizeibeamter. Einer nach dem anderen steht auf und geht zu Judes InspizIententisch, um seine Skripte abzuholen. Lex spielt den besten Freund von Orion, und Val ist Edens ältere Schwester. Nicht die Hauptrollen, aber es sind beides tolle Rollen mit wirklich guten Szenen.

Ich warte. Halte meinen Atem an. Jedes Mal, wenn Willa eine weibliche Rolle ankündigt und ich es nicht bin, sieht Lex mich mit diesem *Ich hab's ja gesagt*-Blick an. Mir wird vor lauter Aufregung schon ein bisschen schwindelig. Vorfreude.

Hoffnung.

»Ich habe es dir gesagt. Du bist es«, flüstert Lex mir ins Ohr. »Heilige Scheiße! Du bist Eden.« Aber ich weigere mich, es zu denken. Nicht, bis Willa die Worte sagt.

Uns gehen die Rollen aus. Fast jeder hält ein Textbuch in der Hand, und mein Herz schlägt mir wirklich bis zum Hals. Dann knarrt die Tür in ihren Angeln.

»Schön, dass du gekommen bist«, sagt Willa, ohne von ihrem Klemmbrett aufzusehen. »Du weißt, dass du zu spät bist.«

»Scheiße«, flüstert Val. »Jemand hat es jetzt schon vergeigt.« Ich kann die Tür von meinem Platz aus nicht sehen, aber ich weiß, dass Val recht hat. Jemand steckt in großen Schwierigkeiten. Denn Willas Regel Nummer eins ist: *Sei pünktlich.*

»Tut mir leid«, sagt eine vertraute Stimme. »Ich habe mich ein wenig verlaufen.« Cole Culver lässt sich am Ende der ersten Reihe nieder, und ich spüre, wie sich mein Magen umdreht. »Der erste Probeabend und so.«

Willa seufzt und verdreht die Augen. »Ich habe schlechte Nachrichten für euch, meine Lieben. Einer eurer Kommilitonen musste heute Morgen das Programm wegen eines familiären Notfalls verlassen. Damit fehlt uns ein Schauspieler.« Ich sehe mich um, um herauszufinden, wer fehlt, und weiß es sofort. Der zottelige Gitarrentyp. Jude steht auf, um Cole ein Skript zu geben, und Lex stößt mich mit dem Ellbogen hart in die Rippen. »Und«, fährt Willa fort, »da wir keine anderen Musiker in der Gruppe haben, hat Cole sich bereit erklärt einzuspringen. Er wird Orion spielen, gegenüber von Avril.«

Eine Sekunde lang denke ich, ich hätte mich verhört, aber dann dreht sich Willa um und sieht mich an, und in ihren Augen liegt so viel. Sie lächelt, und mein Herz explodiert fast.

»Ja!«, schreit Lex. »Ich wusste es, verdammt!«

Mit zitternder Hand greife ich nach meinem Skript, und Jude beugt sich hinunter und flüstert mir ins Ohr, während er es mir reicht. »Niemand sonst konnte dir auch nur ansatzweise das Wasser reichen«, sagt er. »Du musstest es sein.«

»Und jetzt, da wir alle hier sind« – Willa wirft Cole einen spitzen Blick zu – »können wir auch gleich loslegen. Wir haben weniger als vier Wochen, um die Show auf die Beine zu stellen, also seid mutig, meine Süßen. An die Arbeit!«

Wir beginnen mit einigen Aufwärmübungen. Dehnungsübungen und Vokalisationen, angeleitet von Jude. Ich versuche, tief zu atmen. Meine Wirbelsäule zu entspannen. Meine Mitte zu finden. Aber ich finde stattdessen immer wieder versehentlich Coles Augen.

Dann klatscht Willa in die Hände. »Okay. Fangen wir vorne an. Ich brauche Eden und Orion auf der Bühne für die erste Szene, bitte.«

Cole schnappt sich eine alte Akustikgitarre, die am Tisch des Inspizienten lehnt, und Willa deutet mit einer Geste auf eine kleine Holzbank, das einzige echte Stück Kulisse, das wir bisher haben. »Diese erste Szene spielt im Park. Eden, wenn das Licht angeht, sitzt du dort auf der Bank, isst zu Mittag und liest dein Buch. Orion kommt herein, geht auf dich zu und setzt sich neben dich. Verstanden?« Cole und ich nicken beide. »Gut.« Willa zwinkert mir beruhigend zu. »Dann kann es losgehen.«

Ich setze mich auf die Bank, und Cole kommt heran und sieht sich um, bevor er sich neben mich setzt. Er lehnt die Gitarre gegen sein Knie, und wir lesen aus unseren Skripten vor.

ORION: Ich habe das Buch gelesen. Das, das du gerade liest. Es ist gut, aber das Ende ist nicht sehr schön. Es hat mich traurig gemacht.

EDEN: Mir gefällt es. Jedenfalls bis jetzt. Ich habe noch nicht sehr viel gelesen.

ORION: Was dagegen, wenn ich mich hierhin setze? Ich bin Orion.

EDEN: Ich weiß.

ORION: Wirklich?

EDEN: Ich habe deine Band letzte Woche im Klub spielen sehen. Ich fand euch wirklich …

ORION: Fantastisch?
EDEN: Laut. Eigentlich wollte ich laut sagen.

Cole lacht, und ich muss mich zusammenreißen, um mich zu konzentrieren. Ich schaue auf mein Skript, aber ich spüre seinen Blick auf mir. Also sehe ich hoch, und er grinst.

ORION: Das gefällt mir.
EDEN: Was gefällt dir?
ORION: Dass du die Wahrheit gesagt hast. Die meisten Mädchen tun das nicht.
EDEN: Die meisten Menschen tun das nicht.

Cole sieht mich ein paar Sekunden lang an.

ORION: Willst du einen Song hören? Ich habe ihn gerade geschrieben.
EDEN: Du meinst, bevor du hierhergekommen bist?
ORION: Nein. Ich meine jetzt gerade. Als ich dich hier sitzen sah. Ich habe ihn in meinem Kopf für dich geschrieben.

Cole nimmt die Gitarre in die Hand und schlägt ein paar Töne an. Der Anfang von Edens Melodie schwebt durch die Scheune. Es ist derselbe Song, den wir beim Vorsingen gehört haben, aber es ist etwas anderes, wenn Cole ihn spielt. Ich bin ganz versunken darin, seine Finger über die Saiten gleiten zu sehen. Dann erinnere ich mich, dass ich einen Text habe.

EDEN: Niemand hat je einen Song über mich geschrieben.
ORION: Er handelt nicht von dir. Er ist für dich.
EDEN: Wie ein Geschenk?
ORION: Wie ein Geschenk.

EDEN: Dann hat eben noch nie jemand einen Song für mich geschrieben.
ORION: Ich schon.
EDEN: Ich bin Eden.

Cole legt die Gitarre weg.

ORION: Isst du jeden Tag hier zu Mittag, Eden?
EDEN: Fast jeden Tag. Ich sitze gerne hier und betrachte den Fluss. Kommst du oft hier raus, um Lieder zu schreiben?
ORION: Bisher nicht. Aber vielleicht werde ich es ab jetzt tun.
EDEN: Dann werde ich dich wohl wiedersehen.
ORION: Es klingt danach.

Cole steht auf, nimmt die Gitarre in die Hand und geht ein paar Schritte von der Bank weg, bevor er sich umdreht und mit der nächsten Textzeile weitermacht.

ORION: Willst du wissen, wie das Buch endet?
EDEN: Das würde die Überraschung verderben.

Cole fixiert mich mit diesen rauchgrauen Augen.

ORION: Aber was ist, wenn es dich traurig macht?
EDEN: Ich würde mir lieber die Zeit nehmen, all die schönen Dinge zu entdecken, die auf dem Weg passieren, ohne mir Gedanken über das Ende zu machen. Du nicht?

Ich lächle Cole an, und er lächelt zurück.

ORION: Ja, ich glaube, das würde ich auch tun.

»Licht aus«, ruft Jude vom Tisch des Inspizienten, und ich merke, dass ich den Atem angehalten habe. Ich lasse ihn heraus und sage mir, dass ich mich entspannen soll. Ich benehme mich, als hätte ich noch nie auf einer Bühne gestanden. »Willst du das noch einmal durchgehen?«, fragt Jude Willa. »Bevor wir weitermachen?«

»Ich denke schon«, sagt Willa. »Es ist so kurz, aber es passiert eine Menge.« Sie stemmt die Hände in die Hüften und ich höre wieder das Klimpern der Armbänder. »Also, worum geht es in dieser Szene, meine Lieben?«

Die Proben sollen eine Lernmöglichkeit für alle sein, also richtet sie die Frage an uns alle, nicht nur an Cole und mich.

»Sie ist für die Handlung notwendig«, sagt Val. »Sie können sich nicht ineinander verlieben, wenn sie sich nicht treffen.«

»Das ist technisch richtig«, antwortet Willa. »Das ist ihr struktureller Zweck. Aber worum geht es *wirklich*?«

»Lust!«, ruft einer der Jungs. »Er will nur mit ihr schlafen.« Alle kichern, und Cole grinst. Ich spüre, wie mein Gesicht rot anläuft.

»Nun ja«, sagt Willa und lacht. »Letztlich geht es bei allem um die eine oder andere Art von Lust. Aber worum geht es sonst in dieser Szene?«

»Potenzial«, sage ich.

»Ja!« Willa wirbelt herum und sieht mich an. »Ja! Das ist es, Avril.« Sie geht auf die Bank zu, auf der Cole und ich sitzen. »Potenzial für was?«

»Für Liebe?«, schlägt Lex aus der ersten Reihe vor. Er grinst mich an, stolz auf sich selbst.

»Ja, auf jeden Fall«, sagt Willa, aber sie dreht sich nicht um, um Lex anzusehen. Sie starrt immer noch auf Cole und mich. »Aber für was noch?«

»Potenzial für eine Geschichte«, bringt Cole ins Spiel. »Eden will wissen, ob sie eine Geschichte zu erzählen haben. Es geht darum, diese Geschichte bis zu ihrem Ende entwickeln zu lassen. Wie auch immer das Ende aussehen mag.«

»Genau das!«, schreit Willa geradezu. »Ja!« Sie hebt eine Augenbraue in Coles Richtung. »Nicht schlecht für jemanden, der das Theater nicht finden konnte.« Sie hockt sich vor die Bank, auf der Cole und ich sitzen. Ihre Augen sind so voller Feuer, dass es fast schwer ist, sie anzusehen. »Und wir haben das Potenzial – perfektes Wort, Avril – für all das in weniger als einem Dutzend Zeilen hier in der ersten Szene dargelegt. Ihr zwei habt einen großartigen Start hingelegt.«

Cole schenkt mir ein kleines Grinsen. Er fährt sich mit einer Hand durch sein dunkles Haar. Und nur für eine Sekunde kann ich mich nicht bewegen.

In meinem Kopf läuten Alarmglocken. Denn ich habe das Gefühl, dass dieser Junge gefährlich sein könnte.

Zumindest für mich.

Und dann wird mir klar, dass Eden genau das Gleiche fühlt. Also sage ich mir, dass ich mich darauf einlassen sollte. Denn das ist es, was wir im Theater tun.

Wir gehen diesen Abschnitt noch ein paarmal durch, und jedes Mal spüre ich, wie ich mehr und mehr zu Eden werde. Ich lasse mich von ihrer Hoffnung leiten, von diesem kleinen Funken Neugierde auf diesen Jungen. Dieses winzige Aufflackern von »vielleicht« in ihrem Hinterkopf.

Aber auch von ihrer Angst.

Schon beim dritten Mal sind Cole und ich in der Lage, unsere Skripte wegzulegen und das Ganze auswendig darzubieten, und Willa sagt, dass wir uns damit eine Pause verdient haben.

»Kompanie, fünf Minuten Pause«, verkündet Jude in seiner besten Inspizientenstimme und notiert die Zeit auf seinem Probenbericht.

Die meisten schlendern davon, um in der Schlange vor der Toilette zu warten oder um draußen Luft zu schnappen. Aber ich bleibe hier. Und Cole auch. Val geht auf mich zu, aber ich sehe, wie Lex sie an der Hand nimmt und mit sich nach draußen zieht.

»Nicht schlecht für eine erste Probe«, bemerkt Cole.

»Hattest du nicht gesagt, du seist kein guter Schauspieler?«, necke ich ihn, und er zuckt mit den Schultern.

»Man kann nicht als Sohn von Willa Culver aufwachsen, ohne etwas darüber zu lernen, wie man eine Rolle spielt.« Jetzt starrt er mich an. »Außerdem konnte ich mir die Gelegenheit nicht entgehen lassen, mit einer alten Freundin die Bühne zu teilen.«

»Sie hat es dir erzählt«, sage ich. »Von meiner Mutter.«

Cole nickt. »Ich erinnere mich nicht an viel von diesem Sommer«, gibt er zu. »Ich erinnere mich nicht einmal an dich. Aber es gibt ein gerahmtes Foto von deiner Mutter, das auf dem Klavier in unserem Wohnzimmer steht. Ich bin damit aufgewachsen, es anzuschauen.« Er mustert mich, und ich sehe, wie seine Gedanken hinter den grauen Augen arbeiten. »Du siehst aus wie sie.« Dann huscht etwas über sein Gesicht. Etwas, das ich nicht entschlüsseln kann. »Ich hätte wissen müssen, dass du es bist.«

Es ist seltsam, daran zu denken, dass Cole damit aufgewachsen ist, das Foto meiner Mutter zu betrachten. Mein Vater hat die Erinnerung an sie immer in einem winzigen Schuhkarton aufbewahrt, versteckt auf dem obersten Regal seines Schranks. Im Dunkeln.

Aber Willa hält sie im Sonnenschein. Auf dem Klavier im Wohnzimmer.

»Ich hätte es dir sagen sollen«, bemerke ich. »Am Strand. In der ersten Nacht. Aber …«

Er unterbricht mich. »Du bist mir deine Wahrheit nicht schuldig. Jeder hat Geheimnisse.«

»Auch du?«, frage ich ihn. Ich starre auf das kleine Tattoo an der Innenseite seines Handgelenks. Die Kompassrose. Ein Schutzzeichen für einen Seemann, der noch nie zur See gefahren ist.

Cole zuckt mit den Schultern. »Ich habe ein paar.« Sein Blick fällt wieder auf das Skript in seinem Schoß. »Hast du noch mehr Geflüster gehört?«, fragt er, und in seiner Stimme liegt ein merkwürdiger Klang. Etwas, das beinahe neckend klingt, aber irgendwie auch nicht.

»Du sagtest, es sei der Wind im Dünengras«, erinnere ich ihn, und er sieht wieder zu mir auf.

»Ich sagte, dass das die meisten Leute glauben.« Er streicht mit den Fingern über die Innenseite meines Handgelenks – die Stelle, an der das kleine Tattoo seine eigene Haut ziert –, und ich erschaudere. Es ist nur eine leichte Berührung, und er zieht seine Hand weg, fast bevor ich die Gelegenheit habe, sie zu spüren. Aber das macht es mir schwer, klar zu denken. »Du solltest dir vielleicht eine eigene Kompassrose zulegen«, rät er mir. »Wir alle verirren uns manchmal.«

Ich komme nicht dazu, noch etwas zu sagen, denn dann strömen die Leute zurück ins Theater, und Jude ruft das Ende der Pause aus.

»Zurück an die Arbeit, meine Lieben!«, ruft Willa uns zu. »Lasst uns noch mal von vorne anfangen.«

Wir gehen diese erste Szene noch ein paarmal durch, bevor wir zu einer Szene mit Orion und seinen Bandkollegen übergehen. Die Szene, in der sie ihn wegen des Mädchens, das er im Park getroffen hat, aufziehen. Es macht Spaß, Lex dabei zuzusehen, wie er die Szene als Orions bester Freund angeht. Ich dachte, dass dieses wunderschöne rotgoldene Haar mein Lieblingsmerkmal an ihm ist. Oder vielleicht dieser lang gezogene Tennessee-Akzent. Aber ich fange an zu glauben, dass es seine Furchtlosigkeit ist. Lex hat diese Wildheit an sich, auf der Bühne und außerhalb. Er gibt einfach alles, und das ist genau die Art von Energie, die ich in meinem Leben brauche.

Der Abend neigt sich langsam dem Ende zu, aber ich will nicht, dass er zu Ende geht. Die Scheune ist warm und gemütlich und hell. Und Willa ist als Regisseurin so offen und intuitiv. Ich habe das Gefühl, dass ich schon jetzt so viel von ihr lerne, selbst wenn sie mit jemand anderem zusammenarbeitet. Wir hängen alle an jedem ihrer Worte und sind begierig darauf, ihre Fragen zum Textbuch zu beantworten. Wir zehren gegenseitig von unserem Verständnis der Figuren, während wir die Puzzleteile des Stücks zusammensetzen. Es gibt so viel gemeinsame Energie. Genau so sollte sich eine gute Probe anfühlen.

Als wir fertig sind, bittet Willa uns, auf der Bühne einen Kreis zu bilden und uns an den Händen zu halten. Eine Tradition von Whisper Cove, sagt sie. »So verlassen wir die Dinge.« Es fühlt sich fast wie ein Gebetskreis an, und ich schätze, es ist eine Art Gebet. In gewisser Weise.

»Dies«, sagt sie, »dies ist der Grund, warum wir ins Theater gehen. Diese Verbindung – mit den Worten auf der Seite – mit dem Publikum – mit unseren Schauspielerkollegen – sogar mit uns selbst.« Sie sieht sich in der Runde um. »Deshalb kommen wir nach Whisper Cove.« Sie hält inne. »Es hat etwas so Intimes an sich, nicht wahr? Selbst in einem Theater voller Menschen.«

Plötzlich denke ich wieder an meine Mutter. Ich frage mich, ob sie das gespürt hat. Die Magie, von der Willa spricht. Denn ich bin erst seit ein paar Tagen hier, und ich spüre sie schon so stark.

»Ihr habt hier die Chance, jemand Außergewöhnliches zu werden«, sagt Willa abschließend. »Um in ein Leben wahrer

Größe einzutreten. Lasst euch diese Chance nicht entgehen.« Ihre pulsierende Präsenz füllt die ganze Scheune aus. Es ist, als stünde man nur ein paar Meter von der Sonne entfernt. »Gebt euch nicht mit weniger als dem Erstaunlichen zufrieden. Seid alles andere als gewöhnlich, meine Lieblinge.«

Alle sind damit beschäftigt, ihre Sachen zusammenzupacken, aber ich fühle mich plötzlich wieder ein bisschen überfordert. Es ist alles so viel. Ich spüre, wie mir die Tränen kommen, und verziehe mich in das kleine Bad in der Ecke der Scheune. Drinnen ist es dunkel. Ich taste nach einem Lichtschalter, und das Badezimmer füllt sich mit flackerndem, summendem Licht, als die einzelne Leuchtstoffröhre über mir zum Leben erwacht.

Ich stehe am Waschbecken und starre in den zerbrochenen Spiegel. Das Spiegelbild, das mich anschaut, bleibt meines. In meinen Augen verbirgt sich keine Spur meiner Mutter, und das macht mich ein wenig traurig. Ich wünsche mir fast, dass ich sie heute Abend sehen könnte. Ich habe mich ihr den ganzen Abend so nahe gefühlt, hier in diesem Theater, von dem ich weiß, dass sie hier lebte und atmete.

Ich gehe auf die Toilette und dann zurück zum Waschbecken, um mir die Hände zu waschen. Aber als ich fertig bin, kann ich den Wasserhahn nicht abdrehen. Er klemmt. Und das Wasser läuft weiter. Der Abfluss muss verstopft sein, denn die kleine Porzellanschüssel füllt sich schnell. Ich gerate in Panik. Aber der Knopf rührt sich nicht.

Das Waschbecken ist voll, aber aus dem Wasserhahn fließt immer mehr Wasser, sodass es jetzt über den Rand schwappt und auf die Fliesen des Badezimmerbodens spritzt. Es macht ein Geräusch wie Regen, der auf den Bürgersteig prasselt. Und dann, als ich dastehe und zusehe, wird das Wasser aus dem Wasserhahn zu einem Sturzbach, und das Plätschern wird zu einem ohrenbetäubenden Tosen. Wie die Niagarafälle.

Ich spüre, wie es über meine Fußspitzen spritzt. Eiskalt. Als würde ich in das Geräusch treten.

Bald steht mir das Wasser bis zu den Knöcheln. Und es steigt schnell. Panik greift mit scharfen Klauen nach mir.

Es reicht mir bis zu den Waden.

Bis an meine Knie.

Bis zu den Oberschenkeln.

Wasser.

Bis zu meinen Hüften.

Meiner Taille.

Meiner Brust.

Es brodelt und wirbelt überall um mich herum.

Bis zu meinen Schultern.

Meinem Hals.

Meinem Kinn.

Ich schließe meinen Mund, und meine Panik steigert sich zu schneidendem Entsetzen, als das Wasser an meiner Nase vorbei und über meine Augen steigt. Es wird über meinen Kopf gespült, und ich bin völlig davon umfangen.

Umarmt.

Das Wasser füllt jeden Zentimeter des winzigen Badezimmers. Ich schwimme hoch und berühre die Decke. Die Leuchtstoffröhre flackert unter Wasser, wie eine Schwimmbadbeleuchtung an einem Sommerabend.

Keine Luft.

Kein Ausweg.

Ich schwimme zurück und versuche erneut, den Wasserhahn abzudrehen, aber es nützt nichts.

Meine Lunge brennt.

Und da ist sie endlich im Badezimmerspiegel. Meine Mutter, die mir ihre zierlichen Hände entgegenstreckt. Sie streckt sie durch das Glas, als wäre es ein offenes Fenster.

Haut gleitet von Knochen.

Ich öffne meinen Mund und will um Hilfe rufen, aber ich bin mir nicht sicher, ob ich meine Mutter anflehe, mich zu retten, oder nach jemandem rufe, der mich vor meiner Mutter rettet. Aber das ist auch egal, denn Schreien unter Wasser klingt nur nach Stille und Blasen. Flüssigkeit strömt herein und füllt meine Lunge.

Und dann erinnere ich mich, dass ich das alles schon einmal getan habe. Denn das ist es, was es heißt, zu ertrinken.

Ich schwimme zur Tür und halte mich an der Klinke fest. Drehe den Knauf. Rüttle kräftig daran. Versuche, sie aufzudrücken. Aber es hat keinen Zweck. Ich treibe weg. Ich treibe rückwärts. Aufs Meer hinaus, und alles beginnt schwarz zu werden.

Plötzlich wird die Tür von außen aufgerissen, und ich werde mit den Wassermassen hinausgeschwemmt und stürze in die Stille der Scheune.

George starrt mich an. Er stützt sich auf einen Wischmopp, und ich liege auf dem Boden ausgestreckt. Alles ist trocken.

»Ganz ruhig«, sagt er. »Immer mit der Ruhe.«

Ich fahre mit einer Hand über meine Kleidung. Mein Haar.

Ich bin trocken.

Knochentrocken.

George hält mir seine Hand hin. Aber ich nehme sie nicht. Ich stemme mich auf die Beine. Ich zittere am ganzen Körper. Die Zähne klappern. Die Knie schlottern. Ich fühle mich wackelig. George starrt mich wieder an. Auf diese seltsame Art, die ihm zu eigen ist. »Die Tür hat geklemmt. Ich bin wohl in Panik geraten.« Ich versuche zu lächeln. Als wäre es keine große Sache, auf dem Trockenen zu ertrinken. Aber es ist nicht meine beste schauspielerische Leistung, und George sieht nicht überzeugt aus.

»Es ist ein altes Gebäude.« Er zuckt mit den Schultern.

»Manchmal bleiben Dinge stecken. In dieser Gegend.« Er lässt mich nicht aus den Augen. »Es kann gefährlich sein. Wenn man nicht aufpasst.«

»Ja«, sage ich. Aber er starrt immer noch, und ich frage mich, ob er auf mich gewartet hat. Ob er zurückgeblieben war, nachdem alle die Scheune verlassen hatten, weil er wusste, dass ich auf der Toilette war. Bei dem Gedanken bekomme ich eine Gänsehaut, also dränge ich mich an ihm vorbei.

»Sieh dich vor«, knurrt er.

Aber ich bin schon weg.

Ich schnappe meine Sachen und eile nach draußen. Als ich die Tür aufstoße, höre ich Jude aus der kleinen Kabine im hinteren Teil des Theaters rufen. »Es wird dunkel!« Die Warnung des Inspizienten, bevor er das Licht ausschaltet und die Bühne in Dunkelheit taucht.

Lex wartet draußen vor dem Theater auf mich. Es überrascht mich nicht, ihn dort zu sehen. Es ist seltsam, wie schnell sich zwischen uns beiden eine Art Routine eingestellt hat. Auf den anderen warten. Aufeinander achten. Einen Platz frei halten.

Der beste Freund, von dem ich nie wusste, dass ich ihn brauche. Oder wollte.

Er wirft einen Blick auf mich und legt einen Arm um meine Schultern. »Komm mit«, sagt er, und ich bin dankbar, als er mich um die Ecke der Scheune führt. Weg vom hellen Schein der Außenbeleuchtung.

Ich wusste, dass es in Whisper Cove ein Amphitheater gibt, aber ich hatte es bis zu diesem Moment noch nicht gesehen. Es ist größer, als ich erwartet hatte, mit unzähligen Reihen von Betonstufen, die sich unter uns erstrecken, und einer Holzbühne ganz unten. Sie erinnert mich an etwas aus einem Lehrbuch für Theatergeschichte. Ein Ding, das die Griechen gebaut haben könnten.

»Wow«, sage ich, als Lex und ich uns in der obersten Reihe niederlassen, hoch über der Bühne, auf der wir am Ende des Monats *Midnight Music* spielen werden.

»Cool, was?«

»Ja«, sage ich. »Sehr cool.« Bei dem Gedanken, hier zu spielen, bekomme ich eine Gänsehaut.

Lex beobachtet mich. Die roten Augenbrauen zusammengezogen. Er knabbert an seiner Unterlippe. Ich habe es bereits als sein besorgtes Gesicht erkannt. »Ist etwas passiert?«, fragt er.

»Nein«, sage ich, aber ich zittere immer noch. »Ich wollte nur …« Ich halte inne und atme tief ein. Ich versuche, mir etwas einfallen zu lassen, das für Lex einen Sinn ergibt. Und für mich. »Es war einfach eine Menge, weißt du! Eden zu werden. Auf der Bühne zu stehen, auf der meine Mutter gespielt hat.« Es klingt so rational, wenn ich es so sage. Denn natürlich war es eine Menge.

Es ist ein Mindfuck, oder?

Ein verdammt großer Mindfuck.

Lex nickt. »Nach allem, was gestern Abend passiert ist, dachte ich mir schon, der heutige Tag könnte schwierig werden.«

»Es war einfach seltsam«, sage ich. »Ich habe mit Willa gesprochen, und das war toll. Aber gleichzeitig auch so merkwürdig, weißt du?«

»Ich kann mir nicht einmal vorstellen, wie das für dich sein muss.« Lex lächelt. Seine Augen leuchten. »Aber wie cool, dass Willa dich kennenlernen will. Ich kann nicht glauben, dass du mit ihr zu Mittag gegessen hast!« Er schmiegt sich an mich, und ich kann nicht anders, als ebenfalls zu lächeln. »Erzähl mir alles.«

»Sie hat mir alles Mögliche erzählt, was ich noch nicht über meine Mutter wusste. Nur kleine Details, aber es fühlte sich alles so wichtig an, weißt du? Denn das habe ich von meinem Vater nie erfahren.«

»Das ist heftig.« Lex sieht mich an. »Kein Wunder, dass du ein bisschen aus der Bahn geraten bist.«

»Ja«, sage ich.

Ich bin ein bisschen aus der Bahn geraten.

Einen Moment lang ist es still, bis auf das allgegenwärtige Rauschen der Wellen unten am Strand.

»Es wird komisch sein, wenn wir zu dieser Szene kommen, was?« Lex' besorgter Blick ist wieder da.

»Welcher Szene?«

Er starrt mich an. »Das Ende des ersten Aktes.« Lex blinzelt. »Die Szene, in der Eden ertrinkt.«

Scheiße!

Es ist nicht so, dass ich davon nichts gewusst hätte, aber ich hatte nicht wirklich darüber nachgedacht, bis die Worte aus Lex' Mund kamen.

Wie oft werde ich in meinem Leben noch ertrinken müssen?

Einmal, als ich fünf war.

Immer und immer wieder in meinen Träumen.

Heute Abend wieder im Badezimmer.

Und wie viele Male auf der Bühne? Während dieser Wochen der Proben als Eden.

Und dann natürlich bei der Aufführung.

Der Gedanke macht mir Angst, aber ich stecke ihn weg. Ich stecke ihn in eine Schublade und verschließe sie.

Der Beton unter mir ist hart und kalt, und ich wechsle die Position. Aber es gibt keine Möglichkeit, es sich bequem zu machen.

»Sie legen Kissen entlang der Sitzstufen aus«, erzählt mir Lex. »Wenn sie eine Show hier draußen haben. Das hat Jude erzählt.«

»Wie läuft's mit Jude?« Lex' Gesicht wird rot, und seine Sommersprossen glimmen wie glühende Kohlen. »Er ist hinreißend«, sage ich.

»Das ist er.« Lex grinst. »Ich weiß.« Dann zieht diese Dunkelheit wieder über sein Gesicht, und ich frage mich erneut, was seine Geschichte ist.

»Du solltest ihn suchen gehen«, sage ich. »Es ist eine schöne Nacht. Ihr könntet einen Spaziergang machen.« Lex zieht eine Augenbraue hoch, und ich lache. »Oder so.«

Er schüttelt den Kopf. »Ich will dich nicht allein lassen.«

Aber er ist nicht für mich verantwortlich. Ich brauche keinen Babysitter. Und ich weigere mich, Angst vor Dingen zu haben, die nicht real sind.

»Ich bin ein großes Mädchen«, sage ich ihm. »Ich finde den Weg zurück zur Hütte. Versprochen.«

»Bist du sicher?«, fragt er beim Aufstehen. Ich kämpfe gegen den Instinkt an, ihn an der Hand zu packen. Schlucke den Drang hinunter, ihm zu erzählen, wie ich im Bad beinahe ertrunken wäre.

Denn wenn ich ihm das sage, muss ich ihm von all den anderen bizarren Dingen erzählen, die mir in den letzten Tagen passiert sind. Ich werde nicht in der Lage sein, mich zurückzuhalten, und es wird alles aus mir heraussprudeln. Wie das Wasser, das aus dem Wasserhahn im Bad fließt.

Meine schlammigen Füße in der ersten Nacht hier. Der Badezimmerspiegel im Bauernhaus.

Ich muss ihm von dem Geflüster erzählen.

Und von der Frau vor meinem Fenster.

Dann wird er mich auf keinen Fall allein lassen. So viel weiß ich jetzt schon über ihn. Er wird die nächsten vier Wochen an meiner Seite kleben. Und ich will, dass er es bekommt. Was auch immer diese Sache mit Jude ist. Denn etwas sagt mir, dass er es wirklich braucht.

Also sage ich einfach: »Sei ein braver Junge.« Und er wirft mir einen Handkuss zu.

»Oh, glaub mir«, entgegnet er mit einem Augenzwinkern, »das bin ich immer.«

Ich lache und sehe ihm zu, wie er weggeht, bis er von der Dunkelheit verschluckt wird. Und es ist ein komisches Gefühl, allein zu sein. Mein Handy sagt, dass es 22:45 Uhr ist. Nur noch ein paar Minuten bis zur Sperrstunde. Ich schaue mich im Amphitheater um, aber von Nebel keine Spur. Die Luft ist kühl und trocken, und ich neige mein Gesicht nach oben, um die Sterne anzusehen. Sie glitzern und leuchten, aber keiner von ihnen fällt vom Himmel. Sie sind heute Nacht alle fest verankert.

Ich denke an diese Stimme. Die Stimme aus meinen Träumen. Die Stimme, an deren Klang ich mich nie erinnern kann.

Sieh dir die Sterne an!

Ich versuche, es heraufzubeschwören. Aber da sind nur die Wellen, die sich am Strand brechen. Der Ruf des Nebelhorns. Und der ständige, leere Schmerz irgendwo tief in mir.

Das Loch, wo meine Mutter sein sollte.

Heute Abend ist es größer als sonst. Ich spüre, wie es sich ausbreitet, wie Wasser, das auf einen Kachelboden gegossen wird. Es blutet in meinen ganzen Körper, bis ich aus so viel Nichts bestehe.

Und dann setzt die Kälte ein. Wie immer.

Ich krame in meiner Tasche herum, bis ich Lex' kleines lila Feuerzeug finde. Das, das er in unserer ersten Nacht hier auf der Eingangstreppe der Hütte liegen ließ. Denn ich weiß, was ich brauche. Ich schnippe es mit dem Daumen an, und es erwacht zum Leben. Ich mag die Wärme der kleinen Flamme. Die Helligkeit des kleinen Lichts.

Es fühlt sich nicht genug an, aber das ist okay. Denn ich kenne einen alten Trick.

Ich greife hinüber und reiße eine Handvoll Seiten aus meinem Notizbuch. Ich zerknülle sie und lege sie in einem kleinen Haufen auf den Beton zu meinen Füßen.

Ich berühre sie mit dem Feuerzeug, und das Glühen der Flammen ist sofort da. Heller. Wärmer. Und ich bin dankbar dafür. Aber es dauert nur ein paar Sekunden, bis sich das winzige Feuer durch das Papier frisst und zu erlöschen beginnt. Also reiße ich eine weitere Seite aus meinem Notizbuch und lege sie auf den Stapel. Die Flammen verschlingen sie mit einem stillen Verlangen, und etwas tief in mir verspürt diesen Hunger ebenfalls.

Ich halte meine Hände tief über das Feuer, bis ich das Brennen spüre. Ich lasse nicht zu, dass ich sie zurückziehe. Selbst wenn es anfängt zu schmerzen. Denn dann weiß ich wenigstens, dass ich am Leben bin.

Wirklich.

Kein verdammter Geist.

»Hey!«

Ich wirble herum und sehe über meine Schulter. Dort steht Cole Culver. Ich gerate in Panik und beginne, auf das kleine Inferno zu treten, das ich verursacht habe.

»Nicht«, sagt er. »Lösche es nicht.« Und er kommt und setzt sich neben mich.

Ich fühle mich gefangen. Nackt und ungeschützt. Ich muss gegen den Drang ankämpfen wegzulaufen.

»Es wird sowieso gleich ausgehen«, sage ich zu ihm. »Es ist nur klein.«

Ich sehe, wie er einen Blick auf mein aufgeschlagenes Notizbuch wirft. Er nimmt es in die Hand und reißt eine Seite heraus, dann zerknüllt er sie und wirft sie ins Feuer. Aber es ist zu spät. Die Flammen beginnen bereits zu erlöschen, sodass das Papier kein Feuer mehr fängt.

Ich ziehe das Feuerzeug aus meiner Tasche und reiche es Cole. Als er es nimmt, verweilen seine Finger länger auf meinen, als sie sollten. Ich erschaudere, und Cole mustert mich eine Sekunde lang, dann nimmt er das Feuerzeug und zündet es wortlos an. Ich atme kaum, als die Flamme den kleinen Papierstapel küsst, und dieser wieder zum Leben erwacht.

Er beugt sich tief hinunter und hält seine Hände knapp über das Feuer. Ich warte darauf, dass er sich von der Flamme zurückzieht, aber das tut er nicht.

»Sei vorsichtig«, warne ich ihn, und als er mir seine grauen Augen zuwendet, spüre ich, wie sich mein Innerstes nach außen kehrt.

»Vorsicht ist wirklich nicht mein Ding.«

Ein weiteres Stück zerknittertes Papier.

Ein weiterer Schnipp mit dem Feuerzeug.

Schnipp. Zischel. Wusch.

Der lang gezogene, tiefe Klang eines Horns durchschneidet die Nacht, und ich sehe mich um. Irgendwie hat sich das ganze Amphitheater mit Nebel gefüllt. Er muss zu uns hineingeschlichen sein, und ich habe es nicht einmal bemerkt. Denn genau hier, wo Cole und ich stehen, gibt es einen kleinen Lichtfleck.

Und Wärme.

So viel Wärme.

Ich erinnere mich an das, was Willa uns gestern Morgen auf der Veranda des Bauernhauses gesagt hat. *Wir wissen, was wir sind, aber nicht, was wir sein könnten.*

Ich bin erst seit ein paar Tagen hier, aber ich spüre schon, wie ich etwas *werde*. Wie Willa sagte.

Ich reiche Cole eine weitere Seite. Er schnippt das Feuerzeug mit seinem Daumen an. Dann hält er das Papier in der Hand, und wir sehen zu, wie es brennt.

Und ich habe keine Angst mehr.

Als wir nichts mehr zum Anzünden haben, pusten wir die Asche gemeinsam fort. Sie schwebt zum Himmel hinauf. Verliert sich in der Dunkelheit. Dann bringt Cole mich zurück zu meiner Hütte.

Wir bleiben auf der Treppe stehen und sehen uns an. Keiner von uns scheint sich sicher zu sein, wohin das jetzt führt.

»Hast du das schon einmal gemacht?«, fragt er mich. Er lehnt sich gegen das Geländer. Seine grauen Augen werden vom Licht der Veranda erhellt. »Feuer angezündet?«

»Ein paarmal«, gebe ich zu. Aber das ist eigentlich nicht die Wahrheit. Denn ich tue es ziemlich oft.

»Warum?« Es liegt kein Urteil in der Frage, oder in der Art, wie er mich ansieht. Nur Neugierde.

»Um sicherzustellen, dass ich nicht tot bin.«

Cole nickt. »Ich laufe am Rande der Klippe entlang«, sagt er. »Manchmal schließe ich die Augen und gehe zehn Schritte. Oder zwölf. Fünfzehn, wenn es wirklich schlimm ist. Direkt am Rand entlang. Nur um diesen Rausch zu spüren.« Ich starre ihn an, und er zuckt mit den Schultern. »Es ist besser als einige der anderen Dinge, die ich früher gemacht habe.«

»Es hilft nie sehr lange«, sage ich ihm. »Die Kälte kommt immer wieder.«

Cole streckt seine Hand aus und nimmt meine. Er verschränkt seine Finger mit meinen. Damit habe ich nicht gerechnet, und mir dreht sich wieder der Magen um. Er drückt fest zu.

»Spürst du das?«, fragt er. Und ich nicke. »Du bist nicht tot, Avril. Und ich bin es auch nicht.« Er schenkt mir ein halbes Lächeln. »Jedenfalls noch nicht.«

Seine Wärme wandert den ganzen Arm hinauf. Das ist die Wirkung, die Cole Culver auf mich hat. Nur diese kleine Berührung kann ein Feuer entfachen. Man braucht kein Feuerzeug. Und die Wahrheit ist, dass ich davor mehr Angst habe, als ich jemals vor Geistern haben könnte.

Aber ich ziehe mich nicht zurück.

Und er lässt mich nicht los. Nicht bevor er meine Hand noch einmal drückt.

Dann lässt er mich auf der Veranda stehen, und selbst nachdem er in der Nacht verschwunden ist, fühle ich mich warm.

Später jedoch schleicht sich mein alter Albtraum durch den Nebel. Er findet mich in meiner Koje und verheddert seine nassen Finger in meinem Haar.

Tausend schimmernde Sterne fallen ins Meer. *Plopp. Plopp. Plopp.*

Sieh dir die Sterne an.

Ein langer Ton rüttelt mich wach. Die tiefe Vibration des Nebelhorns erschüttert meine Knochen. Es ertönt ein zweites Mal, und ich spüre das Echo tief in meiner Brust.

Ich öffne meine Augen, und die Welt steht kopf. Nichts ergibt einen Sinn.

Ich stehe im Meer. Der kitzelnde Kuss von hauchdünnem Seegras auf meiner Haut. Das Brennen von Salz in meiner Nase. Auf meiner Zunge.

Die Wellen schwappen gegen meine Kniekehlen. Und ich zittere. Kämpfe gegen die Panik an, die mit Krallen nach mir greift.

Denn dies ist kein Traum.

Und es ist nichts, was ich mir in meinem Kopf ausmale.

Ich bin hellwach und stehe bis zu den Waden in der eiskalten Brandung des Long Island Sound. Der Nebel rollt von allen Seiten heran. Ich kann nicht einmal sagen, wo das Ufer ist und wo das offene Wasser.

Und ich habe absolut keine Ahnung, wie ich hierhergekommen bin.

AKT II: SZENE 1

Meine Muskeln verkrampfen, und ich bin wie erstarrt. Eine Welle nach der anderen prallt gegen mich, aber ich habe zu viel Angst, mich zu bewegen. Meine Füße und Beine sind taub von der Kälte. Schließlich zwinge ich mich, einen schlurfenden Schritt zu machen. Aber das Wasser wird immer tiefer. Es steht mir jetzt bis zu den Oberschenkeln, also ziehe ich mich in die andere Richtung zurück. Ein winziger Schritt nach dem anderen. Bis die Wellen nur noch knapp über meine Fußspitzen spülen. Noch ein paar Schritte rückwärts, und meine Beine geben nach. Ich sinke im Sand auf die Knie.

Das hier ist echt.

Das hier ist echt.

Das hier ist echt.

Was soll der Scheiß?

Was soll der Scheiß?

Was soll der Scheiß?

Das ist nicht vergleichbar mit dem, was beim Vorsprechen passiert ist. Oder mit dem Wasser im Bad. Es gibt keinen kalten, harten Boden, der mich in die Realität zurückholt.

Ich zittere so stark, dass meine Knochen aneinanderstoßen. Ein ersticktes Schluchzen bahnt sich seinen Weg aus meiner Kehle und wird sofort vom dichten Nebel und dem Rauschen der Wellen verschluckt, als hätte ich nie einen Laut von mir gegeben. Ich hebe den Kopf, um mich umzusehen, aber ich könnte genauso gut wieder die Augen schließen, denn selbst mit offenen Augen kann ich nichts sehen. Nicht einmal meine eigene Hand, die ich vor mein Gesicht halte.

Irgendwie komme ich wieder auf die Beine. Ich bin barfuß. Ich trage das Tank-Top und die Shorts, in denen ich schlafe. Kein Telefon. Keine Taschenlampe.

Kein Feuerzeug.

Keine Ahnung, wie ich zurück zu meiner Hütte komme. Ich bin schon wieder desorientiert.

In welcher Richtung lag das Meer?

Ich drehe mich langsam im Kreis, und ich habe keine Ahnung.

Dann stellen sich mir die Nackenhaare auf, denn ich weiß, dass ich hier draußen nicht allein bin. Ich spüre, dass etwas auf mich zukommt. Es bewegt sich langsam und lautlos durch den Nebel. Mein Herz bleibt stehen, und ich werde starr vor Angst. Da ist etwas. Es atmet. Nur ein paar Meter entfernt. Ich spüre seine Anwesenheit, auch wenn ich es nicht sehen oder hören kann.

Plötzlich helles Licht. So grell, dass ich meine Augen abschirmen muss.

Genau wie auf den Stufen der Kabine mit Lex.

Wie in der Nacht, als meine Mutter starb.

Die Nacht, in der ich starb.

Ich schreie und taumle rückwärts ins Nichts. Aber ich stolpere. Da ist etwas im Sand eingegraben. Etwas Breites und Flaches direkt unter der Oberfläche. Ich lande unsanft, und es raubt mir den Atem.

»Avril?« Da ist eine Stimme hinter dem Licht. »Ist schon gut. Ich bin's.«

»Lex?« Es klingt nicht nach ihm, aber ich weiß nicht, wer

sonst hier draußen in der Nacht nach mir suchen würde. Eine ausgestreckte Hand taucht aus dem Nebel auf. Körperlos und seltsam. Ich kann immer noch kein Gesicht erkennen.

»Ich bin's. Cole.« Er geht neben mir tief in die Hocke. Unsere Gesichter sind nur Zentimeter voneinander entfernt, aber alles, was ich sehe, ist das Glühen seiner Augen. »Schöne Nacht, was?« Ich bin so verwirrt. Und so kalt. Er streift seine Jacke ab und legt sie mir um die Schultern, dann nimmt er meine Hand und zieht mich auf die Beine. »Bist du verletzt?«, fragt er. Aber ich kann nicht antworten. Weil ich es nicht weiß. »Komm mit.«

Cole führt mich durch den Nebel. Der Strahl seiner Taschenlampe bewirkt kaum etwas. Er kann das Grau, das uns umgibt, nicht durchdringen. Aber sein Griff ist stark, und ich schreie fast vor Erleichterung auf, als ich die Holzplanken der Promenade unter meinen nackten Füßen spüre.

Wir tasten uns gemeinsam durch die Leere. Brett für Brett. Schritt für Schritt. Zentimeter für Zentimeter. Über die Dünen und durch den Sumpf. Ich erkenne es an diesem kränklich-süßen Geruch. Dem Geruch von Fäulnis. Und schließlich erreichen wir das dichte, weiche Gras des großen Rasens.

»Geht es dir gut?«, fragt Cole mich erneut. Aber meine Zähne klappern zu heftig, um zu sprechen.

Er bleibt stehen und zieht seine Jacke fester um mich. Dann führt er mich weiter den Hügel hinauf in Richtung des Bauernhauses. Als wir näher kommen, sehe ich in einigen Fenstern Licht brennen, und ich war noch nie in meinem Leben so dankbar, etwas zu sehen.

»Komm«, sagt er. »Wir wärmen dich erst mal auf.« Er führt mich durch den Nebel, und ich denke, er bringt mich zurück zu meiner Hütte. Doch dann höre ich das Klirren von Schlüsseln und das Quietschen der Scharniere der alten Scheunentür.

»Ich dachte, du willst dich vielleicht etwas säubern«, sagt er zu mir. »Vielleicht ein bisschen abtrocknen. Bevor ich dich zu deiner Hütte zurückbringe.«

Sobald Cole die Tür öffnet, steigt mir ein überwältigender Geruch in die Nase. Aber es ist anders als vorher. Das ist keine Farbe. Oder Sägemehl.

»Riechst du das?«, fragt er mich, und ich nicke.

Es ist moschusartig. Süß und erdig. Wie frischer Schweiß und Heu und Dung. Es riecht wie …

»Pferde«, flüstere ich. Meine Stimme knarrt wie das Scheunentor. Und Cole nickt.

»In diesem Stall stehen seit über dreißig Jahren keine Pferde mehr.«

Er schiebt mich hinein und schließt die Tür sanft hinter uns. Eine einzelne Glühbirne leuchtet am Rande der Bühne, und ich stehe wie gebannt und starre sie an.

»Das Geisterlicht«, sagt Cole zu mir. »Es ist Tradition, es nachts brennen zu lassen.« Ich will ihm sagen, dass ich das weiß. Natürlich weiß ich das. Aber es fällt mir schwer, die Worte herauszubringen.

Ich lasse mich von ihm zu dem kleinen Badezimmer führen. Das, in dem ich noch vor wenigen Stunden gestanden habe. Als ich auf dem Trockenen ertrunken bin. Ich betrachte mich nicht im Spiegel, während Cole warmes Wasser ins Waschbecken laufen lässt und steife Papiertücher anfeuchtet, um das verkrustete Salz aus meinem Gesicht zu wischen, und den Sand von meinen Armen und Beinen. Seine Berührung ist so sanft, dass ich weinen muss. Denn ich bin erschöpft, verängstigt und erstarrt. Und ich weiß nicht, was das alles zu bedeuten hat.

Er streckt die Hand aus und streicht mir eine Strähne des feuchten Haares hinters Ohr. »Avril? Sieh mich an.« Meine Stimme versagt ihren Dienst, aber ich schaffe es, sein Gesicht mit meinem Blick zu finden. »Du bist in Sicherheit«, beruhigt er mich. Und ich nicke.

Cole führt mich zur Bühne, und wir setzen uns zusammen auf den Rand. Eingetaucht in den Schein des Geisterlichts. Es ist warm in der Scheune. Und ich spüre, wie ich langsam auftaue.

»Was hast du gemacht?«, frage ich ihn schließlich. »Da draußen?«

Er lacht. Es ist ein tiefer, ernster Ton, der irgendwo tief aus seiner Kehle kommt. »Ich könnte dich das Gleiche fragen.« Ich zucke zusammen, und die harten Winkel seines Gesichts werden weicher. »Ich gehe manchmal spazieren.« Er zuckt mit den Schultern. »Nachts, wenn ich nicht schlafen kann. Was immer der Fall ist.«

Ich fahre mit der Zunge über meine Lippen, und sie fühlen sich rau an. Aufgesprungen durch den Nachtwind und die Salzgischt. Wie lange habe ich da draußen gestanden? In der Brandung. Bevor mich das Nebelhorn geweckt hat?

»Ich habe dich gesehen«, sagt Cole. »Ich saß auf den hinteren Stufen des Bauernhauses und sah dich vorbeigehen. Du bist am Licht der Veranda vorbeigegangen. Und ich habe dein Gesicht gesehen.«

»Ich erinnere mich nicht«, sage ich ihm. »Ich weiß nicht …« Die Worte bleiben mir im Halse stecken.

»Du bist schlafgewandelt«, sagt er. »Ist das etwas, das du schon mal gemacht hast?«

»Niemals«, sage ich, und meine Stimme bricht. Denn ich erinnere mich an die Schlamm- und Grasreste, die an meinen Füßen kleben. »Nirgendwo sonst. Nicht bevor ich hierherkam.« Ich drehe mich um und sehe Cole an, und seine Augen sind so intensiv. Aber da ist auch eine Sanftheit in ihnen, die ich vorher nicht bemerkt habe. Er streckt die Hand aus und streicht mir mit dem Daumen den Sand von der Wange.

»Ja. Na ja. Ich habe versucht, es dir zu sagen. Hier ist es nicht wie anderswo.«

»Du bist mir gefolgt«, sage ich. Und er nickt.

»Ich habe dich im Nebel verloren. Und ich habe eine Weile gebraucht, um dich zu finden. Ich hatte Angst …« Er hält inne.

»Angst vor was?«

Er zögert, aber der Blick seiner stahlgrauen Augen verlässt mich nicht.

»Ich hatte Angst, dass ich zu spät komme.«

Die Angst setzt sich wieder in meinem Magen fest. Ich spüre ihr bleiernes Gewicht. Fest und schwer. Der metallische Geschmack davon in meinem Mund.

Was das Meer will, wird das Meer bekommen.

Cole fährt sich mit der Hand über das Gesicht, und mir wird klar, wie erschöpft er aussieht. Nicht nur müde. Die Art von knochentiefer Müdigkeit, die von Jahren kommt, in denen er sich nie unbeschwert ausruhen konnte.

»Ich habe meiner Mutter gesagt, dass sie dich nicht als Eden besetzen soll«, erklärt er. »Ich habe sie angefleht, dir eine andere Rolle zu geben. Irgendeine andere Rolle. Aber mit Willa Culver kann man nicht diskutieren.«

»Warum?«, frage ich ihn. »Warum solltest du das tun?«

»Du bist schon einmal ertrunken«, sagt er zu mir. »Das ist genug. Du solltest es nicht noch einmal tun müssen.«

»Ich schaffe das schon«, sage ich, obwohl ich hier sandig und nass und verängstigt sitze. »I…«

Aber Cole unterbricht mich.

»Du musst nach Hause gehen«, sagt er. »Morgen. Ruf deinen Vater an und sag ihm, dass es ein Fehler war, hierher zurückzukommen. Jude soll dich zum Bahnhof fahren.«

»Ich will nicht …«

»Hier ist es nicht sicher für dich«, sagt Cole, und seine Stimme klingt verzweifelt. »Es ist nicht sicher für …« Er will noch etwas sagen, aber dann überlegt er es sich anders. »Es ist nicht sicher.«

»Ich gehe nicht nach Hause«, sage ich zu ihm, und ich höre die unterschwellige Wut, die unter meinen Worten brodelt. Ich mag es nicht, wenn mir jemand sagt, was ich tun soll. Nicht Cole Culver und auch sonst niemand.

»Mein Gott, Avril. Du musst mir zuhören, was ich sage.« Cole greift nach meiner Hand. Er dreht sie mit der Handfläche nach oben und zeichnet eine Kompassrose auf mein Handgelenk. Als wollte er mich markieren. »Wir sind uns ähnlich, wir beide. Und ich wusste es in dem Moment, als ich dich sah. In jener ersten Nacht. Ich habe es gespürt. Noch bevor ich wusste, wer du bist.« Seine Augen haben sich dunkel verfärbt, und er hält meine Hand fester. »Ich habe mich zwar nicht an dich erinnert, aber ich kannte dich. In diesem Augenblick am Strand.« Er lässt mich los, und ich kann wieder atmen. »Ich habe dich verdammt noch mal gekannt.«

Ich weiß, was er meint. Denn ich habe es auch gespürt. Mit ihm. Dieser sofortige Schock des Wiedererkennens. Eine Art von tiefem Sog, der mich aus dem Gleichgewicht brachte. Stark genug, um mich zu erschrecken, von Anfang an.

Cole sieht mich ein paar Sekunden lang an, als erwartete er, dass ich es verstehe. Aber das tue ich nicht. Nichts ergibt heute Abend einen Sinn. Es ist, als hätte der Nebel einen Weg in mein Gehirn gefunden. Also spricht er es aus. »Ich höre das Flüstern, Avril. Genauso wie du. Ich habe es mein ganzes Leben lang gehört.«

Die Bühne dreht sich. »Mir ist schlecht«, bringe ich heraus. Ich kann nicht darüber reden. Nicht jetzt. Nicht mit ihm. Nicht, solange meine Kleidung noch feucht von den Wellen ist.

Ich bin nicht bereit. Und ich weiß nicht einmal, ob ich irgendetwas davon glaube. »Ich muss ins Bett.« Cole nickt.

»Ja. Ja, natürlich.« Er steht auf und führt mich zurück in die Nacht. Über den Kies und über das Gras. Direkt zur Veranda meiner Hütte. Erst als wir auf der Eingangstreppe stehen bleiben, bemerke ich meine Hand in seiner. Sein Griff ist fest. Sicher. Voller Wärme. Und mein ganzer Körper wird warm, als ich mich an das Feuer erinnere, das wir im Amphitheater angezündet haben.

Als er loslässt, vermisse ich seine Berührung sofort. Ich gebe ihm seine Jacke zurück und spüre seinen Blick auf mir, als ich mich hinunterbeuge, um den letzten getrockneten Sand von meinen Beinen zu streichen.

Als ich mich wieder aufrichte, hält er mir die Hand hin. Auf seiner Handfläche liegen zwei weitere kleine Meerglasstückchen. Ein hübsches rotes und ein blassgelbes. »Nimm sie«, sagt er. Aber ich greife nicht nach seinen Seemannsglücksbringern. »Rot und Gelb sind die seltensten Farben.«

»Bringen sie wirklich Glück?«, frage ich, und so müde ich auch bin, ich kann die Skepsis in meiner Stimme hören.

Cole hält die geschliffenen Glasstücke hoch, damit sie das Licht der Veranda einfangen. Und ich mag es, wie sie glänzen. Das sanfte Glühen, das sie verbreiten. Er schenkt mir ein kleines Lächeln. »Ich habe dich gefunden, nicht wahr?«

»Ja.« Ich hauche meine Antwort in die Nacht. Weil er es getan hat. Und so lasse ich zu, dass er die glatten Stücke in meine gekrümmten Finger drückt.

Da ist ein Moment, in dem sich einer von uns beiden zurückziehen könnte.

Aber keiner von uns tut es.

»Es ist fast fünf Uhr«, sagt er. »Die Sonne geht gleich auf. Der Nebel sollte sich bald lichten.« Ich bin so verwirrt. Das ergibt alles keinen Sinn. »Versuch, etwas zu schlafen. Solange du kannst.«

»Du auch«, sage ich. Und er lacht leise.

»Ja. Vielleicht.«

Und dann ist er weg. Ich bin wieder allein im Nebel.

Ich suche das Feld zwischen dem Bauernhaus und der Hütte mit meinem Blick ab. Ich suche mein eisblondes Haar. Goldgesprenkelte Augen. Die Gestalt einer Frau.

Ich bin auf der Suche nach meiner Mutter.

Wie immer.

Aber ich kann sie heute Nacht nicht sehen. Vielleicht, weil sie nicht da ist und nie da war. Oder vielleicht, weil der Nebel zu dicht ist. So oder so, meine Mutter ist vor mir verborgen. In den Jahren und der Erinnerung verloren. So wie immer.

Auch wenn sie nachts nicht in Whisper Cove umherstreift, ist sie wohl ein Geist. Ich schätze, ich glaube also doch.

AKT II: SZENE 2

Ich schiebe die Hüttentür so leise wie möglich auf und gehe auf Zehenspitzen hinein. Ich ziehe mir ein sauberes T-Shirt und Shorts an, und als ich mein feuchtes Tank-Top über den Kopf schiebe, steigt mir wieder der Geruch von Pferden in die Nase.

Niemand rührt sich, als ich in mein Bett schlüpfe. Ich schätze, genauso wenig rührt sich jemand, wenn ich aus dem Bett schlüpfe.

Mein Kopf fühlt sich schwammig an. Als wäre er voller Watte. Meine Arme und Beine sind schwer, und mein Körper schmerzt von der Kälte. Ich bin so leer. Alles, was ich will, ist schlafen, aber sobald ich die Augen schließe, geht der Wecker los.

Das Erste, was ich sehe, als ich aufwache, sind Coles kleine Schätze, diese roten und gelben Meerglasstücke, die auf meinem Kopfkissen liegen.

Ich weiß also, dass das alles wirklich passiert ist, auch wenn mein Verstand jetzt versucht, es als Traum hinzustellen.

Die Hütte ist leer, und ich nehme an, dass die anderen schon im Bad sind. Ich zwinge mich aus dem Bett und krame in der untersten Schublade nach etwas zum Anziehen. Dann schlüpfe ich in meine Flip-Flops und nehme mir ein Handtuch. Hoffentlich habe ich Zeit für eine schnelle Dusche.

Der Himmel ist wunderschön und klar, und die Luft fühlt sich so perfekt an. Aber all das trägt nicht dazu bei, mein Gemüt zu beruhigen. Nicht, wenn noch der Sand von letzter Nacht an meinem Körper klebt. Alles, woran ich denken kann, ist, diesen Beweis wegzuwaschen. Denn wenn ich den Sand wegspülen kann, kann ich vielleicht auch die Erinnerung daran wegspülen, dass ich knietief in eiskaltem Wasser aufgewacht bin.

Aber es funktioniert nicht. Ich sehe zu, wie der Sand den Abfluss hinunterwirbelt, aber das Entsetzen klebt weiterhin an mir.

Nach dem Duschen eile ich zurück zur Hütte. Ich bin jetzt spät dran. Alle anderen sind sicher schon beim Frühstück. Trotzdem bleibe ich noch ein paar Sekunden stehen und starre auf das Meerglas auf meinem Kissen. Dann greife ich nach den beiden glänzenden Glücksbringern und stecke sie in meine Tasche.

Ich bin mir immer noch nicht sicher, ob sie magisch sind, aber ich mag es, wie sie sich zwischen meinen Fingern anfühlen. Die kühle Glätte beruhigt mich ein wenig.

Ich laufe über das Feld zum Bauernhaus. Cole wartet auf der vorderen Veranda auf mich. Er lehnt in lässiger Haltung an einem der Stützpfeiler, und in seinen Augen brennt ein Feuer.

»Hey«, fragt er. »Gut geschlafen?« Als wären wir ein altes Ehepaar, das sich am Frühstückstisch bei French Toast und der Morgenzeitung trifft.

»Nicht wirklich«, antworte ich.

»Wir müssen reden«, sagt er. Mein Kopf tut weh. Die Sonne ist so hell. Und ich glaube nicht, dass ich bereit bin, ein weiteres Gespräch mit Cole Culver zu führen. Noch nicht. »Ich muss dir etwas zeigen. Ich verspreche, es wird nicht lange dauern.« Er sieht mich ein paar Sekunden lang an. »Es ist wichtig.«

Ich denke daran, wie er mich letzte Nacht gefunden hat. Wie er mir wahrscheinlich das Leben gerettet hat. Ich erinnere mich an die Kraft seines Griffs um meine Hand. An den Trost, der darin lag, und die Wärme.

»Ja«, sage ich. »Okay.« Ich stelle meinen Rucksack auf der Veranda ab, und Cole führt mich über das Gras und einen kleinen Hügel hinunter zu einem langen, niedrigen Gebäude. Es ist strahlend weiß gestrichen, und das Wort KULISSENWERKSTATT ist in ein über die Tür genageltes Brett gebrannt worden.

George sitzt draußen auf einem umgedrehten Fünflitereimer und raucht eine Zigarette. »Braucht ihr etwas?«, fragt er, und ich spüre, wie er mich ansieht, aber ich weiche seinem Blick aus. Ich bin erleichtert, als Cole nur den Kopf schüttelt und wir weitergehen. Ich hatte genug seltsame Momente mit George, dass sie für den Rest des Sommers ausreichen.

Wir gehen nicht ins Innere der Kulissenwerkstatt. Stattdessen führt Cole mich zu ihrer Rückseite. Ein paar Kulissenteile liegen zum Trocknen in der Sonne, und ein paar staubige Sägeböcke ruhen im Schatten eines Baumes. Die Sperrholzsilhouette eines Wolkenkratzers lehnt an einem Lichtmast. Wir bahnen uns einen Weg zwischen Stapeln von altem Holz und ausrangierten Farbdosen. »Hier hinten«, sagt er. »Pass auf die Nägel auf.«

Und da sehe ich den Namen auf der Rückseite des Gebäudes.

NICOLE KENDRICK

Er ist in Rot gemalt. Große Buchstaben. Groß und fett. Da steht auch ein vertrautes Datum. Der Tag, an dem meine Mutter starb.

Und darunter, in kursiver Pinselstrichschrift.

Was das Meer will, wird das Meer bekommen.

Die Worte heben sich so deutlich von den weißen Tafeln ab – wie der blutige Vorspann eines Horrorfilms –, dass ich zunächst nicht glaube, sie wirklich zu sehen. Eine Sekunde lang bin ich wie eingefroren. Ich starre.

Ich strecke die Hand aus, um das N im Namen meiner Mutter zu berühren, und das feuchte Gras rutscht unter meinen Füßen durch. Meine ganze Welt kippt auf die Seite. Plötzlich ertrinke ich. Offene Augen. Wasser strömt über meinen Kopf. Es brennt in meiner Kehle. Das Gewicht des Wassers in meinem Magen. Es zieht mich nach unten wie einen Stein.

Cole bleibt in meiner Nähe und beobachtet mich, aber er sagt nichts. »Was ist das?«, gelingt es mir zu fragen.

Cole lehnt sich gegen das Gebäude. Er fährt mit den Fingern durch sein Haar. Berührt die Tätowierung an seinem Handgelenk wie einen Talisman. »Es ist eine Art Graffiti-Denkmal«, erklärt er. »Es wird alle paar Jahre überstrichen. Aber Theaterleute sind abergläubisch. Also malt jemand es immer wieder neu. Es soll ein Schutz sein. Damit wir alle sicher sind.«

»Das ist lächerlich«, sage ich zu ihm. »Wir waren nachts schwimmen. Und wir gerieten in eine Flutwelle. Irgendwie habe ich überlebt. Meine Mutter nicht. Das ist alles, was es zu erzählen gibt.«

Papa hat mir das vor Jahren erzählt. *Das passiert immer wieder,* sagte er. *Die Leute vergessen, wie gefährlich das Meer ist. Mais la mer est mortelle.*

Aber das Meer ist tödlich.

»Avril …«

Ich wende meinen Blick vom Namen meiner Mutter ab, um mich auf Coles Gesicht zu konzentrieren. »Du glaubst doch nicht wirklich an diese alte Geschichte, oder?« Es ist eine Sache, wenn er es nachts erzählt. Am Lagerfeuer. Oder in der Scheune, zusammengekauert unter dem Geisterlicht. Aber hier, im Tageslicht, kann er es nicht wirklich ernst meinen. Es muss eine andere Erklärung für das geben, was letzte Nacht mit mir passiert ist. Für das Schlafwandeln.

Für den Schlamm und das Gras in meinem Bett. Die Frau im Nebel.

Und im Badezimmerspiegel.

Für alles.

»Hör einfach zu.« Cole greift nach meinen Händen. »Bitte.« Sein Haar fällt ihm in die Augen, und ich habe das unbändige Verlangen, es zurückzustreichen. »Die Leute hier erinnern sich daran, was mit deiner Mutter passiert ist. Und sie erinnern sich auch an den kleinen Friedhof im Wald. Der, auf dem die Frauen und Kinder begraben sind. Es jagt ihnen eine Heidenangst ein, wozu das Meer fähig ist. Es macht mir Angst.« Ich spüre den Schauer, der ihm über den Rücken läuft. Er dringt durch seine Finger in mein Fleisch. »Es sollte dir auch Angst machen.«

Es lässt sich nicht leugnen, wie viel Angst er hat.

Wie viel Angst er um mich hat.

Aber irgendetwas sagt mir, dass es um mehr als das geht. Er hat auch Angst um sich selbst. Und ich verstehe nicht, warum. Aber diese Angst ist ansteckend. Wie eine Art Virus. Der Schrecken, in den Wellen zu stehen, trifft mich immer wieder. Hart. Plötzlich bekomme ich nicht mehr genug Luft.

Ich schaue auf die in Rot gemalten Worte. Der Name meiner Mutter.

Fast hätte ich Cole gesagt, dass es noch mehr gibt, was er nicht weiß. Dass es nicht nur das Schlafwandeln ist. Aber ich finde nicht die richtigen Worte für diese Momente, in denen die Grenzen verschwimmen.

Cole wendet seinen Blick von mir ab und lässt ihn auf der letzten Zeile der kursiven Schrift ruhen.

Was das Meer will, wird das Meer bekommen.

»Wusstest du«, fragt er, »dass auf einigen Walfangschiffen niemand ein Seil werfen durfte, wenn ein Matrose über Bord ging? Sie glaubten, dass sie nichts dagegen tun könnten, wenn das Meer sie holen wollte.«

»Und du glaubst, das Meer will mich.« Meine Stimme klingt komisch in meinen eigenen Ohren. Als gehörte sie zu jemand anderem. Jemandem, der an Gespenster glaubt.

Oder zumindest jemandem, der sich nicht mehr so sicher ist.

Cole nickt. »Es will mich auch. Es wollte mich schon mein ganzes Leben lang. Ich habe immer diese kalten Finger gespürt, die an mir zerrten.« Ich zittere in meinem T-Shirt. »Aber ich werde auf keinen Fall zulassen, dass es dich holt, Avril. Das verspreche ich dir.«

»Was ist mit dir?«, frage ich ihn. Denn ich beginne zu ahnen, dass Cole Culvers Windrosen-Tattoo ihm nichts nützen wird gegen die dunkle Flut, die ihn aufs Meer hinauszieht. Aber er antwortet nicht. Und der Blick in seinen Augen macht mir noch mehr Angst als das, was letzte Nacht passiert ist. Da ist so viel Traurigkeit. Eine Hoffnungslosigkeit, die mir Angst um ihn macht. Um uns beide. »Warum hast du mir das gezeigt?« Ich muss wissen, warum er heute Morgen auf meiner Veranda gewartet hat. Warum er mich hierhergeschleppt hat, obwohl ich beim Frühstück mit Lex, Val und Jude hätte sein sollen.

Cole kommt einen Schritt näher. Die Dunkelheit in seinen Augen lichtet sich ein wenig. Aber sie sind immer noch tiefgrau, wie der Ozean in einem Sturm.

»Weil du mir glauben musst. Du musst wissen, dass du hier nicht sicher bist.« Er sieht mir in die Augen, und ich erinnere mich an uns beide im Amphitheater. Wie wir das Papier verbrennen sahen. Ich spüre die Hitze davon auf meinen Wangen. Die Flamme davon tief in meinem Magen. In Coles Gegenwart zu sein, stürzt mich immer in Ratlosigkeit.

Ungewissheit.

Allmählich wird mir schwindlig. Überwältigt von diesen roten Buchstaben. Dem Druck von Coles Fingern. Seinen Augen. Und von der Helligkeit der Sonne.

»Ich muss zum Unterricht«, sage ich und mache einen Schritt zurück. Mir ist plötzlich wieder kalt. »Wir sehen uns heute Abend bei der Probe.«

Ich bahne mir einen Weg durch das Gerümpel und gehe zurück zum Farmhaus. Ich schleiche mich in die Bibliothek, gerade als der morgendliche Workshop beginnt, und ich bin Lex dankbar, dass er mir einen Platz frei gehalten hat.

»Wo warst du beim Frühstück?«, flüstert er, aber in diesem Moment kommt Cole über den Rasen. Ich starre ihn durch das hohe Bibliotheksfenster an, und es hinterlässt in mir fast das gleiche Gefühl wie der Anblick meiner Mutter, die im Mondlicht auf dem leeren Feld tanzte.

Lex folgt meinem Blick. »Ich wusste es!«, zischt er und wirft mir einen tadelnden Blick zu. »Du verheimlichst mir etwas.« Seine Augen haben einen hoffnungsvollen Blauton, und ich weiß, dass er sich das für mich wünscht. Er will, dass ich etwas habe. Jemanden. So wie er es jetzt hat. Mit Jude. Die beiden haben plötzlich Insider-Witze. Und ihre Körper scheinen von einer Art unsichtbarem Magneten angezogen zu werden. Knie berühren sich in der Cafeteria. Schulter an Schulter auf den Stufen der Meeresveranda. Es hat mich kein bisschen überrascht, als ich sie gestern Abend in einer Probenpause vor der Scheune zum ersten Mal beim Händchenhalten erwischt habe.

»Potenzial«, sagt Lex zu mir. »Erinnerst du dich, Av? Man muss nur offen für die Möglichkeiten sein.«

Ich greife in meine Tasche und fühle die glatten Meerglasstücke. Aber ich habe keine Ahnung, was ich im Moment für Cole Culver empfinde, außer dass ich langsam das Gefühl habe, dass wir nicht gut füreinander wären.

Zur Mittagszeit erscheint Willa in der Tür der Cafeteria. Sie bittet mich, mit ihr zu kommen. Ich nehme mir ein gegrilltes Käsesandwich und eine Tasse Tomatensuppe und folge ihr auf die Veranda.

»Wie hat dir die erste Probe gefallen?«, fragt sie mich, als ich mein Tablett auf dem Picknicktisch ihr gegenüber abstelle. Sie sieht mich mit ihren intensiven Augen an, also tue ich so, als würde ich mich darauf konzentrieren, meine Suppe nicht zu verschütten. Ich fürchte, wenn sie mein Gesicht sieht, wird sie es irgendwie wissen. Das, was gestern Abend passiert ist. Nach dem Theater.

Am Strand.

Im Sund.

»Sie war toll«, sage ich. »Es hat sich wirklich gut angefühlt.« Und dieser Teil ist nicht gelogen.

Erst später ging alles schief.

Willa sieht erleichtert aus. »Es war ein Traum, mit dir zu arbeiten«, sagt sie zu mir. »Genau wie mit deiner Mutter. Es ist fast so, als hätte ich Nicole wieder auf der Bühne.« Sie sieht mich ein paar Sekunden lang an. »Du weißt gar nicht, was für ein Geschenk das für mich ist, Avril.«

»Haben Sie mir deshalb die Hauptrolle gegeben?« Das ist etwas, das mich quält, seit sie meinen Namen genannt und Jude mir das Textbuch ausgehändigt hat. Ich habe gesehen, wie einige der anderen Mädchen mich anstarren. Die Art, wie sie tuscheln und wie sich ihre Köpfe in meine Richtung drehen, wenn ich den Raum betrete. Fast so, als hätte ich eine Art Trick abgezogen. Deshalb hatte ich vorgehabt, mein Geheimnis bis nach dem Vorsprechen für mich zu behalten. Bis nach der Bekanntgabe der Besetzung. Ich wollte nicht, dass irgendwelche Zweifel aufkommen, ob ich meine Rolle wirklich verdient habe.

Willa lacht. Sie verwirft die Idee mit einer Handbewegung. »Avril, ich habe dir die Hauptrolle gegeben, weil du all die anderen Mädchen aus dem Rennen geworfen hast. Es war nie eine Frage, wer Eden spielen würde.« Sie sieht mich mit zusammengekniffenen Augen an, und ich vermute, sie weiß, was ich denke, denn sie fügt hinzu: »Und wenn die anderen Mädchen dir das Leben schwer machen, dann nur, weil sie neidisch sind.« Sie zuckt mit den Schultern. »Das kommt vor, wenn man die Hauptdarstellerin ist.«

»Alle waren wirklich gut beim Vorsprechen«, sage ich. »Es gibt viele Mädchen, die Sie für die Rolle der Eden hätten auswählen können.«

»Es gibt viele Mädchen, die Eden hätten spielen können. Das stimmt. Aber es gab nur eine, die bewiesen hat, dass sie wirklich Eden *sein* kann. Und das ist der Unterschied zwischen guter Schauspielerei und großer Schauspielerei. Zwischen Vortäuschung und Kunst.« Willa grinst mich an. Ihre Augen funkeln. »Ignoriere die Hasser. Du kannst der Mond und trotzdem eifersüchtig auf die Sterne sein.« Sie schenkt mir ein kleines, verschmitztes Lächeln. »Außerdem stimmt die Chemie zwischen dir und Cole einfach.«

Ich werde rot, nehme einen Bissen vom gegrillten Käse und versuche herauszufinden, was ich dazu sagen soll.

Willa mustert mich. Sie hat noch keinen Bissen von ihrem Mittagessen genommen. »Weißt du«, sagt sie, »Cole könnte eine Freundschaft brauchen. Er ist manchmal einsam.« Sie hält inne. Sie nimmt ihre Gabel und hält sie über ihren Salat. »Du könntest ihm guttun, glaube ich.«

»Wie meinen Sie das?«, frage ich, denn ich verstehe wirklich nicht, wie ich irgendjemandem guttun sollte, vor allem Cole Culver. Wenn überhaupt, dann scheint die Nähe zu mir eine Art Dunkelheit in ihm hervorzurufen. Die Ringe um seine

Augen sind in den letzten Tagen schwärzer geworden. Seine Wangen sind ein wenig hohler geworden.

Willa lächelt. »Cole braucht jemanden, der ihn auf dem Boden der Tatsachen hält. Jemanden, der ihn aus seinem eigenen Kopf holt.« Schließlich spießt sie eine Gabel voll Salat auf und zwinkert mir kurz zu. »Jemanden, der außergewöhnlich ist.«

Ich habe mich noch nie für etwas Besonderes gehalten, aber wenn Willa mir sagt, dass ich es bin, glaube ich ihr fast.

Den Rest des Mittagessens verbringen wir damit, uns zu unterhalten. Es macht so viel Spaß, mit Willa über ihr Leben und über meine Mutter zu plaudern, dass ich fast vergesse, was gestern Abend passiert ist. Und das, was Cole mir heute Morgen gezeigt hat. Den Namen meiner Mutter, der an die Rückwand der Kulissenwerkstatt gepinselt ist. Rote Großbuchstaben, die wie Blut tropfen. Ich hebe diese Dinge in einer Art separaten Schublade auf, so wie Glory es mir gestern mit den Rechnungen gezeigt hat. Ich stecke sie in einen Ordner und beschrifte sie mit SPÄTER DARUM KÜMMERN. Dann schließe ich die Metallschublade in meinem Kopf und versuche zu vergessen, dass sie existiert.

Willa macht mir das leicht. Sie lacht und erzählt lustige Geschichten. Ich habe das Gefühl, ich könnte mich ewig mit ihr unterhalten. Ich beantworte sogar gerne ihre Fragen über mich, denn Willa hat diese Art, einen anzusehen, die einem das Gefühl gibt, dass ihr in diesem Moment niemand auf der Welt so wichtig ist wie man selbst. Es liegt nicht an etwas, das sie tut, es ist einfach die Art, wie sie zuhört. Ich habe das auch bei den Proben gesehen. Nicht nur bei mir. Bei Lex. Bei Val. Bei Jude. Sogar bei den Kindern, die nur ein oder zwei Zeilen in der ganzen Show haben.

Wenn Willa dir zuhört, fühlst du dich wie jemand anderes. Es ist, als ob ein bisschen von ihrem Funken auf dich überspringt und dich ansteckt. Und das ist das Beste. Wie eine Art Droge.

Doch sobald das Mittagessen beendet ist, beginnt die Euphorie, Willas ungeteilte Aufmerksamkeit zu haben, zu verblassen, und die Angst vor dem, was mir gestern Abend passiert ist, kommt wieder hoch. Es ist, als würde ich immer wieder die Schublade öffnen, um einen Blick hineinzuwerfen. Auch wenn ich mir sage, dass ich es nicht tun soll.

Als ich bei Glory zur Arbeit erscheine, gießt sie gerade die Pflanzen auf dem Bücherregal hinter ihrem Schreibtisch. Ich begrüße sie und nehme einen Stapel Papiere aus der Ablage ABHEFTEN. Glory wendet sich von mir ab, sodass ich ihr Gesicht nicht sehen kann, als sie sagt: »Ich kannte deine Mutter. Sie war eine Freundin von mir.«

Ich lasse die Papiere fallen, die ich in der Hand halte, und sie flattern zu Boden. Sie sind jetzt alle durcheinander. »Scheiße«, sage ich. »Es tut mir leid.« Und ich bücke mich, um sie aufzusammeln, aber meine Hände zittern, was es schwierig macht. Darauf war ich nicht gefasst gewesen.

Glory dreht sich um und sieht mich an. Ihr Gesicht ist ganz weiß, und sie blinzelt ein paarmal, als wäre sie genauso verblüfft wie ich. »Ich hatte keine Ahnung, dass ich dir das sagen würde, bis ich es aus meinem Mund hörte«, gesteht sie. »Ich hätte es dir gestern beinahe gesagt, aber ich habe mich zurückgehalten. Ich hatte noch nicht vor, es zu erzählen. Erst wenn wir uns ein bisschen besser kennengelernt haben.«

»Willa hat es dir erzählt«, sage ich, aber Glory schüttelt den Kopf.

»Eigentlich war es George, der mich zuerst angesprochen hat. Gleich als ich gestern Morgen zur Arbeit kam.« Sie lacht ein wenig. »Und das ist nicht überraschend. Oh Gott! Er war damals so besessen von Nicole. Er hat sich in dem Sommer zum

Narren gemacht. Hat sie belästigt. Ist ihr überall hin gefolgt. Aber Nicki hat ihn nie auch nur angesehen.« Wenn ich daran denke, wie George mich anstarrt, bekomme ich eine Gänsehaut. Weil ich jetzt weiß, dass er mich mit ihr vergleicht. »Aber dann hat Willa es mir natürlich auch erzählt. Alle hier haben in den letzten Tagen nur noch davon gesprochen.« Glory stellt die kleine Gießkanne auf dem Boden hinter ihrem Schreibtisch ab. Sie lässt sich in ihren Bürostuhl sinken und greift nach einem Heftklammerentferner. »Aber ich glaube, tief im Inneren wusste ich es schon.«

Sie sieht mich an und lächelt.

»Du kamst mir auch bekannt vor«, sage ich zu ihr. »Als würde ich mich vielleicht an dich erinnern.«

»In jenem Sommer war ich neunzehn«, erklärt Glory. Während sie spricht, spielt sie mit dem Heftklammerentferner. Sie drückt ihn auf und zu, wie eine Art Kiefer. »Ich hatte gerade mit meinem Highschool-Freund Schluss gemacht und das College abgebrochen. Mein Leben war ein einziges Chaos. Gott!« Sie schüttelt den Kopf. »Ich war einfach eine Katastrophe. Und es war meine erste Arbeitswoche in Whisper Cove. Nicki war natürlich eine alte Freundin von Willa, und ich lernte sie gleich am ersten Tag kennen, als sie hier ankam.«

Nicki.

Ich habe noch nie gehört, dass jemand meine Mutter so genannt hat. Papa nennt sie immer Nicole. Sogar Willa tut das.

»Standet ihr euch nahe?«, frage ich.

Glory legt den Heftklammerentferner weg und nimmt die Hälfte meines Papierstapels. Noch mehr Rechnungen für die bevorstehenden professionellen Auftritte, sagt sie mir. Während sie spricht, sortieren wir sie in ihren Aktenschrank. Aber ich habe Schwierigkeiten, mich an das Alphabet zu erinnern.

»Nicki war in diesem Sommer dreißig Jahre alt. Also elf Jahre älter als ich. Und von dem Tag, an dem wir uns zum ersten Mal trafen, vergingen weniger als acht Wochen, bis …« Sie hält inne und zupft ein paar Fusseln von ihrem Kleid. »Aber kennst du das, wenn es bei jemandem einfach sofort klick macht? Als wüsstest du sofort, dass das jemand ist, mit dem du dich verbunden fühlst? Auf einer tieferen Ebene? So ging es mir bei Nicki.« Glory ist mit ihrer Hälfte des Stapels fertig, und sie greift nach meiner.

Es gibt so viele Dinge, die ich fragen möchte, aber ich weiß nicht, wo ich anfangen soll. Es ist ein wenig lähmend, all dieses Wissen über meine Mutter zu haben, nachdem ich Dad jahrelang um kleinste Details angefleht habe. Es fühlt sich an, als würde man verhungert im Dschungel aufwachen und dann zu einem All-you-can-eat-Buffet auf der anderen Seite der Insel geführt werden.

»Und an dich erinnere ich mich natürlich auch«, fügt Glory hinzu und lächelt mich an. »Deine Mutter ließ dich immer bei mir, wenn sie bei der Probe war. Du hast einfach auf dem Boden gesessen und stundenlang gemalt. Du hast nie auch nur den geringsten Ärger gemacht. Alle haben dich geliebt. Dieses schneeweiße Haar und dieser neugierige Ausdruck in deinem Gesicht.« Sie hört mit dem Abheften auf und sieht mich ein paar lange Sekunden an. »Ich wusste schon damals, dass du einmal so aussehen würdest wie sie.« Sie hält inne. Blinzelt. »Nicki war so schön, weißt du. Einfach strahlend. Aber in jenem Sommer hatte sie auch diese Traurigkeit an sich.« Sie wendet sich wieder der Ablage zu. »Ich schätze, das lag zum Teil an den Problemen mit deinem Vater.«

Ich habe ein Dokument halb in eine Schublade gesteckt und halte inne. »Probleme mit meinem Vater?« Ich denke an das fast unmerkliche Stirnrunzeln von Willa. Das, das ich gestern gesehen habe. Ihre flüchtige Missbilligung.

»Ich dachte, du wüsstest davon.« Glorys Gesicht wird knallrot. »Ich hätte es nicht erwähnen sollen, schätze ich. Es geht mich nichts an. Aber ich glaube, es gab irgendwelchen Ärger. Zumindest war das mein Eindruck.« Sie greift nach ihrer Wasserflasche. Nimmt einen großen Schluck. »Deshalb war Nicki in dem Sommer hier oben, glaube ich. Sie hat versucht, etwas Abstand von deinem Vater zu gewinnen.«

Dad hat nie etwas davon erwähnt, aber er spricht auch kaum über meine Mutter. Er hat mir erzählt, dass sie hierherkam, weil Willa sie praktisch angefleht hatte, in jenem Sommer eine Rolle in einer von Brodys Shows zu übernehmen. Sie standen kurz vor dem Bankrott, sagte er mir, und sie brauchten sie, weil sie fast ohne Bezahlung arbeiten würde. Ein Gefallen für eine alte College-Freundin.

Glory sieht auf ihren gepunkteten Rock hinunter. Sie streicht ihn mit den Händen glatt und fummelt am Saum herum. »Woran erinnerst du dich?«, fragt sie. »Von diesem Sommer.«

Ich schüttle den Kopf. »Ich erinnere mich an nichts.«

Jetzt starrt sie mich an. »Nichts?« Ich schüttle wieder den Kopf. »Na ja«, sagt sie, »du warst so jung. Ich dachte nur …«

»Ich kann mich eigentlich auch nicht an etwas davor erinnern.«

Jetzt starrt sie mich wirklich an. »Du hast also keine Erinnerungen an deine Mutter?« Ich schüttle den Kopf, und Glory schnappt nach Luft. Plötzlich stehen ihr Tränen in den Augen.

Und ich bin so kurz davor, alles preiszugeben. Wie sehr mich diese fehlende Erinnerung quält. Wie ich mein ganzes Leben damit verbracht habe, auf Zehenspitzen um dieses tiefe Loch herumzugehen und zu versuchen, nicht hineinzufallen. Wie ich nachts wach liege und versuche, mich nur an eine einzige reale, konkrete Sache zu erinnern. An den Klang ihrer Stimme. Ihre Berührung. Wie sie roch. An irgendetwas.

Denn ich habe das Gefühl, dass ich mich selbst nie richtig kennenlernen werde, bevor ich sie nicht kenne.

Aber ich sage nichts davon. Denn wenn ich den Spalt öffne, wer weiß, was dann herauskommt.

Und es stellt sich heraus, dass ich sowieso nichts sagen muss, denn Glory hat genug zu erzählen.

Wir arbeiten den ganzen Nachmittag zusammen, und anstatt mir noch mehr Pfefferminzbonbons anzubieten, gibt sie mir kleine Informationshäppchen über meine Mutter. Nur winzige Häppchen. Aber es sind Dinge, die ich nie gewusst habe. Und ich schlinge sie hinunter, weil ich schon so lange hungrig bin.

Ob ich wusste, dass sie Katzen liebte? »In jenem Sommer gab es einen kleinen Streuner. Ein orangefarbener Kater. Nicki nannte ihn Nacho und fütterte ihn jeden Tag. Mit den Resten ihrer eigenen Mahlzeiten.«

Ob ich mich nicht erinnere, was für ein musikalisches Gespür sie hatte? Die Art, wie sie immer gesungen hat. Wie sie immer eigene Melodien in ihrem Kopf komponierte und herumlief und sie vor sich hin summte. »Niemals ganze Lieder«, erklärt Glory. »Nur die wunderbarsten kleinen Schnipsel. Es hat mich irgendwie verrückt gemacht, aber Gott, ich habe es so sehr vermisst. Nachdem …«

Ob mir schon mal jemand gesagt hätte, dass sie von Minzschokoladeneis besessen war? Die leuchtend grüne Farbe. Der Geschmack. Die Kälte auf ihrer Zunge. »In diesem Sommer sind wir jeden Sonntagnachmittag mit dir zu Mitchell's Dairy gefahren, draußen am Highway. Das war unser kleines Ritual. Nur wir drei. Sie hatten diese Kühe in einem Stall direkt neben dem Laden. So konntest du die Kühe streicheln, die dein Eis gemacht haben.« Glory lacht. »Nicki fand das so cool. Sie hat immer dafür gesorgt, dass du dich bei ihnen bedankst.«

Und nur für eine Sekunde blitzt tatsächlich eine Erinnerung auf. Meine Hand greift durch einen Holzzaun, um den weichen Kopf einer weißen Kuh zu streicheln.

Das sind die Geschichten, die Dad nie erzählt, aber Glory spricht über meine Mutter, als wäre sie noch am Leben. Als wäre sie vielleicht nur im Zimmer nebenan und würde jeden Moment hereinspazieren und uns dabei erwischen, wie wir lustige Geschichten über sie erzählen. Und dann würden wir in großen Schwierigkeiten stecken.

»Dieser ganze Sommer war einfach unglaublich«, sagt Glory. »So etwas hat es noch nie gegeben. Aber … manchmal …« Sie erstarrt einen Moment lang. Dann schüttelt sie den Kopf. Holt tief Luft. Sie faltet einen Stapel gedruckter Werbebriefe mit erstaunlicher Präzision. Die Falten sind tadellos.

»Manchmal was?«, hake ich nach.

Glory hört auf zu falten. Sie nimmt eine verbogene Büroklammer in die Hand und fummelt eine gefühlte Ewigkeit daran herum, bevor sie schließlich sagt: »Ich weiß nicht recht.« Sie legt die Büroklammer weg und schiebt die gefalteten Briefe zusammen. »Es ist schon lange her.«

Und das ist das erste Mal, dass sie etwas sagt, das nicht ehrlich zu sein scheint.

»Bitte«, sage ich. »Sag es mir.«

Glory seufzt. »Erinnerungen sind merkwürdig, weißt du? Es gibt Dinge über diesen Sommer, die so klar sind. Aber es gibt auch andere Dinge, die ich nicht so recht zuordnen kann. Es ist, als würde man in einem Haus leben, und jedes Mal, wenn man nach Hause kommt, ist irgendetwas ein bisschen anders. Nichts Großes. Nur Kleinigkeiten. Es scheint also alles gleich zu sein, bis man merkt, dass die Kaffeetassen im falschen Regal in der Speisekammer stehen. Oder dass die Badezimmertür falsch herum aufgeht.« Sie streckt die Hand aus und berührt mein Haar, so wie Willa es beim Vorsprechen getan hat. Sie fährt mit den Fingern über eine lange Strähne. »Es ist ungefähr so, als würde man …«

»Es ist ungefähr wie?«, frage ich.

»Es ist fast so, als würde man heimgesucht.«

AKT II: SZENE 3

Die Probe an diesem Abend ist eigenartig. Ich habe Probleme, mich zu konzentrieren, was mir gar nicht ähnlich sieht. Oder zumindest war das früher nicht so. Aber ich muss immer wieder an die letzte Nacht denken. An das kalte Plätschern der Wellen in der Dunkelheit. Und an heute Morgen. Der Name meiner Mutter an der Wand der Kulissenwerkstatt. Ich kämme jetzt jedes bisschen Information durch, das ich über sie habe. Jede Kleinigkeit, die ich von Willa erfahren habe. Und von Glory. Ich reihe all diese Teile aneinander, als würde ich eine Popcornkette für einen Weihnachtsbaum basteln.

Und ich arbeite auch daran, Eden wirklich kennenzulernen. Ich versuche, auswendig zu arbeiten, weil ich meinen Text schon kenne. Den größten Teil kannte ich schon, bevor ich überhaupt hierherkam. Schließlich trage ich das Textbuch schon seit Jahren in meinem Rucksack mit mir herum.

Ich versuche auch, nicht feuerrot zu werden, wenn Cole mich während einer Szene berührt. Oder wenn ich spüre, dass er mich von der anderen Seite des Saals aus beobachtet. Das ist anstrengend, besonders wenn seine Hand auf meinem Arm verweilt. Das Streicheln seiner Finger fühlt sich an wie das Zünden eines Streichholzes.

Er fängt mich nach der Probe vor der Scheune ab und bietet mir an, mich zu meiner Hütte zurückzubringen. Der Nebel ist bereits im Anmarsch. Er wirbelt um meine Füße. Lebendig und nass. Wie eine leckende Zunge. Oder wie Wellen, die über den Sand plätschern.

Cole lässt seine Hand auf meinem Rücken liegen, während wir uns gemeinsam durch die Dunkelheit bewegen. Ich spüre seine Wärme durch mein Hemd hindurch. Und als wir die Treppe zur Hütte erreichen, denke ich, dass sich sein Handabdruck in meine Haut eingebrannt haben muss.

Er lehnt sich ans Geländer der Veranda und sieht mich an, aber keiner von uns beiden sagt ein paar Sekunden lang etwas. Ich vermisse bereits die Wärme seiner Hand auf meinem Rücken. Den Druck seiner Finger. Und ohne es zu merken, ziehe ich Lex' Feuerzeug aus meiner Tasche und schnippe es mit dem Daumen an.

»Ist dir heute Abend kalt?«, fragt Cole mich, und ich zucke mit den Schultern.

»Vielleicht ein bisschen.«

Er kommt näher, und seine Arme legen sich um mich. Ich schnappe laut nach Luft, als er mich an sich zieht. Sein Herz klopft laut in meinem Ohr. Es hämmert gegen meine Brust. »Spürst du das?«, flüstert er, und ich nicke. »Wir sind noch am Leben.« Ich schließe meine Augen und lehne mich an Cole. »Wir sind beide am Leben. Genau hier. In diesem Moment.«

»Erinnere mich immer wieder daran«, sage ich. Und Cole lacht leise.

»Das werde ich. Ich verspreche es.«

Unsere Herzen klopfen noch immer aneinander. Und für ein paar Minuten fühlt es sich so an, als ob das alles wäre, was zählt. Zumindest im Moment.

Wir verabschieden uns, und Cole gibt mir noch einen Rat, bevor er verschwindet. »Hör Musik«, sagt er mir. »Trag Kopfhörer. Es klingt albern, aber es hilft.«

Ich weiß immer noch nicht, ob ich ihm glaube. Aber später, als der Nebel dichter wird, nehme ich seinen Rat an. Und ich höre das Geflüster in dieser Nacht nicht mehr. Oder in der Nacht danach. Vielleicht funktioniert Coles Trick also. Vielleicht ist alles, was ich brauche, um diesen Sommer unbeschadet zu überstehen, ein bisschen Fahrstuhlmusik im Ohr, wenn ich schlafen gehe.

Es ist Freitagnachmittag, fast das Ende der ersten Woche, als Glory mich wieder nach oben schickt. Noch mehr Akten, die Brody durchsehen soll. Nur ist er diesmal in seinem Büro und sitzt hinter einem großen Mahagonischreibtisch. Er sieht auf, als ich mich an der Tür räuspere.

»Die sind von Glory«, sage ich und zeige ihm die leuchtend orangefarbenen Aktenordner. Er lächelt mich an und streckt seine Hand nach den Ordnern aus.

»Avril«, sagt er, als ich sie ihm reiche. »Das Mädchen von Nicole. Richtig?« Ich nicke, und Brody legt die Mappen auf seinen Schreibtisch. Er lehnt sich auf seinem Stuhl zurück und mustert mich. »Weißt du, als ich dich am Montag hier drin gesehen habe, hat es mich kurz geschockt. Als ich dich da so stehen sah, zumindest von hinten, dachte ich, du wärst sie.« Er lächelt immer noch, aber derselbe traurige Blick sickert durch. Der, den Willa und Glory bekommen, wenn sie über meine Mutter sprechen. »Ich dachte, es wäre Nicole, die hier in meinem Büro steht. Zumindest, bis du dich umgedreht hast.« Ich erinnere mich an sein Gesicht. Weiß. Als hätte er einen Geist gesehen. »Und dann sagte Willa mir, wer du bist, und plötzlich ergab alles Sinn.«

Brody steht auf und schiebt seinen Stuhl zurück. Er geht zur Fotowand hinüber, und ich folge ihm. Wir stehen nebeneinander und sehen uns das Bild an. Dritte Reihe. Das zweite Foto von links.

»Nicole war eine Schönheit«, erzählt er mir. »Und so talentiert. Mein Gott. Um nicht zu sagen, einfach brillant. Willa kannte sie schon seit Jahren, aber in jenem Sommer traf ich sie zum ersten Mal, und ich wusste es sofort. Sie hatte es einfach drauf. Sie hätte ein Star werden können. Am Broadway oder beim Film. Was auch immer sie wollte.« Er runzelt die Stirn. »Ich habe mich gefragt, warum sie ihre Zeit da unten in Texas verschwendet hat.« Er beugt sich vor, um das Foto genauer zu betrachten. »Ich habe versucht, sie zu überreden, hier zu bleiben. Ich wollte sie hier haben.« Er schüttelt den Kopf. »Willa und ich wollten sie hier haben.«

Ich starre wieder auf die goldenen Sandalen meiner Mutter. Ihre rosa Zehen. Und dieses Gefühl der Angst steigt in mir hoch. Ich schiebe es wieder weg und konzentriere mich auf Brodys Worte. Er starrt mich jetzt an und etwas in seinen Augen bereitet mir Unbehagen. Ich habe diesen Blick schon einmal gesehen.

»Wenn du etwas von Nicole in dir hast, dann hast du die Welt an der Angel, Avril.«

Aber genau das ist es ja. Ich weiß nicht, ob ich etwas von meiner Mutter in mir habe, denn ich weiß nicht, wer sie war.

Zumindest noch nicht.

Brody tätschelt meine Schulter, und ich versuche zu ignorieren, wie seine Finger über meine Haut streichen. Das Gefühl, wie seine Hand auf meinem nackten Arm verweilt. Ich bin zu sehr damit beschäftigt, diese Information – dass meine Mutter ein Star hätte sein können – auf meine Liste der Dinge zu setzen, an die ich mich erinnern muss. Es ist, als ob ich diese übrig gebliebenen Teile von ihr immer wieder sammle, in der Hoffnung, sie zu etwas zusammenzufügen, das einer echten, lebenden, atmenden Frau ähnelt. Aus Fleisch und Blut. Eine Art handgenähte Steppdecke, mit der ich mich zudecken kann, wenn mir kalt wird.

»Danke, dass du die Akten hochgebracht hast«, sagt Brody, und ich nicke.

»Gerne.«

Da ist wieder dieses lässige Lächeln von ihm. Nur ein bisschen zu breit und ein bisschen zu entspannt, um echt zu sein. Ich gehe auf die Tür zu, den Flur hinunter zur Treppe. Aber als ich mich umdrehe, um über meine Schulter zu schauen, steht Brody immer noch da. Er starrt auf das Foto meiner Mutter. Allerdings lächelt er jetzt nicht mehr. Sein Gesicht hat sich verhärtet. Irgendetwas stimmt da nicht.

Als ich zu ihrem Schreibtisch zurückkehre, wirft Glory mir einen nervösen Blick zu. »Alles in Ordnung?«, fragt sie. Ich nicke, und sie fragt mich, ob ich einen Spaziergang machen möchte. »Freitags ist es hier ziemlich ruhig«, erklärt sie. »Die Hälfte der New Yorker macht sich nicht die Mühe, in ihren Büros aufzutauchen, also gibt es nicht viele Anrufe für Brody. Und alles andere kann warten.«

Ich sage Ja, also schnappt sich Glory ihre Tasche und ihre Sonnenbrille, und wir gehen durch die Hintertür auf die Veranda hinaus. Ich verweile noch einen Moment, in der Hoffnung, dass der Geistesblitz wieder auftaucht. Dieses Stückchen Erinnerung. Ich unter dem Picknicktisch. Wütende Stimmen. Die goldenen Sandalen meiner Mutter und die rosa Zehen. Aber es kommt nichts, also folge ich Glory die Treppe hinunter und auf den abfallenden Rasen.

»Ich dachte, wir gehen runter an den Strand«, sagt sie über ihre Schulter. Und ich bin dankbar, dass sie mein Gesicht nicht sehen kann. Ich war seit Dienstagabend, als Cole mich dort im Nebel fand, nicht mehr am Strand, aber das kann ich Glory nicht sagen. Also folge ich ihr weiter.

Als wir die Uferpromenade erreichen, die sich über den Sumpf erstreckt, bleibt sie stehen und lehnt sich an das Geländer. »Nicki hat es hier unten geliebt«, sagt sie. »Ich habe ihr beigebracht, wie man Krabben fängt. Ein kleines Stück rohes Hühnchen am Ende einer Schnur. Aber sie hat sie immer wieder zurückgeworfen. Sie konnte es nicht ertragen, sie zu kochen.« Glorys Stimme ist sanft und weit weg. Fast so, als würde sie mit dem Dünengras sprechen und nicht mit mir. Aber dann lächelt sie in meine Richtung. »Hier fühle ich mich ihr immer noch am nächsten.«

Sie führt mich die Uferpromenade hinunter. Über die Dünen an den Strand. Ich versuche, nicht auf das Wasser zu sehen, aber es ist fast unmöglich, einen ganzen Ozean zu ignorieren, wenn er sich vor einem ausbreitet.

Glory zieht eine kleine Decke aus ihrer Tasche und legt sie in den Sand, damit wir beide sitzen können. Eine Minute lang ist es still, nur die Wellen rauschen. Ich höre immer wieder Coles Worte.

Sie glaubten, dass sie nichts dagegen tun könnten, wenn das Meer sie holen wollte.

Ich atme tief durch und balle meine Fäuste. Sage mir, dass ich dumm bin. Dass die Wellen nicht so laut sind, wie ich denke. Denn ich bin nicht die Art Mensch, die an Legenden glaubt. Oder an Gespenster. Aber ich kann nicht aufhören, darauf zu starren, wie das Wasser mit jeder ankommenden Dünung ein wenig höher gespült wird. Als ob es nach uns greifen würde.

Nach mir greifen würde.

Ich starre auf die Schwimminsel. Sie schaukelt auf und ab. Das Sonnenlicht wird von der Metallleiter reflektiert, die an der Seite angebracht ist. Aber Glory schaut den Strand entlang, wo ein Steinsteg das Ende des Grundstücks von Whisper Cove markiert. Ich drehe meinen Kopf und folge ihrem Blick.

»Dort hat George dich gefunden«, erzählt sie mir. »Angeschwemmt, da unten am Steg.«

Mir stockt der Atem, und ich drehe mich um, um sie anzustarren.

»George hat mich gefunden?«

Sie nickt. »Er ging jeden Morgen vor der Arbeit hierher, um nach seinen Krabbenfängern zu sehen. Er liebte es, die Sonne über dem Sund aufgehen zu sehen.« Sie wendet ihren Blick von den Felsen am Ende des Strandes ab und starrt hinaus zum Leuchtturm. »Aber das macht er nicht mehr. Nicht mehr seit jenem Morgen.«

Ich habe das alles nie gewusst. Nur, dass mich jemand gefunden hat. Es war mir nie in den Sinn gekommen, mich zu fragen, wer.

»Er sagte, er habe dort unten etwas Weißes gesehen«, fährt Glory fort. »Am Steg.« Sie schluckt schwer. Ihr Gesicht ist grau geworden. »Er dachte, es wäre vielleicht eine Plastiktüte. Aber es war das kleine Nachthemd, das du anhattest. Er hatte kein Telefon dabei. Und er konnte nicht erkennen, ob du noch atmest. Aber er konnte dich nicht dort lassen, um Hilfe zu holen. Also nahm er dich auf die Arme und rannte mit dir zum Bauernhaus hinauf.« Glory schließt die Augen und verliert sich in ihren Erinnerungen. »Ich war wie erstarrt. Konnte mich nicht bewegen. Wusste nicht, was ich tun sollte. Willa war es, die den Notruf wählte. Ich habe sie noch nie so erschüttert gesehen. Ich erinnere mich noch an ihren Gesichtsausdruck, als sie George über den Rasen rennen sah. Er schrie um Hilfe. Mit dir in seinen Armen.« Glory erschaudert. »Sie ist nie richtig darüber hinweggekommen. Gott, sie liebte Nicki. Keiner von uns ist je darüber hinweggekommen.« Sie hält inne. Ihre Blicke schweifen über das Meer, als würde sie jemanden suchen. »Wir haben sie so sehr geliebt.«

Ich kann nicht glauben, dass ich das alles jetzt, mit siebzehn, herausfinde, obwohl ich Dad schon vor Jahren hätte fragen sollen. Es sind seltsame Lücken, von denen ich nicht einmal wusste, dass ich sie habe. All die Dinge, an die ich mich nicht erinnere, die ich vergessen habe.

Glory fährt sich mit der Hand über die Haare. Es kräuselt sich in der Feuchtigkeit. Sie schlingt ihren Pullover um die Schultern. »Dann kam der Krankenwagen, und Willa fuhr mit dir ins Krankenhaus. Wir wollten, dass jemand da ist, falls du aufwachst. Damit du nicht allein bist. Dein Vater konnte erst am Abend kommen. Und dann sind ein paar von uns – ich, George, Brody und viele andere, die in jenem Sommer hier waren – zurück zum Strand gegangen und haben den ganzen Tag nur herumgestanden und auf den Sund hinausgeschaut. Wir wussten, wenn du im Wasser warst, musste Nicki auch da draußen sein. Irgendwo. Wir hofften auf ein Wunder, schätze ich. Dann wurde es dunkel, aber ich konnte nicht weg. Die anderen gingen schließlich alle nach Hause, aber ich saß die ganze Nacht über hier. Ich wartete. Weil ich nicht aufgeben konnte. Nicht Nicki.« Ihre Stimme klingt belegt. »Ich dachte, wenn du am Leben bist, gibt es vielleicht eine Chance, dass sie …« Sie hält wieder inne. Holt tief Luft. »Die Flut brachte ihre Leiche erst am nächsten Morgen an Land. Sie musste irgendwo hängen geblieben sein. Vielleicht an den Felsen. Oder an einer Angelschnur.«

»Das habe ich alles nicht gewusst«, sage ich zu ihr.

Glory zögert einen Moment, bevor sie etwas aus ihrer Tasche zieht und es mir reicht. Einen rosa Pullover. Weich und abgetragen. Er ist um ein Spiralnotizbuch mit verblichenem grünem Einband gewickelt. »Ich habe das bei mir zu Hause gefunden, als ich am nächsten Tag endlich nach Hause kam. Ihr beide wart erst ein paar Abende zuvor dort gewesen. Ich hatte Spaghetti für uns drei gemacht, und wir hatten alte Disney-Filme angeschaut. Dann passierte das alles, und ich kam zur Haustür herein, und da lagen Nickis Sachen auf meiner Couch. Als wäre sie gerade in die Küche gegangen, um sich ein Glas Wasser zu holen.« Glory starrt auf den rosa Pullover. »Nicki hat immer Sachen herumliegen lassen.« Sie lacht beinahe. Aber dann hält sie inne. Holt tief Luft. »Und ich habe sie einfach in eine Schachtel gepackt und in den Schrank gestellt. Ich konnte sie nicht wegwerfen, aber ich habe sie nie wieder angerührt.« Sie zögert. »Ich dachte, du willst sie vielleicht haben.«

Der Pullover ist weich. Ich halte ihn fest und versuche, meine Mutter einzuatmen. Ich möchte, dass er nach ihr riecht, aber ich habe keine Ahnung, wie sie gerochen hat. Ich rieche einen ganz schwachen Hauch von Lavendel, wie den Geist eines Duftes – oder den Duft eines Geistes –, und mir stellen sich die Nackenhaare auf.

Ich zögere, aber dann ziehe ich mir den Pullover über den Kopf. Die Morgenluft ist immer noch kühl, aber ich fühle mich sofort wärmer. Ich nehme das Notizbuch in die Hand und blättere es durch. Ein Foto fällt heraus und flattert mir in den Schoß. Ich. Im Alter von fünf Jahren. In der Bibliothek des Bauernhauses. Ich erkenne die Holzvertäfelung und die Ledersofas sofort, und ich erinnere mich, dass ich Lex und Val erzählt habe, dass ich glaubte, ich hätte da drin gespielt. Offensichtlich hatte ich recht gehabt.

Ich sehe in die Kamera und lache. Mein Bild ist unscharf. Vielleicht bewege ich mich zu schnell, um auf Film gebannt zu werden. Und hinter mir, hinter den langen Vorhängen, sehe ich einen dunklen Haarschopf. Ein Aufblitzen von grauen Augen.

»Das bist du mit Cole«, sagt Glory, aber ich weiß es schon. »Ihr beide wart in dem Sommer unzertrennlich.« Sie lächelt. »Und ich schätze, das ist nachvollziehbar, da ihr im gleichen Alter wart. Aber es war schon komisch, wie ihr euch ineinander verliebt habt. Als wärt ihr füreinander geschaffen.«

Ich mustere das eine graue Auge, das hinter den Vorhängen der Bibliothek hervorschaut.

Der verlorene Spielkamerad, von dem ich nie wusste, dass ich ihn hatte.

»Das war natürlich, bevor der ganze Ärger mit ihm anfing«, sagt Glory. Sie starrt auf das Foto in meiner Hand. »Ihr beide wart so unschuldig in diesem Sommer.« Ich höre sie seufzen, lang und tief. »Das waren wir alle.«

»Was meinst du damit?«, frage ich sie und gebe dem Drang nach, mit den Fingern über die beiden kleinen Gespenster auf dem Foto zu streichen. Ein Junge und ein Mädchen, die nicht mehr existieren. »Ärger mit Cole?«

»Man sieht es ihm nicht an«, sagt Glory und senkt ihre Stimme zu einem Flüstern. »Aber er hat eine schwere Zeit hinter sich.« Sie wirft einen Blick über die Schulter, als hätte sie Angst, dass er direkt hinter uns stehen könnte. »Willa hat ihn letztes Jahr weggeschickt. Für ein paar Monate. Sie war um ihn besorgt. Brody auch. Das waren wir alle.« Plötzlich hält sie inne. Ihr wird klar, dass sie zu viel gesagt hat. »Aber es geht ihm jetzt so viel besser.«

Ich frage mich, ob das wahr ist. Ich denke an diese bis in die Knochen reichende Müdigkeit in seinem Gesicht. An die dunklen Ringe um seine Augen. An diese Geschichten über das Meer. Die Art, wie er sie glaubt.

»Danke«, sage ich zu ihr. »Für all das hier.« Und ich meine die Informationen genauso wie den Pullover und das Notizbuch. »Ich habe nie wirklich etwas von meiner Mutter besessen.«

»Ich weiß, du hast bestimmt Fragen«, sagt Glory langsam. Sie poliert ihre Brille mit dem Saum ihrer Bluse. »Darüber, was in dieser Nacht mit deiner Mutter passiert ist.«

»Was meinst du?«

Meine Mutter war es nicht gewohnt, im Meer zu schwimmen, das hatte Dad gesagt. Ein texanisches Mädchen, das die Gefahren nicht kannte, die so weit weg von zu Hause lauern. Das war's dann auch schon.

Glory seufzt, lang und tief. Als sie wieder spricht, zittert ihre Stimme.

»Die Leute haben von Anfang an geredet. Sie sagten, das Meer hätte sie in den Tod gelockt. Das Geflüster. Du hast sicher die Geschichten gehört. Und sie sagten, sie hätte versucht, dich mitzunehmen. Nun, das ist natürlich ein Haufen Unsinn, denn Nicki hätte dir niemals etwas angetan.« In ihrer Stimme liegt eine gewisse Schärfe. »Ich möchte, dass du das weißt. Auf gar keinen Fall.« Ich bin erleichtert, dass sie das sagt. Cole macht mir zu schaffen, denke ich. »Aber …«

»Aber jetzt hast du Fragen.«

Glory schüttelt den Kopf. »Es geht nicht um mich. Nicht mehr.« Sie streckt die Hand aus. Berührt meine Wange mit einer zitternden Hand. »Ich dachte nur, du brauchst vielleicht Antworten.« Der Ausdruck in ihrem Gesicht sieht sehr nach Bedauern aus. »Ich weiß nicht, was da drinsteht.« Sie nickt in Richtung des grünen Notizbuchs in meiner Hand. »Wahrscheinlich nichts. Ich brachte es nie fertig hineinzuschauen. Es fühlte sich wie ein Eingriff in die Privatsphäre an. Du solltest es dir aber ansehen. Wann immer du dich dazu bereit fühlst.«

Glory sagt, sie müsse zurück an ihren Schreibtisch, also stehen wir auf und schütteln den Sand aus ihrer Decke. Wir gehen in Richtung Promenade. Aber ich stolpere über etwas. Im Sand sind breite, flache Steine eingegraben. Mein Fuß bleibt an der Kante eines dieser Steine hängen.

»Vorsichtig«, warnt Glory mich. »Überall in Whisper Cove sind Teile der Vergangenheit vergraben. Man kann leicht darüber stolpern.« Wir gehen zurück zum Herrenhaus. Es ist ein langer Weg an der Promenade entlang, über die Dünen, durch den Sumpf und den großen Rasen hinauf. Und ich denke darüber nach, was Glory gesagt hat. Wie George so weit rannte und um Hilfe rief. Mit mir auf seinen Armen.

»Ich bin froh, dass ich dich kennenlerne«, sagt Glory und nimmt meine Hand. »Es ist schön zu wissen, dass es dir gut geht.« Sie zögert. Fast so, als würde sie den Atem anhalten. »Du warst doch glücklich, oder? Das habe ich mich in den letzten Jahren so oft gefragt. Ich habe darauf gehofft.«

»Ja«, sage ich ihr, und sie sieht so erleichtert aus, dass mir fast die Tränen kommen. »Ich war glücklich. Ich habe ein gutes Leben.«

Ich sage ihr nicht, dass ich mich manchmal fühle, als bestünde ich hauptsächlich aus Lücken.

»Ich bin so froh«, sagt sie, und es trifft mich hart, dass sie all die Jahre an mich gedacht hat, und ich nicht einmal etwas von ihrer Existenz wusste. Ich hätte es nie erfahren, wenn ich diesen Sommer nicht hierhergekommen wäre. Vielleicht habe ich also schon etwas erreicht.

»Nochmals danke für den Pullover«, sage ich ihr. »Und das Notizbuch.«

Sie nickt. »Wenn du da drin etwas findest, lässt du es mich wissen. Okay?«

Die Art, wie sie es sagt, beunruhigt mich. »Was glaubst du, steht da drin?«, frage ich sie.

Glory zuckt mit den Schultern. »Wer weiß! Vielleicht nichts.« Ich beobachte, wie sie an den Knöpfen ihres Kleides herumfummelt. Sie zieht so fest an dem mittleren, dass ich Angst habe, er könnte abreißen.

»Aber jeder hat Geheimnisse.«

AKT II: SZENE 4

Für den Rest des Tages trage ich den rosa Pullover meiner Mutter. Ich bewahre ihr Notizbuch in meiner Tasche auf, neben meinem Textbuch für *Midnight Music*. Ich habe mich noch nicht getraut, einen Blick hineinzuwerfen, aber als ich an diesem Abend zur Probe gehe, ist es, als würde ich ein kleines Stück meiner Mutter bei mir tragen. Einen physischen Teil von ihr, und das fühlt sich gut an.

Wir haben die letzten drei Tage mit der Arbeit an den ersten beiden Szenen verbracht, aber jetzt sind wir bereit, zu etwas Neuem überzugehen. »Denkt daran«, sagt Willa nach dem Aufwärmen, »das ist Szene drei. Orion kommt am Tag nach ihrem Kennenlernen zurück in den Hof und findet Eden dort wieder.«

»Alles klar«, sage ich. Ich kenne das ganze Stück auswendig.

Cole beugt sich herunter und flüstert mir ins Ohr, bevor wir beginnen. Ich spüre, wie seine dunklen Locken über meine Wange streichen. Es erinnert mich an das andere Kitzeln – Seegras in meinen Kniekehlen –, und ich erschauere.

»Hast du letzte Nacht gut geschlafen?« Das ist jetzt ein Code zwischen uns, und ich weiß, was er bedeutet. Er fragt, ob meine Füße trocken geblieben sind. Ob ich ein Flüstern gehört habe.

»Ja«, sage ich und warte auf ein erleichtertes Grinsen, aber er nickt nur. Coles Augen sehen heute Abend irgendwie anders aus. Die Anspannung in seinem Kiefer ist deutlicher zu erkennen. »Und du?«

Er lächelt mich leicht an. »Ich schlafe nicht«, sagt er. »Erinnerst du dich?«

Seine Finger berühren meine. Es ist nur eine ganz kurze Berührung, aber sie erschüttert mich. Ich will ihn fragen, ob es ihm gut geht, aber Jude ruft: »Licht an«, und wir müssen in die Szene springen.

Ich sitze auf der Bank, und Cole kommt auf mich zu. Er summt dieses Lied, die Melodie von Eden, als er auf seinen Platz gleitet.

ORION: Da bist du ja wieder.
EDEN: Ja, hier bin ich.
ORION: Und ich bin auch wieder hier.
EDEN: Was für ein lustiger Zufall.
ORION: Ich habe dir eine Blume mitgebracht.
EDEN: Sie ist wunderschön.
ORION: Du bist wunderschön.

Bei diesen Worten werde ich rot, obwohl ich weiß, dass es lächerlich ist. Er liest nur das Textbuch. Aber als ich hochsehe, ist Coles Blick nicht auf die Skriptseite gerichtet, sondern auf mich. Ich senke meinen Blick wieder, weil ich die Intensität in seinen Augen nicht ertragen kann.

EDEN: Nein, eigentlich nicht. Aber Blumen machen mich glücklich. Ich danke dir.
ORION: Was macht dich sonst noch glücklich?
EDEN: Warum willst du das wissen?
ORION: Damit ich weiß, was ich dir morgen mitbringen soll.

EDEN: Lass mich überlegen. Sterne. Orangenscheiben. Frischer Schnee auf dem Boden.
ORION: Ich werde mein Bestes tun. Aber der Schnee könnte knifflig werden.
EDEN: Flirtest du etwa mit mir?

Scheiße!

Ich habe diese Szene schon eine Million Mal gelesen, aber wenn ich diese Zeile laut zu Cole sage, ist das etwas ganz anderes. Er sieht hoch und bemerkt, dass ich ihn anstarre, aber er sieht nicht wieder auf das Skript, um die nächste Zeile zu lesen. Er sagt sie einfach aus dem Gedächtnis, mit dem Ansatz eines Lächelns.

ORION: Wenn ich Ja sage, flirtest du dann zurück?

Auch die nächste Zeile kenne ich auswendig, also lasse ich mich in diese grauen Augen fallen.

EDEN: Und wenn ich das schon tue?

Wir sitzen ein paar Sekunden lang schweigend da und sehen uns nur an, bevor Cole wieder spricht.

ORION: Komm mit. Ich möchte dir etwas zeigen.
EDEN: Wohin gehen wir?
ORION: Nur da rüber. Näher zum Fluss.

Cole steht auf und geht über die Bühne. Und ich folge ihm. Wir stehen nebeneinander und starren in die Stuhlreihen hinaus.

ORION: Sieh dir das an, Eden. Das geht ewig so weiter.
EDEN: Er scheint so weit wie das Meer zu sein, nicht wahr?
ORION: Aus der Nähe sieht er so viel anders aus. So viel fremder und tiefer.
EDEN: Wilder. Dunkler.

Cole sieht mir in die Augen. Ich höre Edens Melodie durch den Saal schweben, obwohl er die Gitarre nicht in die Hand genommen hat. Und er summt auch nicht. Ich blinzle, und plötzlich stehe ich knöcheltief im Meer. Es dehnt sich eine Ewigkeit weit aus, so weit ich in irgendeine Richtung sehen kann. Ich spüre das Wasser an meinen nackten Füßen plätschern – kalt und nass. Mein Herz rast.

Ich zwinge mich zu einem tiefen Atemzug. Denn ich weiß, dass ich mich von dem Moment mitreißen lasse. Das ist alles, was es ist. Hier zu stehen. In dieser Scheune. Im Pullover meiner Mutter. Mit Cole an meiner Seite. So wunderschön. Und so nah. Es ist zu viel.

ORION: Er ist schöner.
EDEN: Aber auch gefährlicher.
ORION: Mehr …
EDEN: Echt.
ORION: Manchmal habe ich Angst, wenn ich so nah dran stehe. Ich frage mich, was passieren würde, wenn ich hineinfalle.

In Coles Stimme liegt dieser Schmerz. Und er fühlt sich so vertraut an. Wie ein Echo meines eigenen Herzens. Ohne darüber nachzudenken, strecke ich meine Hand aus und nehme seine Hand. Es ist ein Instinkt. Der Reflex einer Schauspielerin.

EDEN: Wenn du jemals fällst, werde ich dich retten.

Cole schlingt seine Finger um meine.

ORION: Vielleicht können wir uns gegenseitig retten.

Es dauert eine Sekunde, bis ich merke, dass die Szene vorbei ist, aber keiner von uns hat losgelassen.

»Das ist perfekt«, flüstert Willa. »Avril, ich finde es toll, dass du dort die Hand nach ihm ausstreckst. Du triffst die Entscheidung, zu sehen, wohin das führen wird. Du entfachst das Feuer.«

Ich sehe, wie sich ein Mundwinkel von Cole bei dieser Bemerkung nach oben bewegt, und mein Gesicht errötet.

Wir spielen diese Szene noch fünf- oder sechsmal, bevor wir weitermachen, und jedes Mal freue ich mich auf diesen Moment. Diese körperliche Verbindung. Haut auf Haut. Coles Hand und meine.

Nach der Probe versammeln wir uns auf den Stufen vor der Scheune. Ich, Lex, Jude, Val und Cole. Ich schaue mich in der Gruppe um. Es kommt mir so komisch vor, dass wir uns noch nicht einmal eine Woche kennen. Wir scherzen alle herum. Necken uns gegenseitig. Reden über die kleinen Momente unseres gemeinsamen Tages. Es fühlt sich an, als wären wir schon immer Freunde gewesen.

Ich bin dabei, mich in jeden Einzelnen von ihnen zu verlieben. Und das macht mir ein bisschen Angst. In meinem Kopf schrillen die Alarmglocken, denn ich bin nicht die Art von Mädchen, die sich einfach so in Menschen verliebt.

Zumindest war ich das nicht vor Whisper Cove.

Val und ich sitzen eng aneinandergekuschelt auf einer der harten Steinbänke. Sie legt ihren Kopf an meine Schulter und seufzt. »Heute Abend ist es so weit«, gesteht sie mir. »Ich werde

Chester anrufen. Ich muss die Sache mit ihm beenden. Endgültig.«

»Bist du sicher, dass du das willst?«, frage ich sie.

»Ja«, sagt sie. »Ich brauche einfach etwas mehr. Verstehst du?«

»Was zum Beispiel?«, frage ich, und sie zuckt mit den Schultern.

»Ich kann es nicht einmal benennen. Ich glaube, ich will einfach nur werden.«

Und ich weiß genau, was sie meint.

»Wünsch mir Glück«, sagt sie, und ich drücke ihre Hand, bevor sie sich auf den Weg zur Hütte macht.

Lex und Jude lehnen an einem Geländer und unterhalten sich leise und vertraulich. Lex streicht sich das goldgelbe Haar aus den Augen, und Jude beugt sich vor, um ihn zu küssen. Nur ein kurzer Druck auf die Lippen, aber die Beiläufigkeit sagt mir, dass es nicht der erste Kuss ist. Nicht im Entferntesten. Sie kichern, als sie sehen, dass ich sie dabei beobachte.

Lex kommt herüber und flüstert mir ins Ohr. »Potenzial, Av.« Dann zwinkert er mir zu und umarmt mich, bevor er mit Jude Hand in Hand in die Dunkelheit verschwindet.

Als sie weg sind, bleiben Cole und ich allein zurück. Er setzt sich auf den Platz, auf dem Val gesessen hat. »Ich habe gehört, dass du heute wieder mit meiner Mutter zu Mittag gegessen hast«, sagt er.

»Ja«, antworte ich. »Es war schön.«

Ich tue so, als würde ich den Druck seines Schenkels gegen meinen nicht bemerken.

»Sie macht sich Sorgen um dich«, verrät er mir. »Sie sagt, es muss schwer sein. Hier zu sein. Sie hat mich gefragt, ob ich glaube, dass du gut zurechtkommst.«

»Was hast du ihr gesagt?«

Cole reibt seine Handflächen an seiner Jeans und lacht, aber es ist nicht das schöne Lachen, das ich so liebe. Es ist ein verdrehtes Lachen. Ein bisschen schmerzhaft. »Wenn sie wirklich deinetwegen besorgt wäre, hätte sie dich gar nicht erst als Eden besetzen sollen.«

»Ist das alles, was du gesagt hast?«

Er sieht mich an. »Ich habe ihr nicht erzählt, dass ich dich dabei erwischt habe, wie du im Amphitheater Feuer angezündet hast. Oder von deinem Mitternachtsschwimmen, falls du dir deswegen Sorgen machst.« Ich nicke erleichtert, und Cole starrt mich ein paar Sekunden lang an. Die Hitze seines Schenkels an meinem wird immer schwerer zu ignorieren.

»Danke«, sage ich zu ihm. »Dafür, dass du deiner Mutter nichts gesagt hast.« Er zuckt mit den Schultern.

»Es gibt eine Menge Dinge, die meine Mutter nicht wissen muss.«

»Weiß sie von dir?«, frage ich ihn. »Davon, was du mir erzählt hast. Dass du das Geflüster hörst.«

»Ich habe es ihr nie so deutlich gesagt.« Er fährt mit der anderen Hand über sein Gesicht. Reibt sich die Augen. Ich kann sehen, wie erschöpft er ist. »Ich habe es nie jemand anderem erzählt. Nur dir. Aber ich glaube, sie weiß es.«

Ich möchte ihn danach fragen, was Glory gesagt hat. Darüber, dass er letztes Jahr weggeschickt wurde, aber ich finde nicht die richtigen Worte.

»Hat sie deshalb Angst vor dem Wasser?«, frage ich. »Weil sie Angst um dich hat?«

»Teilweise. Vielleicht.« Cole seufzt. »Sie war nicht immer so. Als ich klein war, hatten wir ein Segelboot. Meine Mutter und mein Vater haben sogar Wettbewerbe gewonnen.«

»Du meinst Rennen?«

Er lacht, und es klingt eher nach ihm. »Sag Regatta. Das klingt schicker.« Das Lächeln entgleitet seinem Gesicht. »Aber das hat sich alles geändert nach dem …« Er hält inne, und ich habe diese Pause oft genug erlebt, um zu wissen, was sie bedeutet.

»Nach dem Tod meiner Mutter?«

Er nickt. »Sie war danach anders. Hatte Angst, mich aus den Augen zu lassen. Sie hatte einfach schreckliche Angst vor dem Meer. Es war, als hätte sie mit eigenen Augen gesehen, wie grausam das Meer sein kann, und wollte jetzt kein Risiko mehr für ihre Familie eingehen. Unser Haus ist auf einer kleinen Klippe gebaut, und früher konnte man auf unserer Veranda sitzen und das Meer sehen. Aber meine Mutter hat einen Zaun errichten lassen. Es gibt ein Tor mit einem Vorhängeschloss und allem.« Er schüttelt den Kopf. »Sie hat so viel Geld ausgegeben, um ein Haus mit Blick aufs Wasser zu kaufen, und dann einen riesigen Sichtschutzzaun errichtet, um die Aussicht zu versperren.«

»Was hat dein Vater dazu gesagt?«, frage ich, und Cole verdreht die Augen.

»Dad darf keine Meinung haben. Meine Mutter ist diejenige, die das Geld für das Haus ausgegeben hat. Und die Aussicht. Und eigentlich auch das ganze verdammte Theater. Es läuft alles auf ihren Namen. Offiziell gehört ihr Whisper Cove ganz allein, zumindest auf dem Papier. Meinem Vater gehört gar nichts.« Ich bin mir nicht sicher, worauf er hinauswill, aber er erklärt es mir. »Meine Mutter kommt aus einer reichen Familie. Einer stinkreichen. Als sie sich kennenlernten, war mein Vater ein pleitegegangener Off-Off-Broadway-Regisseur mit dem verrückten Traum, ein großes Sommertheater an der Küste zu leiten, aber ohne das nötige Kapital, um ihn zu verwirklichen. Und meine Mutter war ein reiches Mädchen, das davon träumte, für etwas anderes berühmt zu sein, als reich zu sein.« Er zuckt wieder mit den Schultern. »Das war also der Handel, den sie eingegangen sind.«

»Aber sie müssen sich doch geliebt haben«, sage ich. »Stimmt's?« Und Cole sieht mich an, als wäre ich naiv.

»Na ja, vielleicht. Ich bin hier, also gibt es einen Beweis dafür, dass sie zumindest irgendwann einmal Zeit im selben Zimmer verbracht haben. Aber da ich in diesem Haus aufgewachsen bin, kann ich dir versichern, dass dort nicht viel Liebe übrig geblieben ist, wenn es überhaupt jemals welche gab.« Er sieht mich an. »Was ist mit deiner Mutter? Woran erinnerst du dich von ihr?«

»Nichts«, sage ich und spüre, wie weh mir das tut. Ich ziehe meine Hand von Coles Hand weg und krame das alte grüne Notizbuch aus meiner Tasche. »Aber Glory hat mir heute ein paar Sachen gegeben. Sachen, die meiner Mutter gehörten. Und das hilft.« Ich ziehe das Foto von mir und Cole aus seinem Versteck zwischen den Seiten und reiche es ihm. Er starrt es eine ganze Weile an. Ich spüre die Wärme seines Körpers neben meinem auf der Bank.

Er strahlt Wärme aus. Und ich habe es so satt zu frieren.

»Ich habe gelogen«, gibt er schließlich zu. »Als ich sagte, dass ich mich nicht an dich erinnere.« Er berührt den kleinen Jungen auf dem Foto. Diese jüngere, halb verborgene Version von sich selbst. »Ich erinnere mich nicht an viel, aber ich weiß noch, dass wir zusammen gespielt haben.«

»Ich erinnere mich auch an dich«, sage ich zu ihm. »Zumindest irgendwie. Ich habe nicht erkannt, dass du es bist, bis ich dieses Foto gesehen habe. Aber ich erinnere mich an das Versteckspiel in der Bibliothek.«

Er mustert mein Gesicht, ist direkt vor mir. Ich kann seinen Atem an meiner Wange spüren. Ich strecke meine Hand aus und fahre mit den Fingern über seine Tätowierung. Diese Kompassrose auf der weichen Innenseite seines Handgelenks. Das Zeichen der Sicherheit in rauer See. Ich sehe, wie er bei meiner Berührung zittert. Und ich zittere auch. Er sieht mich so durchdringend an.

»Ich erfinde keine Geschichten«, sagt er. »Über das Flüstern. Und das Meer.« Seine Kiefer sind so fest aufeinandergepresst, dass er sich anstrengen muss, um die Worte herauszubekommen. »Und ich bin nicht verrückt.« Er sieht auf das Foto hinunter, dann wieder zu mir hoch.

»Ich weiß«, sage ich. Aber ein Teil von mir wundert sich immer noch.

Cole greift nach der Haarsträhne, die hinter meinem Ohr hervorgerutscht ist. Er nimmt sie zwischen seine Finger, und ich überlasse mich seiner Berührung.

Es ist ein Instinkt.

»Hast du schon mal das Zitat gehört, dass man das Leben nur rückwärts verstehen kann«, fragt er mich, »obwohl man es vorwärts leben muss?« Cole streicht mir die Haarsträhne hinters Ohr, und ich schüttle den Kopf, denn ich fühle mich ein bisschen verloren. Oder abgelenkt vielleicht. Durch seine Finger in meinem Haar. »Was wäre, wenn du wüsstest, wie unsere Geschichte endet?«

»Das kann man nicht wissen«, sage ich. »Wir können es nicht wissen.«

»Was wäre, wenn wir es könnten?«, fragt er. »Würde es dir etwas ausmachen?«

»Ist es ein trauriges Ende?«, frage ich ihn.

»Vielleicht.« Er zieht seine Hand zurück. Lässt sie in seinen Schoß fallen. »Wahrscheinlich.«

»Ich würde die Reise trotzdem lieber genießen«, sage ich ihm. »Egal, was passiert.«

Er sieht mich lange Zeit an.

»Was ist los?«, frage ich schließlich, und er lächelt. Er gibt mir das Foto zurück.

»Die ganze Zeit haben wir uns vermisst und es nicht gemerkt.«

Und da ist noch eine Lücke, von der ich gar nicht wusste, dass ich sie habe.

Cole bringt mich zurück zu meiner Hütte. Er sagt, ich muss reingehen. Bevor der Nebel kommt. Wir stehen zusammen auf der Eingangstreppe. »Danke, dass du mich gefunden hast«, sage ich ihm. »Neulich Abend.« Ich war zu dem Zeitpunkt zu verängstigt und verwirrt, um es zu sagen. Zu erschöpft. Also sage ich es jetzt.

Coles Augen brennen in der Dunkelheit. Er beugt sich dicht zu mir. Der Hauch seiner Lippen an meinem Ohr fühlt sich eher wie ein Kuss als wie ein Flüstern an, und eine Gänsehaut breitet sich auf meinen Armen aus. »Wir haben uns gefunden, Avril.«

»Wieder«, erinnere ich ihn. »Wir haben uns wiedergefunden.«

Er starrt mich eine Minute lang an, und ich glaube, er will mich wirklich küssen. Diese wilde Intensität in seinen Augen lässt mich fragen, wie sich seine Lippen anfühlen würden.

Aber er küsst mich nicht. Er streckt nur die Hand aus und berührt meine Wange. Fährt mit den Fingern meinen Hals hinunter. Und etwas in mir sprüht Funken. »Lass uns dafür sorgen, dass wir uns dieses Mal nicht verlieren«, sagt er. Und ich kann nur nicken.

Als er weg ist, mache ich mich auf den Weg ins Bad, und als ich wieder herauskomme, ist der Nebel schon da. Ich eile zur Hütte, begierig darauf, drinnen zu sein und mich einzuschließen.

In Sicherheit.

Ich erreiche die Eingangstreppe, kurz bevor der Nebel zu dicht wird, um etwas zu sehen, und kann gerade noch einen

Blick auf jemanden erhaschen, der um die Ecke der Hütte verschwindet. Es ist nicht so sehr, dass ich jemanden sehe. Es ist mehr ein Gefühl der Bewegung. Eine Störung des Nebels.

Ich renne los, um zu erkennen, wer da ist. Um einen genaueren Blick zu erhaschen. Weil ich mich weigere, Angst zu haben. Nicht vor Geistern und Schatten. Aber es ist zu spät. Da ist nichts als ein Meer aus Weiß.

Ich drehe mich um und gehe zurück zur Veranda, und ein überwältigender Duft hängt schwer in der dicken, feuchten Luft. Er vermischt sich mit dem Salz. Er durchdringt die Dunkelheit.

Dort auf dem Geländer, im schwachen Schein des Verandalichts, finde ich ein kleines Bündel frischer lila Blumen. Lavendel. Sie sind mit einer einfachen braunen Schnur zusammengebunden. Und ich weiß, dass sie vorher nicht da waren.

Ich starre sie einige Sekunden lang an, aber ich kann mich nicht dazu durchringen, sie zu berühren. Weil ich nicht wissen will, ob sie echt sind.

Ich stoße die Tür auf und schleiche mich in die Hütte. Die Deckenbeleuchtung ist ausgeschaltet, und die Mädchen, die noch wach sind, drehen sich zu mir um, aber dann widmen sie sich wieder ihren Handys. Oder den Skripten, die sie im Taschenlampenlicht studieren. Ihren geflüsterten Gesprächen.

Ich werfe einen Blick auf Vals Bett, aber sie ist bereits eingeschlafen, also setze ich mich mit dem alten Notizbuch meiner Mutter im Schneidersitz auf den grünen Teppich. Ich habe Angst, es aufzuschlagen. Ich kann nicht aufhören, darüber nachzudenken, was Glory gesagt hat. Darüber, dass jeder Mensch Geheimnisse hat.

Was ist, wenn ich in ihrem Notizbuch keine Antworten finde?

Oder was wäre, wenn ich es täte?

Ich benutze mein Telefon als Lichtquelle, blättere durch die Seiten und fahre mit den Fingern über die handschriftlichen Notizen. Die ganz eigenen Gedanken meiner Mutter in krakeliger, verschlungener Schrift. Es tut mir weh, dass ich nicht einmal ihre Handschrift erkenne. Sie ist nicht wie meine.

Jede Seite ist mit einem Datum versehen, es fängt auf der Vorderseite des Notizbuchs mit dem Beginn des letzten Sommers an. Die meisten Seiten scheinen voll von Probennotizen und Charakterarbeit zu sein. Aber es gibt auch kleine gekritzelte Erinnerungen, die sie an sich selbst hat. Telefonnummern und E-Mail-Adressen. Ein Rezept für Zitronenkuchen. Eine Bestellung für chinesisches Essen zum Mitnehmen. Besprechungszeiten. Kritzeleien mit Sonnenblumen und Spiralen.

Nichts fällt mir wirklich ins Auge, bis ich auf eine Seite in der Mitte des Notizbuchs stoße. Sie ist größtenteils leer, nur ein paar Worte sind in die Mitte gekritzelt. Sie sind mit lila Tinte geschrieben, und meine Mutter hat sie immer wieder eingekreist, wobei sie mit der Stiftspitze fest aufdrückte. So viele Kreise, dass sie das Papier fast durchgerissen hat.

Ich schließe das Notizbuch und stecke es zurück in meinen Rucksack, dann krieche ich in meine Koje und fröstle unter der dünnen, kratzigen Decke.

Ich flüstere die eingekreisten Worte in mein Kopfkissen.

Wir wissen, was wir sind, aber nicht, was wir werden können.

AKT II: SZENE 5

Der nächste Tag ist Samstag. Es gibt keinen Unterricht und keine Arbeitsaufgaben, aber es ist ein ganzer Tag voller Proben, also können wir nicht ausschlafen. Ich stöhne wie alle anderen, als mein Wecker klingelt, und schließe mich der zombiehaften Prozession der Mädchen auf dem Weg zum Bad an.

Der Lavendelstrauß liegt heute Morgen immer noch auf dem Geländer der Veranda. Er ist feucht und hängt herab. Nass vom Nebel, der sich in Tau verwandelt hat.

Aber er ist immer noch da.

Das heißt, er ist real.

Das heißt, jemand hat ihn dort gelassen. Für mich.

Ich mogle mich durch das Frühstück. Lache über Judes Witze, während mein Verstand arbeitet. Versichere Lex und Val, dass alles in Ordnung ist. Esse einen halben Muffin, nur um überzeugender zu sein. Aber die ganze Zeit denke ich über diese kleinen lila Blumen nach.

Geister hinterlassen keine Geschenke, oder?

Bei den Proben verbringen wir den Vormittag und den ersten Teil des Nachmittags damit, Szenen zu bearbeiten, die wir bereits gespielt haben. Willa möchte, dass diese Abschnitte ausgefeilt werden, bevor wir weitermachen. Und es läuft so gut, dass ich anfange, mich ein bisschen besser zu fühlen. Wenn ich auf der Bühne stehe und es wirklich klappt, kann ich mich fast selbst davon überzeugen, dass all die Merkwürdigkeiten der letzten Woche nie passiert sind. Dass Whisper Cove genau das ist, was ich Lex an jenem ersten Abend erzählt habe: ein Sommercamp ohne das grässliche Kanufahren.

»Wunderbare Arbeit, meine Lieben«, sagt Willa schließlich spät am Tag. »Es ist Zeit, sich etwas Neuem zuzuwenden. Dies ist das dritte Treffen zwischen Eden und Orion. Es ist Nacht. Draußen ist es dunkel. Und Eden kommt, um Orion am Fluss zu treffen.«

Jude nimmt die Decke vom Requisitentisch und wirft sie Cole zu, der sie auf dem Bühnenboden ausbreitet.

»Okay, ihr beiden«, sagt Willa. »Das ist die Szene, in der es zwischen Eden und Orion richtig heiß hergeht. Ihr müsst euch also ins Zeug legen.«

Ich nicke und werfe einen kurzen Blick auf Cole, der sich bückt, um die Gitarre aufzuheben. Seine Finger gleiten über die Saiten, und plötzlich kann ich nur noch an seine Berührung denken. An letzte Nacht. Wie er nach meiner Hand griff. Diese Finger in meinem Nacken. Die Berührung seiner Lippen an meinem Ohr.

Gemeinsame Geheimnisse.

»Vom Anfang der Szene«, sagt Willa. »Wenn ihr so weit seid.« Also gebe ich Cole Zeit, sich auf der Decke niederzulassen. Er spielt die ersten Töne der Melodie. Edens Lied. Und mein Herzschlag verlangsamt sich im Einklang mit der Musik. Irgendeine Erinnerung zerrt an mir. Sie ist greifbar nah. Direkt unter der Oberfläche. Aber ich bekomme sie nicht zu fassen. Sie entgleitet mir immer wieder. Also lasse ich ein paar Takte verstreichen, bevor ich tief durchatme und mit der ersten Zeile beginne.

EDEN: Hallo.

Cole hört auf zu spielen und dreht sich zu mir um.

ORION: Ich wusste nicht, ob du heute Abend kommen würdest.
EDEN: Du hast mein Lied gespielt, also musste ich kommen.

Cole hebt eine Augenbraue in meine Richtung. Er lächelt fast, aber nicht ganz.

ORION: Versprich mir, dass du immer kommst, wenn ich dieses Lied für dich spiele.
EDEN: Das werde ich. Ich verspreche es. Das ist das einzige Lied, das ich kenne.

Dann lächelt Cole mich an. Ein echtes Lächeln.

ORION: Komm und setz dich neben mich.

Ich gehe auf die Decke zu, und Cole hält mir eine Hand hin. Ich nehme sie und lasse mich auf den Boden sinken, aber Cole lässt mich nicht los. Meine Handflächen sind schweißnass, und ich habe Angst, in sein Gesicht zu sehen.

EDEN: Warum wolltest du, dass ich dich heute Abend hier treffe?
ORION: Damit ich dir die Sterne geben kann. Du hast gesagt, sie machen dich glücklich, also wollte ich, dass du sie bekommst. Sie gehören dir, Eden. Sie alle.

Cole macht eine ausladende Geste mit einem Arm, und ich hebe meinen Blick nach oben in Richtung Dachboden, aber statt der Bühnenbeleuchtung sehe ich Sterne. Eine Million glitzernder Sterne sind am Nachthimmel aufgereiht wie funkelnde Juwelen an einer Halskette. Sie sind zu schön, um echt zu sein, und das weiß ich. Es tut mir weh, sie anzusehen, also schließe ich meine Augen. Und als ich sie wieder öffne, sind die Bühnenlichter wieder da. Die Sterne sind verschwunden.

Und ich vermisse sie.

EDEN: Danke. Ich wünschte, ich hätte etwas für dich mitgebracht.
ORION: Du bist heute Abend gekommen. Das ist genug.
EDEN: Glaubst du an das Schicksal?
ORION: Ich weiß es nicht. Und du?
EDEN: Das habe ich noch nie getan. Aber vielleicht tue ich es jetzt, weil ich glaube, dass wir beide dazu bestimmt waren, uns zu finden.

Cole berührt mich, und ich beobachte, wie sich die Bühnenlichter nach und nach in Sterne verwandeln. »Wieder«, sagt er. »Wir waren dazu bestimmt, uns wiederzufinden, Avril.«

»Es ist wunderschön hier«, flüstere ich. »Das Wasser. Und das Mondlicht.«

Seine Finger liegen auf meiner Wange. Ich kann nicht atmen. Mir ist schwindelig, und ich bin wie betrunken. Und Cole beugt sich zu mir. Sein Mund ist so nah, als er mir zuflüstert, dass ich schön bin. Ich weiß, dass er mich endlich küssen wird.

Doch bevor seine Lippen meine berühren, steigt mir der Duft von Lavendel in die Nase.

Ich drehe meinen Kopf, und meine Mutter steht da, wie ein Leuchtturm in der Dunkelheit. Weißblondes Haar. Blitzende grüne Augen. Sie ist ein Signalfeuer. Eine Warnung für Seeleute.

Sie greift nach mir. Das *Klick-klack* knochiger Finger ist zu hören. Und der Klang eines Windspiels. Es ist ein wunderschönes musikalisches Klimpern. Leicht und luftig und vom Wind getragen.

Aber aus irgendeinem Grund erfüllt es mich mit Furcht.

Dieses schöne Geräusch lässt mir das Blut in den Adern gefrieren.

Und dann ist meine Mutter weg. Sie ist verschwunden. Einfach verschwunden.

In der einen Minute da. In der nächsten Minute nicht.

Meine Sterne beginnen vom Himmel zu fallen. Sie flitzen über die Schwärze und landen im Wasser.

Plopp.

Plopp. Plopp.

Plopp.

Wie der Klang einer Beinahe-Erinnerung.

Sieh dir die Sterne an.

Gleißendes Licht. Ich bedecke meine Augen. Kneife sie fest zusammen.

Etwas legt sich um mein Handgelenk. Etwas Kaltes. Ich möchte schreien, aber ich kann nicht. Ich bin wie erstarrt. Jemand zerrt an mir. Ich greife nach etwas. Nach irgendetwas. Aber meine Mutter ist weg, und es gibt auf der ganzen Welt nichts, woran ich mich festhalten kann.

Und dann falle ich.

Falle.

Falle.

Falle.

Diesmal schlage ich nicht auf dem Boden auf. Denn jemand fängt mich auf. Ich öffne meine Augen, und Coles Gesicht kommt in den Fokus. Seine Augen sind dunkel. Sie haben eher die Farbe schwerer Gewitterwolken als die von Nebel.

»Hey«, haucht er mir ins Ohr. »Du wärst beinahe ohnmächtig geworden.«

Ich löse mich von Cole und mache einen unsicheren Schritt zurück, damit ich atmen kann. Meine Brust hebt und senkt sich. Ich gerate in Panik. Alle beobachten mich. Lex ist in der zweiten Reihe auf den Beinen.

»Mir geht es gut«, sage ich, aber meine Stimme klingt eigenartig. Als käme sie aus einem tiefen Brunnen.

»Avril …« Cole macht einen Schritt auf mich zu. Ich spüre, wie ich wieder zu fallen beginne, aber dieses Mal stürze ich auf seine Augen zu.

»Lasst uns zehn Minuten Pause machen«, sagt Willa. »Avril sieht aus, als könnte sie eine Pause brauchen.« Sie schaut sich im Theater um. »Geht alle nach draußen. Frische Luft schnappen.« So wie sie es sagt, ist es eindeutig mehr als nur ein Vorschlag. Die anderen gehen alle nach draußen, aber Lex und Val werfen mir über die Schulter hinweg Blicke zu, selbst als Jude sie wegführt.

»Komm schon«, höre ich Jude sagen. »Es geht ihr gut. Willa kümmert sich um sie.«

Das Scheunentor schließt sich knarrend, und Willa wendet sich an Cole. »Gib uns ein paar Minuten«, sagt sie, aber er rührt sich nicht.

»Schon gut«, sage ich zu ihm. »Mir geht es gut.«

»Bist du sicher?«, fragt Cole mich, und ich nicke. Weil Willa sich um mich kümmert. Aber er sieht nicht überzeugt aus.

Als er weg ist, führt Willa mich zu ein paar Stühlen in der ersten Reihe.

»Wie geht es dir?«, fragt sie, und ich kann die Sorge in ihren Augen sehen. »Sag mir die Wahrheit.« Ihre Stimme ist fest, aber sanft. Mütterlich. Und plötzlich will ich mich nicht mehr verstecken. Nicht vor Willa.

»Irgendetwas Seltsames passiert mit mir«, gebe ich zu. Fast hätte ich ihr von der Frau im Nebel und dem Lavendel auf der Veranda erzählt, aber ich tue es nicht. Stattdessen beginne ich mit den Teilen, die ich vielleicht nachvollziehen kann. »Es ist, als würde mein Gehirn versuchen, mich an etwas zu erinnern. Aber ich weiß nicht, was es ist.«

Willa seufzt. »Was weißt du noch?«, fragt sie. »Von der Nacht, in der deine Mutter ertrunken ist.«

»Nicht viel«, sage ich ihr. »Eigentlich nichts. Nur ein paar Bruchstücke. Aber es ist alles durcheinander.«

»Erzähl es mir trotzdem«, drängt Willa. »Vielleicht kann ich dir helfen, ein paar dieser Teile zusammenzufügen.« Sie streckt die Hand aus und streicht mir über das Haar. »Vielleicht bringt dir das etwas Heilung.« Ihre Hand gleitet abwärts und berührt meine Wange. »Gott weiß, dass du nach all den Jahren ein wenig Frieden verdient hast.«

Ich zögere, denn ich habe noch nie mit jemandem darüber gesprochen. Aber sie hört mir auf ihre ganz eigene Art zu. Niemand sonst hat mir je so zugehört. Und das bringt mich dazu, dass ich gehört werden will.

»Es beginnt mit diesem wahnsinnig hellen Licht. Als würde ich geblendet. Direkt in meine Augen.« Ich schlucke schwer und zwinge mich, in der Scheune präsent zu bleiben. Ich weigere mich, wieder verloren zu gehen. »Das ist eine neue Erinnerung«, sage ich ihr. »Ich konnte mich nicht daran erinnern, bevor ich hierherkam. Und jemand – meine Mutter, schätze ich – hat mein Handgelenk mit einem Todesgriff umklammert. Auch das ist neu. Und ich erinnere mich an die Kälte. Nur diese schreckliche, eisige Kälte.« Ich zittere. »Die Art von Kälte, die so tief geht, dass es wehtut. Und ich erinnere mich fast an die Augen meiner Mutter, glaube ich. Und an die Dunkelheit. An den Klang eines Windspiels möglicherweise.«

Ich spüre, wie sich eine Gänsehaut auf meinen Armen ausbreitet. Diese brandneue Erinnerung. Ich habe dieses Geräusch bis heute Abend noch nie gehört. Ein seltsames musikalisches Klimpern, das durch die Nachtluft getragen wurde. Allein der Gedanke daran macht mir Angst.

Willa sieht verwirrt aus. »Windspiel?« Ich nicke, auch wenn ich weiß, dass das alles keinen Sinn ergibt.

»Dann habe ich das Gefühl zu fallen«, sage ich. »Oder eigentlich, zu fliegen. Und …«

Ich breche ab.

»Und was?«, hakt Willa nach. »Da ist noch etwas anderes.«

Ich schüttle den Kopf. »Der Rest ist so seltsam.«

»Sprich weiter, Avril.«

»Das ergibt alles keinen Sinn. Ich war tot. Als sie mich fanden, hatte ich keinen Puls mehr. Ich habe nicht geatmet und …« Mein Herz beginnt zu rasen. Panik steigt in meiner Kehle hoch.

»Ich weiß.« Willas Hand liegt auf meinem Knie, und ihre Stimme ist so sanft. Ich erinnere mich daran, was Glory über diesen Morgen sagte. Als George mich am Strand fand.

»Glory sagte, Sie wären mit mir ins Krankenhaus gefahren. Sie sagte, Sie wären nicht von meiner Seite gewichen, bis mein Vater hier war.«

Willa nickt. »Du warst noch so klein. Ich wollte nicht, dass du Angst hast.«

»Aber daher kommt diese seltsame Erinnerung«, sage ich ihr. »Zumindest haben das die Ärzte gesagt. Es ist nur mein Gehirn, das mir einen Streich spielt.«

»Erzähl es mir trotzdem«, bittet sie. »Vielleicht hilft es ja.« Willa ist wie eine Bulldogge. Ich frage mich, ob sie schon jemals bei etwas aufgegeben hat.

»Okay.« Ich atme den Geruch des Theaters ein. Heute gibt es keine Pferde. Nur den vertrauten Geruch von Holz und Farbe. »Ich erinnere mich an herabfallende Sterne.«

»Du meinst, wie Sternschnuppen?«, fragt Willa. Aber ich schüttle den Kopf.

»Nein. Ich meine herabfallende Sterne. Ich habe diese seltsame Erinnerung an Sterne, die direkt vom Himmel fallen und im Meer landen. Ich erinnere mich an ihr Glühen. Und an das Geräusch, das sie machten, als sie auf dem Wasser aufschlugen. Und ich erinnere mich an diese Stimme, die sagte: ›*Sieh dir die Sterne an.*‹«

»Was für eine Stimme?«, fragt Willa, und ich zucke mit den Schultern.

»Die Stimme meiner Mutter, vermute ich. Ich kann sie nie hören, wenn ich wach bin.« In mir tut sich ein tiefer Schmerz auf, und ich glaube, Willa spürt das, denn sie legt ihren Arm um mich und zieht mich an sich. Zuerst ist es ein bisschen seltsam, aber dann entspanne ich mich. Und es fühlt sich gut an, so gehalten zu werden. Von ihr. »Ich habe Ihnen gesagt, dass es keinen Sinn ergibt. Aber ich träume die ganze Zeit davon. Solange ich mich erinnern kann. Diese herabfallenden Sterne. Und diese Stimme.«

»Nicole hatte eine wunderbare Stimme«, sagt Willa zu mir, und ich höre den gleichen Schmerz in ihren Worten, den ich in meinem Herzen spüre. Es ist, als wäre der Schmerz ein Magnet. Er zieht uns zusammen. Ich lasse meinen Kopf an ihre Schulter sinken, und sie seufzt. »Das war eins der ersten Dinge, das mir auffiel, als ich sie kennenlernte.«

»Ich wünschte, ich könnte mich daran erinnern, wie sie geklungen hat.« Ich seufze auch. Ein leises Geräusch, wie das von Willa. »Ich wünschte, ich könnte mich an irgendetwas von ihr erinnern.«

»Du erinnerst dich überhaupt nicht an ihre Stimme?« Willa wirkt so überrascht, aber ich schüttle nur den Kopf. »Du hast sie nie auf einem Band gehört oder so?«

»Wir haben keine Videos«, erkläre ich. »Dad sagt, sie waren alle in einer Computerdatei, die irgendwie gelöscht wurde.« Insgeheim habe ich mich immer gefragt, ob er sie vielleicht absichtlich aus unserem Leben gelöscht hatte, so wie er alles andere über sie gelöscht hatte.

»Was ist mit deiner Großmutter?«, fragt sie. »Nicoles Mutter. Sie ist doch sicher …«

Ich unterbreche sie. »Sie starb nicht lange nach meiner Mutter. Ich war erst ein paar Wochen aus dem Krankenhaus raus, als es passierte.«

»Wow«, sagt Willa, und der weiche Klang des Wortes wird vom alten Holz der Scheune aufgesogen. »Ich kann es verstehen. Ein Kind auf diese Weise zu verlieren. Ihr Herz muss buchstäblich gebrochen worden sein.«

»Dad sagt, wir müssen nach vorne blicken«, antworte ich ihr. »Ich muss nach vorne blicken. Dass ich vergessen muss, aber …« Ich zögere, weil ich nie weiß, wie ich meine Gefühle zu alldem erklären soll. »Wie kann man etwas vergessen, an das man sich nicht einmal erinnern kann?«

»Ich habe ein paar Videos von Nicole«, erzählt Willa. »Ganz alte vom College, aber auch welche vom letzten Sommer. Ich werde sie ausgraben, und wir können sie uns gemeinsam ansehen.«

Mein Herz schlägt mir bis zum Hals. Ich muss darüber hinwegreden. »Das würde ich gerne.«

In Willas Augen erscheint dieser entrückte Blick. »Es war einfach so perfekt, sie in diesem Sommer hier zu haben. Ich meine, die Zeiten waren hart. Whisper Cove verlor rapide an Geld, und wir hatten Schwierigkeiten, Künstler zu engagieren.

Aber dann sagte Nicole zu, und das war für mich wie ein Lottogewinn. Deshalb war es so furchtbar – so aus heiterem Himmel – als sie …« Sie hält inne. Ich spüre ihren Atem. »Als sie tat, was sie tat.«

Ich bin verwirrt. »Was meinen Sie?«

Willa starrt auf mich herab. »Avril. Schatz.« Ihre Stimme ist so sanft. »Deine Mutter hat sich umgebracht. Wusstest du das nicht?«

Ich setze mich auf und löse mich von ihr. Denn das ist nicht wahr. Es kann nicht wahr sein. »Es w-war ein Unfall«, stottere ich. »I…«

Willa schüttelt den Kopf. Drückt meine Hand. »Es war kein Unfall. Es kann keiner gewesen sein. Das ist die Sache, die mich verfolgt.« Sie streicht sich die Haare hinters Ohr. »Das ist die Sache, die uns alle verfolgt.«

»Woher wissen Sie das?«

»Es war noch so früh am Morgen, als George dich dort unten fand. Am Strand. Es war kalt an diesem Morgen. Riesige Wellen. Es hatte geregnet, und ein Sturm war aufgezogen. Und du hattest noch dein Nachthemd an.« Glory erzählte mir das alles, aber ich hatte nicht darüber nachgedacht, was diese Details bedeuten könnten. »Wer geht mit einem kleinen Mädchen spätnachts schwimmen? Oder in aller Herrgottsfrühe? In der rauen Brandung. In ihrem Nachthemd.«

In meinem Kopf dreht sich alles.

»Ich will nicht …«

»Und es gab noch andere Anzeichen. Die Art und Weise, wie wir ihren Pullover gefaltet am Strand fanden. Ihre Schuhe waren dort ordentlich nebeneinandergestellt. Offenbar machen die Leute das manchmal, wenn sie …« Sie hält inne. Zieht mich fest an sich. »Es tut mir so leid, Avril. Es steht alles in dem offiziellen Bericht. Ich wusste nicht, dass du es nicht weißt.« Ich spüre, wie sie sich anspannt. »Dein Vater hätte es dir sagen müssen.«

»Warum?«, frage ich. »Ich weiß nicht … Warum sollte sie das tun?«

Willa zuckt mit den Schultern. »Es ist unmöglich, nicht wahr? Wirklich zu wissen, was im Kopf eines anderen vor sich geht.« Sie sieht hinauf zum Dachboden der Scheune. »Ich weiß, was manche Leute denken. Was in den Geschichten steht. Aber ich glaube nicht, dass ich jemals die Wahrheit erfahren werde.«

»Sie meinen die Geschichten, dass sie ins Meer gerufen wurde.«

Willa nickt. »Und ich glaube, sie sind zumindest teilweise wahr.«

Ich kann nicht glauben, dass sie das sagt. Cole ist eine Sache, mit seinen Meerglassteinen und seinen Lagerfeuergeschichten. Seinem Matrosen-Tattoo.

Aber Willa?

»Wie meinen Sie das?«, frage ich sie. »Wie kann das wahr sein?«

»Ich glaube, Nicole wurde verfolgt. Ich glaube, das wurde sie schon immer.« Willa dreht sich zu mir um, und ich glaube, ich sehe genauso überrascht aus, wie ich mich fühle. »Nicht von Geistern«, stellt sie klar. »Oder vom Meer. Sondern von etwas, das schwerer zu identifizieren ist. Etwas in ihrem eigenen Kopf.«

Ich weiß noch, was Cole in der ersten Nacht, als ich hier war, sagte, während er mir das blaue Meerglas gab.

Es gibt viele Möglichkeiten, heimgesucht zu werden.

»Vielleicht hätte ich dir das nicht erzählen sollen«, sagt Willa. »Aber du bist hierhergekommen, weil du deine Mutter kennenlernen wolltest, und ich dachte, du verdienst es, alles über sie zu erfahren.« Sie wirft mir einen langen Blick zu. »Ich denke, du bist stark genug, um die Wahrheit zu verkraften.«

Jude steckt seinen Kopf zur Tür herein und entschuldigt sich für die Störung. »Es ist fast Zeit fürs Abendessen. Soll ich alle gehen lassen?«

»Wieso nicht«, sagt Willa. »Es war eine lange Woche. Lassen wir es für heute einfach gut sein.«

Jude schließt das Scheunentor, und ich höre ihn rufen, dass alle gehen können. Willa drückt mir die Schultern, dann steht sie auf und beginnt, ihre Sachen zusammenzusuchen. Aber ich kann mich noch nicht bewegen. Ich kämpfe unter dem Gewicht ihrer Enthüllung.

Willa faltet die Decke, die Cole auf den Requisitentisch geworfen hat, neu. Ich höre das Klimpern von Armbändern. Sie schüttelt den Kopf. »Der Junge konnte noch nie hinter sich aufräumen.« Sie legt die Decke an ihren Platz und dreht sich zu mir um.

»War sie unglücklich mit meinem Vater?«, frage ich. »Stimmte etwas nicht zwischen ihnen?« Ich suche nach einem Grund, der einen Sinn ergibt. Ich muss wissen, ob Glory recht damit hatte, dass sie ein Geheimnis hatte. Etwas, das sie für sich behalten hat. Irgendetwas, das erklären könnte, was sie getan hat.

»Die Frage musst du deinem Vater stellen, Avril. Ich kann dir sagen, was ich denke, aber er ist der Einzige, der das mit Sicherheit beantworten kann.« Willa kommt zu der Stelle zurück, wo ich immer noch sitze. Sie drückt mir die Schulter. »Das ist viel zu verarbeiten«, bemerkt sie. »Es tut mir leid.«

»Nein«, sage ich. »Danke, dass Sie es mir erzählt haben.« Ich stehe auf, um meine Sachen zu holen, und Willa beobachtet mich.

»Du verdienst es, die Wahrheit zu erfahren.« Sie rückt das Geisterlicht in die Mitte der Bühne. Greift nach unten, um es einzustöpseln. Es beginnt zu leuchten. Sanft und warm. »Solche Dinge sind schlimmer, wenn man sie im Dunkeln lässt.« Sie schenkt mir ein kleines Lächeln. »Schlaf heute Nacht ein bisschen. Okay?« Sie sieht so schön aus, eine Hälfte ihres Gesichts im Schatten. »Ich sehe doch, wie müde du bist.«

»Ja«, sage ich. »Ich werde es versuchen.«

Val wartet draußen auf mich. Lex auch. Er hat sich auf einer Bank ausgestreckt, mit dem Kopf in Judes Schoß, aber er setzt sich auf, sobald er mich sieht.

»Alles in Ordnung?«, erkundigt er sich.

»Ja«, sage ich zu ihm. »Ich will mich nur vor dem Abendessen noch umziehen.« Der Tag hatte sonnig angefangen, aber der Himmel ist grau geworden und es droht zu regnen. Die Temperatur sinkt, und mir ist plötzlich kalt.

So, so, so kalt.

»Ich komme mit dir«, verkündet Val und hakt sich bei mir unter.

»Nein«, sage ich ihr. »Mir geht es gut. Ehrlich. Ich muss wirklich nur ein paar Minuten allein sein.«

Val und Lex wechseln Blicke.

»Du weißt, dass du mit uns reden kannst, oder?« Jude starrt mich mit diesen großen braunen Augen an. Er streicht sich die Locken aus der Stirn und lässt seinen Blick über die Gruppe schweifen. »Wir sind alle hier, wenn du uns brauchst.«

»Danke«, sage ich zu ihm. »Aber ich weiß gar nicht, was ich im Moment brauche.« Ich lächle. Versuche mein Bestes, um so auszusehen, als wäre nichts. »Geht ihr schon mal zum Essen. Ich komme gleich nach.«

»Wir halten dir einen Platz frei«, sagt Val. »Okay?«

»Ja«, entgegne ich. »Danke.«

»Av…«, beginnt Lex. Es widerstrebt ihm, mich allein zu lassen, aber Jude zieht ihn hinter sich her. »Komm schon«, höre ich ihn sagen, während er einen Arm um Lex' Taille legt. »Lasst ihr ein bisschen Luft.« Und die drei machen sich auf den Weg in die Cafeteria.

Ich laufe in Richtung der Hütte, ändere aber im letzten Moment den Kurs und gehe über den Rasen zu einem der größten Bäume, die ich je gesehen habe. Er ist knorrig und verdreht, mit Ästen, die in alle Richtungen abstehen. Niedrige Äste. Wie dicke Arme, die sich über das Gras schlängeln, als wollten sie nach etwas greifen.

Vielleicht nach mir. Mich zu Hause willkommen heißen.

Am Fuße des Baums befindet sich eine kleine Bühne, die fast vollständig von Blättern überwuchert ist. Das versteckte Theater, wie sie sie nennen. Es ist einer der privaten Probenplätze. Es gibt drei oder vier davon an ruhigen Orten auf dem Gelände von Whisper Cove.

Ich betrete die Bühne, und es ist, als würde ich vom Baum verschluckt werden. Ich bin beschützt. Sicher. Und das fühlt sich gut an.

Ich frage mich, was das für ein Baum ist. Dad würde es wissen. Das ist eins seiner Spezialgebiete. Bäume. Vor langer Zeit hat er mir die Namen aller Bäume in Texas beigebracht. Damals, als wir es noch miteinander versucht haben.

Es gibt ein paar kleine Bänke, aber ich setze mich auf einen der riesigen, knorrigen Äste. Er ist niedrig genug, dass meine Füße gerade noch den Boden berühren. Ich krame Lex' Feuerzeug aus meiner Tasche und schnippe es ein paarmal mit dem Daumen an. Beim letzten Mal halte ich das Rad nach unten, und die Flamme glüht heiß. Ich halte meine Handfläche knapp darüber, warte aber zu lange, und es schmerzt unheimlich. Ich werde dort eine Blase bekommen, das weiß ich. Trotzdem mache ich es noch einmal. Nur um sicherzugehen.

Und es tut höllisch weh. Es schmerzt so sehr. Es brennt. Es

wird rot. Es bildet sich eine Blase. Ich wusste, dass es so kommen würde.

Und endlich kann ich weinen. Denn ich weiß, dass ich noch am Leben bin.

»Hey.« Das Wort wird geflüstert. Leise. Wie das Streifen von Blättern gegen Gliedmaßen. Aber es lässt mich trotzdem zusammenzucken. Als ich mich umdrehe und über meine Schulter sehe, lehnt Cole am Baumstamm. Er beobachtet mich. Er ist fast in den Schatten verborgen.

»Was machst du hier?«, frage ich. Es klingt ein wenig anklagend, aber Cole lächelt.

»Das ist mein Versteck«, sagt er zu mir. »Diesmal hast du mich gefunden.«

Vielleicht sollte ich mich schämen. Peinlich berührt, dass er mich erwischt hat. Wie ich so weine. Aber das tue ich nicht. Ich bin nur erleichtert, dass mich etwas hierhergelockt hat. Zu Coles verstecktem Zufluchtsort.

Etwas hat mich zu ihm hingezogen.

So wie es ihn in jener Nacht am Strand zu mir gezogen hat. Im Nebel.

Als er sich neben mich auf den Ast setzt, bewegt dieser sich nicht einmal unter unserem Gewicht. So groß ist er. So fest. »Was ist passiert?«, fragt er mich. »Heute Abend bei der Probe?«

»Ich weiß es nicht«, sage ich ihm. Denn ich bin zu müde, um mich zu verstellen. »Es war, als hätte ich mich verlaufen. In meinem Kopf. Oder in meinem Gedächtnis. Oder was auch immer.«

Ich wünschte, ich hätte andere Worte gewählt, denn ich höre das Echo dessen, was Willa vorhin gesagt hat. Dass meine Mutter von etwas in ihrem eigenen Kopf verfolgt wurde.

Cole nickt, als wüsste er genau, was ich meine. »Manchmal erinnere ich mich an Dinge, die nicht passiert sind. Die gar nicht hätten passieren können. Verstehst du? Oder ich will etwas tun und weiß, dass ich es schon einmal getan habe.«

Er nimmt meine Hand und dreht sie mit der Handfläche nach oben. Er betrachtet den Fleck, den das Feuer dort hinterlassen hat. Er ist rot. Mit Blasen. Nur ein kleiner Kuss der Flamme.

Er fährt mit der Hand über die Blase, und ich sauge die Luft zwischen den Zähnen ein. »Scheiße«, sage ich, und zucke zurück. Aber es fühlt sich gut an, berührt zu werden.

Es fühlt sich sogar gut an, wenn es wehtut.

»Spürst du das?«, fragt er, und ich nicke. Tränen brennen in meinen Augen.

»Ja. Ich spüre es.«

Er schlingt seine Arme um mich und zieht mich an seine Brust. »Was auch immer mit dir passiert, sag es mir. Ich werde es verstehen. Ich verspreche es.« Er hebt mein Kinn zu seinem Gesicht hinauf. »Und ich werde dir helfen, wenn du mich lässt.«

»Wie?«

»Wenn du diesen Zug spürst, diesen Sog in Richtung Meer, kann ich dagegenhalten. In die andere Richtung ziehen. Ich kann mich weigern, dich an den Rand zu lassen.« Er hält inne. »Und du kannst das Gleiche für mich tun.« Er senkt seine Stimme zu einem heiseren Flüstern. Ich spüre den Nachhall durch seine Rippen. »Und wenn wir das tun, können wir uns vielleicht gegenseitig retten.«

Ich beobachte die sich verändernden Muster auf dem Boden vor mir. Das Mondlicht fällt durch die Blätter. Ein Windstoß schüttelt die Äste, und der Baum ist plötzlich lebendig. Alles ist in Bewegung. Es weht im Wind.

»Wovor musst du gerettet werden?«, frage ich ihn. Ich möchte, dass er mir von seinen Augenringen erzählt. Von der Dunkelheit an seinen Rändern. Von den Stellen, an denen er verletzt und gebrochen ist. Ich will von den Dingen hören, die ihn heimsuchen. Ich möchte, dass er seine Geister für mich benennt. Denn ich habe das dringende Bedürfnis, Cole Culver zu kennen. Ihn wirklich zu kennen. Wieder. Wie damals, als wir klein waren. »Wovor hast du solche Angst?«

Er öffnet den Mund und ich denke, er wird es mir sagen. Aber dann spüre ich seine Finger in meinem Haar. In mir regt sich etwas, und bevor ich darüber nachdenken kann, ob ich es tun sollte, drücke ich meine Lippen an seinen Hals. Ich höre, wie Cole überrascht aufstöhnt, und er lässt eine Hand auf meinen Rücken gleiten, um sie unter mein Hemd zu schieben.

Mein Atem geht stoßweise. Ich drücke mich noch fester an ihn. Ich will mehr Kontakt. Mehr von meinen Lippen an seinem Hals. Mehr von seinem Herz, das gegen meine Rippen schlägt. Mehr von seinen Fingern auf meiner Haut.

Ich finde sein Ohr. Necke es mit meinen Lippen. Und meinen Zähnen. Ich spüre, wie er zittert. Er haucht meinen Namen in die Dunkelheit. Er streicht mit seiner Handfläche über meinen Rücken.

Es ist das Anreißen eines Streichholzes.

Das Zischen der Flammen.

Mein ganzer Körper ist in Flammen aufgegangen. Und so eine Hitze habe ich noch nie gespürt.

Nicht, als ich das erste Mal im Innenhof unserer Wohnung hockte, zusammengekauert gegen den texanischen Wind, und versuchte, einen Laubhaufen in Brand zu setzen.

Nicht, als ich zehn war und die Sprinkleranlage der Schule auslöste, indem ich Toilettenpapier im Waschbecken anzündete.

Oder als ich in der achten Klasse meinen Turnbeutel verbrannte, nur um zu sehen, wie groß die Flammen werden würden.

Ganz sicher nicht, als Denton Erikson mir nach dem Winterfest im Februar letzten Jahres auf dem Rücksitz seines Autos seine Zunge in den Hals gesteckt hat.

Nicht mit jemand anderem. Niemals.

Aber bei Cole fühle ich so viel. Und nicht alles davon ist gut. Einiges davon ist verwirrend. Und manches ist beängstigend. Aber alles davon ist echt.

Weil ich mich durch Cole lebendig fühle.

Er zieht sich ein wenig zurück und atmet tief ein und aus. »Alles in Ordnung?«, fragt er. Und das finde ich komisch. Ich muss kichern, weil ich mich auf einmal so seltsam und schwindlig fühle. Desorientiert. Als wäre ich gerade von einer Karussellfahrt auf dem Jahrmarkt gekommen.

Es ist schwindelerregend, von verzweifelt und verloren und verletzt zu diesem wollüstigen Gefühl zu wechseln, das so stark ist, dass ich nicht mehr klarsehen kann. Aber Coles Gesicht ist ernst Also nicke ich.

»Ja«, sage ich. »Mir geht es gut.« Und ich habe wirklich das Gefühl, dass es so ist. Zumindest für diesen Moment.

Er streckt die Hand aus und berührt meine Wange. Wieder zündet etwas in mir. Aber dieses Mal ist es eine Kerze. Kein Lagerfeuer.

»Das ist eine zweite Chance«, sagt er, und ich nicke. »Für uns beide.«

Ich lasse zu, dass Cole meine Hand nimmt und mich zurück zu meiner Hütte führt. Der Nebel ist plötzlich überall, während er eben noch nirgendwo war. Er hat etwas Festes an sich. Ein Gewicht, das es schwierig macht, sich zu bewegen. Es ist, als ginge man durch tiefes Wasser. Der wirbelnde Nebel greift mit feuchten Fingern nach mir, aber Coles Hand hält mich fest.

Wir verirren uns nicht.

Er berührt mein Gesicht noch einmal, bevor er mir Gute Nacht sagt. Dann huscht er in die Dunkelheit, und ich steige die Holzstufen hinauf. Plötzlich bin ich enttäuscht, weil ich merke, dass ich seine Lippen immer noch nicht auf meinen gespürt habe.

»Avril.«

Ich drehe mich wieder zu Cole um und lächle. Denn vielleicht küsst er mich jetzt.

Endlich.

Aber es ist niemand da.

Überhaupt niemand.

Aber dann höre ich wieder meinen Namen. »Avril.«

»Lex?«

Ich lege meine Hand auf das Holzgeländer und taste mich die Treppe hinunter.

Eine Stufe.

Zwei Stufen.

Drei Stufen.

Dann vier, fünf, sechs.

Es sollten nicht so viele sein. Oder?

Dann das Knirschen des Kieses. Noch mehr Geflüster. Ich halte mich immer noch am Geländer fest.

»Wer ist da?«, frage ich.

Ich lasse los und mache einen Schritt in den Nebel hinein. Nur einen. Und sofort werde ich verschluckt. Ich bin verloren. Nichts ist mehr da. Ich kann nicht einmal mehr den Boden unter meinen Füßen spüren. Es ist, als würde man versuchen, den Grund eines Pools zu erreichen, der tiefer ist, als man denkt.

Der Duft von Lavendel steigt mir in die Nase.

»Avril!« Wieder mein Name. Aber dieses Mal anders. Er wird geschrien. Nicht geflüstert. »Av, wo bist du?«

»Lex?« Ich bin mir sicher, dass er es dieses Mal ist. Der Tennessee-Akzent verrät ihn.

Ich sehe den Strahl einer Taschenlampe, der den dichten Nebel durchschneidet.

»Av?«

»Ich bin hier«, sage ich und greife nach dem Geländer. Eben hatte ich es noch in der Hand. Aber jetzt ist es nicht mehr da, und ich gerate ins Stolpern.

Lex packt mich am Arm. »Heilige Scheiße«, sagt er. »Du bist ja ein Eisblock.« Er wartet darauf, dass ich etwas entgegne. Aber ich kann nicht. »Av? Was machst du denn wieder hier?«

»I …« Meine Stimme funktioniert auch nicht besser als mein Gehirn.

»Was ist das in deiner Hand?«, fragt mich Lex. Und ich schaue auf das kleine Lavendelbündel in meiner Faust. Ich lasse es schnell fallen. Als stünden die Blumen in Flammen. »Wo bin ich?«

Dann wendet Lex das Licht von mir ab. Es trifft auf eine weiße Wand nur wenige Meter vor uns.

Der Name meiner Mutter. Leuchtend rot. Auf der Rückseite der Kulissenwerkstatt. Das Datum, an dem sie starb.

Was das Meer will, wird das Meer bekommen.

In meinem Kopf dreht sich alles, und ich schwanke. Lex' Arm liegt plötzlich fest um meine Taille.

»Ich war mit Jude zusammen«, erzählt er mir. »Im Garten. Und ich habe dich mit jemandem reden hören.«

»Ich erinnere mich nicht«, sage ich zu ihm. »Ich erinnere mich an nichts.«

Wie ich hierhergekommen bin.

Woher der Lavendel kommt.

Lex mustert die roten Worte. Sein Taschenlampenstrahl gleitet über jeden blutigen Buchstaben. »Das ist deine Mutter, nicht wahr?«, fragt er, und ich nicke. »Komm schon«, sagt er. »Lass uns hier verschwinden.«

Lex führt mich zurück zu meiner Hütte. »Ich bleibe heute Nacht bei dir«, verspricht er, während er mich die Stufen halb hinaufschleppt, halb trägt.

Eins.

Zwei.

Drei.

»Das musst du nicht tun, Lex.«

»Es ist beschlossene Sache«, sagt er fest. »Ich hätte dich heute Abend gar nicht allein lassen dürfen.« Am Klang seiner Stimme erkenne ich, dass es keinen Sinn hat, mit ihm zu diskutieren, also lasse ich zu, dass Lex mich an der Hand nimmt und leise die Tür öffnet.

Wir schleichen auf Zehenspitzen zu meiner unten liegenden Koje, ziehen unsere Schuhe aus und schlüpfen gemeinsam unter die Decke, wobei wir beide noch angezogen sind.

»Sprich mit mir, Av.« Lex' Stimme ist leise in meinem Ohr. Zart und sanft. »Bitte.« Der Klang dieser Worte bricht eine verschlossene Stelle in mir auf.

»Die ganze Zeit habe ich geglaubt, dass es ein Unfall war.« Ich starre auf die Koje über mir. Ich flüstere. Aber meine Worte kommen mir in der stillen Hütte immer noch zu laut vor. Meine Kehle ist heiser. »Was mit meiner Mutter passiert ist. Und mit mir.« Ich drehe mich um und blicke Lex an, weil ich seine Augen in der Dunkelheit sehen muss. »Aber das war eine Lüge.«

Eine Lüge, die mir mein Vater erzählt hat.

»Die Leute glauben, sie sei ins Wasser gegangen, weil das Meer sie gerufen hat. Das hat Jude gesagt.« Lex spricht den nächsten Teil nicht aus, aber ich spüre, dass er zwischen uns in der Luft hängt.

»Und sie hat versucht, mich mitzunehmen.«

Er nickt, dicht genug bei mir, dass ich den Kuss seines roten Haares auf meiner Stirn spüre. »So lautet die Geschichte.«

Als ich mich das erste Mal an die kalte Hand an meinem Handgelenk erinnerte, dachte ich – setzte ich voraus –, dass es die Hand meiner Mutter war und dass sie versucht hatte, mich zu retten. Uns beide zu retten. Aber was wäre, wenn sie stattdessen versucht hätte, mich mit in den Abgrund zu reißen?

Das passt zu den Bildern, die mir durch den Kopf gegangen sind. Diese seltsamen Erinnerungsfetzen, die in all diesen merkwürdigen Momenten an die Oberfläche gesprudelt sind.

Ich kann diese Geschichte eigentlich nicht glauben. Dass meine Mutter das Opfer eines Fluchs war. Oder was auch immer.

Aber ich will auch nicht glauben, dass meine Mutter ganz allein die Entscheidung getroffen hat, meine Hand zu halten und in einer stürmischen Sommernacht in den Long Island Sound zu laufen.

Das ist alles zu viel. Ich möchte noch mehr weinen. Oder schreien. Etwas treten und schlagen. Aber ich kann nicht. Weil ich wieder gefühllos bin. Kalt.

Leer.

Zittere.

Ich spüre, wie sich Lex' Arme um mich legen. Er umgibt mich mit der Wärme seines Körpers. So fest und echt und stark. Und nur zu wissen, dass er da ist – mein bester Freund – und die Dunkelheit mit mir teilt, spendet mir so viel Trost.

Das hält mich allerdings nicht davon ab, mich später in der Nacht aus dem Bett zu schleichen. Es hält mich nicht davon ab, zum Fenster zu gehen.

Und es verhindert nicht den Schock, der mich durchfährt, als ich die Gestalt sehe, die sich im Mondlicht bewegt. Durch den Nebel raunt.

Diesmal ist es aber nicht meine Mutter.

Es ist Cole.

Ich beobachte ihn, wie er das schlammige Feld vom Farmhaus zu unserer Hütte überquert, und als ich zur Tür schleiche und sie leicht öffne, sitzt er dort auf den vorderen Stufen, den Rücken gegen die Kälte gekrümmt. Dunkles Haar klebt ihm an der Stirn.

»Ich konnte nicht schlafen«, sagt er, ohne den Kopf zu drehen, um hinter sich zu sehen. »Also dachte ich mir, ich könnte genauso gut hier sitzen wie irgendwo anders.«

Ich trete hinaus auf die Veranda. Berühre sein feuchtes Haar. Dann lasse ich mich auf der Stufe neben ihm nieder. Ich lege meine Hand in seine.

Cole sieht mich nicht an. Seine Augen suchen den Nebel ab. »Du musst nicht aufbleiben«, sagt er. »Geh ins Bett.«

»Nein.« Ich schüttle den Kopf. »Ich bleibe heute Nacht bei dir sitzen.«

Denn nur so können wir uns gegenseitig retten.

AKT II: SZENE 6

Cole und ich sitzen zusammen in der dunkelsten, kältesten Zeit der Nacht. Seite an Seite. Bis die Sonne aufzugehen beginnt. Es ist Sonntag, unser freier Tag. Sobald sich der Nebel lichtet, sagt Cole, ich solle ins Bett gehen. Ich will ihn nicht allein lassen, aber ich kann kaum die Augen offen halten. Also krabble ich zu Lex unter die Decke, und er zieht mich in seine Arme, ohne auch nur die Augen zu öffnen. Ich schlafe dort ein, zusammengerollt in seiner Schulterbeuge.

Als ich wieder aufwache, steht die Sonne schon hell vor dem Fenster. Einige der anderen Mädchen schlafen noch. Aber Lex ist weg.

Und ich bin sicher, Cole ebenfalls.

Wir wollen mittags alle zusammen essen gehen. Ich, Jude, Lex, Val und Cole. Jude hat die Erlaubnis von Willa, den Wagen zu benutzen. Er will, dass wir ein Fischrestaurant ausprobieren.

Ich drehe mich um und greife nach meinem Handy. Es ist fast zehn Uhr, also habe ich noch etwa zwei Stunden Zeit. Ich beschließe, eine Dusche zu nehmen und dann einen ruhigen Ort zu finden, um meinen Text durchzugehen. Morgen fangen wir mit neuen Szenen an, und ich will vorbereitet sein.

Ich mache mich frisch und gehe zurück zum versteckten Theater. Vielleicht liegt es daran, dass ich unterschwellig hoffe, dass Cole wieder dort sein wird. Aber es liegt auch daran, dass ich die Art und Weise mag, wie dieser kleine Raum fast ein Teil des Baumes ist. Dass er von allem anderen in Whisper Cove getrennt ist.

Ich öffne meine Tasche, um mein Skript herauszuholen, werde aber durch den Anblick des Notizbuchs meiner Mutter abgelenkt. Ich ziehe es heraus und blättere es durch, studiere jeden Eintrag. Ich bin auf der Suche nach einem möglichen Anhaltspunkt. Etwas, das erklären könnte, warum sie getan hat, was sie getan hat. Aber es ist so schwer. Die Seiten sind überfüllt mit Notizen und Kritzeleien. Und die meisten der gekrickelten Sätze sind unmöglich zu entziffern. An den Rändern sind wahllos Wörter hingekritzelt.

Brauche mehr.

Nicht genug Gefühl.

Zu viel.

Schauspielernotizen? Vielleicht? Wahrscheinlich. Aber was, wenn sie etwas Dunkleres bedeuten? Ich kann nicht sagen, was Sinn ergibt und was meine Fantasie ist, die die Lücken füllt.

Ich blättere zu der Seite, die mir neulich Abend aufgefallen ist. Diese Worte sind wieder und wieder eingekreist, so oft, dass meine Mutter das Papier beinahe kaputt gemacht hat.

Wir wissen, was wir sind, aber nicht, was wir werden können.

Ich flüstere die Worte laut vor mich hin, und die Blätter des Baumes scheinen sie zurückzuflüstern.

Aber sonst sticht mir nichts ins Auge. Zumindest nicht, bis ich die allerletzte Seite aufschlage, auf der meine Mutter jemals geschrieben hat. Sie ist auf den 22. August datiert.

Es sind die Ausrufezeichen, die meine Aufmerksamkeit wecken. Es sind drei an der Zahl. Aber es ist auch die Art, wie angespannt die Buchstaben wirken. Sie sind kantiger und verzweifelter als die anderen.

B.C. – Finde heraus, wie du es beenden kannst!!!

Ich starre auf die Worte und kann mir zunächst nicht erklären, was sie wohl bedeuten könnten. Mein Gehirn gibt Hunderte von Möglichkeiten vor, aber keine davon ergibt einen Sinn.

Dann fühle ich mich plötzlich flau. Benommen und übel. Denn mir wird klar, dass es hier nur einen B.C. gibt. Jeder weiß das.

Brody Culver.

Ich denke an das Bild an der Wand in seinem Büro. Die Art, wie meine Mutter ihn ansah. Immer lächelnd. Lachend. Mit ihrer Hand auf seinem Arm.

Ich weiß noch, wie er mir selbst sagte, dass er wollte, dass sie bleibt. Wie er dastand und auf ihr Foto starrte, selbst nachdem ich gegangen war. Dieser Blick in seinem Gesicht.

Ach du Scheiße! Bitte lass das nicht das bedeuten, was ich denke, dass es bedeutet.

Bevor ich es mir ausreden kann, greife ich in meinen Rucksack und ziehe mein Telefon heraus. Dad nimmt gleich beim ersten Klingeln ab, und es ist seltsam, seine Stimme zu hören. Wir haben ein paarmal SMS geschrieben, aber ich habe nicht mehr mit ihm gesprochen, seit er mich am Flughafen in Dallas abgesetzt hat. Das war vor sechs Tagen und einem ganzen Leben.

»Alles in Ordnung?«, fragt er, nachdem ich ihn begrüßt habe. Seine Stimme ist angespannt. Er ist besorgt. Das merke ich. Er hat Angst, dass er recht behält. Dass dies keine gute Idee war.

Aber das werde ich ihm auf keinen Fall gönnen.

»Hattet ihr, du und Mom, in jenem Sommer Probleme?« Am anderen Ende der Leitung herrscht einige Augenblicke lang fassungsloses Schweigen. »Dad?«

»Ich bin hier«, sagt er. Aber seine Stimme klingt, als wäre er es vielleicht gar nicht.

»Sind wir deshalb hierhergekommen, ich und Mom?« Ich zögere, aber ich kann nicht widerstehen, das Messer noch ein wenig zu drehen. »Hat sie versucht, von dir wegzukommen?«

Er murmelt etwas vor sich hin. Etwas auf Französisch, das ich nicht ganz verstehe. Dann sagt er: »Sie hat vor allem versucht, sich selbst zu entkommen, glaube ich.« Am anderen Ende des Telefons herrscht wieder einen langen Moment lang Schweigen. »Aber wir hatten Probleme, ja.«

»Warum hast du mir das nie gesagt?«, frage ich.

»Warum sollte ich das tun?« Er klingt aufrichtig verwirrt. Und das ist so ziemlich das, was unsere Beziehung ausmacht. Zwei, die sich ständig verstecken und versuchen, mit dem jeweils anderen zu leben. »Hat *sie* dir das gesagt?«, fragt er. Und ich brauche nicht zu fragen, wen er mit *sie* meint. In seiner Stimme liegt ein Tonfall, der mich an den Gesichtsausdruck von Willa erinnert, als ich meinen Vater erwähnte. Es ist das stimmliche Äquivalent eines Stirnrunzelns.

»Ja«, sage ich. »Sie hat mir eine Menge Dinge erzählt, die ich nicht über Mom wusste.«

»Hat sie dir gesagt, dass deine Mutter vorhatte, nicht nach Hause zurückzukommen?« In seiner Stimme liegt eine Bitterkeit, wie ich sie noch nie gehört habe, und das verwirrt mich ein wenig, weil es den Anschein erweckt, als hätte er sich wirklich Sorgen gemacht.

»Wie meinst du das?«, frage ich.

»Sie rief mich an, kurz bevor …« Er hält inne. Scheint ein wenig zurückzurudern. »Kurz bevor sie starb. Und sie sagte, sie würde nicht zurückkommen. Dass sie dort oben bleiben würde.«

Sie.

Aber er meint *uns*. Oder?

Auch hier bin ich nur ein nachträglicher Gedanke. Er schien nie zu verstehen, dass ich ein Teil dieser Gleichung bin. Dass ich eine reale Person bin, und selbst wenn ich mich nicht daran erinnern kann, hat das, was in jenem Sommer hier oben passiert ist, mein Leben in hohem Maße beeinflusst.

»Hat sie gesagt, warum?«, frage ich ihn.

»Ich glaube, sie hatte jemanden kennengelernt, Avril. Das ist alles, was ich herausfinden konnte. Wir hatten nie die Gelegenheit, darüber zu sprechen.«

Und da ist es. Ich brauchte ihn nicht einmal zu fragen.

Meine Mutter hatte jemanden kennengelernt. Jemanden, mit dem sie neu anfangen wollte. Jemanden, für den es sich lohnte wegzugehen.

Ich schätze, am Ende hat sie keinen Weg gefunden, es mit B.C. zu beenden, also hat sie es stattdessen mit meinem Vater beendet.

Vielleicht hatte sie beschlossen, dass sie endlich bereit war, *zu werden.*

»Ich muss los«, sage ich, und ich höre, wie mein Vater etwas sagt, aber mein Finger beendet bereits das Gespräch.

Meine Beine fühlen sich komisch an, und ich lasse mich gegen den riesigen Baum sinken. Es ist heiß heute. Und ich schwitze.

Meine Mutter hatte eine Affäre mit Brody Culver.

Dem Ehemann ihrer besten Freundin.

Ich zucke zusammen, als ich das Hupen des Lieferwagens höre. Es kann nicht schon Mittag sein, aber ich schaue auf meinem Handy nach, und es ist so weit. Ich packe mein Skript und das Notizbuch meiner Mutter wieder in meine Tasche und eile über den Rasen zu der Stelle, wo Jude den Lieferwagen vor dem großen gelben Farmhaus geparkt hat.

Lex sitzt bereits auf dem Beifahrersitz neben Jude, und er

wirft mir einen besorgten Blick zu, als ich einsteige. Ich zeige jedoch mein schönstes Lächeln, um zu beweisen, dass es mir gut geht. Denn er hat es verdient, seinen freien Tag zu genießen. Ohne sich Sorgen um mich zu machen.

Val sitzt auf dem mittleren Sitz. Sie hat ihren Rucksack und ihren Pullover ausgebreitet, also ist für mich nur noch Platz auf der Rückbank. Neben Cole. Val zwinkert mir nicht gerade subtil zu, und ich weiß, dass alles absichtlich so arrangiert worden ist.

Ich denke an letzte Nacht. An Coles Atem auf meiner Haut. Wie sich seine Finger in meinem Haar verfangen haben.

»Hey«, sagt er, als ich mich neben ihn setze. Dann senkt er seine Stimme auf ein Flüstern. »Konntest du schlafen?« Ich sehe aus dem Fenster und spüre seine Hand auf meinem Oberschenkel. Der Druck von Haut auf Haut.

Mein Magen krampft sich zusammen. Das ist es, was wir jetzt sind. Wir sind zwei Menschen, die sich gegenseitig berühren. So wie jetzt. Und das scheint so seltsam. Aber auch so absolut richtig.

Es fühlt sich an, als wäre es unvermeidlich.

»Ja«, sage ich.

Ich sollte ihm erzählen, was passiert ist, bevor er auf den Stufen vor dem Haus Wache gehalten hat. Aber ich tue es nicht, weil ich immer noch nicht weiß, was das war.

Wie bin ich hinter der Kulissenwerkstatt gelandet, wo ich doch eben erst von der Hüttenveranda hinuntergestiegen war?

Und ich sollte ihm erzählen, was ich gerade im Notizbuch meiner Mutter gelesen habe. Über B.C.

Aber ich kann es nicht. Wie soll ich sagen, dass ich gerade herausgefunden habe, dass meine Mutter eine Affäre mit seinem Vater hatte?

Ich schiebe das alles weg. Denn ich brauche heute Nachmittag einfach eine Pause von allem. Ein bisschen Meeresfrüchte und Sonnenschein.

Etwas Normales.

Wir fahren jetzt die lange, gewundene Auffahrt hinunter in Richtung Hauptstraße. Kaum zu glauben, dass es heute erst eine Woche her ist, dass ich Whisper Cove zum ersten Mal gesehen habe, an jenem Abend, als Jude mich vom Bahnhof abholte. Es kommt mir vor, als wäre ich schon immer hier gewesen.

George stellt ein Schild am Haupteingang auf. MIDNIGHT MUSIC steht darauf. 18. JULI, 19:00 UHR. KARTENVORVERKAUF AB SOFORT!

Unsere Show. Mit mir in der Hauptrolle als Eden. Nur noch drei Wochen.

»Er ist mir irgendwie unheimlich«, gibt Val zu. »Die Art, wie er uns immer beobachtet.«

»George ist gar nicht so übel«, sagt Jude. »Wusstet ihr, dass er mit Jimmy Buffett befreundet ist? Die haben mal zusammen abgehangen und so.«

»Mit wem?«, fragt Lex.

»Ernsthaft, Lex?« Val schüttelt den Kopf.

Es dauert nur ein paar Minuten, bis wir das Restaurant erreichen, eine kleine Hütte in der Nähe des Theaters. ANSONS HUMMER, steht auf dem Schild. Es liegt direkt am Wasser, und auf dem Parkplatz werden wir von einem zwei Meter großen, leuchtend roten Krustentier begrüßt. Es ist aus Sperrholz ausgesägt, sein Arm ist in einem dauerhaften Winken eingefroren, und es sieht furchtbar fröhlich aus, wenn man bedenkt, dass es den ganzen Tag über die Ermordung seiner Verwandten wacht.

»Hast du schon mal Hummer gegessen?«, fragt Cole mich, als wir aus dem Wagen steigen.

»Ja.« Ich verdrehe die Augen, denn ich komme aus Dallas. Nicht vom Mars. »Es gibt ein Red Lobster zwei Minuten von unserer Wohnung entfernt.«

Er lacht laut, und es fällt mir wieder auf, wie sehr ich den Klang dieses Lachens liebe. Es ist tief und echt und offen. »Glaub mir«, sagt er. »Das zählt nicht.«

Wir warten in der Schlange, um unsere Bestellung aufzugeben. Ich entscheide mich für ein heißes Hummerbrötchen und Muschelsuppe, und wir versammeln uns alle an einem Picknicktisch direkt am Wasser.

Val lehnt sich an mich. Ihr Kopf liegt faul an meiner Schulter. Und es fühlt sich so gut an. »Mein Gott«, sagt sie. »Könnte dieser Ort noch perfekter sein? Dieser ganze Sommer ist wie eine verdammte Postkarte.«

Jude hat seinen Arm um Lex gelegt, und Lex sieht so glücklich und entspannt aus. Sie machen Selfies. Die beiden mit breitem Lächeln und Sonnenbrillen. Große, bunte Segelboote im Hintergrund. Ich bin ein wenig traurig, als ich mich frage, was in drei Wochen mit ihnen passiert. Aber ich verdränge diesen Gedanken aus meinem Kopf. Ich will nicht darüber nachdenken.

Ich will nicht darüber nachdenken, was mit irgendwem von uns passiert, wenn das hier endet.

Noch nicht. Heute geht es darum, im Moment zu leben.

Jude geht auf die Toilette, und eine knackende Stimme ertönt aus dem Lautsprecher. »Nummer siebenundzwanzig.«

»Das sind wir«, sagt Cole und steht auf, um unsere Bestellung zu holen. Val bietet ihm an, ihm zu helfen. Als sie sehen, wie lang die Schlange vor dem Abholfenster ist, sieht Cole mich an und zuckt mit den Schultern.

Lex rutscht auf den Sitz neben mir und nimmt Coles Platz ein.

»Wie geht es dir heute?«, fragt er mich. Seine Stimme ist leise, und seine blauen Augen sind besorgt.

»Das kommt darauf an«, necke ich ihn. »Wirst du deine Muschelstreifen mit mir teilen?« Aber er lässt mich nicht damit davonkommen.

»Was hast du da hinten gemacht, Av? Gestern Abend?«

»Keine Ahnung«, sage ich ihm. »Ich bin einfach irgendwie dort gelandet.« Er sieht mich mit so viel offensichtlicher Besorgnis an, dass ich ihm alles erzählen möchte.

»Bist du geschlafwandelt?«

Ich zucke mit den Schultern. »Eigentlich nicht. Ich glaube nicht, dass ich geschlafen habe.« Er starrt mich an. »Ich habe mich einfach verlaufen, schätze ich.«

»Av …«

»Wie läuft es mit dir und Jude?« Ich stupse ihn mit der Schulter an, und er wird so rot wie der große Sperrholzhummer vor der Tür.

»Gut«, sagt er. Sein Lächeln breitet sich über sein ganzes Gesicht aus, und ich weiß, dass er dabei an Judes lockere, dunkle Locken und sein leichtes Grinsen denkt. »Wirklich gut. So etwas habe ich noch nie gehabt. Ach Scheiße. Ich habe überhaupt noch nie etwas gehabt.« Er zögert. »Nicht seit Sam.«

Und bumm. Das war's. Die Namensnennung, auf die ich die ganze Woche gewartet habe. Ich wusste, dass es jemanden gab.

»Wer ist Sam?« frage ich ihn. »Ein Verflossener?«

»Nein«, entgegnet Lex. »Kann man nicht so sagen. Nur ein Typ, den ich kannte.« Aber der Blick in seinen Augen verrät mir etwas anderes. »Er ist jetzt auf dem College. Irgendwo in Mississippi.« Lex holt tief Luft. »Er war im letzten Jahr, als ich im zweiten Jahr war, und wir saßen nach Footballspielen und so stundenlang in seinem Truck und hörten Musik.«

»Und?«, hake ich nach.

»Und das war's«, gibt Lex zu. »Es ist nie etwas passiert. Ich meine, wir haben viel geflirtet. Aber es ging nie weiter als das. Nicht ein einziger Kuss. Wir haben nicht einmal Händchen gehalten.« Er seufzt. »Aber, Gott. So, wie wir geredet haben. Ich habe noch nie mit jemandem so geredet.«

»Warst du in ihn verliebt?«, frage ich.

»Ich denke schon.« Lex zuckt mit den Schultern. »Aber woher soll man das wissen, wenn man so etwas noch nie gefühlt hat?« Er mopst einen meiner Austerncracker. Zermalmt ihn zwischen den Zähnen. »In jenem Sommer, nachdem Sam seinen Abschluss gemacht hatte und weggezogen war, habe ich auf der Party eines Freundes im Hinterzimmer mit irgendeinem Typen von außerhalb rumgemacht. Es war schrecklich, aber es war mein erstes Mal.« Er seufzt. »Scheiße! Ich erinnere mich nicht mal mehr an seinen Namen. Dylan, vielleicht. Oder so was in der Art.«

»Du schreibst also diesen Sommer eine neue Geschichte«, sage ich, und Lex nickt.

»Und vielleicht stellt sich heraus, dass es eine Liebesgeschichte ist«, sagt er zu mir. »Vielleicht wird es aber auch nur eine lustige Geschichte. So oder so. Ich werde es auf jeden Fall herausfinden.« Er sieht mich an. »Was ist mit dir?«

Ich drehe mich um, um nach Cole zu sehen. Er und Val warten immer noch in der Schlange.

»Ich hatte noch nie eine Liebesgeschichte«, sage ich. »Nicht einmal eine traurige.«

Lex zieht eine rote Augenbraue in meine Richtung hoch. »Dann wird es Zeit, dass du eine richtige Liebesgeschichte bekommst, Avril. Du verdienst eine.«

Das bringt mich zum Lächeln, aber ich fühle mich auch unbehaglich. Denn ich bin nicht bereit, mich auf solche Gefühle einzulassen. Lex sieht mich immer noch an, und ich erinnere mich daran, wie er mich letzte Nacht im Nebel gefunden und nach Hause gebracht hat. Wie er sich neben mir zusammenrollte und mich festhielt. »Du kannst meine Liebesgeschichte sein«, stichle ich, und Lex grinst von einem Ohr zum anderen. Aber es stimmt ja auch. Ich bin schon so verliebt in ihn.

Ich weiß aber, dass er das nicht meint.

Ich schaue wieder zu Cole, und er lächelt in meine Richtung. Fährt mit den Fingern durch die dunklen Wellen. Mir wird flau im Magen. Ich kann nicht aufhören, an seine Finger in meinem Haar zu denken.

Lex kichert. »Hast du ihn schon geküsst?«, flüstert er, und ich schüttle den Kopf.

»Nicht wirklich.« Aber ich spüre das Anreißen eines Streichholzes. Mein Gesicht errötet. Ich denke an die letzte Nacht. Im versteckten Theater. Meine Lippen auf Coles Hals.

»Meine Güte«, sagt Lex und rollt mit den Augen. »Küss ihn einfach, verdammt noch mal!« Seine Augen werden wieder dunkel. Aber dieses Mal weiß ich, dass es der Schatten von Sam ist, den ich sehe. »Du wirst dich später doch nicht fragen wollen.« Er schüttelt den Kopf. »Vertrau mir. Es sind die Was-wäre-wenns, die dich umbringen werden.«

Cole und Val kommen mit zwei riesigen Tabletts voller Essen zurück an unseren Tisch. Das Hummerbrötchen ist unglaublich. Cole hatte recht. Es hat nichts mit dem Red Lobster von daheim gemeinsam. Er bringt uns bei, wie man gedämpfte Venus- und Miesmuscheln isst. Jude wedelt mit den Armen und beschimpft die Möwen. Und wir lachen alle in der Sonne, während uns die Butter vom Kinn tropft.

Wir verbringen den ganzen Nachmittag gemeinsam. Nur wir fünf. Hummer. Ein ausgedehnter alter Buchladen. Toffee aus dem Süßwarenladen in der Innenstadt. Und es ist so einfach, mir einzureden, dass alles in Ordnung ist.

Dass es nur das hier gibt. Nur diese Menschen. Nur dieses gute Gefühl. Gebrauchte Bücher und geschmolzene Schokolade.

Aber später, als wir zum Theater zurückkehren, holt Cole einen riesigen Seesack aus dem Kofferraum des Lieferwagens. Er wirft ihn sich über die Schulter und geht mit Lex und Jude in die Hütte.

»Hey!«, sage ich. »Wo willst du hin?« Er dreht sich um und sieht mich an.

»Ich dachte mir, wenn ich schon bei der Show mitmache, sollte ich auch mit den anderen Schauspielern zusammenwohnen. Stimmt's?«

Ich blinzle ihn an. Er grinst, aber ich kenne die Wahrheit. Er hat Angst.

Er hat Angst um mich. Und er will in meiner Nähe sein.

»Ja«, sage ich. »Sicher. Logisch.«

Ich warte auf der Treppe, während er sich eine leere Koje aussucht und sich einrichtet. Ich freue mich, ihn direkt neben mir zu haben. Aber es gefällt mir nicht, dass er sich Sorgen um mich macht.

In diesen Tagen scheint sich jeder Sorgen um mich zu machen.

»Tja«, verkündet Cole, als er mit dem Auspacken fertig ist, »die Hütten sind noch beschissener, als ich sie in Erinnerung hatte.« Ich lache, weil sie wirklich schrecklich sind, und er lächelt mich an. »Aber die Nachbarn sind toll.«

»Ich bin sicher, dein Haus ist viel schöner.«

Er zuckt mit den Schultern. »Es ist okay. Nichts Ausgefallenes.« Ich versuche mir plötzlich vorzustellen, wie Willas Haus aussehen könnte – und gleichzeitig versuche ich, mir nicht vorzustellen, wie Coles Schlafzimmer wohl ist.

Ich spüre, wie mein Gesicht rot wird.

»Willst du es sehen?«, fragt er. Und ich starre ihn nur an. »Mein Haus. Willst du sehen, wo ich wohne?«

»Ja«, sage ich. »Klar.« Und ich spüre, wie mein Puls zu rasen beginnt.

Cole grinst mich an. »Dann komm. Wir haben noch etwas Zeit bis zum Abendessen.«

Er führt mich über das Feld und hinter dem Bauernhaus vorbei. Dann geht er den Rasen hinunter. Ich denke, dass wir vielleicht in Richtung Strand gehen, aber dann biegt Cole nach rechts ab, in Richtung der Baumgrenze des dichten Waldes, der am Rande des Grundstücks verläuft.

»Hier durch«, sagt er über seine Schulter. »Es ist nicht weit, aber es ist ziemlich steil.«

Ich tauche in den Wald ein, und sofort ist es dunkel und schattig. Ein ausgetretener Fußweg führt vom Bauernhaus weg und tiefer zwischen die Bäume hinein. Und dann steigt er an. Er ist steil und felsig, und ich trage Flip-Flops. Ein- oder zweimal greift Cole wortlos nach hinten, um mir zu helfen.

Ein paar Minuten später, als ich gerade anfange zu denken, dass ich ein Idiot bin und er mich in den Wald gelockt hat, um mich zu ermorden, erreichen wir eine Lichtung hinter einem großen alten zweistöckigen Haus. Es ist quadratisch, mit Holzverkleidung und einer einladenden Veranda. Überquellende Kübel mit rosa und lila Blumen stehen am Geländer, und ein paar Katzen sitzen auf verwitterten Korbmöbeln.

»Ist es das?«, frage ich ihn, und er nickt.

»Home, sweet home. Als meine Mutter und mein Vater das Theater in Whisper Cove gründeten, noch bevor ich geboren wurde, kauften sie dieses Haus, damit sie direkt nebenan sein konnten. Damals haben sie beide lange Tage und Nächte geschuftet.« Er hält inne, bückt sich und krault eine graue Katze, die um seine Füße streicht. »Es hat sich nicht viel geändert.

Mein Vater verbringt immer noch mehr Zeit in seinem Büro als hier.«

Plötzlich denke ich wieder an diese Initialen im Notizbuch meiner Mutter.

B.C.

Und ich habe Angst, Brody Culver zu begegnen.

Cole geht jedoch nicht auf das Haus zu. Stattdessen gehen wir hinunter zu einem hohen Sichtschutzzaun am unteren Ende des Gartens. Er öffnet ein rostiges Vorhängeschloss mit einem lauten *Klick*. »Meine Mutter hat keine Ahnung, dass das Schloss kaputt ist. Das wird also ein Geheimnis bleiben müssen«, warnt er mich. »Das bleibt unter uns.« Ich werfe einen Blick zurück in Richtung Haus. Das Letzte, was ich will, ist Willa zu verärgern. »Mach dir keine Sorgen«, sagt er. »Sie sind heute beide mit wichtigen Freunden in der Stadt.«

Als das Tor aufschwingt, bleibe ich kurz stehen und hole tief Luft. Cole führt mich hindurch und schließt das Tor hinter uns. Meine Knie werden weich. Ich gehe ein paar Schritte zurück und drücke mich gegen das Holz des Zauns. Denn wir stehen an der Spitze einer steilen Klippe. Es geht steil hinunter ins Wasser. Und ich habe noch nie Höhenangst gehabt.

Aber dieses aufgewühlte Wasser.

»Hoppla.« Cole streckt eine Hand aus, um mich zu beruhigen. »Schon gut. Ich hab dich.« Ich lasse mich von ihm zu einer rostigen Gartenbank führen, wo wir uns zusammen hinsetzen können.

»Deine Mutter hat den Sichtschutz errichtet«, sage ich, sobald ich meine Stimme wiederfinde, »und das Tor? Nachdem meine Mutter …«

Cole nickt. »Ich war noch klein. Und ich glaube, es hat ihr Angst gemacht, weißt du? Dieser tiefe Sturz ins Meer.«

»Warum hast du mich hierhergebracht?«

»Aus zwei Gründen.« Er hat seinen Blick nicht von mir abgewandt. »Erstens wollte ich nur, dass du es siehst.« Ich werfe einen flüchtigen Blick auf den Rand der Klippe. Den abrupten Abfall zu den Wellen darunter. »Es ist unglaublich, nicht wahr?« Er beobachtet mein Gesicht so aufmerksam. »Aber auch, weil ich mich letzte Nacht an etwas erinnert habe.« Er hebt ein Spielzeugboot auf, das neben der Bank im Gras liegt. Es ist einfach. Eindeutig selbst gemacht. Nur ein kleines Stück Holz, keilförmig zurechtgeschnitten. Es ist blau und weiß gestrichen, und an einem Mast aus Trinkhalm ist ein kleines Segel befestigt. »Erinnerst du dich daran, dass wir hier oben waren? In jenem Sommer?«

Ich schüttle den Kopf.

»Hier.« Er reicht mir das kleine Holzspielzeug. »Die Flut ist auf dem Weg nach draußen. Wir müssen es jetzt tun.«

»Was jetzt tun?« Ich bin so verwirrt.

»Dieses hier habe ich gemacht, aber als ich klein war, hat mein Vater sie für mich gebastelt. Aus kleinen Holzstücken, die er aus der Kulissenwerkstatt gestohlen hatte. Ich habe es geliebt, sie hier von der Klippe zu werfen und sie später am Strand von Whisper Cove wieder aufzulesen.« Er sieht auf einmal verlegen aus. »Ich dachte, es würde dir helfen, dich zu erinnern.«

»Wovon redest du?«

Er lacht, und es ist magisch, wie ich mich dabei fühle. »Wirf es einfach«, sagt Cole, also hole ich mit meinem Arm aus und lasse das kleine Boot fliegen. Es segelt durch die Luft und landet im Wasser am Fuß der Klippe. Ich sehe zu, wie es aufs Meer hinausgesogen wird. Und dann ist es weg.

»Komm schon.« Er ergreift meine Hand.

»Wohin gehen wir?«

Er lacht wieder. »Dein Boot zurückholen.«

Er zerrt mich durch das Tor und schließt es hinter uns.

Wir gehen auf den Wald zu, aber diesmal nehmen wir einen anderen Weg. Dieser ist weniger ausgetreten, und wir nähern uns dem Rand der Klippe. Die Wellen sind lauter als zuvor.

Ich versuche, mit ihm Schritt zu halten, aber Cole bewegt sich über den Boden wie eine wilde Kreatur. Er ist hier zu Hause.

Ich stolpere über einen großen losen Stein. Als ich aufstehe, um Cole zuzurufen, dass er warten soll, sehe ich mich um, und überall sind Felsen.

Nein.

Keine Felsen. Steine.

Alle haben die gleiche Größe und Form. Abgenutzt von Wind und Wetter.

Sie sind in ordentlichen Reihen angeordnet. Es ist alles überwuchert, deshalb ist es schwer zu erkennen. Aber wenn man genau hinsieht, kann man das Muster noch erkennen. Sie erinnern mich an einen Mund voller abgebrochener Zähne.

»Cole.«

Er ist zu weit vor mir, um mich zu hören.

Ich bahne mir einen Weg um die umgestürzten Steine herum. Ich beeile mich, aufzuholen. Ich darf nicht zurückblicken.

Wir treten gemeinsam aus der Dunkelheit des Waldes an den Strand von Whisper Cove. Es dämmert, und der Himmel ist rosa. Das Meer ist rosa. Alles ist rosa und perfekt. Wir sollten uns auf den Weg zum Abendessen machen, aber stattdessen ziehen wir unsere Schuhe aus und stellen uns Fuß an Fuß in den Sand. Der Wind zerrt an unseren Haaren, und das Salz brennt auf unseren Lippen.

Cole zieht sein Hemd über den Kopf und lässt es in den Sand fallen. Er geht auf das Wasser zu, dreht sich um und hält mir eine Hand hin. Ich schlüpfe aus meinem T-Shirt und meinen Shorts, und er starrt mich eine Minute lang an. Ich stehe da in meinem BH und meiner Unterwäsche, aber ich fühle mich so nackt. Ich gehe zu ihm und nehme seine Hand. Denn ich brauche diesen Kontakt.

Cole ist mein Anker. Er erdet mich.

Cole wird nicht zulassen, dass ich verloren gehe.

Wir gehen gemeinsam ins Meer. Die Brandung ist kalt und lässt mich nach Luft schnappen. Er lacht und legt seinen Arm um mich, und er ist jetzt so nah, dass ich es fast nicht mehr aushalte. Ich spüre die Wellen an meinen Schenkeln.

Eisiges Wasser.

Heißer Atem.

Ich fühle mich schwindelig und trunken, und das macht mich frech.

»Vertraust du mir?«, stichle ich.

Er nickt, und ich beuge mich vor, lege meine Hände auf beide Seiten seines Gesichts und ziehe ihn zu mir heran.

Doch dann lacht er und entwindet sich mir.

Cole taucht unter die Oberfläche, und ich folge ihm. Es ist dunkel und kalt und wunderschön unter dem Sund. Wir tauchen zur gleichen Zeit auf und lachen beide. Wischen uns Meerwassertränen von den Wangen.

Dann beginnt er zu schwimmen, und ich folge ihm wieder.

Wir schwimmen auf die Horizontlinie zu. Die Muskeln brennen, die Lunge schmerzt. Die Kälte sitzt in unseren Knochen, als hätte sie es sich dort gemütlich gemacht.

Wir schwimmen weiter raus, als ich in der ersten Nacht geschwommen bin. Vorbei an der Schwimminsel. Und an den Sicherheitsbojen. Sogar am Leuchtturm vorbei. Bis die Uferkurve von Whisper Cove mehr wie eine Erinnerung als ein Ort erscheint.

Und dann schweben wir. Auf dem Rücken. Mit ineinander verschränkten Fingern. Wir kämpfen nicht dagegen an.

Und die Strömung trägt uns direkt zurück ans Ufer.

Den ganzen Weg zurück nach Whisper Cove. Als ob sie wollte, dass wir dort sind.

Wir sitzen lange zusammen im Sand, der noch warm von der Sonne ist. Wir schreiben unsere Namen mit einem Stock. Ich habe den Drang, ein Herz um sie zu malen. Aber ich tue es nicht. Weil es mir albern vorkommt.

Cole findet das Boot für mich. Das, das ich von der Klippe geworfen habe. Es ist bereits an den Strand in der Nähe des Anlegers gespült worden. Der Mast und das Segel sind verschwunden. Vom Meer gestohlen. Aber der Rest ist unversehrt. Ganz. Er reicht es mir und beugt sich zu mir hinunter. Ich warte auf den Druck seiner Lippen. Aber ich spüre nur die sanfte Berührung seiner Finger. Er wischt mir das Meer aus den Augen. Das Salz von meiner Haut.

»Lass mich dich diesmal retten«, murmelt er.

Sein Mund ist so nah. Ich spüre unseren gemischten Atem.

Die Worte sind wie ein Kuss. Gepresst gegen meine Haut. Aber ich bin so hungrig nach der echten Sache, also ziehe ich ihn näher zu mir. Meine Hände auf seinen feuchten Wangen. Seine Daumen an meinen Hüftknochen. »Vertraust du mir?«, frage ich ihn erneut.

Jetzt wird es dunkel. Wir haben das Abendessen verpasst, gehen aber trotzdem nicht weg. Wir bleiben. Hände gleiten über nasse Haut. Über körnigen Sand.

Und dann kommt der Nebel.

Er rollt so schnell heran – so niedrig und dick –, dass ich nicht sagen kann, ob er vom Meer kommt oder aus dem Boden unter unseren Füßen aufsteigt.

»Wir müssen los«, sagt Cole, und wir ziehen uns an. Er ergreift meine Hand, und wir eilen zur Promenade. Aber ich stolpere über etwas, das im Sand vergraben ist. Diese Steinblöcke.

Sie bringen mich immer wieder zum Stolpern. Ich bücke mich und lege einen frei.

Cole beobachtet mich. »Fundamente«, sagt er. »Von dem alten Dorf. Die Gerippe ihrer Häuser sind noch da.«

Ich kann nicht aufhören zu starren.

Seit ich in Whisper Cove bin, bin ich über die Vergangenheit gestolpert.

Cole zieht mich zur Strandpromenade. An den Dünen vorbei. Quer durch den Sumpf. Den abfallenden Rasen hinauf. Er bewegt sich schnell. Fließt wie Wasser über den Boden. Und ich bewege mich mit ihm. Weil ich weiß, dass er mit dem Nebel rennt.

Als wir die kleinen blauen Hütten erreichen, holt er ein Stück Meerglas aus seiner Tasche. Rosa wie eine Muschel. Er wirft es in die Luft und fängt es mit seiner Hand auf. Dann drückt er es in meine Handfläche.

»Schlaf gut«, sagt er zu mir. »Ich bin gleich nebenan.« Er berührt mein Gesicht, fährt mit dem Daumen über meine Lippen. So sanft. Und ich möchte ihn so gerne küssen. Dieses verzweifelte Verlangen fühlt sich an, als würden Knochen brechen, aber ich habe plötzlich Angst.

Was ist, wenn ich zu viel fühle?

Cole beobachtet mich, bis ich hineingehe. Aber ich gehe nicht ins Bett. Stattdessen nehme ich die Taschenlampe, die unter Vals Bett liegt, und schleiche zurück in die Dunkelheit. Allein. Diesmal schlafwandle ich nicht. Es ist meine Entscheidung, mein Bett zu verlassen. Ich gebe die Sicherheit der kleinen blauen Hütte auf. Weil ich diesen Gedanken habe. Diese wilde Idee. Und ich muss es wissen. Ganz sicher.

Ich bewege mich auf die dichte Baumreihe am Rande des Grundstücks zu.

Die dicht gedrängten Bäume.

Es dauert eine Weile. Ich wandere ein wenig umher. Verirre mich. Aber schließlich finde ich diese Steine wieder. Die, über die ich zwischen Coles Haus und dem Strand gestolpert bin. Nur etwas ist anders. Sie stehen jetzt stramm im Nebel. Nicht zusammengesunken. Nicht schief. Sie sind nicht abgenutzt. Nicht umgestürzt und überwuchert.

Die sauberen Reihen sind leicht zu erkennen. Die Erdhügel.

Ich atme den Duft von frischer Erde ein. Neue Blumen markieren die Stelle. Und ich staune über die Unmöglichkeit des Ganzen.

Der kleine Friedhof erstrahlt im Mondlicht in neuem Glanz.

Ich bin mir nicht sicher, ob ich den Weg zurück durch den Wald finden kann, also nehme ich den Weg, den ich vorhin mit Cole genommen habe. Ich laufe oben an der Klippe entlang und dann bergab zum Strand von Whisper Cove. Und ich stehe auf dem Sand, während der Nebel um mich herumwirbelt.

Aber ich gehe nicht auf das Wasser zu, denn es ist schon jemand da.

Meine Mutter steht mit dem Rücken zu mir. Am Rande des Meeres. Sie ist wunderschön. Und still. Aber ich rufe ein Wort aus.

»Mama.«

Sie dreht sich um und sieht mich an. Verwirrung auf ihrem Gesicht.

Meinem Gesicht.

Jede von uns ist das perfekte Spiegelbild der anderen.

Weil das nicht meine Mutter ist.

Ich bin es.

AKT II: SZENE 7

»Wie weit würdet ihr gehen, um mit jemandem zusammen zu sein, den ihr liebt?«

Die Frage stellt Val uns am nächsten Morgen beim Frühstück. Es ist Montag. Der Beginn unserer zweiten Woche in Whisper Cove. Und ich starre mit müden Augen auf eine Schüssel mit Haferflocken, die ich nicht herunterbekomme.

Auf der anderen Seite des Tischs hat Jude seinen Arm um die Lehne von Lex' Stuhl gelegt. Die beiden haben sich durch Judes Obstbecher gelöffelt, aber jetzt richtet Lex seine Aufmerksamkeit auf Val.

»So weit, wie nötig«, sagt er, ohne zu zögern, und ich bewundere ihn für diese Gewissheit.

»Du würdest also tun, was Orion tut?«, fragt Val ihn. »Du würdest alles aufgeben? Nur um mit ihm zusammen zu sein?«

»Ja«, antwortet Lex, als wäre er verwirrt darüber, wie das überhaupt zur Debatte stehen könnte. »Natürlich.« Er grinst mich an und dann Jude. Ich kann förmlich sehen, wie er Liebe abstrahlt wie Hitzewellen, die im Sommer auf einem texanischen Highway aufsteigen. Und das ist wunderschön, denn er meint es offensichtlich ernst. So ist Lex nun mal. Er dreht sich wieder zu Val um. »Du etwa nicht?«

Val zuckt mit den Schultern und schluckt einen Löffel

Cheerios hinunter. »Ich weiß es nicht«, gesteht sie. »Ich möchte Nein sagen. Ich meine, ich glaube, ich würde es nicht tun.« Sie runzelt die Stirn. »Aber vielleicht war ich noch nie wirklich verliebt.«

Ich weiß, dass sie an Chester denkt. Sie waren in der letzten Woche öfter zusammen und wieder auseinander, als ich zählen kann. Im Moment glaube ich, dass sie wieder zusammen sind, aber ich bin mir nie ganz sicher. Und es ändert sich stündlich.

»Was wäre, wenn du dich unterwegs verirrst?« Ich hatte nicht vorgehabt, die Frage laut zu stellen, aber die Worte hingen über unserem Frühstückstisch.

Jude grinst. »Jeder verirrt sich manchmal etwas.« Er drückt Lex fest an sich. »Du musst dich nur von jemandem finden lassen.«

Ich sehe mich in der Cafeteria um. Ich hatte erwartet, dass Cole beim Frühstück auftauchen würde, jetzt, wo er in den Hütten wohnt, aber er ist nicht da. Und nach der letzten Nacht fühle ich mich so seltsam und abgekoppelt ohne ihn.

Nicht sicher.

Meine Beine sind mit Kratzern übersät von meinem nächtlichen Ausflug zum Friedhof. Aufgerissen von Dornen und Brombeeren. Ich bin mit Blut auf meinem Laken aufgewacht.

Alles nur eine verschwommene Erinnerung.

Aber ich kann diese Grabsteine immer noch sehen, perfekt und wieder aufrecht im Nebel.

Ich erinnere mich, dass ich mir selbst am Rande des Meeres begegnet bin.

Dennoch habe ich es aus dem Bett geschafft. Ich habe geduscht.

Ich habe Val Guten Morgen gesagt. Und Lex. Jude.

Ich bin zum Bauernhaus gegangen.

Habe mein Tablett gefüllt.

Jetzt tue ich so, als würde ich mein Frühstück zu mir nehmen.

Aber heute Morgen fühlt sich alles anders an. Nicht ganz richtig. Als würde ich eine vertraute Treppe hinaufsteigen. Ich zähle die Stufen. Und ich weiß, wie viele es sein sollten. Aber heute ist es eine mehr. Oder eine zu wenig. Deshalb fühlt sich alles falsch an. Ich hebe den Fuß, um den nächsten Schritt zu tun, und falle ins Nichts.

Wieder und wieder.

Weil ich es jetzt verstehe. Cole hat die Wahrheit gesagt. Whisper Cove ist anders als alle anderen Orte, an denen ich je war. Irgendetwas passiert hier. Im Nebel.

Etwas, das ich nicht verstehe.

Ich mogle mich durch den morgendlichen Kurs über Improvisationstechniken. Und beim Mittagessen gibt es immer noch keine Spur von Cole.

Als ich mich bei Glory zur Arbeit melde, schickt sie mich in die Werkstatt, um nach einem Hammer zu suchen. Aus der Fußleiste ragt ein Nagel heraus, und sie will das reparieren, bevor jemand mit einem Schuh daran hängen bleibt.

Ich habe allerdings keine Ahnung, wo ich den Hammer suchen soll. Ich höre Stimmen, also wappne ich mich gegen den leuchtend roten Namen an der Rückseite des Gebäudes und gehe in diese Richtung. George und ein jüngerer Mann machen eine Zigarettenpause im Schatten eines Baums, und ich bleibe wie angewurzelt stehen. Denn die blutigen Buchstaben an der weißen Wand sind verschwunden. Es gibt nur noch eine saubere, leere Fläche, wo sie einmal waren. Und ich frage mich, ob Willa sie übermalen ließ. Als Gefallen für mich.

»Brauchst du etwas?«, fragt George.

»Einen Hammer«, bringe ich heraus. »Für Glory.«

Da lächelt der andere Kerl. »Für Glory tue ich alles«, sagt er und verschwindet durch den Eingang der Werkstatt.

»Ich erinnere mich an deine Mama.« Georges Stimme ist rau, als wäre er es nicht gewohnt, sie oft zu benutzen. »Wirklich schade.« Er nimmt ein Kopftuch aus der Tasche und wischt sich die Stirn, und ich frage mich, warum der andere so lange braucht, um einen Hammer zu finden. Sicherlich weiß er, wo sie sie aufbewahren. »Wirklich nette Dame.« Ich nicke, kann aber nichts sagen. Ich versuche, George nicht anzuschauen. Ich versuche, nicht auf diese leere Wand zu schauen. »Eine Schönheit, das steht fest. Es ist schwer, eine solche Frau zu vergessen.« Georges Augen gleiten über meine Haut, und ich erschauere. »Du bist ihr wie aus dem Gesicht geschnitten.« Er tritt einen Schritt näher an mich heran. »Hat dir das schon mal jemand gesagt?«

Der andere Kerl kommt schließlich mit einem Hammer zurück, und ich reiße ihn ihm praktisch aus den Händen und renne in Richtung Bauernhaus davon. Ich kann diese leere Wand nicht mehr ertragen. Oder Georges traurige Stimme. Diese umherschweifenden Augen.

Ich melde mich bei Glory, und sie schlägt den Nagel ein. Dann steht sie da, den Hammer in der Hand, und sieht mich an. Ihr Haar ist heute Morgen besonders kraus, und sie trägt einen weichen gelben Pullover. Er lässt sie jünger aussehen, als sie ist. Sie könnte eine der Studentinnen sein.

»Avril?«, sagt sie. »Bist du okay?«

Ich nicke, aber Glory beobachtet mich immer noch. »Hattest du Gelegenheit, das Notizbuch durchzusehen?« Ich nicke wieder, und Glory wendet sich ab. Sie zupft eifrig tote Blätter von einer ihrer Pflanzen ab. »Hast du etwas gefunden?«

»Nein«, sage ich ihr. »Eigentlich nicht.«

Die Lüge stört mich, aber ich bin noch nicht bereit, jemandem von B.C. zu erzählen.

Glory seufzt, und ich kann nicht sagen, ob sie erleichtert oder enttäuscht ist. Den Rest des Nachmittags arbeiten wir beide in einer Stille, die nur durch das Klingeln des Telefons und das Summen des Kopierers unterbrochen wird.

Den ganzen Tag wollte ich Cole unbedingt sehen. Aber als die Probe beginnt, bin ich nervös. Vor allem, weil wir die Szene beim Tanz einstudieren werden, in der Eden Orion sagt, dass sie in ihn verliebt ist. Der Monolog von meinem Vorsprechen.

Ich komme früh in die Scheune, und Cole wartet vor dem Theater auf mich. Er schlingt seine Arme um mich. »Ist heute alles in Ordnung?«, fragt er, und ich nicke. Ich will ihm von der letzten Nacht auf dem Friedhof erzählen. Er muss mir etwas über die Grabsteine erklären. Wie sie groß und aufrecht im Nebel standen. Frische Blumen auf neu angelegten Gräbern.

Aber ich weiß nicht, wie ich die Worte aussprechen soll, ohne dass es wie ein Traum klingt.

Und dann taucht Val auf. Und Lex. Jude öffnet die Tür. Und es ist zu spät.

Es stellt sich heraus, dass die Arbeit in der Tanzszene so viel Spaß macht, dass ich vergesse, nervös zu sein. Ich vergesse alles. Zumindest für eine kurze Zeit. Es ist so befreiend, sich von Avril und all ihren Fragen zu lösen und Eden zu werden.

Denn zumindest eine Sache weiß Eden wirklich. Sie ist schwer verliebt in Orion.

Wir erreichen das Ende der Szene, und ich hebe mein Gesicht zu Cole, um meinen Satz zu sagen. »So muss es sein, wenn man sich verliebt! Ich habe es zuerst nicht erkannt, weil es sich so anders anfühlt.«

Ich bin so unvorbereitet auf die Art, wie Cole mich ansieht. Die Tiefe der Gefühle in seinen Augen.

Die schwelende Hitze.

Wir sind in der Scheune, aber über uns blinken die Sterne. Als hätte jemand sie eingestöpselt. Sie leuchten vor einem Himmel aus schwarzem Samt.

Ich lege meine Arme um Coles Hals.

»Es fühlt sich an, als würde ich fliegen!«

Er fasst mich um die Taille, knapp über der Hüfte, und ich erinnere mich an das Gefühl, wie seine Daumen sich gestern Abend dort an mich drückten. Er hebt mich mühelos vom Boden hoch, ohne dass ich mich anstrengen muss. Es fühlt sich wirklich an wie Fliegen.

Anmutig.

Frei.

Ich steige auf.

Sicher. Denn Cole hält mich fest. Er hat mich. Und ich habe keine Angst zu fallen.

Jetzt nicht mehr. Cole dreht mich im Kreis, während ich meine Arme so weit wie möglich ausstrecke und mein Gesicht zu den Sternen erhebe.

»Ich fliege in Liebe!«

Er holt mich auf den Boden der Tatsachen zurück, und als ich spüre, dass meine Füße wieder festen Boden berühren, habe ich echte Tränen auf den Wangen.

»Und Licht aus«, ruft Jude. Cole und ich atmen im Gleichklang, keiner von uns will die Verbindung, die wir gerade hergestellt haben, trennen. Die Elektrizität knistert und knackt noch immer zwischen uns.

»Wow«, flüstert Willa. »Wow! Schöne Art, eine Szene zu beenden. Avril, war das okay für dich?«

Ich nicke, und dann breche ich plötzlich in Tränen aus. Ich fühle einfach so viel.

So viel von Eden.

So viel von mir.

So viel von meiner Mutter.

»Okay«, sagt Willa, »Leute, zehn Minuten Pause.« Alle gehen langsam weg.

Willa lässt Cole, der nur starrt, stehen. Sie nimmt meine Hand und führt mich in eine dunkle Ecke der Scheune.

»Atmen«, flüstert sie und zieht mich in eine Umarmung. »Alles in Ordnung.« Ich nicke an ihrer Schulter. Sie streicht mir durch die Haare, und es tut so gut, wenn sie mich streichelt und mir beruhigende Töne ins Ohr flüstert. »Pssst. Ist ja gut, mein Liebes.«

Eine kurze Sekunde lang sehe ich meine Mutter vor mir. Sie deckt mich im Bett zu. Sie streicht mein Haar glatt. Gibt mir einen Gutenachtkuss. Sie summt etwas Schönes, während sie mir den Rücken tätschelt.

Der Schock dieser Erinnerung ist wie ein Blitzschlag direkt ins Herz. Sie lässt mich vor Einsamkeit zittern. Ich sehne mich nach ihr. Nach dieser Frau, an die ich mich fast zu erinnern beginne. Ich muss mir auf die Lippe beißen, um nicht zu weinen.

»Es ist keine Schande, Gefühle zu haben, Avril. Du kannst dein Publikum nicht dazu bringen zu fühlen, wenn du nicht fühlen kannst.« Willas Hand beschreibt langsame, beruhigende Kreise auf meinem Rücken. »Deine Mutter war auch so. Sie hat viele Dinge für sich behalten. Und ich habe sie für diese Stärke bewundert.« Sie schüttelt den Kopf. »Gott weiß, dass ich sie auch gerngehabt hätte.« Ich ziehe mich zurück, um sie anzustarren, denn Willa ist so eine Naturgewalt. Ich kann mir nicht vorstellen, dass sie sich jemals schwach fühlt. Sie streckt die Hand nach oben und streicht mir eine Haarsträhne hinters Ohr. »Aber in diesem Sommer hier hat Nicole gelernt, Gefühle zuzulassen.« Ich höre das Klirren der Armbänder, als ihre Hand wieder in ihren Schoß fällt. »Whisper Cove hat eine Art, dir beizubringen, was du lernen musst.«

Ich nicke wieder, und Willa hält mir ein Taschentuch hin. Dann schickt sie mich ins Bad, um mir das Gesicht zu waschen. Aber ich habe Angst, den Wasserhahn aufzudrehen, also tupfe ich meine Augen mit einem trockenen Papiertuch ab. Als ich fertig bin, sagt Willa zu Jude, dass er die anderen hereinrufen soll.

Zurück an die Arbeit.

»Die Show muss weitergehen«, erklärt sie mit einem beruhigenden Lächeln in meine Richtung. »Wir kreieren etwas Außergewöhnliches.«

Der Rest der Probe ist gut. Wir arbeiten die Szene wieder und wieder durch, ich verliere aber nicht noch einmal die Fassung. Ich lasse Gefühle zu, aber nicht zu viel. Ich finde diese Grenze. Eine emotionale Gratwanderung.

»Bist du okay?«, fragt Cole, als Willa uns alle gehen lässt. »Das war heftig. Was vorhin passiert ist.«

»Ja. Ich habe nur …«

»Zu viel gefühlt«, beendet er für mich. Als würde er das verstehen. Ich nicke, und er nimmt meine Hand und führt mich aus der Scheune.

Es ist eine wunderbare Nacht. Klar und warm und hell. Lex und Jude knutschen unter einem Laternenpfahl. Rotgoldenes Haar und schwarzbraune Locken. Sie bewegen sich im Einklang, und es ist wunderschön, wie ihre Körper einen Schatten auf den Zement werfen.

Ich wende mich an Cole. »Was passiert hier?«, flüstere ich. »Nachts. Im Nebel.«

Cole sieht erschrocken aus. Er öffnet den Mund, um mir zu antworten, aber Val ergreift meine Hand. Sie grinst, als sie mich von Cole wegzieht und einen Arm um meine Taille schlingt. »Wir gehen zum Nachtschwimmen«, sagt sie. »Wir drei.« Sie wendet ihren Kopf in Richtung Lex und Jude. »Wollt ihr mitkommen?«

Ich habe Angst. Nicht vor dem Wasser. Aber vor der Dunkelheit. Vielleicht. Und davor, mich selbst im Sand zu treffen.

Vor dem Nebel.

Und davor, wie sehr ich Cole will.

Aber ich erinnere mich an das, was er mir an meinem zweiten Morgen in Whisper Cove sagte. Dieses Gespräch auf den Stufen der Veranda. Es scheint eine Million Jahre her zu sein.

Ich schwimme, weil ich Angst vor dem Meer habe.

Und ich denke darüber nach, was Willa heute Abend gesagt hat. Darüber, Gefühle zuzulassen.

Ich möchte diese Person werden.

Also sage ich Ja. »Klingt nach Spaß.«

Cole wirft mir einen Blick zu. Er will wissen, ob ich mir sicher bin. Also nehme ich seine Hand und drücke sie fest.

Er muss wissen, dass ich mir sicher bin. Das ist es, was ich will.

Zu fünft gehen wir über den Rasen hinunter zum Sund. Die Wellen werden lauter. Aber die Nacht bleibt klar. Unsere Füße bewegen sich über die Uferpromenade. Über den Sumpf. Und über die Dünen. Bis wir im warmen Sand stehen und aufs Meer hinausstarren.

Val geht voran. Sie sieht zurück und lächelt uns an. Es ist eine Einladung und eine Herausforderung. Ich beobachte, wie sie aus ihren Shorts schlüpft. Sie zieht sich ihr Tank-Top über den Kopf und wirft es mir zu. Dann schlüpft sie aus ihrer Unterwäsche, ihrem BH. Sie sprintet zum Wasser. Wirft sich kopfüber in die brechenden Wellen. Sie quiekt. Dann fängt sie an zu lachen, und das Echo hallt den Strand hinauf und hinunter.

Lex sieht mich an. Er zieht eine Augenbraue hoch. *Tun wir das jetzt?* Die Frage steht ihm deutlich ins Gesicht geschrieben, aber Jude ist bereits ohne Hemd, und knöpft nun seine Shorts auf.

Ich schätze, wir tun es.

Ich ziehe mir mein Hemd über den Kopf und lasse es in den Sand fallen. Lex und Jude haben sich beide bis auf ihre Boxershorts ausgezogen. Lex zögert, und für eine Sekunde denke ich, dass er kneifen wird, aber dann zappelt er sich aus seiner Unterwäsche. Und Jude tut es ihm gleich. Ich beobachte, wie sie sich gegenseitig in Richtung der Wellen jagen. Lachend. Und frei.

Ich möchte das selbst spüren. So wie Eden es fühlt, wenn Orion sie in den Himmel hebt. Nachdem sie zugegeben hat, dass sie in ihn verliebt ist.

Ich drehe mich wieder zu Cole um, und er steht nackt unter einer Decke aus Sternen da. Mein Atem stockt in meiner Brust. Er hat zerzaustes dunkles Haar, rauchige Augen und schöne Haut. Ecken und Kanten.

Er schenkt mir ein kleines, schiefes Lächeln, und mir schlägt das Herz bis zum Hals.

Aber ich ziehe meine Shorts aus.

Meine Unterwäsche.

Meinen BH.

Ich war noch nie so völlig entblößt wie jetzt. Nicht vor einem anderen Menschen. Nicht im Mondlicht. Mit den Zehen im Sand. Direkt am Meeresrand.

Einfach am Rande von allem.

Und es fühlt sich so unvorstellbar gut an.

Ich nehme Coles Hand und führe ihn zum Wasser. Wenn der erste Kälteschock mein Herz zum Stillstand bringt, ist es die Elektrizität seiner Berührung, die es wieder zum Schlagen bringt.

Jude, Lex und Val hüpfen auf und ab wie Korken. Cole und ich machen uns auf den Weg zu ihnen. Und dann gleiten wir alle durch den Sund zur Schwimminsel. Ein Schwimmzug nach dem anderen. Mit den Füßen strampelnd. Salzwasser glitzert an unseren Wimpern.

Jude verschwindet unter der Oberfläche, und mein Herz setzt aus. Es gibt einen Moment des puren Schreckens. Lex schreit seinen Namen, und ich kann die Angst in seiner Stimme hören. »Scheiße!«, sagt Val. Ihre Blicke sind verzweifelt. Sie suchen die Schwärze ab. Aber dann taucht Jude vor uns auf und schüttelt das Wasser aus seinen Locken.

Wir erreichen die Schwimminsel, ziehen uns einer nach dem anderen die glitschige Leiter hinauf und lassen uns oben fallen. Wir vergessen, dass wir nackt sind, gekleidet in Salz und Mondlicht. Wir lachen. Necken uns. Lex schubst Jude ins Wasser. »Das ist dafür, dass du uns erschreckt hast, Arschloch«, sagt er. Aber Jude schafft es, Lex am Knöchel zu packen, und zack – fällt auch er hinunter.

Sie schreien und platschen. Und dann geben sie sich einen Kuss, wobei sie sich beide an der Leiter festhalten, bevor sie wieder nach oben klettern und zu uns zurückkommen. Wir strecken uns alle auf dem Rücken aus. Ich liege in Coles Armbeuge. Mein Kopf ruht auf seiner Schulter. Meine rechte und seine linke Hand treffen sich über seinem Bauch. Unsere Finger verschränken sich, und wir bewegen uns im Rhythmus der schaukelnden Schwimminsel.

»Cole«, sagt Val, »glaubst du wirklich, dass es hier spukt?« Sie liegt auf der Seite, mit dem Gesicht von uns abgewandt, und lässt ihre Finger durch das dunkle Wasser gleiten. Ich kann ihr Gesicht nicht sehen, aber ich fahre mit meinen Augen die Kurve ihrer Hüfte nach. Die Biegung ihrer Wirbelsäule.

»Ja«, sagt er. »Ich weiß, dass es so ist.« Mein Ohr liegt an seiner Brust, und ich mag es, die Vibration seiner Worte zu hören, bevor sie seinen Mund verlassen. »Diese kleinen Küstenstädte sind voll von Geistern. An jedem Strandabschnitt, von hier bis Maine und den ganzen Weg hinunter nach Florida, stehen diese Holzbänke. Und an jeder von ihnen ist eine Gedenktafel angebracht, die an jemanden erinnert. Eine Großmutter oder einen Onkel oder einen Stadtgründer. Jemand, der der Bibliothek Bücher gespendet hat.« Er fährt über meinen Arm. Er streicht mit seinen Fingern auf meiner Haut auf und ab, so wie Val mit ihren durchs Wasser streicht. Ich zittere und schmiege mich enger an seinen Körper. »Jedes Mal, wenn du dich hinsetzen willst, hast du es mit Geistern zu tun.«

»Du sitzt bei den Toten«, sage ich ihm. »Bei der Erinnerung an jemanden. Das ist nicht dasselbe.«

»Das stimmt«, sagt er, und ich spüre, wie er mich näher an sich zieht. »Aber eine Erinnerung kann dich verfolgen, wenn du sie lässt.«

Ich spüre die Wahrheit in meiner Magengrube.

»Überleg mal, wie sehr du jemanden lieben müsstest«, sagt Jude, »um bei ihm zu bleiben und ihn heimzusuchen.«

Eine Minute lang ist es still. Nur das Klatschen des Wassers gegen das Holz der Insel.

»Ich bin nicht in Chester verliebt«, erklärt uns Val schließlich. »Ich wünschte, ich wäre es.« Sie hebt ihre Hand aus dem Wasser, und ich beobachte, wie die kleinen Tröpfchen von ihren Fingern fallen. »Ich habe es versucht.«

»Es ist nicht deine Schuld«, versichert Lex ihr. Sein Kopf ruht auf Judes Bauch, und Judes Hand streicht durch sein feuriges Haar. »Du kannst nicht wissen, wie sich Liebe anfühlt, bis du sie spürst.«

Wir bleiben auf der Plattform, bis wir anfangen zu frieren. Dann begeben wir uns nacheinander zurück ins Wasser.

Wir wippen und schweben und lassen uns von der Strömung nach Hause tragen. Val, Lex und Jude lachen. Ich beobachte Cole, der sich direkt vor mir durchs Wasser bewegt.

Die Form seiner Schultern im Mondlicht. Seine Arme. Es ist wunderschön.

Er ist wunderschön.

Gemeinsam erreichen wir den Strand – fünf seltsame Kreaturen, die aus dem Meer krabbeln und nur aus Armen und Beinen und triefenden Haaren bestehen – und suchen nach unseren Kleidern.

Ein T-Shirt hier. »Gefunden!«

Dort eine Unterhose. »Oh mein Gott! Endlich!«

Shorts, die ins Dünengras geworfen wurden. »Was, zum Teufel?«

Lex gibt die Suche nach seinem zweiten Flip-Flop auf. Jude glaubt, dass er ihn vielleicht zu nah am Wasser liegen ließ und das Meer ihn als leichte Beute mitgenommen hat.

Der Nebel wickelt sich um unsere Knöchel.

Ich blicke zurück zur Schwimminsel, und für einen kurzen Moment sehe ich uns dort. Stummfilmversionen von uns selbst. Im Mondlicht getauchte Körper. Und das sanfte Glühen des Leuchtturms. Ich sehe, wie Lex Jude ins Wasser stößt. Val wirft ihren Kopf zurück und lacht. Mit dem Gesicht zum Himmel.

Wir sind hinreißend schön. Wir alle.

»Av?« Lex berührt meinen Arm, und ich erschrecke. »Bist du okay?«

»Ja«, sage ich ihm. »Mir geht es gut.«

Aber als ich wieder zur Insel sehe, sind wir verschwunden.

Cole zeigt auf etwas, das im Sand blinkt. Ein winziges Stück geschliffenes Glas. Milchig weiß. Er hebt es auf und hält es mir hin. Und ich lasse es in meine Tasche gleiten.

Ein weiterer Glücksbringer.

Die anderen machen sich auf den Weg zu den Hütten. Val geht zwischen Jude und Lex, die drei halten sich an den Händen. Jude lässt für eine Minute los, um auf der Promenade eine

Pirouette zu drehen. Und er ist so anmutig. Schlank und muskulös. Ich denke darüber nach, was für eine Verschwendung es ist, wenn er Buchhalter wird.

Lex sieht über seine Schulter zurück, um mich anzulächeln, aber Cole zieht mich in eine andere Richtung. »Komm mit«, flüstert er, und als ich zögere, grinst er mich breit an. »Ich weiß einen Ort, an dem wir allein sein können.«

Mein Magen macht Kapriolen, aber ich lasse mich von Cole von den anderen wegführen, zu dem Felsensteg am Ende des Strandes. Den Klippenpfad entlang bis zur Baumgrenze. Den felsigen Hügel hinauf zu seinem Haus.

Ich halte an, als wir den kleinen Friedhof erreichen. Die Steine stehen heute Abend wieder aufrecht. Frische Blumen. Meine Füße wollen sich nicht bewegen. »Cole?«

Er zieht an meinem Arm. »Wir sollten nicht hierbleiben.«

Er führt mich wieder zu dem hohen Zaun am Ende des Gartens. Zu dem Tor mit dem kaputten Riegel. Ich folge ihm hindurch, und er schließt es. Wir bleiben stehen und sehen auf das Meer unter uns. Es wogt und schäumt am Fuße der Klippe.

Ich zittere, als der Nebel um unsere Knie herumwirbelt. Ich spüre den Kuss des Nebels auf meiner Haut. Aber es ist Coles Kuss, nach dem ich mich verzweifelt sehne.

Er ist so nah, und plötzlich muss ich ihn wieder berühren. Um diese letzten Zentimeter zwischen uns zu überbrücken.

Du entscheidest selbst, wohin die Reise geht.

Du zündest das Feuer an.

Ich lege meine Hände um sein Gesicht und ziehe ihn zu mir. Seine Hände wandern zu meiner Taille, und es ist, als wären seine Handflächen elektrisch. Ich spüre die kleinen Funken, die von ihnen ausgehen. Wir sind beide noch feucht.

Wasser. Und Elektrizität. Es ist gefährlich. Aber das ist mir egal.

Unsere Lippen treffen sich.

Dann unsere Zungen.

Am Anfang ist es sanft. Zögerlich.

Bis es das nicht mehr ist.

Ich greife mit beiden Händen in sein Haar und lasse meine Finger in diesen dunklen Wellen verschwinden. Ich spüre, wie er sich anspannt, aber dann entspannt er sich und zieht mich näher zu sich. Mir ist schwindelig, und ich bin benommen, aber ich will nicht nach Luft schnappen.

Cole drückt mich nach hinten, bis ich das raue Holz des Zauns hinter mir spüre. Ich schmiege mich an die Bretter, während er den Kuss intensiviert.

Er schiebt seine Hände unter mein Hemd und legt sie auf die nackte Haut meines Bauches.

Grob.

Heiß.

Stark.

Echt.

Ich keuche an seinem Mund und spüre, wie er lächelt.

Ich löse meine Lippen von seinen, lege meinen Kopf in den Nacken und atme langsam und tief ein. Ich brauche einen Moment, um mich auf das Gefühl seiner Hände auf meinem Körper und meiner Finger in seinem Haar zu konzentrieren.

Cole atmet schwer. Dann liegen seine Lippen auf meinem Hals, und es fühlt sich so unerträglich gut an, dass ich Angst habe, ich könnte ohnmächtig werden. Ich öffne die Augen und sehe zu dem weiten Nachthimmel auf.

Meine Sterne.

Ich küsse Cole Culver oben auf einer Klippe. Unter uns breitet sich der ganze Ozean aus. Und ich habe noch nie so viel von allem gefühlt. Es ist fast unüberwindbar.

Ich kann die Wellen hören, aber sie machen mir keine Angst.

Nicht, wenn Cole mich so berührt. Er flüstert meinen Namen an meinem Schlüsselbein. Und ich zittere stark.

Von weit her kommt der Duft von Lavendel.

Mein Hals ist so empfindlich, dass Coles Lippen beinahe zu viel sind. Ich führe sein Gesicht wieder nach oben und lenke seinen Mund zurück zu meinem. Wir bestehen nur aus Lippen, Zähnen und Zungen. Suchende Finger und pochende Herzen.

Tropfend. Und sandig.

Wir sind zu Meeresbewohnern geworden.

Kein Gehirn. Keine Knochen. Nur Körper.

Ich glaube, ich könnte sterben, wenn er jemals aufhört, mich so zu küssen.

Schließlich hält er jedoch inne und sieht mich an. Und wir stehen da, nehmen uns gegenseitig in den Arm und versuchen, uns daran zu erinnern, wie man normal atmet. Ich fühle mich so viel nackter, als ich mich jemals am Strand gefühlt habe.

Der Nebel ist jetzt hüfthoch. Es ist, als stünden wir in ruhigem Wasser.

»Das ist alles, woran ich denken kann. Seit dem ersten Abend, an dem ich dich gesehen habe.« Cole beugt sich zu mir. Stirn an Stirn.

»Wieder«, erinnere ich ihn. »Seit du mich wiedergesehen hast.«

»Ja«, haucht er. Und da ist etwas so Trauriges in seinen Augen. »Wieder.«

Ich spüre das Kitzeln seiner Haare an meiner Wange. Und, Gott, ich will noch einen Kuss, so sehr, dass ich sterben könnte.

»Ich hatte solche Angst«, gibt er zu.

»Mich zu küssen?« Er nickt. »Warum?«

»Weil es jetzt kein Zurück mehr gibt.«

»Ich will nicht zurück«, sage ich ihm.

»Nichts in Whisper Cove ist real«, sagt er. Seine Hände umfassen mein Gesicht. »Es ist alles Illusion. Schall und Rauch. Das musst du verstehen.« Ich kann mich nicht zurückhalten. Er ist mir so nah. Ich küsse ihn wieder. Aber ich brauche noch mehr von ihm. Ich ziehe seinen Körper an meinen und küsse ihn so innig, dass es sich anfühlt, als würde man das Innerste nach außen kehren. Der Nebel lässt die Grenzen zwischen uns verschwimmen, bis ich nicht mehr weiß, wo mein Körper endet und Coles beginnt. »Alles ist Theater«, murmelt er an meinen Lippen. Seine Finger in meinem Nacken lassen mich erschauern. »Alles. Außer dem hier. Außer dir und mir. Das hier ist verdammt real.« Seine Stimme bricht. »Jedes einzelne Mal.«

»Hast du mich deshalb hierhergebracht?« Ich necke ihn, und er lächelt. Schüttelt den Kopf.

»Ich habe dich hergebracht, um dir einen Zaubertrick zu zeigen.«

Cole zieht mich an den Rand der Klippe und holt eine Taschenlampe aus seiner Tasche. Er richtet sie ins Nichts, über die Kante des Abgrunds. Dann greift er in seine andere Tasche und holt eine Handvoll Meerglas heraus. Alles verschiedene Farben. Mattiert und schön und glatt. Er zeigt es mir auf seiner Handfläche, während der Nebel uns einhüllt wie eine Decke.

»Schau zu«, flüstert er. Und ich bin wie hypnotisiert. Von seinen Worten. Von seinem Atem, der in der dicken Luft hängt. Von den Meeresgeräuschen und dem Wind. Dem Geschmack von salzigen Küssen auf meinen Lippen.

Und der Rest passiert in Zeitlupe. Es ist das Schönste, was ich je gesehen habe. Cole holt mit seinem Arm aus und schleudert das Meerglas in die Dunkelheit. Und ich denke, es ist weg. Verschwunden. Verschluckt von der Nacht. Aber dann trifft er es mit dem Strahl der Taschenlampe, als es ins Meer fällt, und jedes einzelne Stück glitzert und leuchtet, schwebt für einen Moment, bevor es ins Wasser fließt.

Wie Regen auf Feuer.

Schwer und nass.

»Sieh mal, Avril.« Ich höre die nächsten Worte in meinem Kopf, noch bevor Cole sie laut ausspricht. »Sieh dir die Sterne an.«

AKT II: SZENE 8

Plopp.

Plopp plopp.

Plopp.

Die Sterne fallen wieder vom Himmel.

Sie treffen aufs Wasser auf, und ich bin fünf Jahre alt.

Ich bin auf der Suche nach meiner Mutter. Aber sie ist nirgends zu finden.

Dann sehe ich sie. Nur ein flüchtiger Blick. Und sie verschwindet.

Löst sich in Luft auf.

Und ich falle vom Himmel.

Genau wie die Sterne.

›Avril?«

Ich werde geblendet. Cole knipst die Taschenlampe aus. Er legt eine Hand auf meinen Arm. Er ist warm und lebendig. Aber ich bin wie erstarrt.

Ein Geist.

Ein Mädchen aus Nebel.

›Hey«, sagt er. Seine Stimme kommt von irgendwo weit weg, denn ich sitze zwölf Jahre in der Vergangenheit fest.

Sieh dir die Sterne an.

Dieser eine, seltsame Satz und die Erinnerung an diese glühenden Schlieren, die sich einen brennenden Weg zum Wasser bahnen. Das ist es, was mich all die Jahre heimgesucht hat. Und ich konnte mir nie einen Reim darauf machen.

Bis jetzt.

Ich weiche von Cole zurück, kann mich aber nicht so weit entfernen wie nötig, weil ich mit dem Rücken an den Zaun stoße. Wieder.

Er greift nach mir, eine Hand auf meinem Rücken. Die andere in meinem Haar. Und ich lasse zu, dass er mich zu sich zieht.

Ich zittere.

»Hey«, flüstert er leise in mein Ohr. »Schon gut. Ich bin bei dir. Ich verspreche es.«

Ich spüre seine Lippen auf meinen. Weich und salzig. Seine Fingerspitzen auf meiner Haut. Und ich will ihn so sehr, dass es bis ins Mark meiner Knochen schmerzt.

Und so weiß ich ein für alle Mal, dass ich nicht tot bin. Diese Art von Sehnsucht ist bestimmt eine Strafe, die nur den Lebenden vorbehalten ist.

»Avril«, sagt er wieder. »Was ist los?«

Aber ich kann ihm nicht antworten, weil er dabei war.

Cole war dort.

In der Nacht, in der meine Mutter starb.

In der Nacht, in der ich ertrunken bin.

Es waren nicht nur meine Mutter und ich allein an diesem Strand.

Meine Mutter hatte eine Affäre mit Brody Culver. Und Cole war in dieser Nacht dort.

Ich weiß nicht, was diese beiden Dinge bedeuten, wenn man sie zusammenzählt.

Ich weiß nicht mehr, was irgendetwas bedeutet.

Ich entwirre mich. Ziehe mich zurück. Trete zurück.

Durch das offene Tor.

»Ich muss nach Hause«, sage ich zu ihm, und selbst als die Worte aus meinem Mund kommen, weiß ich nicht, was sie bedeuten. Nach Hause in meine Koje in der blauen Hütte? Nach Hause nach Dallas? Und zu meinem Vater? Oder ganz woandershin?

»Avril!«, ruft Cole mir nach. »Warte!« Ich muss an die Baumgrenze gelangen. Ich fühle mich zu ungeschützt auf dem perfekten Rasen seines perfekten Gartens. Aber ich schaffe es nicht, denn Cole holt mich mit Leichtigkeit ein. Er ergreift meine Hand. Versucht, mich an seine Brust zu ziehen. Aber ich zucke weg.

»Nicht«, flehe ich ihn an. »Bitte.«

Meine Füße bewegen sich wieder. Aber dieses Mal folgt Cole mir nicht. Er lässt mich los.

Ich schlittere und gleite durch den Wald zurück, bis ich den Mond auf den großen grünen Rasen scheinen sehe. Ich trete aus der Baumgrenze ins Freie, wie eine Schauspielerin, die aus den Kulissen auf die Bühne tritt.

Aber ich kann mein Licht heute Nacht nicht finden. Selbst im Schein des Mondes fühlt es sich dunkel an.

Der Nebel zieht jetzt wirklich auf, und ich renne zur Hütte. Ich kann das Gefühl auf meiner Haut nicht ertragen. Nass und schwer und kalt. Wie die Berührung von etwas Totem.

Ich stoße die Tür auf und schlüpfe hinein. Es ist still. Glühende Telefonbildschirme leuchten aus einem halben Dutzend Kojen. Ich gehe auf Zehenspitzen zu meinem Bett und lasse mich auf die dünne Matratze sinken. Ich lege mich auf den Rücken und schließe die Augen. Ich versuche zu denken – einer unmöglichen Erinnerung einen Sinn zu geben, die noch nie einen Sinn ergeben hat –, aber meine Nase wird plötzlich von Lavendelduft erfüllt.

Eine Gänsehaut macht sich auf meinen Armen breit.

Ich öffne die Augen und sehe ein kleines Bündel violetter Blumen, das mit einer ausgefransten Schnur gebunden ist. Es liegt auf der schiefen Kommode, neben meiner Haarbürste und Vals Taschenbuchroman.

Ich weiche zurück. Drücke mich hoch und weg.

»Val.« Meine Stimme ist rau. Wie das Kratzen von Sandpapier auf Metall. »Hey! Val.« Sie dreht sich zu mir um und öffnet ein Auge. »Weißt du, woher die kommen? Die Blumen?«

»Keine Ahnung«, flüstert sie. Ihr Auge ist bereits wieder geschlossen. »Sie waren da, als ich vom Abendessen zurückkam.«

Ich nehme das kleine Lavendelbündel und schiebe es unter mein Bett. Ich will nicht darüber nachdenken.

Ich will über nichts nachdenken. Ich will nur schlafen.

Aber ich weiß, sobald ich das tue, wird mich der alte Albtraum einholen.

Und das tut er.

Ich stehe in der Dunkelheit. Ich sehe nach oben, während diese glühenden Lichtstreifen vom Himmel ins Meer fallen.

Und da ist diese Stimme, nur weiß ich diesmal, wem sie gehört. Ich erkenne sie. Denn ich habe sie ganz nah und tief in meinem Ohr gehört. Ich habe sie auf meiner Haut gespürt.

Sieh dir die Sterne an.

Coles Stimme. Das Teil des Puzzles, das immer gefehlt hat.

Dann, plötzlich, bin ich blind. Ich blinzle. Das Licht ist zu viel. Ich kann nichts mehr sehen.

Da ist das Flüstern von Windspielen. Meine Haut beginnt zu kribbeln. Ich habe Angst.

Dann beobachte ich die Sterne nicht länger.

Ich bin einer geworden.

Und ich falle.

***

Ich sitze aufrecht im Bett. Ich atme schwer. Der Lavendelduft ist überwältigend, und ich brauche frische Luft. Ich schleiche zur Tür und öffne sie. Nur einen Spalt. Damit der Nebel nicht reinkommt. Aber da ist Cole. Zusammengesunken und schlafend. Er lehnt am Geländer.

Ich schätze, er ist mir dann doch gefolgt.

Ich trete auf die Veranda hinaus. Cole hat die Arme fest um seine Brust geschlungen, und ich weiß, dass ihm kalt sein muss. Ich strecke die Hand aus und berühre sein Haar. Es ist feucht. Es schimmert im Licht der Veranda. Es tut mir in der Brust weh, wenn ich ihn ansehe.

Ich höre das Nebelhorn. Spüre seine Vibrationen in meinen Knochen. Und unter diesem einsamen Klang ist noch etwas anderes.

Das Flüstern ist anfangs so leise, dass ich es fast nicht hören kann. Es klingt nach nichts. Nach dem Tanz des Dünengrases im Wind vielleicht.

Dann wird es lauter, und es ruft mich von der Veranda in die Nacht. Ich bin wach. Nicht schlafwandelnd. Aber ich muss trotzdem gehen. Ich spüre dieses Ziehen so stark. Es ist, als hätte es sich unter meinen Rippen eingehakt. Wenn ich nicht gehe, wird mein Skelett zerrissen.

Ich bahne mir einen Weg durch den Nebel in Richtung des Lichts auf der Veranda des Bauernhauses, das auf der anderen Seite des kleinen Feldes liegt. Die Entfernung scheint so groß wie der Ozean zu sein. Ich zähle meine Schritte laut mit – eintausend, zweitausend – bis es so viele sind, dass ich die Zahl irgendwie aus den Augen verliere. Ich versuche immer noch, das Bauernhaus zu erreichen. Ich sehe das Licht auf der Veranda im Nebel brennen. Aber irgendetwas hält mich auf. Ich kann nicht mehr weitergehen.

Ich spüre das raue Holz eines Zauns unter meinen Handflächen. Ich fahre mit meinen Händen daran entlang und zische vor Schmerz, als sich ein Splitter in meine Haut bohrt.

»Scheiße«, murmle ich. Mein Verstand versucht zu begreifen, was ich fühle, aber er stottert und stockt. Schaltet sich ab. Denn nichts von dem, was hier passiert, ergibt einen Sinn.

Und da ist noch etwas anderes. Ein Geruch, der fast unerträglich stark in der Nachtluft liegt. Wieder dieser Dunggeruch, aber anders als in der Scheune. Stärker. Stechender.

Dann höre ich das Grunzen. Nicht weit entfernt. Von irgendwo auf der anderen Seite des Zauns.

Schweine.

Ich weiß noch, was Jude uns am Abend des Vorsprechens erzählt hat. Dass dies früher ein echter Bauernhof war, auf dem gearbeitet wurde.

Aber wie lange ist das her?

Zwanzig Jahre?

Dreißig?

Mindestens.

Das Geflüster erhebt sich wieder in die Nachtluft. Ich kann es jetzt so laut hören, dass es sogar das Quieken der verängstigten Schweine übertönt. Es treibt mich an. Ruft mich in die Nacht.

Also taste ich mich am Zaun entlang, bis er um eine Ecke biegt. Dann stolpere ich über das Feld, bis ich endlich das Bauernhaus erreiche. Die Lichter sind ausgeschaltet, und ein Paar Stiefel steht neben der Tür; der Schlamm und der Dung sind noch frisch von der Arbeit des Tages. Ich frage mich, ob ich, wenn ich die Eingangstreppe hinaufsteige und mich hineinschleiche, Glorys Empfangstheke vorfinde – oder etwas anderes? Einen Strohhut auf einem Pflock? Vielleicht einen Korb zum Eiersammeln?

Dieser Gedanke erschreckt mich so sehr, dass ich mich wieder in Bewegung setze. Ich arbeite mich an der Seite des Hauses entlang, bis ich am Fuß der Verandatreppe stehe. In diesem Moment reißt der Nebel auf. Der Wind vom Sund bläst ihn weg, und ich sehe das Glitzern des Mondlichts auf den Wellen. Das Schimmern des Wassers in Bewegung.

Doch etwas fehlt. Es gibt keinen Leuchtturm, der vor der Küste Wache hält. Er ist heute Nacht verschwunden. Ich beginne zu zittern. Und ich wünsche mir den Leuchtturm zurück. Denn ich brauche dringend ein Leuchtfeuer.

Aber wie Cole schon sagte, gibt es jetzt kein Zurück mehr.

Ich nutze den Mond und gehe über den Rasen in Richtung der Baumgrenze. Ich tauche in die Dunkelheit des Waldes ein und schleppe mich den Hügel hinauf zum Haus der Culvers. Auf den Zaun am unteren Ende des Gartens zu. Ich ziehe an dem Vorhängeschloss, wie Cole es zuvor getan hat, und es springt auf. Ich frage mich, ob es ein klickendes Geräusch macht. Ich kann es nicht hören, weil das Flüstern so laut geworden ist.

Das Tor schwingt auf, und ich trete hindurch. Mein Herz klopft so schnell in meiner Brust, aber ich gehe bis zum Rand der Klippe. Dort, wo Cole manchmal spazieren geht. Mit geschlossenen Augen. Nur damit er sich lebendig fühlen kann. Fünfzehn Schritte – blind –, wenn es ganz schlimm ist, hat er mir gesagt.

Vor mir ist nichts als nichts. Nur Luft. Ein steiler Fall ins Wasser.

Und hinter mir ist nichts als nichts. All die Erinnerungen, an die ich mich nicht erinnern kann.

Aber ich weiß, dass ich direkt am Abgrund stehe. Hier auf dieser Klippe. Und in meinem eigenen Kopf. Es gibt etwas, das sich meinem Zugriff entzieht. Etwas, das mir entgeht.

Ich konzentriere mich also auf die beiden Dinge, die ich jetzt weiß.

Eins davon ist, dass meine Mutter meinen Vater betrogen hat. Sie hatte eine Affäre mit dem Mann ihrer besten Freundin.

Das zweite ist, dass Cole in dieser Nacht dort war.

Die Sterne sind ins Meer gefallen, weil Cole Culver sie aus seinen Taschen gezogen hat. Es waren die ganze Zeit seine Sterne. Nicht meine.

Sieh dir die Sterne an.

Seine Stimme.

Aber was haben wir beide an diesem Abend gemacht?

Und was hat meine Mutter gemacht?

»Avril.« Die Stimme ist ruhig, sanft. Vorsichtig. Aber ich bin mir zunächst nicht sicher, an wen sie gerichtet ist. »Avril.«

Ich kann mich nicht bewegen. Ich bin so verwirrt. Ich stecke zwischen Vergangenheit und Gegenwart fest.

»April.«

Ich drehe den Kopf und sehe über meine Schulter zum offenen Tor hinter mir, und Willa steht in der Dunkelheit. Ihr langes Haar ist locker und fließend. Es umspielt ihr Gesicht wie Nebel. Sie hat einen Bademantel an und hält mir eine Hand hin. »Komm mit«, sagt sie. »Lass mich dir helfen. Bitte.«

Da ist etwas an der ruhigen Gewissheit in ihrer Stimme. An der absoluten Autorität. Auch wenn ihre Worte leise sind, übertönen sie irgendwie das Flüstern. Ich strecke meine Hand aus, um ihre zu ergreifen, und zucke zusammen, weil der Splitter, der in meinem Fleisch sitzt, schmerzt.

Willa zieht mich zu sich und schlingt ihre Arme fest um mich. »Schhhh«, beruhigt sie mich. »Du bist jetzt in Sicherheit. Ich habe dich.«

Ich zittere so sehr, aber ich lasse zu, dass sie mich durch das Tor und den steinernen Weg zum Haus hinaufführt.

Die Katzen sehen nicht einmal auf, als wir die hinteren Stufen hinaufsteigen. Die Veranda ist voll mit all den Dingen, die ein Haus wohnlich machen. Pflanzen und Säcke mit Dünger. Eine kleine Gartenkelle. Dick gepolsterte Kissen. Ein aufgeschlagenes Buch auf einem hellblauen Tisch. Eine vergessene Kaffeetasse. Ein Päckchen mit Samen. Und es ist seltsam, wie all diese Dinge in mir die Sehnsucht nach einem Zuhause wecken, das ich nie hatte. Es ist nichts im Vergleich zu der sterilen kleinen Wohnung, die ich mit meinem Vater teile. Und plötzlich ist alles, was ich im Leben will, eine Veranda wie diese.

Ein Haus wie dieses.

Eine Mutter wie diese.

In einer Ecke lehnt ein Laubbläser mit einem Benzinkanister. Vergessen. Und ich frage mich, ob sie schon seit dem Herbst dort stehen.

Ich stelle mir dieses Haus umgeben von bunten Blättern vor. Es muss wie etwas aus einem Buch aussehen.

Willa stößt die Tür zu einer gemütlichen Küche auf, setzt mich auf einen Stuhl und geht zum Herd, wo bereits eine Teekanne dampft. Sie schenkt zwei Tassen mit etwas ein, das nach Minze riecht, und geht dann zurück zum Tisch, um sich neben mich zu setzen.

Ich starre auf ein kleines Gemälde, das an der Wand über der Frühstücksecke hängt. Schöne Mädchen mit Frisuren und Kleidern im Flapper-Stil. Sie sind ganz in Weiß gekleidet und tanzen am Rande eines glitzernden Sees.

»Die griechischen Musen«, sagt Willa zu mir. »Ich habe das Bild in einem Secondhandladen gefunden, als ich *Midnight Music* schrieb. Wir waren damals so pleite, und ich versuchte, dieses baufällige alte Haus zu renovieren.« Sie hält inne. Pustet in ihren Tee. »Eden ist Orions Muse, weißt du.« Sie nimmt einen zögerlichen Schluck. »Jeder Künstler hat eine.«

Sie sind alle wunderschön, aber ein goldenes Mädchen zieht meine Blicke ganz besonders auf sich. Sie steht im flüchtigen Licht schimmernd, hüfttief im Wasser. Ihr weißes Kleid schwimmt um sie herum, silberne Bänder ziehen sich durch das kräuselnde Blau. Sie hat etwas an sich, das mich traurig macht.

Und dann fokussieren sich meine Augen, und ich sehe sie deutlicher. Wasser strömt aus einem Dutzend unsichtbarer Risse in ihren Armen, ihrer Brust, ihrem Gesicht in den See. Sie ist ein Springbrunnen, und aus all diesen Löchern, die niemand sehen kann, fließt Wasser aus ihr heraus.

Ich spüre, wie das Wasser auch aus meinen zerbrochenen Stellen zu fließen beginnt.

Ich muss weinen.

Schluchze an Willas Küchentisch.

»Was hast du da draußen gemacht, Avril?« Willas Stimme ist sanft. Leichthin. Aber in ihr liegt eine Festigkeit, die mir sagt, dass es nichts bringt, sie zu ignorieren. Also würge ich die Wahrheit heraus.

»Nach meiner Mutter gesucht.«

»Komm mit«, sagt Willa. Sie nimmt unsere beiden Becher und geht voran in das nächste Zimmer.

Sie deutet auf eine bequeme Couch, aber ich kann meine Füße nicht bewegen. Ich starre auf das Foto meiner Mutter, das auf dem Klavier in der Ecke steht. Es ist nur ein Schnappschuss. Sie steht am Rande einer Bühne. Sie hält einen Blumenstrauß in der Hand. Helle Lichter leuchten über ihrem Kopf, und sie lächelt. Sie sieht mir so ähnlich, dass ich einen Moment lang nicht weiß, wo ich war, als das Foto gemacht wurde.

Das muss das Bild sein, von dem Cole mir erzählt hat. Das, mit dem er aufgewachsen ist.

Willa führt mich zur Couch und drückt mich in eine Ecke. »Hier«, sagt sie und deckt mich mit einer dicken, weichen Decke zu. Dann streckt sie die Hand nach unten und streicht mir die Haare aus dem Gesicht.

»Wenn du deine Mutter suchst, dann suchst du hier drin mit mir. Nicht allein da draußen im Dunkeln.« Sie geht zu dem großen Fernseher an der anderen Wand, beugt sich hinunter und kramt im Schrank herum, dann legt sie eine DVD in den Player. »Wir haben vor ein paar Jahren all diese alten Filme digitalisiert, aber ich vermisse irgendwie die Kassetten.«

Willa nimmt die Fernbedienung in die Hand und geht zurück zur Couch. Sie setzt sich auf das andere Ende und zieht die Beine unter sich. Dann drückt sie einen Knopf. Und meine Mutter ist plötzlich lebendig.

Sie faulenzt auf einer Decke unter einem Baum und liest. Sie ist jung. Nicht viel älter als ich. Und sie trägt ein T-Shirt der Universität von Texas. Ihr weißblondes Haar ist zu einem Pferdeschwanz hochgesteckt. »Was liest du?«, fragt eine Stimme, und ich erkenne, dass es Willas Stimme ist. Meine Mutter hält ein Buch hoch. *Interview mit einem Vampir*. Dann rollt sie sich auf den Rücken. Und die Kamera schaltet sich aus.

Sie erwacht wieder zum Leben. Diesmal hockt sie auf einer Backsteinmauer und hält einen roten Plastikbecher in der Hand. Sie lacht. Ich habe meine Mutter noch nie lachen gehört. Ich bin wie erstarrt. Unfähig zu atmen oder mich zu bewegen. Dieses Lachen in meinen Ohren. So lebendig wie jetzt war meine Mutter noch nie für mich. Dann schaut sie in die Kamera. Bläst einen Kuss in unsere Richtung. »Hab dich lieb«, sagt sie. Und ich weiß, dass sie zu demjenigen spricht, der die Kamera hält. Willa, denke ich. Aber sie diese Worte sagen zu hören, bedeutet mir immer noch alles, und diese tiefe und schreckliche Sehnsucht sprudelt von irgendwo in mir hoch.

Ich fühle mich so beraubt.

Betrogen.

Ich stelle meine Tasse auf den Couchtisch vor dem Sofa und beuge mich vor, um diese Frau anzustarren, die so ähnlich aussieht und sich so ähnlich bewegt wie ich, aber ein anderes Feuer in ihren grünen Augen hat.

»Sie ist wunderschön«, sage ich und drehe mich zu Willa um. Sie hat Tränen auf den Wangen. Sie öffnet ihre Arme, und ich krabble über die Couch zu ihr. Ich lege meinen Kopf in ihren Schoß, und sie streichelt mein Haar, während ich meine Mutter anstarre, die von den Toten auferstanden ist.

Es gibt noch mehr kleine Videoschnipsel. Meine Mutter fährt Auto und singt zum Radio mit. Ein Lied von Alanis Morissette. Meine Mutter beim Einstudieren eines Monologs aus *Our Town*. Sie trägt Cowboystiefel und tanzt in einer Country-Bar Two-Step. Sie schneidet Grimassen vor dem Spiegel, während sie roten Lippenstift aufträgt. Sie kommt die Treppe herunter, gekleidet für eine Art formelle Veranstaltung. Sie hat ein dunkelgrünes Kleid an. Ihr Haar ist hochgesteckt. »Homecoming«, sagt Willa zu mir. »Unser Juniorjahr an der UT.« Dann gibt es einen Ausflug in den Zoo. Und den College-Abschluss. Weihnachten. Der Geburtstag von jemandem. Ein Skiausflug nach Colorado.

Und ich liebe sie alle. Meine Mutter zu sehen, wie sie sich bewegt und wie sie atmet, ist hypnotisierend. Aber ihre Stimme zu hören, macht mich einfach wahnsinnig. Sie setzt so viel Sehnsucht tief in meiner Seele frei. Ich weiß nicht, ob ich bis zu diesem Moment wirklich geglaubt habe, dass sie real ist. Und jetzt, wo ich weiß, dass sie es war, will ich sie mehr denn je.

Dann gibt es noch die Videos von Whisper Cove. Der letzte Sommer. Das Planschen in den Wellen. Das Einstudieren einer Tanznummer im Scheunentheater. Schulter an Schulter mit Glory auf der Veranda am Meer sitzend.

Auf dem letzten Bild flitze ich über den großen Rasen, und Cole folgt mir. Unser Lachen ertönt in Willas Wohnzimmer. Ich renne zu den Stufen der Meeresveranda, wo meine Mutter sitzt, und werfe ihr die Arme um den Hals. Sie nimmt mich in den Arm und zieht mich auf ihren Schoß, und ich spüre, wie mein Herz in meiner Brust explodiert. Alles, was ich will – alles, was ich je auf der Welt gewollt habe –, ist, mich an das Gefühl ihrer Arme zu erinnern. Sie schnappt sich auch Cole. Sie kitzelt uns beide. Sie dreht ihren Kopf und lächelt Glory an. Dann lässt sie uns los, und wir verschwinden um die Ecke des Bauernhauses. Glory wirft einen Blick über ihre Schulter zurück. Sie winkt in die Kamera.

»Cole war dein Schatten, von Anfang an.« Willas Finger streichen durch mein Haar, aber einen Moment lang stelle ich mir vor, dass sie meiner Mutter gehören. Dass wir diese Erinnerung gemeinsam teilen. Unsere Couch. Unser Haus. Und sie hat mir Tee gemacht. »Vom ersten Tag an, als ihr euch getroffen habt«, sagt Willa, »wart ihr ein Herz und eine Seele.« Sie seufzt. »Es war ein Traum für Nicole und mich, als wir beide zur gleichen Zeit erfahren haben, dass wir schwanger sind.« Sie hält inne. Nimmt einen weiteren Schluck aus ihrer Tasse. »Aber wir waren in den ersten Jahren so weit voneinander entfernt, und als sich die Gelegenheit ergab, dass sie den Sommer in Whisper Cove verbringen würde, wollte ich unbedingt, dass sie dich mitbringt.«

Ein weiteres Video hat begonnen. Cole und ich jagen am Strand hinter Möwen her. Wir rennen auf einen großen Schwarm zu, wedeln mit den Armen und lachen, und die Vögel fliegen alle auf einmal in die Luft. Der Bildschirm füllt sich mit Weiß. Ich setze mich auf und starre uns beide an. Wir sehen beide so glücklich aus.

»Ihr wart dicke Freunde«, sagt Willa. »Natürlich wart ihr beide die meiste Zeit des Sommers bei Glory. Ich war damit beschäftigt, das Theater in die schwarzen Zahlen zu bringen. Ich habe den ganzen Tag Spendenanrufe gemacht, jeden Tag.

Zuschussanträge ausgefüllt. Hin-und-her-Reisen in die Stadt zu Treffen mit Spendern. Und Nicole hat Tag und Nacht geprobt.« Sie lächelt wieder, aber dieses Mal ist es eine andere Art von Lächeln. Die Art, die mit einer hochgezogenen Augenbraue einhergeht. »Es überrascht mich kein bisschen, dass du und Cole immer noch diese besondere Verbindung habt. Ich bin froh, dass ihr wieder zueinandergefunden habt.« Sie sieht zu dem Bild auf dem Klavier. »Es gibt Menschen, mit denen wir durch das Leben gehen sollen, Avril. Wenn wir Glück haben, finden wir sie. Und wenn wir wirklich Glück haben, schaffen wir es, an ihnen festzuhalten.«

Und jetzt denke ich, dass ich vielleicht etwas falsch verstanden habe. Was, wenn ich eine Erinnerung mit einer anderen verwechsle? Wenn Cole und ich diese Wochen hauptsächlich zusammen verbracht haben, dann muss es so viele Sommernächte gegeben haben. Woher weiß ich, dass diese Erinnerung an Sternschnuppen nicht von einem anderen Abend stammt? Vielleicht vermischen sich meine Erinnerungen, so wie die Kreide auf dem Bürgersteig im Regen verläuft und sich vermischt.

Aber in dem Moment, als ich es denke, weiß ich, dass das nicht stimmt.

Cole Culver war in der Nacht da, als meine Mutter starb. Ich weiß es jetzt.

Ich habe es immer gewusst.

Willa nimmt meine Tasse vom Couchtisch, obwohl ich kaum einen Schluck getrunken habe. Sie geht in die Küche, um uns mehr Tee zu holen.

Ich sehe aus dem Fenster. Draußen wird es schon hell. Ich sollte gehen, denke ich. Damit Willa sich fertig machen kann, um ihren Tag zu beginnen.

In diesem Moment bricht Cole zwischen den Bäumen hervor. Er bewegt sich schnell. Er joggt über den Rasen. Ich weiß genau, in welchem Moment er das offene Tor sieht, denn er rennt los. »Avril!« Ein Herzschlag. »Avril!« Er rennt wie von Panik getrieben über den Rasen.

Ich höre, wie sich die Hintertür öffnet. »Sie ist hier drin«, ruft Willa. »Cole! Es geht ihr gut! Sie ist hier drinnen!«

Eine Sekunde später drängt Cole sich ins Wohnzimmer, direkt an seiner Mutter vorbei. »Val kam raus und hat mich geweckt. Sie war auf dem Weg ins Bad. Sie sagte, du wärst nicht in deinem Bett.« Willa lehnt im Türrahmen und beobachtet ihn. Beobachtet uns. »Avril«, sagt er. »Was ist letzte Nacht passiert? Warum bist du einfach so abgehauen?«

Ich bin noch nicht bereit, ihm etwas zu erzählen.

Meine Erinnerungen sind so seltsam und so durcheinander. Ich brauche ein wenig Zeit, um das alles zu verstehen.

Cole geht zur Couch. Er kniet sich vor mich. Seine Hände liegen auf meinem Gesicht. Er zieht mich zu sich heran. Küsst mich. Und sein Kuss ist so, wie er gestern Abend nicht war. Er ist zögernd. Zaghaft. Ein Kuss, der eine Frage stellt.

Eine Frage, auf die ich im Moment keine Antwort habe.

»Wie spät ist es?«, frage ich ihn.

»Fast sieben.«

»Ich muss mich für den Unterricht fertig machen«, sage ich und will aufstehen. Aber Willa kommt aus der Küche herein.

»Bleib«, sagt sie. »Ihr braucht Ruhe. Ihr beide.«

Willa ist wieder in der Küche verschwunden, also lassen Cole und ich uns zusammen auf der Couch nieder. Ich lasse zu, dass er seine Arme um mich schlingt. Denn was kann ich sonst tun?

Ein weiteres Video wird gerade abgespielt. Cole und ich werfen Spielzeugboote von der Spitze der Klippe. Ein weißhaariges Mädchen und ein dunkelhaariger Junge, an den ich mich gerne erinnern würde. Dann höre ich Glorys Stimme aus dem Hintergrund der Kamera. »Vorsicht. Nicht zu nah. Es ist gefährlich.«

Willa kommt herein und schaltet den Fernseher aus. Sie deckt uns mit der Decke zu, und als sie sich hinunterbeugt, um die Lampe auf dem Beistelltisch auszuschalten, berührt sie mein Haar so sanft. Es ist wie der Gutenachtkuss einer Mutter.

Ich bin beinahe eingeschlafen, als ich Schritte auf der Treppe höre, aber ich schaffe es, die Augen zu öffnen, und sehe Brody auf dem Treppenabsatz stehen, der Cole und mich zusammengerollt auf der Couch anschaut. Die Angst kribbelt in mir wie eine Flamme. Aber ich kann nicht durch die Erschöpfung schwimmen. Es ist zu viel. Und ehe ich michs versehe, versinke ich wieder.

»Pssst«, sagt Willa. »Es war eine harte Nacht. Lass sie sich ausruhen.«

Mir sind die Augen zugefallen.

»Was macht sie hier?«, fragt Brody.

Willas Antwort ist das Letzte, was ich höre, bevor ich in den Schlaf falle.

»Sie ist nach Hause gekommen.«

AKT II: SZENE 9

Es ist fast Mittag, als Cole mich aufweckt. »Hey«, sagt er. »Alles in Ordnung?« Mein Körper ist steif und schmerzt, weil ich zu lange in einer Position geschlafen habe. Und in meinem Kopf dreht sich schon wieder alles.

Ich möchte ihm die Wahrheit darüber sagen, was letzte Nacht passiert ist. Wie sehr es mich erschreckt hat, zu erkennen, dass er die Stimme aus meinen alten Albträumen ist.

Sieh dir die Sterne an.

Aber ich tue es nicht, weil seine Augenringe heute Morgen so dunkel sind. Und ich bin mir noch nicht sicher, was das bedeutet.

Cole bietet mir an, mir ein Mittagessen zu kochen, aber ich muss duschen und mich frisch machen, bevor ich zur Arbeit bei Glory gehe, und so begnügt er sich damit, mich mit ein paar Erdnussbuttercrackern und unserem ersten Kuss im hellen Tageslicht zu verabschieden.

Wir stehen auf seiner Veranda, umgeben von Kübeln mit bunten Blumen, und werden von einer alten schwarz-weißen Katze beobachtet. Das vergessene Laubgebläse und der Benzinkanister. Die Gartenkelle. All die Kissen. Es ist ein schöner Tag. Perfekt. Frisch und klar und sauber. Die Art von Sommertag, die es in Dallas nie gibt, wo die Nachmittagshitze und die Luftfeuchtigkeit ausreichen, um einem die Haut von den Knochen zu schmelzen. Und ich möchte so gerne so tun, als wäre das alles, was es gibt.

Dieses schöne Wetter.

Diese schöne hintere Veranda.

Dieser wunderschöne, wunderschöne Junge.

Aber ich kann mich nicht mehr verstellen. Denn es gibt auch das Aufwachen knietief im Wasser. Am Strand in meine eigenen Augen zu starren. Den penetranten Geruch von Schweinen in der Nacht.

Coles Tasche voll mit Sternen.

Er nimmt meine Hände. Die kleine Blase von dem Feuerzeug ist nicht schlimm, aber ich zucke zusammen, als er die Hand mit dem Splitter in der Handfläche drückt. Er fährt mit dem Finger über die erhabene, entzündete Stelle, in der das Stück Holz steckt. »Es ist nichts«, sage ich ihm.

Wir sollten über den splitternden Zaun sprechen.

Die Stiefel auf der Veranda des Bauernhauses.

Aber bei Tageslicht kann mein Verstand diese Dinge nicht real erscheinen lassen.

Auch wenn meine Hand pocht.

Ich gehe durch den Wald zurück nach Whisper Cove und achte darauf, dass ich auf der anderen Seite des Bauernhauses vorbeigehe, denn es ist Mittagszeit, und die Cafeteria hat große Fenster.

Ich schleiche mich in die Hütte, so wie ich mich manchmal in unsere Wohnung in Dallas schleiche, wenn ich länger weg war, als ich eigentlich sollte. Ich tue Dinge, die ich nicht tun sollte. Aber es ist unnötig, leise zu sein. Die Hütte ist leer.

Ich finde eine Pinzette in Vals Kosmetiktasche und grabe den Splitter aus meiner Handfläche. Ich starre das winzige Stück Holz an. Es ist unmöglich, dass es dort sein kann. Aber es ist da. Wie soll ich mir das erklären?

Wie weit kann man seinen Geist beugen, bevor er zerbricht?

Ich packe meine Sachen und gehe unter die Dusche. Das heiße Wasser fühlt sich auf meinen schmerzenden Muskeln gut an. Es macht meinen Kopf ein wenig frei, und als ich an Glorys Schreibtisch auftauche, scheint sie nicht zu bemerken, dass irgendetwas nicht in Ordnung ist.

Ich werde sehr gut darin, Dinge zu vertuschen. Sogar noch besser, als ich es ohnehin immer gewesen war.

Ich greife nach dem Stapel Aktenordner für heute, als Glory etwas aus ihrer Handtasche zieht. Sie will es mir geben, zögert dann aber, als könnte sie es nicht ertragen, es aus der Hand zu geben. »Ich habe das gefunden«, sagt sie. »Ich wusste, dass ich es irgendwo hatte, aber ich habe schon so lange nicht mehr danach gesucht.«

Sie reicht mir ein Foto und sieht mir über die Schulter, während ich es anstarre. Meine Mutter sitzt an einem der schweren Holztische in der Bibliothek. Sie tippt auf der Tastatur eines Laptops und hat ein paar Notizbücher neben sich ausgebreitet. Sie sind aufgeschlagen, sodass ich die Einbände nicht sehen kann, aber ich frage mich, ob eins davon das grüne ist. Das, das ich jetzt habe. Sie sieht auf den Laptop-Bildschirm, und ein paar blonde Haarsträhnen hängen ihr lose ins Gesicht. Aber man kann ihre Augen deutlich sehen, und sie leuchten so hell.

»Das ist mein Lieblingsfoto von Nicki«, sagt Glory. »Gott, ich liebe dieses Funkeln in ihren Augen.«

»Sie sieht glücklich aus«, sage ich, und Glory nickt.

»Nicki war glücklich. Meistens. Aber ich glaube, sie war hin- und hergerissen zwischen dem Leben, das sie hatte, und dem Leben, von dem sie wusste, dass sie es haben könnte, wenn sie es wollte.« Glory sieht mich an. »Sie war im *Werden* begriffen. Verstehst du? Sie hat sich darauf vorbereitet, herauszutreten und die zu sein, die sie wirklich sein wollte, denke ich. Und Werden ist nie schmerzlos.«

Ich halte Glory das Foto hin. »Danke, dass du mir das gezeigt hast«, sage ich zu ihr. Aber sie nimmt es mir nicht aus der Hand.

»Nein«, sagt sie und lächelt. »Behalte es. Ich habe meine Erinnerungen an Nicki. Du solltest das Bild haben.«

Den Rest des Nachmittags muss ich immer wieder daran denken, was Glory gesagt hat. Es läuft in einer Schleife in meinem Kopf, während ich Rechnungen abhefte und Brodys Anrufe beantworte. Denn was ist, wenn es das ist, was ich auch tue? Was, wenn ich *zu etwas werde*? Aber ich kann nicht zu der werden, die ich sein soll, solange ich nicht weiß, wer ich bin. Wo ich herkomme.

Bis ich meine Mutter kenne.

Und was in jener Nacht geschah.

Und das ist schmerzhaft, wie Glory gesagt hat.

Als Lex und Val zum Abendessen durch die Fliegengittertür stürmen, sieht Lex unglaublich erleichtert aus, mich zu sehen.

»Av!«, sagt er, als wären wir seit sieben Jahren getrennt gewesen. »Ich habe dich den ganzen Tag nicht gesehen!« Er schenkt mir ein kleines Grinsen. »Wie ist die private Probe gelaufen, du Glückspilz?«

»Hm?«, frage ich ihn.

»Willa hat uns gesagt, dass du deshalb heute Morgen nicht im Workshop warst. Sie sagte, sie hätte dich für eine kleine Einzelprobe zu sich geholt.«

»Oh«, sage ich. »Ja. Es war gut.« Ich lüge Lex nicht gerne an, und es macht mir Sorgen, wie leicht mir die Unehrlichkeit von der Zunge geht. »Wirklich gut.«

Val starrt mich an, aber sie sagt kein Wort. Und ich erinnere mich, wie Cole erzählte, sie habe ihn heute Morgen schlafend auf der Veranda der Hütte gefunden. Wie sie ihn geweckt und ihm gesagt hat, dass ich nicht in meinem Bett bin. Wahrscheinlich ist er wie ein Wilder davongerannt.

Ich folge Lex und Val in die Cafeteria und fülle mein Tablett mit Spaghetti und Salat. Aber ich kann nicht wirklich etwas davon essen. Ich fühle mich so losgelöst von allem und jedem. Als würde ich durch den Tag schweben.

Val nimmt mich nach dem Essen zur Seite. »Was, zum Teufel, ist hier los?«, fragt sie mich. Wir stehen auf dem Flur vor der Cafeteria, neben der großen Tafel, auf der in blauen Druckbuchstaben ITALIENISCHE NACHT steht. Ihr langes, dunkles Haar ist zu einem Pferdeschwanz zurückgebunden, und ich sehe zu, wie es hinter ihr schwingt, während sie mich anstarrt.

»Das versuche ich herauszufinden«, sage ich. »Das tue ich wirklich. Aber im Moment habe ich keinen Schimmer.«

Val nickt, als könnte sie das akzeptieren. Aber dann sagt sie: »Du musst nicht alles allein herausfinden, weißt du.« Ihre Hand liegt auf meinem Arm. »Wenn es mit Cole scheiße ist, kannst du mit mir reden. Ich weiß ein oder zwei Dinge über komplizierte Beziehungen.«

Und ich wünschte so sehr, dass es nur das wäre. Ärger mit einem Jungen. Aber das geht so viel tiefer, und ich finde nicht die Worte oder den Willen, das alles zu erklären. Also nicke ich nur und versichere Val, dass es mir gut geht.

Aber ich weiß, dass das eine Lüge ist. Und so, wie sie mich mit ihren Katzenaugen ansieht, weiß Val das wahrscheinlich auch.

Cole begrüßt mich vor der Probe an der Scheune, und als er seine Arme um mich legt, verkrampfe ich mich. Ich höre immer wieder diese Worte aus meinen Träumen.

Sieh dir die Sterne an.

Coles Worte. Wie konnte ich das nicht wissen?

Er nimmt meine Hand und dreht sie mit der Handfläche nach oben. Er berührt die Stelle, an der ich mir den Splitter aus dem Fleisch gezogen habe. »Alles in Ordnung?«

Ich finde das fast schon komisch. Cole Culvers Begabung, die schwierigsten Fragen zu stellen, ist so ziemlich beispiellos.

»Ich weiß es nicht«, sage ich ihm. Und das ist das Wahrhaftigste, was ich je jemandem gesagt habe.

Coles Stirn ist an meine gepresst. Ich spüre seinen Atem an meinen Wimpern. Die Festigkeit seiner Lippen auf meinem Wangenknochen. »Wir müssen ehrlich zueinander sein, okay? Kein Zensieren. Oder Verstecken.«

»Ja«, verspreche ich. »Kein Verstecken.«

Aber im Moment verstecke ich so viel.

Ich versuche, mir einzureden, dass es nichts bedeutet, diese Erinnerung an Cole, der Meerglas in die Dunkelheit wirft.

Wie Glory mir sagte, ist das Gedächtnis seltsam. Dinge werden umhergeschoben. Verzerrt. Gerade so viel verändert, dass es zu etwas wird, das es nicht war.

Du vergisst, dass es Kirschen auf der Tapete gab.

Oder dass die Augen von jemandem braun waren.

Irgendwie wird etwas Unschuldiges zu einem Albtraum.

Aber es gibt keine Erklärung für den anderen Teil.

B.C. in das Notizbuch meiner Mutter gekritzelt, wie die Initialen von Liebenden in einen Baum geritzt werden.

Cole nimmt meine Hand und führt mich ins Theater. »Komm schon«, sagt er mit einem kleinen Grinsen. »Wir können unsere berühmte Regisseurin nicht warten lassen.«

»Okay«, erklärt Willa, als die Probe beginnt, »dies ist die nächste Szene mit Orion und Eden, nach dem Tanz. Bisher haben wir die beiden dabei beobachtet, wie sie sich ineinander verliebt haben, und das war ein schöner Anfang.«

Jude wirft Cole die Decke zu. »Wir sind wieder am Ufer des Flusses«, sagt er. »Die Szene beginnt damit, dass Orion bereits auf der Bühne steht, dann kommt Eden herein.«

Wir nehmen unsere Plätze ein, und Willa gibt uns das Zeichen anzufangen.

EDEN: Es ist so schön hier.

Cole dreht sich um und sieht mich einen Moment lang an, bevor er mir die Hand reicht, damit ich mich zu ihm setze.

ORION: Ich habe es schon tausendmal so gesehen, aber es war noch nie so schön wie heute.

Ich gehe zur Decke und setze mich hin. Cole legt seinen Arm um mich, und ich kuschle mich an ihn. Das fühlt sich gut an.

Richtig.

ORION: Ich war mir nicht sicher, ob du heute Abend kommen würdest.

EDEN: Sieh mal, wie meine Sterne leuchten. Hast du sie für mich poliert?

ORION: Das habe ich. Es hat den ganzen Tag gedauert.

Er mustert mich eine Minute lang, sein Blick wird allmählich ernster. Dann fährt er mit seinem Text fort.

ORION: Wo bist du gestern Abend hingegangen? Nach dem Tanz? Warum bist du weggelaufen?

EDEN: Ich hatte Angst.

ORION: Vor mir?

Ich zucke zusammen, und Cole legt seine Hände auf beide Seiten meines Gesichts. Er zwingt mich, ihn anzusehen.

ORION: Ich würde dir niemals wehtun.
EDEN: Das weiß ich. Ich habe Angst, dass ich dich verletzen könnte. Was ist, wenn ich das hier nicht gut kann?
ORION: Was?
EDEN: Jemanden zu lieben.

Cole lächelt fast. Seine Augen sind so schön.

ORION: Liebst du mich wirklich, Eden?

Seine Stimme ist neckend. Aber da ist eine ernste Frage. Etwas Reales hinter der geschriebenen Zeile.

EDEN: Ich weiß es nicht. Woher soll ich das wissen, wenn ich noch nie verliebt gewesen bin?

Cole sieht mich an. Ich spüre die Hitze aus seinen Augen.

ORION: Ich liebe dich.
EDEN: Ich erinnere mich nicht, dass mir das je jemand sagte.
ORION: Ich werde es jeden Tag für den Rest meines Lebens zu dir sagen. Aber ich wünschte, es gäbe ein besseres Wort. Das Wort Liebe scheint nicht groß genug zu sein.
EDEN: Dann werden wir eine neue Sprache erfinden müssen. Mit einem Wort, das nur uns gehört.

Ich weiß, was als Nächstes kommt, weil es im Skript steht, aber es raubt mir trotzdem den Atem, als Cole nach mir greift und mich für einen Kuss an sich zieht.

Mein Kopf beginnt zu schwimmen, und ich höre das musikalische Klimpern von Windspielen. Eine Gänsehaut breitet sich auf meinen Armen aus. Ich habe Angst und beginne zu zittern.

Ich weiß, wenn ich meine Augen öffne, werde ich mich in Erinnerungen verlieren. Und ich werde Sterne sehen.

Aber nicht meine Sterne.

Coles Sterne.

Das Gras. Diese Nacht.

Ich werde in dieser anderen Welt verloren sein. Einer Scheinwelt.

Oder Erinnerung.

Also kneife ich die Augen zusammen und versuche, mich auf das zu konzentrieren, von dem ich weiß, dass es real ist. Der harte Bühnenboden unter mir. Das leise Summen der Bühnenbeleuchtung.

Coles Lippen.

Ich lasse ihn meinen Anker sein, denn er hält mich nahe am Ufer.

Als das Gefühl nachlässt, öffne ich die Augen, und wir fahren mit der Szene fort. Und ich verliere mich nicht wieder. Ich bleibe geerdet. In der Gegenwart.

Die Probe dauert länger als sonst. Es ist fast elf Uhr, als Willa Feierabend macht. Sie bittet Jude und Cole zu bleiben und ihr bei den Vorbereitungen für morgen zu helfen. Wir werden neue Szenen einstudieren, und sie braucht Hilfe, um einige Kulissen aus der Werkstatt zu holen.

Cole sagt, er werde später zu mir kommen, und ich nicke, denn ich weiß, dass wir reden müssen. Auch wenn ich mich davor fürchte. Dann ergreift Lex meine Hand. »Komm mit«, flüstert er. »Ich habe eine Überraschung für dich.« Wir gehen nach draußen, und ich sehe zum Himmel hinauf. Es droht schon den ganzen Abend zu regnen, aber es hat noch nicht angefangen. »Komm schon«, fleht Lex. »Bitte?« Also lasse ich mich von ihm in Richtung Bauernhaus ziehen, hinten herum zum großen Rasen, von dem aus wir das Meer unterhalb von Whisper Cove sehen können.

Wir lassen uns auf dem dichten, weichen Gras nieder. Durch die Größe des Rasens fühle ich mich winzig. Die Fremdartigkeit von allem und das wunderbare Glitzern der Wellen im Mondlicht. Das tanzende Glühen des Leuchtturms. Die Erinnerung an die letzte Nacht. Wie der Leuchtturm nicht da war.

Das alles macht mich schwindelig.

Lex grinst mich schelmisch an, während er eine Flasche Wein aus seinem Rucksack holt.

»Woher hast du die?«, frage ich.

»Einer der anderen Jungs hatte sie unter seiner Koje versteckt.«

»Du hast sie gestohlen.« Ich tue so, als wäre ich schockiert, aber Lex lacht nur und schraubt den Deckel ab.

»Ja, aber bei wem soll er sich denn beschweren?« Er setzt die Flasche an seine Lippen und nimmt einen großen Schluck. Dann verzieht er das Gesicht. »Igitt! Das schmeckt beschissen.«

Er reicht mir die Flasche, und er hat recht. Es ist übermäßig süß. Ekelerregend. Aber ich nehme trotzdem einen großen Schluck. Auf dem Etikett steht Pfirsich, aber es schmeckt eher wie Hustensaft als alles andere. Ich reiche Lex die Flasche zurück und wische mir mit dem Handrücken über den klebrigen Mund.

Und dann öffnet sich der Himmel.

Lex packt mich am Arm und zerrt mich auf die Beine. »Los, komm!«, ruft er.

Lachend rennen wir gemeinsam auf die Veranda zu. Aber als wir dort ankommen, sind wir schon klatschnass. Wir klettern auf den Picknicktisch und beobachten, wie der Regen wasserfallartig vom Dach herabstürzt. Lex reicht mir die Weinflasche, und ich nehme einen großen Schluck. Das Geräusch des Regens füllt die Stille. Ich reiche die Flasche an Lex zurück. Ich denke über diesen seltsamen Erinnerungsblitz nach. Wie ich mich hier unter dem Picknicktisch versteckt habe. Die Hände über den Ohren. Wütende Stimmen. Goldene Riemchensandalen und rosa Zehennägel.

»Av?« Lex sieht mich an. Wir sind beide tropfnass. »Was ist los mit dir?«

Ich beobachte, wie sich ein Wassertropfen einen Weg über seine Nase bahnt. Er bewegt sich zwischen den Sommersprossen. Wasser rinnt über mein Gesicht. Es gleitet meinen Hals hinunter wie Coles Fingerspitzen. Es tropft mir den Rücken hinunter.

»Alles fühlt sich heute Abend eigenartig an«, sage ich ihm.

Er nickt. »Es ist so seltsam, dass das alles in ein paar Wochen vorbei sein wird.« Lex nimmt noch einen Schluck. Er verzieht das Gesicht und schüttelt den Kopf. »Ich weiß nicht, wie ich nach dem hier nach Hause gehen soll.«

Und ich weiß, was er meint, denn ich denke ständig das Gleiche.

»Es ist so, wie Willa am ersten Tag erklärt hat«, sage ich zu ihm. »Wir werden zu anderen Menschen.«

»Und das ist doch gut so, oder?« Seine Frage ist so ehrlich und echt, dass es schmerzt.

»Ich glaube schon«, sage ich. »Ich hoffe es verdammt noch mal.«

Wir sitzen lange und reden, reichen den Wein hin und her, während wir dem Regen lauschen.

Erzählen uns etwas.

Trinken etwas.

Lex erzählt mir, dass sein Vater ein Arschloch ist. »Er ist weggezogen, als ich noch klein war«, sagt er. »Und danach habe ich ihn nur noch ein paarmal gesehen. Dann ist der Wichser vor ein paar Jahren wieder in die Stadt gezogen und hat sich nicht einmal die Mühe gemacht, es mir zu sagen.« Er setzt die Flasche wieder an die Lippen. »Ich bin ihm vor dem Schnapsladen begegnet.«

»Ernsthaft?«, sage ich. »Das ist verkorkst.«

»Was ist mit deinem Vater?«, fragt er.

Ich zucke mit den Schultern. »Mein Vater ist kein Arschloch.« Ich hole mir von Lex die Flasche und nehme einen weiteren großen Schluck. Die klebrig-süße Wärme fließt durch meine Kehle. »Er ist überhaupt nichts.«

Noch eine Minute lang ist es ruhig. Nur Regen und Wein. Und im Dunkeln neben der angenehmen Wärme eines guten Freundes zu sitzen.

»Ich glaube, ich bin am Arsch, Av«, gibt Lex zu, nachdem er einen besonders langen Schluck genommen hat. Er seufzt in die feuchte Luft. »Ich bin völlig verknallt.«

»Jude ist hinreißend«, sage ich. »Es wäre schwer, es nicht zu tun.«

»Ich versuche, es einfach zu genießen, weißt du? Ich will mir keine Gedanken darüber machen, was später passiert. Aber es ist, als würde ich jede Sekunde, in der wir zusammen sind, herunterzählen.« Er reicht den Wein in meine Richtung. »Noch achtzehn Tage.« Ich beobachte, wie er sich hinunterbeugt, um ein paar nasse Grashalme von seinen Knöcheln zu pflücken, und es erinnert mich an meinen ersten Morgen hier. Als ich mit dem Schlamm und dem Gras in meinem Laken aufgewacht bin. Ich erschauere, und Lex sieht mich an. »Im Ernst. Bist du okay?« Ich nicke. Ich rutsche auf dem Picknicktisch etwas näher zu ihm. Er legt einen Arm um mich, und ich lasse meinen Kopf an seine Schulter sinken. »Wie läuft's mit Cole?«

»Ich glaube, ich könnte mich vielleicht in ihn verlieben, Lex. Wirklich.« Ich starre hinunter auf die verwitterten Bretter der Veranda und frage mich, warum ich das gerade laut gesagt habe. Denn ich wusste nicht einmal, dass ich es gedacht hatte, bis die Worte aus meinem Mund kamen. Ich sehe wieder zu Lex hoch. »Ich war noch nie verliebt.« Ich sehe, wie er das alles aufnimmt. »Ich meine, ich sage ja nicht, dass ich ihn nach einer Woche und zwei Tagen liebe. Ich bin nicht dumm. Ich bin nicht so ein Mädchen. Oh Gott! Ich will nicht so ein Mädchen sein. Ich denke nur, dass ich es vielleicht tun könnte. Cole lieben. Irgendwann. Das Potenzial ist da.« Lex sieht mich immer noch an. »Oh Scheiße.« Ich kichere. »Ich glaube, ich bin betrunken.«

Lex lacht, dann kramt er in seiner Tasche und holt eine Schachtel Zigaretten heraus. »Nur noch eine«, sagt er. »Wir müssen sie uns teilen.« Er kramt eine kleine Schachtel Streichhölzer hervor, um sie anzuzünden, und mir fällt ein, dass ich ja noch sein Feuerzeug habe. Er nimmt einen Zug, bevor er sie an mich weitergibt.

Ich ziehe den Rauch in meine Lunge. Atme ihn aus. Huste. »Ich glaube, ich fange an, mich an Dinge zu erinnern«, sage ich.

Lex nimmt mir die Zigarette aus den Fingern. Ich beobachte, wie er an ihr zieht und sie festhält. »In Bezug auf deine Mom?« Er stößt den Rauch langsam aus.

»Ja. Nichts Großes. Nur Kleinigkeiten, weißt du? Hauptsächlich Sachen von diesem Sommer hier. Bevor sie starb.« Ich denke an die Sterne, die ins Meer fallen. An Coles Stimme in der Dunkelheit. »Aber manches davon ergibt keinen Sinn. Es ist verwirrend. Als ob alles durcheinander wäre oder so.«

Lex seufzt. »Alles ist verdammt verwirrend.«

Es ist eine Art biblische Magie, wie lange diese eine Zigarette anhält. Ein Wunder. Wie Jesus es mit den Broten und Fischen tat. Wir reichen sie einfach hin und her. Jedes Mal, wenn ich sie an meine Lippen halte, schmecke ich Lex' minzigen Labello.

Als die Zigarette endlich heruntergebrannt ist, steht Lex auf und geht zum Rand der Veranda hinüber. Er beugt sich hinunter, um sie auf den nassen Stufen auszudrücken. Dann schnippt er die Kippe in die Büsche. Er streckt eine Hand in den Regen und dreht die Handfläche nach oben.

Ich beobachte, wie das Wasser durch seine Finger läuft. Er dreht sich zurück und lächelt mich an, und es haut mich um, wie schön er ist. Rotgoldenes Haar und leuchtende Augen gegen das dunkle Blau der Nacht. Der Regenvorhang hinter ihm. Er raubt mir den Atem.

Lex kommt zurück zum Picknicktisch und setzt sich wieder neben mich.

»Ist irgendwas passiert?«, frage ich ihn. »Seit du hier bist? Irgendetwas Merkwürdiges?«

Er zieht eine rote Augenbraue hoch und grinst mich an.

»Ich meine, ich war nackt baden.«

»Ja«, sage ich. »Abgesehen davon.«

Er ist eine Minute lang still. Dann nimmt er einen großen Schluck aus der Weinflasche. »Vor ein paar Nächten wollten Jude und ich uns in die Scheune schleichen. Wir suchten einen Ort, an dem wir allein sein konnten. Verstehst du? Und es war schon spät. Vielleicht ein Uhr nachts. Aber Jude hat einen Schlüssel, also dachten wir ...« Er bricht ab. Nimmt noch einen Schluck Wein. »Aber wir haben es nicht geschafft.«

»Was soll das heißen, ihr habt es nicht geschafft?«

Lex zuckt mit den Schultern. »Wir konnten sie nirgendwo finden. Die Scheune. Wir sind immer weitergelaufen. Und ich weiß, dass wir in die richtige Richtung gelaufen sind. Aber wir haben sie nie gefunden.«

»Ich habe mich hier so oft verlaufen«, sage ich zu ihm und hoffe, dass er die Angst in meiner Stimme nicht hören kann. »Man kann sich leicht verirren.«

Lex dreht sich zu mir um, und ich denke, er will etwas sagen, aber stattdessen beugt er sich vor und presst seine Lippen auf meine. Ich schnappe überrascht nach Luft, und als ich meinen Mund öffne, spüre ich seine Zunge an meinen Zahnreihen. Nur für eine Sekunde. Sein Kuss ist zärtlich. Süß. Dann zieht er sich zurück und kichert. Mein Mund kribbelt. Dieser verdammte minzige Labello.

»Oh Scheiße«, sagt er und klatscht seine Hand vor den Mund. Er wirft den Kopf zurück, lacht und nimmt einen weiteren Schluck Wein. »Ich schätze, ich bin auch betrunken.«

Wir lachen jetzt beide. Wir lehnen uns aneinander und lachen so sehr, dass uns die Tränen über die Wangen laufen.

Ich rutsche nach unten, sodass ich auf dem Picknicktisch liege, mit dem Kopf in Lex' Schoß, und sehe mir die Sterne an.

Coles Sterne.

Lex streicht mir mit den Fingern durch die Haare. »Versprich mir, dass du für immer meine beste Freundin sein wirst«, sagt er.

Ich lächle zu ihm hoch. »Das werde ich, wenn du mich lässt.«

Irgendwie schlafe ich so ein. Auf dem harten Picknicktisch mit Lex' Fingern in meinem Haar. Mit dem Wiegenlied des Regens. Und als ich aufwache, ist Lex auch eingeschlafen. Wir sind aneinandergekuschelt wie Kätzchen.

Es ist das Nebelhorn, das mich aus meinen Träumen reißt. Wie immer. Es schallt gegen meine Rippen. Ich sehe auf meine Uhr. Zwei Uhr. Der Regen hat aufgehört. Die Nacht ist kalt geworden, und der Nebel ist vom Meer her über den Rasen gekrochen. Ich hebe die Weinflasche auf. Sie ist so gut wie leer, aber ich nehme sie mit, als ich zur Treppe hinübergehe, um in die Dunkelheit zu starren. Ich kippe die Flasche hoch, um den letzten Rest der Flüssigkeit zu trinken. Und es wärmt mich. Zumindest für den Moment.

Ich wende mich wieder dem Picknicktisch zu, um Lex zu sehen, aber er ist weg. Und nur für einen Moment steht meine Mutter da. Goldene Sandalen und rosa Zehen. Ich sehe ein kleines Mädchen in einem lila Kleid, das sich unter dem Tisch versteckt. Sie hält sich die Hände über die Ohren.

Dann höre ich die Stimme meiner Mutter so deutlich. Ich kenne sie jetzt, von den Videos, die Willa mir gezeigt hat. »*Kein Versteckspiel mehr!*« Ihre Worte kommen mit einem tiefen, wütenden Zischen. »Ich will, dass alles ans Licht kommt!«

Ein Blitz verwandelt Mitternacht in Mittag, und ich sehe hinaus auf die große Wiese. Als ich wieder zurückblicke, sind die Frau und das kleine Mädchen verschwunden. Lex schläft wieder oben auf dem Picknicktisch.

Und ich weiß nicht, ob das, was ich gerade gesehen habe, Magie war – oder eine Erinnerung. Der Regen. Oder der Wein. Aber ich weiß, dass Glory recht hatte. Meine Mutter hatte ein Geheimnis. Eines, das sie keinesfalls noch länger für sich behalten wollte.

Ich denke wieder an diese Initialen. *B. C.* Und die Worte, die meine Mutter hinter sie gekritzelt hat. *Finde heraus, wie du es beenden kannst!!!* Diese drei verzweifelten Ausrufezeichen.

Weitere Blitze teilen die Welt in zwei Hälften. Es ist so schön, dass ich wünschte, Lex wäre wach, um es zu sehen. Ich fühle mich einsam, wenn ich daran denke, dass alle Menschen auf der ganzen Welt schlafen, nur ich nicht.

Dann sehe ich das kleine blonde Mädchen im weißen Nachthemd.

Sie tanzt auf dem dunklen Rasen, ohne den wirbelnden Nebel zu bemerken. Sie hebt eine Hand und winkt mir zu. Ich winke nicht zurück, also tanzt sie einfach weiter – wirbelt und dreht sich. Ihr Mund ist offen, und ich kann sie lachen hören.

Und dann ist sie nicht mehr allein. Ein kleiner dunkelhaariger Junge hat sich zu ihr gesellt. Ich beobachte, wie sie sich gegenseitig über das glitschige Gras jagen. Er ergreift ihre Hände und zieht sie in Richtung der Bäume. In Richtung des Wegs zum Haus der Culvers.

Die Flasche gleitet mir aus der Hand und zerschellt auf den Steinstufen.

Ein weiterer Blitz lenkt meinen Blick zum Himmel hinauf.

Und dann regnet es wieder. Das Wasser strömt vom Himmel, wie es aus einem Wasserhahn im Bad strömt.

Als ich wieder nach unten sehe, sind der Junge und das Mädchen verschwunden, und das Wasser schwappt den abfallenden Rasen hinauf wie Wellen, die an den Strand gespült werden. Jedes Mal ein bisschen höher. Die steigende Flut schwemmt die Picknicktische weg, die über den grasbewachsenen Hang verstreut sind. Sie verschlingt die höchsten Bäume. Sie schäumt und wirbelt und steigt und wühlt, bis der große Rasen wie der Ozean in einem Hurrikan aussieht.

Ich beobachte, wie das Wasser näher kommt. Es bedeckt die Laternenpfähle, die am Wegesrand stehen, aber die Lichter erlöschen nicht. Ich sehe sie unter dem dunklen Wasser leuchten und blinken, wie seltsam leuchtende Quallen.

Ich stehe immer noch auf der Treppe, und jetzt wirbelt das Wasser um meine Knöchel.

Ich trete auf die Veranda und weiche zurück, als das Meerwasser über die Bretter zu kriechen beginnt. Es wirbelt um meine Waden. Es wird höher und höher.

Knie.

Taille.

Brustkorb.

Die Welt ist mit Wasser gefüllt, und ich frage mich, wie lange es dauern wird, bis ich ertrinke. Und ob ich es dieses Mal richtig machen werde.

Ich habe einmal einen Zeitschriftenartikel darüber gelesen, dass Ertrinken nicht so aussieht, wie wir es uns vorstellen. Es gibt kein Schreien oder Würgen oder Armwedeln. Kein Rufen nach Hilfe. Ertrinken ist stumm, hieß es in dem Artikel. Tödlich still. Und die meiste Zeit merkt es nicht einmal jemand anders.

Das Wasser steht mir jetzt bis zum Hals.

Ich mache mir Sorgen um die zerbrochene Weinflasche, die rasiermesserscharfen Glassplitter, von denen ich weiß, dass sie im Wasser liegen. Und ich mache mir Gedanken über das Mädchen im weißen Nachthemd. Und den kleinen Jungen mit dem dunklen Haar. Wurden sie weggeschwemmt? Oder lauern sie irgendwo unter dem schwarzen Wasser, wie die Scherben der zerbrochenen Flasche?

Dann habe ich einen weiteren Gedanken. Einen, der mir mehr Angst macht als alle anderen.

Lex.

Lex schläft immer noch auf dem Picknicktisch.

Und ich weiß, dass das Wasser ihn zudecken wird.

Ihn ertränken wird.

Oder ihn wegspülen wird.

Dass die Glasscherben ihn in Stücke reißen werden.

Oder das Mädchen im weißen Nachthemd wird ihn unter die dunkle Oberfläche ziehen, wo ich nicht an ihn herankomme.

Doch als ich mich umdrehe und seinen Namen rufe, steht er direkt hinter mir.

Das erschreckt mich, und ich trete einen Schritt zurück.

Seine Hände liegen auf meinen Schultern.

»Avril?« Ich möchte ihn vor dem aufgewühlten Wasser, den Glasscherben und dem Mädchen in Weiß warnen, aber ich kann nicht. Ich bin so kalt und nass. Völlig durchgefroren. Und der Regen fällt immer noch. »Avril.« Lex sagt wieder meinen Namen, und dieses Mal schüttelt er mich ein wenig. »Hey! Wir müssen zu den Hütten laufen. Bevor der Regen wieder anfängt.«

Ich strecke die Hand aus und berühre sein Haar.

Trocken.

Die Veranda ist trocken.

Er nimmt mir die Weinflasche aus der Hand.

Ich spüre, wie ich zittere. Ich lege meine Arme um Lex' Hals, und er umarmt mich fest.

»Hey«, sagt er. Seine Stimme ist so sanft in meinem Ohr. »Schon gut. Ich wollte dich nicht erschrecken.«

Ich löse mich aus seinen Armen und sehe mich um. Der Himmel sieht aus wie am frühen Morgen. Ich höre das leise Grollen entfernten Donners. »Wie spät ist es?«, frage ich.

»Fünf Uhr«, sagt er. Aber es war erst zwei, als ich aufgewacht bin. Und ich frage mich, warum Cole mich nicht gefunden hat. Cole findet mich immer. Lex' Augen sehen besorgt aus. Er streicht mir das feuchte Haar aus dem Gesicht. »Du würdest es mir doch sagen, Av, wenn du in Schwierigkeiten wärst, oder?«

»Ja«, verspreche ich. »Natürlich würde ich das.« Aber ich frage mich, woher ich wissen würde, ob ich wirklich in Schwierigkeiten stecke.

Würde ich das überhaupt erkennen können?

»Komm schon«, sagt er, und wir packen unsere Sachen zusammen und rennen über das Feld. Der Regen setzt gerade wieder ein, als wir die Eingangstreppe der Hütte erreichen. Ich höre die ersten kalten, nassen Tropfen auf das Dach prasseln. Lex rät mir, ich solle vor dem Frühstück noch ein paar Stunden schlafen, und ich verspreche ihm, das zu tun. Aber als ich mich umdrehe, um ins Haus zu gehen, erstarre ich. An der Türklinke baumelt ein Lavendelbündel. Es ist mit Bindfaden verschnürt, und sein Geruch dringt in mein Gehirn ein. Ich nehme es mit zitternden Fingern und werfe es in den Regen. Dann schleiche ich hinein.

Aber ich kann nicht schlafen. Egal, was ich Lex versprochen habe. Ich höre immer wieder diese Stimmen aus der Vergangenheit.

Die meiner Mutter. *Ich will, dass alles ans Licht kommt.*

Und Coles. *Sieh dir die Sterne an!*

Ich ziehe wieder das Notizbuch meiner Mutter hervor. Ich lasse mich auf dem Boden vor meiner Koje nieder und studiere es im Licht des Handys. Hier muss noch etwas über Brody Culver stehen. Ich brauche einen weiteren Anhaltspunkt. Einen Beweis. Etwas, das mir helfen wird zu verstehen, wer meine Mutter wirklich war. Und zu wem sie in jenem Sommer in Whisper Cove wurde.

Aber ich finde nichts Neues. Zumindest nicht, bis ich das Notizbuch umdrehe. Die hintere Ecke ist wasserverschmiert und fleckig. Aber ich kann gerade noch erkennen, was in der oberen rechten Ecke steht. *Nr. 2,* steht da. Und zuerst kann ich mir nicht erklären, was das bedeuten könnte. Dann erinnere ich mich an das Foto, das Glory mir gegeben hat. Das, auf dem meine Mutter am Tisch in der Bibliothek arbeitet.

Ich krame das Bild aus meinem Rucksack und starre es an. Und ich hatte recht. Neben ihrem Laptop liegen zwei aufgeschlagene Notizbücher. Ich starre mit zusammengekniffenen Augen auf das Bild, aber es ist zu klein und zu unscharf. Ich kann nichts von der Schrift lesen.

Ich stecke das Foto in das grüne Notizbuch und packe beides zurück in meinen Rucksack. Es gibt noch so viele unbeantwortete Fragen, aber die Welt scheint plötzlich ein wenig fester zu werden. Denn seit Wochen stolpere ich von einer zufälligen Erinnerung zur nächsten, ohne etwas Konkretes, das sie miteinander verbindet. Und jetzt weiß ich wenigstens, wonach ich suche.

Notizbuch Nr. 1.

AKT II: SZENE 10

Am nächsten Morgen sitzen wir an unserem üblichen Tisch in der Mitte der Cafeteria, als mir Brody Culver ins Auge fällt. Ich habe ihn nur ein paarmal getroffen, seit ich in Whisper Cove bin, und ich war nicht darauf vorbereitet, ihn heute Morgen zu sehen.

Er winkt uns allen zu und lächelt überfreundlich, und ich gerate in Panik. Aber er kommt nicht rüber, um zu plaudern. Er holt sich nur einen Kaffee und einen Muffin und geht zurück in sein Büro. Und ich bin erleichtert. Ich bin nicht bereit, ihm wieder von Angesicht zu Angesicht gegenüberzustehen. Nicht, bis ich mir über einige Dinge klar geworden bin.

Doch so erleichtert ich mich auch fühle, Val sieht sogar noch erleichterter aus. Und ich frage mich, was es damit auf sich hat, aber sie sagt nichts dazu, also wende ich meine Gedanken wieder dem Notizbuch Nr. 1 zu.

Wir stellen gerade unsere Tabletts ab, als Val sich dicht zu mir beugt und mir ins Ohr flüstert: »Er hat mich neulich angefasst. Das war so eklig.«

»Wer?« Ich bin verwirrt.

»Brody Culver«, sagt sie. Und sie verzieht das Gesicht. »Ich habe im Garten gearbeitet, und er kam von hinten auf mich zu. Er legte seine Hände auf meine Schultern.« Ich erinnere mich daran, wie seine Finger auf meinem nackten Arm gelegen hatten. Als er mich in seinem Büro berührte. »Er sagte mir, er glaube, ich hätte Starpotenzial.«

»Ernsthaft?«

Sie beugt sich noch näher heran. Senkt ihre Stimme ein wenig mehr. »Eine der Damen, die in der Küche arbeiten, hat mir erzählt, dass er für solche Sachen bekannt ist. Bei den Schauspielerinnen, mit denen er arbeitet.« Val sieht über ihre Schulter und kneift dann ihre Katzenaugen zusammen. »Sie sagte auch, dass er sehr jähzornig ist. Dass er so schnell von nett auf fies umschalten kann, dass einem schwindelig wird. Also gib in seiner Nähe auf dich acht. Okay?«

»Ja.« Ich nicke. »Okay.« Ich wusste, dass sein lässiges Grinsen nicht echt war.

»Mädchen müssen zusammenhalten«, sagt Val und stupst mich mit der Schulter an. »Es gibt zu viele Scheißkerle da draußen.«

»Ja«, sage ich wieder.

Ich frage mich jetzt, ob es so zwischen Brody und meiner Mutter angefangen hat. Ob er ihr die Schultern massiert und ihr gesagt hat, sie hätte Starpotenzial. Ob er ihr versprochen hat, ihr bei einem Neuanfang zu helfen. Eine neue Chance für ein neues Leben.

Irgendwie schaffe ich es, den morgendlichen Workshop zu überstehen, eingeklemmt zwischen Val und Lex in der überfüllten Bibliothek, während jemand von Actors Equity ständig herunterleiert, wie die Gewerkschaft funktioniert. Aber alles, woran ich denke, ist dieses fehlende Notizbuch. Es ist nicht in der Kiste mit den Sachen, die mein Vater in Dallas hat.

Hat er es weggeworfen?

Oder ist es verloren gegangen?

Hat Glory es?

Sie hatte Notizbuch Nr. 2. Sie hat es all die Jahre aufbewahrt. Das scheint also die wahrscheinlichste Antwort zu sein. Zumindest ist das ein Anfang.

Als ich an diesem Nachmittag an ihrem Schreibtisch auftauche, komme ich mit meiner Frage ohne Umschweife zum Punkt.

»Meine Mutter hatte noch ein Notizbuch«, sage ich. »In jenem Sommer. Hast du es?«

Glory sieht von der E-Mail hoch, die sie gerade schreibt, und ich sehe die Panik in ihrem Gesicht.

»Noch ein Notizbuch?«

Ich nicke. »Das, das du mir gegeben hast, war als Nummer zwei beschriftet. Ich muss wissen, ob du Nummer eins hast.«

Sie schüttelt den Kopf. »Ich weiß nichts von einem anderen Notizbuch.«

Ich spüre, wie die Frustration in mir aufwallt. Denn nichts ist jemals einfach. Aber heute Nachmittag bin ich in der Stimmung für Antworten, und ich habe vor, eine zu bekommen. Also feuere ich eine weitere Runde ab.

»Meine Mutter hat meinen Vater betrogen. Stimmt's?«

Glory sieht von ihrem Computer auf und starrt mich eine Sekunde lang an. »Nein«, beginnt sie. Und sie schüttelt den Kopf. »Das ist nicht … Ich weiß nicht …« Ich kann sehen, wie sich ihre Zahnräder drehen. »Das ist doch nicht so wichtig, oder? Es ist schon lange her.«

Sie steht auf und geht zum Kopierer. Ich beobachte, wie sie den Deckel öffnet und ein Stück Papier auf das Glas legt. Sie schließt den Deckel und drückt die Knöpfe. Das Geräusch der Maschine summt durch die Luft; das Zischen der Kopien, die in das Sortierfach gespuckt werden.

»Bist du sicher?«, dränge ich. Denn ich weiß bereits, dass sie mich anlügt.

Glory steht immer noch vor dem Kopierer. »Ich will nicht …«, beginnt sie wieder. Dann hält sie inne und atmet tief seufzend ein und wieder aus. »Nicki war meine Freundin«, erzählt sie mir. »Die engste, die ich je hatte. Und, ehrlich gesagt, ist das alles, was ich noch weiß.« Sie dreht sich zu mir um, und in ihrem Gesicht steht so viel Schmerz. Sie setzt sich auf ihren Bürostuhl und starrt auf ihren Schreibtisch. »Alles andere über diesen Sommer ist … verschwommen.«

Ich weiß nicht, was ich sagen soll. Ich wollte sie nicht traurig machen. Glory ist so gut zu mir gewesen. Ich wollte nur erfahren, ob sie vielleicht noch etwas weiß. Etwas, das sie noch nicht erzählt hat.

Weil ich langsam verzweifle.

Als ich zum Abendessen in die Cafeteria komme, sitzen Lex, Jude und Val bereits an unserem üblichen Tisch. Ich nehme mir ein Schweinekotelett und etwas Reis und lasse mich auf einen der Plastikstühle fallen.

»Bist du bereit zu sterben?«, fragt Jude mich. Er kippt Ketchup über alles auf seinem Teller. Die Frage verwirrt mich, bis ich merke, dass er von der Probe spricht.

Wir arbeiten heute Abend an Edens Todesszene.

Die Szene, in der sie ertrinkt.

Lex sieht besorgt aus. Er mustert mich mit diesen strahlend blauen Augen. »Bist du sicher, dass du dafür bereit bist? Das muss doch merkwürdig sein.«

»Das ist eine intensive Szene«, stimmt Val zu. Sie sticht mit ihrer Gabel in ein Gurkenstück. »Auch ohne die …« Sie hält inne. »Die persönliche Verbindung.«

»Das ist in Ordnung«, sage ich zu ihnen. »Ich freue mich sogar darauf.« Jede Schauspielerin täte das, denn Eden ist die Rolle ihres Lebens. Und ihr Tod ist die Art von Bühnenmoment, von dem wir alle träumen.

Jedenfalls jede Schauspielerin außer mir.

Denn die Wahrheit ist, dass ich mich davor fürchte, seit Lex und ich das erste Mal im Amphitheater darüber gesprochen haben, und mit jedem Tag in Whisper Cove ist diese Furcht größer geworden.

Aber das werde ich ihnen auf keinen Fall auf die Nase binden. Also tue ich mein Bestes, um meine Sorgen zu verdrängen. Ich lache über Judes Witze, verdrehe gemeimsam mit Val die Augen und lasse mich von Lex bemuttern. Aber als wir uns auf den Weg zum Theater machen, bin ich so nervös, dass ich das Gefühl habe, mich übergeben zu müssen. Die zwei Bissen des Abendessens, die ich zu mir genommen habe, liegen mir schwer im Magen.

Cole wartet vor der Scheune auf mich. Er ergreift meine Hand und zieht mich für einen Kuss um die Ecke. Ich erwidere ihn, aber er ist nicht so innig, wie ich es brauche. Oder will. Ich fürchte, wenn ich Cole zu innig küsse, kann er alle meine Geheimnisse erraten. Vielleicht sieht er die Form dieser Geheimnisse in meinen Augen oder spürt sie wie Steine unter meiner Zunge.

»Bist du bereit dafür?«, fragt er mich. Er mustert mein Gesicht. Sein Kiefer ist heute Abend so angespannt. Er hat Angst um mich, genau wie die anderen, aber ich nicke.

»Ich bin bereit.« Dann höre ich das Rauschen der Wellen unten am Strand, und mich überläuft ein Schauer.

»Wenn du hineinfällst«, verspricht Cole, »werde ich dich retten.«

Er beugt sich vor und küsst mich noch einmal, bevor wir in den Saal gehen und uns zwischen Lex und Val setzen. Ich spüre die Augen aller auf mich gerichtet. Lex nimmt meine Hand und flüstert mir ins Ohr: »Ich bin da, Av. Ich bin bei dir.« Val nickt mir beruhigend zu, und Jude schenkt mir sein schönstes

Grinsen. Und das alles hilft. Es hilft sogar sehr. Aber wie bereitet man sich auf das Ertrinken vor? Schon wieder? Plötzlich fühle ich mich überhaupt nicht mehr bereit.

»Okay«, sagt Willa, bevor wir beginnen, »Avril, das bist allein du. In der ganzen Szene gibt es keinen einzigen Dialog. Nicht ein einziges gesprochenes Wort. Es ist alles sehr intensiv und körperlich.« Sie sieht mich an, und ich sehe einen Hauch von Sorge in ihren Augen. »Wenn du dich in irgendeiner Weise unwohl fühlst oder wenn sich irgendetwas nicht richtig anfühlt, möchte ich, dass du sofort ›Stopp‹ rufst. Okay?«

»Ich schaffe das schon«, sage ich. »Keine Sorge.«

Willa nickt. »Ich weiß, dass du es kannst.« Das Lächeln, das sie mir schenkt, macht mich noch viel mutiger. »Du bist jemand, der nicht zurückweicht.« Sie starrt mich einen Moment lang an. »Deine Mutter wäre so stolz auf dich.«

Willa sieht auf ihre Papiere, und Jude nimmt sein Stichwort entgegen. »Okay, Leute«, verkündet er, »dann wollen wir mal. Es ist wieder Nacht. Eden und Orion haben vereinbart, sich am Fluss zu treffen, aber es hat den ganzen Tag geregnet. Eden ist zuerst da.«

Einer der Techniker steht auf und erklärt, wie wir den Regeneffekt mit Licht und Ton erzeugen werden. Dasselbe gilt für die Flut.

Willa erklärt mir, wie sie es haben will. Die Mechanik ist einfach.

Auftritt von links hinten.

Zum Rand der Bühne gehen.

Dort stehen und auf das steigende Wasser hinaussehen. Wenn ich es sehe, sagt sie mir, wird das Publikum es auch sehen.

Dann zu den Sternen hinaufsehen und auf den akustischen Einsatz warten. Edens Musik. Wenn ich die Melodie höre, soll ich mich bewegen. So wie ich es beim Vorsprechen getan habe.

Dann wird die Musik langsam ausklingen, und das Rauschen des Flusses wird lauter. Mehr Lichteffekte, lauterer Ton.

Bis der Damm bricht und Eden im plötzlichen Dunkel mitgerissen wird.

»Ergibt das alles einen Sinn?«, fragt Willa, und ich spüre, wie mein Herz in meiner Brust rast. Aber ich nicke. Ich versuche, mutiger auszusehen, als ich mich fühle. »Wie fühlt sich Eden, wenn sie hier tanzt?«, fragt sie mich. »Am Fluss. In der Dunkelheit. Und im strömenden Regen?«

Die Antwort auf diese Frage ist für mich so offensichtlich. »Größtenteils fühlt sie sich frei.«

Willa lächelt. »Warum?«

»Weil sie sich zum allerersten Mal geliebt fühlt. Gesehen.«

Willa nickt. »Genau so.« Sie sieht sich im Theater um und mustert uns alle. »Wisst ihr, ihr Lieben, wir hören so viel über ›uns selbst finden‹, aber ich glaube, es geht weniger darum, uns selbst zu finden, als vielmehr darum, andere Menschen zu finden, die wissen, wer wir sind, und die uns das zurückspiegeln können, wenn wir es vergessen haben. Jeder braucht jemanden, der ihm sein Lied vorsingt.« Sie sieht mich ein paar Sekunden lang an, und ich frage mich, ob sie an meine Mutter denkt. »Gott, was für eine seltene Gabe das ist.« Dann lächelt sie wieder. »Also, Eden kommt. Sie wartet auf Orion, und sie tanzt zu dieser Musik in ihrem Kopf, nur für ein paar Minuten, in diesem ganz privaten Moment des Loslassens. Freiseins.«

Ich gerate allmählich in Panik. Diese Musik ist so kraftvoll für mich, und ich habe ein bisschen Angst davor. Ich schätze, Willa sieht mir das an der Nasenspitze an, denn sie sagt: »Lass uns einfach sehen, was du mir beim Vorsingen gezeigt hast, und du wirst wunderschön sein.« Sie legt ihre Hand auf meinen Arm. »Das war es, was mich dazu gebracht hat, dich überhaupt als Eden zu sehen. Du warst in diesen Momenten so ehrlich.

Und das ist es, worum es bei guter Schauspielerei geht. Es geht nicht darum, sich zu verstellen. Es geht darum, zu werden. Nur für eine kleine Weile.«

»In Ordnung«, sage ich. »Ich bin bereit. Legen wir los.«

Ich gehe an den Rand der Bühne, um meinen Auftritt zu machen, und schließe meine Augen, nur für ein paar Sekunden, um mich zu konzentrieren, bevor ich in Edens Welt eintrete. Ich lasse ihre Gedanken meinen Geist erfüllen und durch ihre Gefühle mein Herz öffnen.

Sie erinnert sich an das erste Mal, als Orion sie geküsst hat.

Dann korrigiere ich mich.

Ich.

Nicht sie.

Neu erleben. Nicht erinnern.

Ich spüre Coles Lippen auf meinen. Seine Finger in meinem Haar.

Neu erleben.

Und dann beginnt die Musik.

Meine Musik.

Zuerst erfüllt sie mich. Dann hebt sie mich empor.

Ich höre auf zu kämpfen. Ich gebe nach und lasse mich von ihr bewegen.

Dehne mich.

Strecke mich aus.

Wirble herum.

Drehe mich.

Geschmeidig und gelenkig.

Ich bin ein Windhauch, der durch das Dünengras weht.

Bewegung. Erinnerung. Bewegung.

Und meine Füße berühren nicht einmal den Boden.

Weil ich endlich frei bin. Ich muss mich nicht mehr verstecken. Endlich sieht mich jemand.

Jemand kennt mich.

Jemand liebt mich.

Es regnet in Strömen. Und der Fluss ist so nah. Er steigt. Er wird höher. Ich kann nicht einmal mehr meine Melodie hören. Nicht durch das Rauschen des Wassers. Aber das macht mir keine Angst. Das Wasser ist nur eine andere Art von Musik. Und dazu kann ich auch tanzen.

Weil Cole mich liebt.

Das Wasser wirbelt und blubbert.

Es stürzt mir in den Mund.

Füllt meine Ohren.

Ich drehe mich in einem langsamen Kreis, die Arme ausgestreckt, und die Musik des Wassers wird durch das leise Klimpern eines Windspiels ersetzt. Es ist ein unheimliches Geräusch. Wie das Knarren einer Tür, wenn man allein im Haus ist.

Nächtliche Schritte auf der Treppe.

Das leise Atmen des Monsters unter deinem Bett.

Ich blinzle, und sehe meine Mutter. Sie steht am Rande der Klippe. Sie schreit, und ich weiß, dass es ihre Stimme ist. Ich erkenne sie jetzt. Sie schreit meinen Namen. Nennt mich April.

Aber ich hocke in der feuchten Nachtluft und verstecke mich. Das Gras ist dick und nass. Ich spüre, wie es an meinen nackten Füßen klebt. Sich an meine Beine klammert.

Meine Mutter ist da. Und dann ist sie nicht mehr da.

Sie ist verschwunden. Über den Rand des Abgrunds.

Ich stehe auf und schreie nach ihr.

Und dann bin ich blind. Ich starre mit toten Augen in ein Licht, das so hell ist, dass es wehtut.

Plötzlich steht der Himmel in Flammen. Farbige Glassplitter prasseln wie zerbrechlicher Regen auf das Wasser.

Sieh dir die Sterne an!

Ich höre das Echo dieser Stimme in meinem Kopf. Und ich

weiß jetzt, dass sie von Cole stammt. Das muss sie sein. Denn das ist sein Zaubertrick. Die Sterne gehören alle ihm.

Aber es ist noch jemand da. Jemand, der nicht Cole ist. Diese Person ist größer. Hochgewachsener.

Ein Erwachsener. Aber nicht meine Mutter. Jemand, der mir Angst macht.

Eine kalte Hand legt sich fest um mein Handgelenk. Ich werde mit einem Ruck gezogen. Und gezerrt. Ich greife nach etwas, an dem ich mich festhalten kann. Aber es ist zu spät.

Ich fliege.

Fliege. Fliege. Fliege.

Dann falle ich wie die Sterne. Regen auf Feuer.

Ich bin ein Spielzeugboot, das ins Meer geworfen wird.

Ich schlage hart auf dem Wasser auf. Das tut weh. Ich spüre das Knacken der Knochen. Als ob man auf Beton aufschlägt. Ich halte den Atem an, als das Wasser über meinen Kopf schwappt. Mein Geist ist ruhig, aber mein Körper kämpft unwillkürlich. Meine Beine strampeln, und meine Arme krallen um sich.

Ich gehe unter.

Ich sehe hinauf zur Oberfläche. Zu dem, was von den Sternen übriggeblieben ist. Sie verschmelzen und verschwimmen mit der Bewegung des Wassers. Sie sind nicht alle gefallen. Einige von ihnen hängen noch am Himmel.

Dann sehe ich, wie sie nach und nach erlöschen und dunkel werden.

Wie das Lichtzeichen am Ende einer Szene.

Dann gibt es nichts mehr.

Nur Dunkelheit. Nur Kälte.

Bis ich Hände auf mir spüre. Ich werde hochgehoben und getragen. Und ich bin so durchgefroren. Alles tut weh.

Ich versuche zu schreien, nach meiner Mutter zu rufen, aber ich kann keinen Laut von mir geben.

Ich kann nichts sehen.

Aber ich höre Geräusche.

Jemand schreit.

Und jemand anders schluchzt.

So viele Stimmen.

Sirenen. Weit weg.

Mehr Geschrei.

Gesprächsfetzen.

Was ist passiert …

… schon tot.

… so klein.

Wo ist Nicole? Jemand muss Nicole finden!

… Puls …

Scheiße.

… verlieren sie.

Scheiße.

Bleib dran.

… zu spät.

Dann das schrille Heulen einer Sirene. So nah, dass es sich anfühlt, als wäre es irgendwie in meinem Kopf. Es tut in den Ohren weh, und das ist der Moment, in dem ich sicher weiß, dass ich noch lebe.

Jemand berührt meine Hand. Ruft meinen Namen.

»Avril.«

Warme, sanfte Hände auf meinem Gesicht.

»Avril, ich bin's. Cole. Mach die Augen auf.«

Plötzlich sauge ich die Luft tief in meine Lungen ein. Ich keuche und schlucke und ersticke.

»Ganz ruhig«, sagt er. »Einfach atmen.« Er schlingt seine Arme fest um mich, aber ich befreie mich daraus. Entziehe mich. Weil er in dieser Nacht da war.

Cole Culver war in der Nacht da, als meine Mutter starb. In

der Nacht, als ich ertrank. Er sagte mir, ich solle mir die Sterne ansehen.

Er war dort.

Er war dort.

Er war dort.

Aber es war auch noch jemand anders da. Jemand, der mich am Handgelenk packte und mich zum Sterben ins Wasser warf.

Meine Mutter hat sich nicht umgebracht.

Sie hat nicht versucht, mich zu töten.

In dieser Nacht war noch jemand da.

Jemand, der uns beide ermordet hat.

Und es gibt nur eine Person, die das sein könnte.

Brody Culver.

Ich erinnere mich an das, was Val mir erzählt hat. Dass Brody in dem Ruf steht, zu freundlich zu seinen Schauspielerinnen zu sein. Wie er im Handumdrehen von nett zu fies werden kann. Und alles fügt sich zusammen.

Alle starren mich an.

Willa legt eine Hand auf meinen Arm. »Avril, das war unglaublich. So etwas habe ich noch nie gesehen. Es war herzzerreißend. Es war schrecklich anzusehen. Einfach perfekt.«

Cole starrt seine Mutter an. »Willst du mich verarschen?«

Willa sieht von mir zu Cole. »Warum nehmt ihr beide euch nicht den Rest des Abends frei?«, beruhigt sie ihn. »Ich werde mit einigen der anderen arbeiten.«

»Fick dich!« Cole spuckt die Worte seiner Mutter entgegen. Willa wirkt fassungslos. Aber sie übertüncht es gut. Sie zuckt nicht einmal mit der Wimper.

Cole nimmt meine Hand und führt mich von der Bühne. In Richtung der großen Doppeltüren der Scheune. Lex und Val sind in der zweiten Reihe auf den Beinen. Lex ruft mich.

»Avril!«

Das erinnert mich daran, wie meine Mutter meinen anderen Namen rief. Kurz bevor sie sich in Luft auflöste.

Über den Rand der Klippe.

Aber ich kann Lex nicht antworten. Genau wie ich meiner Mutter nicht antworten konnte. Mein Mund funktioniert nicht mehr.

»Lass sie in Ruhe«, höre ich Willa sagen. »Was sie gerade getan hat, war sehr schwer.«

»Scheiße«, sagt Val, und ich will ihr sagen, dass es mir gut geht, aber Cole zieht mich schon in die Dunkelheit hinaus.

Irgendwie landen wir um die Ecke. Im Amphitheater. Wir sind ganz oben. All der leere Raum unter uns. So hoch. Und es erinnert mich an sein Haus. Die Klippe auf der Rückseite.

Wie wir das kleine Boot ins Wasser geworfen haben. Und das Wasser brachte es nach Hause.

Das Amphitheater dreht sich.

Meine Mutter und ich sind in Whisper Cove nicht ins Wasser gegangen. Wir wurden von der Klippe hinter Brody Culvers Haus ins Meer geworfen. Und dann trug mich die Strömung zurück an den Strand.

Genau wie dieses kleine Boot.

Mein ganzer Körper zittert. Mein Herz rast. Ich scheine meine Atmung nicht kontrollieren zu können. Es fühlt sich an, als wäre ich in einer Flutwelle gefangen. Würde aufs Meer hinausgeschwemmt.

Ich entferne mich immer weiter vom Ufer. Nichts als schwarze Leere am Horizont.

»Avril.« Coles Hand liegt auf meiner Wange. Seine Stimme ist in meinem Ohr. »Was ist da drinnen passiert?«

Und ich kann es ihm nicht erzählen. Ich kann ihm nicht sagen, dass sein Vater und meine Mutter eine Affäre hatten.

Und dass ich glaube, dass sein Vater ein Mörder ist. Aber das ist es, was mein Verstand mir immer und immer wieder einredet.

Und es muss aufhören, nur für eine Sekunde. Ich muss nachdenken. Ich muss atmen. Ich brauche etwas, an dem ich mich festhalten kann. Etwas, das mich am Fallen hindert. Ich brauche …

Ich lege meine Hände auf Coles Brust und ziehe ihn zur Rückwand der Scheune. Ich brauche das Gefühl, dass sich sein ganzer Körper an meinen presst – fest und echt –, wenn unsere Lippen sich finden.

Ich habe noch nie in meinem Leben jemanden so geküsst, so innig, dass es sich anfühlt, als wäre jeder von uns die Luft in der Lunge des anderen. Als würde ich versuchen, einen Weg unter seine Haut zu finden.

Wir bauen uns ein Zuhause in uns selbst. Wir graben uns ein.

Wenn ich nur tief genug eindringen kann, wird mich niemand finden können.

Cole wird mich in Sicherheit bringen.

Ich schiebe meine Hände unter seinen Pullover und streiche mit den Fingernägeln über seinen Bauch. Ich necke ihn. Nur die leichteste Berührung. Ein Finger taucht unter den Bund seiner Jeans. Sein Mund ist offen.

Zungen. Lippen. Zähne.

Cole stöhnt, tief und lustvoll. Ich nehme das Geräusch in meinem Mund auf und schlucke es hinunter. Ich fühle mich dadurch stark und sexy.

Als ob ich wenigstens eine verdammte Sache unter Kontrolle hätte. Zumindest in diesem Moment. Jetzt gerade weiß ich, wer ich bin und was ich tue. Mit wem ich zusammen bin. Wo ich bin.

Was real ist.

Und was ich will.

Cole küsst mich immer noch. Seine Zunge drängt sich an die weiche Innenseite meiner Wange. Dann kitzelt sie meinen Mundwinkel. Er schiebt seine Hände unter mein Hemd, meinen Rücken hinauf, um meinen BH zu öffnen. Ich höre ihn meinen Namen sagen, tief und kehlig. Es klingt wie Wellen, die gegen den Sand schlagen.

Ich zittere stark, und ich weiß, dass Cole das spürt. Denn er hält inne.

Er atmet so schwer, aber er legt seine Hände auf meine Schultern und drückt mich zurück. Der Raum zwischen uns fühlt sich kalt an. Er sieht mich mit grauen Augen an.

»Avril«, sagt er. »Was ist mit dir da drin passiert?« Ich stehe nur mit halb offenem Mund da. Ich weiß nicht, was ich ihm sagen soll. »Was auch immer das war«, warnt er mich, »du darfst dir das nie wieder antun. Das Stück ist mir scheißegal. Oder was meine Mutter will, dass du tust. Wo auch immer du dort warst, es war kein sicherer Ort für dich.«

»Seit wann scherst du dich einen Dreck um Sicherheit?«, ziehe ich ihn auf. Ich greife wieder nach ihm. Aber Cole hört die Wahrheit in meiner Stimme.

»Ich meine es ernst«, sagt er. »Es ist gefährlich. So in die Dunkelheit zu schauen.« Seine Augen sind nebelverhangen. »Glaub mir. Ich weiß es.«

Ich löse mich von Cole. Ich kann allein stehen.

»Warum hast du mich letzte Nacht nicht gesucht?«, frage ich ihn. »Nach der Probe.«

Er fährt mit einer Hand durch die dunklen Locken. »Ich habe mich gestern Abend verlaufen«, sagt er, und ich starre auf das Kompassrosen-Tattoo. »Ich konnte nicht einmal mich selbst finden.«

Ich stelle ihn mir vor. Die Augen geschlossen. Einen Fuß vor den anderen gesetzt. Am Rand der windigen Klippe. Und ich sehne mich nach ihm. Nach uns beiden.

»Ich habe mich heute Abend an Dinge erinnert«, sage ich. »Während dieser Szene.« Denn ich schulde ihm wenigstens ein bisschen Wahrheit.

»Was für Dinge?« Coles Stimme ist voller Schärfe.

»Ich werde mich nicht mehr so nah heranwagen. Das verspreche ich.« Er sieht nicht so aus, als würde er mir glauben. »Ich muss nur ein bisschen Abstand halten.«

Und ich muss mir überlegen, was ich als Nächstes tun werde.

Cole bringt mich zurück zu meiner kleinen blauen Hütte. Lex sitzt auf der Verandastufe und wartet auf mich.

Ich lasse zu, dass Cole mich für einen weiteren Kuss an sich zieht, bevor wir uns Gute Nacht sagen. »Ich bin gleich nebenan«, flüstert er. Seine Hand liegt auf meiner Wange, und er sieht mir tief in die Augen. »Es tut mir leid wegen gestern Abend. Wenn du dich das nächste Mal verirrst, werde ich dich finden. Ich schwöre es.«

Ich nicke, und ich möchte ihm so gerne dasselbe Versprechen geben. Ich möchte ihm sagen, dass ich ihn vom Abgrund zurückholen werde. Aber ich weiß nicht, ob das überhaupt möglich ist, und ich will nicht lügen.

Als Cole sich auf den Weg zur anderen Hütte macht, setze ich mich neben Lex auf die Treppe. Er sagt kein Wort. Er reicht mir nur seine halb gerauchte Zigarette und steckt sich eine neue an.

»Ich dachte, du hättest keine mehr«, stelle ich fest.

Er zuckt mit den Schultern. »Ich habe ein paar von George gekauft. Ich denke, er kann mich nicht dafür auffliegen lassen, dass ich das Zeug rauche, das er mir verkauft hat.«

»Gutes Argument«, sage ich, und dann sitzen wir beide schweigend da und rauchen, während der Nebel über den Rasen in unsere Richtung kriecht.

»Alles in Ordnung?«, fragt er mich schließlich.

»Ich weiß nicht einmal, wie ich darauf antworten soll«, sage ich.

Lex nickt und schnippt die Asche mit einer schnellen Handgelenkbewegung von seiner Zigarette. Ein paar weitere stille Minuten vergehen. Er nimmt einen langen Zug und pustet den Rauch zu den Sternen hinauf.

»Wir sollten ins Bett gehen«, sage ich. »Nebel zieht auf.«

Aber Lex rührt sich nicht.

»Was ist denn mit dir los, Av?«, fragt er mich. »Und erzähl mir nicht, dass nichts ist.«

»Ich weiß es nicht«, gebe ich zu. »Ich erinnere mich an Dinge, glaube ich. Aber es ist schwer, dem Ganzen einen Sinn zu geben. Ich bin mir nicht mehr sicher, was real ist.«

»Sag mir, was du brauchst.« Die Worte sind so einfach, aber sie bringen mich zum Weinen. Denn ich glaube nicht, dass irgendjemand sie jemals zuvor zu mir gesagt hat.

»Ich brauche dich«, sage ich zu ihm. »Ich brauche einen Freund.«

Ich brauche jemanden, der mich davor bewahrt hinwegzugleiten.

Oder von der Flut hinausgezerrt zu werden.

Denn wenn Brody Culver meine Mutter getötet hat – wenn er versucht hat, mich zu töten –, dann werde ich Cole verlieren. Und Willa. Daran führt kein Weg vorbei.

Lex legt seinen Arm um mich, und ich lehne meinen Kopf an seine feste Schulter.

Ich sehe hoch zum Mond, der aus einem weiten, dunklen Meer auf uns herabblickt, aber heute Nacht gibt es keine Sterne. Nicht ein einziger leuchtet. Der Himmel ist eine unendliche pechschwarze Ebene.

Es ist, als hätte jemand sie gestohlen.

Oder sie verscheucht.

Also sehe ich zum leeren Himmel und wünsche mir etwas in die Schwärze.

AKT III: SZENE 1

Die nächsten Tage verbringe ich auf Autopilot.

Frühstück. Unterricht. Mittagessen.

Arbeit. Abendessen. *Midnight Music.*

Ich gehe Cole aus dem Weg, so gut ich kann. Ich komme immer knapp vor der Probe in die Scheune. Immer mit Val oder Lex. Nie allein.

Aber dann berührt er mich während einer Szene. Oder beugt sich nah heran, um einen Satz zu flüstern. Ich spüre seinen Atem an meiner Wange und bin wieder verloren.

In jeder freien Minute studiere ich das Notizbuch meiner Mutter. Ich stöbere in ihrem Geschreibsel und den Kritzeleien. Auf der Suche nach einem weiteren Anhaltspunkt. Etwas, das mir sagen wird, was schiefgelaufen ist. Wie wir in jener dunklen Nacht mit Cole und Brody Culver auf der Spitze der Klippe gelandet sind.

Wie wir beide im Wasser gelandet sind.

Aber ich weiß, dass ich nur die Hälfte der Geschichte kenne. Denn das erste Notizbuch ist immer noch irgendwo da draußen.

Irgendwie schaffe ich es, den Donnerstag und Freitag zu überstehen, selbst als Glory mich mit einer Lieferung für Brody nach oben schickt. Meine Beine fühlen sich auf der Treppe schwach an, und ich seufze erleichtert, als er nicht in seinem Büro ist. Ich lege das Paket auf seinen Schreibtisch und sehe mir kurz das Bild an. Meine Mutter auf den Stufen der Meeresveranda. Ihre Hand auf Brody Culvers Arm. Lachend. Diese goldenen Sandalen und die rosa Zehen. Ich schließe die Augen und versuche, mich dorthin zurückzuversetzen. Unter den Picknicktisch auf der Veranda. Ich höre wieder die Stimme meiner Mutter.

Ich will, dass alles ans Licht kommt!

Ich lausche auf weitere Gesprächsfetzen, aber alles, was ich höre, sind wütende Stimmen. Es ist zu gedämpft. Also gehe ich wieder nach unten zu Glory, die den ganzen Nachmittag über besorgte Blicke in meine Richtung wirft.

Dann kommt der Samstag. Den ganzen Tag bei den Proben, während Cole mich beobachtet. Etwas Dunkles hat sich hinter seinen nebelgrauen Augen eingenistet.

Er weiß, dass ich mich vor ihm verstecke.

Am Sonntag, unserem freien Tag, sitze ich mit Val, Lex und Jude in der Cafeteria, als Willa ihren Kopf zur Tür hereinsteckt. Sie gibt mir ein Zeichen, also stelle ich mein Tablett auf dem Tisch ab und gehe hin, um zu sehen, was sie will. Wir treten auf den Flur hinaus.

»Was hältst du davon, heute Abend zu mir zu kommen?«, fragt sie. »Nach dem Abendessen?« Ich gerate in Panik und überlege, wie ich Nein sagen kann. Denn mir wird übel, wenn ich daran denke, den Abend mit Cole und Willa zu verbringen. Mit Brody. Aber sie redet weiter. »Die Jungs werden weg sein, also sind wir beide allein.« Sie lächelt. »Ein Frauenabend.« Und ihre Augen sind so warm. »Ich dachte, ich zeige dir noch ein paar Videos.«

»Das wäre toll«, sage ich.

Als ich an diesem Abend an ihre Küchentür klopfe, trägt Willa Shorts und ein T-Shirt. Sie ist barfuß, und ihr Haar ist offen. Sie hat ein Glas Wein in der Hand, und sie sieht so entspannt und ungezwungen aus. Ich habe das Gefühl, etwas ganz Besonderes zu sein, weil sie mich hierher eingeladen hat. In ihr Haus. Um so mit ihr zusammen zu sein.

Und dann habe ich ein unendlich schlechtes Gewissen. Denn ich weiß, was meine Mutter getan hat.

Was Brody getan hat.

Was sie beide getan haben. Hinter ihrem Rücken.

Willa steht an der Theke. Sie stellt uns Käse und Cracker auf einem Tablett zusammen, und mein Blick fällt wieder auf das kleine Gemälde mit den Musen. Diese schönen Mädchen, die am Rande des Sees tanzen. Irgendetwas daran spricht mich an. Das Mädchen, das ein Springbrunnen ist, aus dessen unsichtbaren Löchern Wasser fließt. Es ist schön und seltsam. Wie alles in Whisper Cove.

Ohne groß darüber nachzudenken, greife ich nach dem Rahmen. Ich möchte ihn einfach von der Wand nehmen. Ihn in meinen Händen halten und ihn mir genauer ansehen. Ich muss sehen, ob das Mädchen mit den vielen Löchern mir wirklich so ähnlich sieht, wie ich glaube.

Aber Willa drückt mir ein Weinglas in die Hand. Es ist nicht einmal halb voll. »Sag es nicht den anderen«, warnt sie mich. Sie versucht, streng zu wirken, aber ihre Augen funkeln. Und ich lache.

Ich vergesse das Mädchen mit den Löchern.

Willa führt mich ins Wohnzimmer. Diesmal bemerke ich ein Bücherregal in einer Ecke. Ich hatte es vorher nicht einmal gesehen, aber jetzt starre ich voller Ehrfurcht auf ihren Tony. Er steht neben einem halben Dutzend anderer wichtiger Auszeichnungen. Drama Desk. Drama League. Critics' Circle. Andere, die ich nicht kenne. Alle für *Midnight Music.* Ich kann nicht aufhören, sie anzustarren.

Willa lehnt im Türrahmen und beobachtet mich. »Willst du ihn mal halten?«, fragt sie, und ich nicke. Ich stelle mein Weinglas auf das Regal und atme kaum noch, als sie den Tony hochhebt und ihn in meine zitternden Hände legt. Er ist schwerer, als ich es erwartet habe.

Ich betrachte mein Spiegelbild in der glänzenden silbernen Plakette auf der Vorderseite des Preises. BESTES THEATERSTÜCK, steht da geschrieben. MIDNIGHT MUSIC. WILLA CULVER.

»Wusstest du, dass *Midnight Music* nicht der ursprüngliche Name war?«, fragt sie mich. »Anfangs hieß es anders.« Willa zwinkert mir kurz zu. »Das weiß nicht jeder.«

»Wie hieß es ursprünglich?«, frage ich. Es ist so seltsam, sich *Midnight Music* unter einem anderen Titel vorzustellen. Der Name ist so ikonisch. Es ist, als würde man herausfinden, dass *Tod eines Handlungsreisenden* einst einen anderen Titel gehabt hatte.

Willa lächelt und wischt meine Frage mit einer Handbewegung beiseite. »Das spielt keine Rolle«, sagt sie mir. »*Midnight Music* ist das, was auf dem Tony steht.« Sie nimmt einen Schluck Wein. »Originalnamen sind nicht so wichtig. Nicht wahr? Was zählt, ist, wer wir werden.«

Ich starre immer noch auf ihren Namen in fetten Buchstaben. Alles Großbuchstaben.

WILLA CULVER.

»So viele Menschen verbringen ihre ganze Zeit damit, herauszufinden, wer sie sind«, sagt Willa. »Aber das ist ein so passiver Akt. Was man wirklich tun muss, ist, sich selbst zu erschaffen.« Ich sehe zu ihr hoch, und sie neigt den Kopf zur Seite. »Wer willst du sein, Avril?«

»Ich weiß nicht«, sage ich, und sie seufzt.

»Man kann sich kein Leben erträumen. Man muss es sich selbst hämmern und schmieden. Das erfordert eine Menge Mut.« Sie hält inne und nimmt noch einen Schluck Wein. »Deine Mutter war brillant. Sie hätte alles werden können. Sie hätte so ein großartiges Leben haben können. Mein Gott. Sie hätte ein Star sein können.« Ich sehe ihr zu, wie sie den Rest Wein in ihrem Glas schwenkt, bevor sie ihn hinunterschluckt. »Daran denke ich oft. Was Nicole hätte sein können. Was aus ihr geworden wäre. Wenn die Dinge anders gelaufen wären.«

Ich gebe ihr den Tony wieder, und sie stellt ihn zurück ins Regal zu den anderen Trophäen. »Sie hätte außergewöhnlich sein können«, sagt Willa. »Und das ist doch der Sinn des Lebens, oder nicht?« Sie hält inne, poliert den Tony mit dem Saum ihres T-Shirts, wischt meine Fingerabdrücke weg. »Etwas Erstaunliches aus unserem kurzen, schönen Moment auf Erden zu machen.«

Ich drehe mich um und sehe mir noch einmal all diese Auszeichnungen an. Es gibt auch Bilder. Fotos von Willa mit berühmten Leuten. Ein paar Filmstars. Ein paar Broadway-Leute, die mir bekannt vorkommen. Präsident Obama.

»Mittwochabend«, sagt Willa, »bei den Proben. Die Ertrinkungsszene.« Mein Gesicht wird rot. Ich spüre die Hitze in meinen Wangen und bin froh, dass ich auf das Regal schaue. Nicht auf Willa. Denn darüber haben wir noch nicht gesprochen. Wie Cole sie verflucht und mich aus dem Theater gezerrt hat. Was mit mir davor passiert ist. »Du warst zu nah dran, stimmt's?«

Ich nicke. Mein Blick fällt auf ein Bild von Brody Culver, und ich denke an das, woran ich mich an diesem Abend erinnert habe. An den Schrei meiner Mutter, bevor sie über die Klippe verschwand. Coles Stimme. Die unbestreitbare Anwesenheit von jemandem hinter mir. Diese feste Hand an meinem Handgelenk. Fliegen und fallen.

Ich greife nach meinem Glas Wein.

»Cole spricht immer noch nicht mit mir.« Sie lächelt ein wenig. »Er denkt, ich hätte dich zu weit getrieben. Dass ich zu viel von dir verlangt habe. Deshalb hat er so reagiert, wie er es getan hat.« Willa hält inne. »Er hatte Angst um dich. Deshalb ist er auf mich losgegangen.« Ich kann mich nicht bewegen. Ich weiß nicht, was ich sagen soll. »Avril, sieh mich an.«

Ich zwinge mich, mich Willa zuzuwenden. Meine Hände zittern. Der Wein schwappt in meinem Glas. Aber Willas Augen sind so ruhig. So klar. Wenn ich sie ansehe, fühle ich mich sofort besser.

»Ich glaube, Cole irrt sich. Ich glaube, du kannst damit umgehen«, sagt sie. »Denn ich glaube, in dir steckt Größe. Großes Talent. Große Stärke. Und eine große Fähigkeit, dich dem zu stellen, was dir Angst macht.« Sie sieht mich an. Nimmt einen Schluck Wein. »Vergiss das nie.«

Wir lassen uns auf der Couch nieder, Willa nimmt die Fernbedienung und drückt auf Play.

Meine Mutter wird wieder lebendig.

Auf dem großen Rasen hinter dem Bauernhaus findet eine Art Party statt. Ein großes weißes Zelt ist aufgebaut. Es gibt Musik und Tanz.

»Wir hatten eine große Spendenaktion«, sagt Willa und nickt in Richtung des Fernsehers. Ihre Stimme klingt weit weg, nicht entfernungsmäßig, sondern zeitlich. »Der letzte Abend, bevor Nicole starb.«

Ich umklammere das Weinglas fester. Schließlich nehme ich einen Schluck. Er ist nicht so süß wie der Wein, den Lex und ich auf der Veranda am Meer getrunken haben. Er schmeckt teuer. Ich nehme noch einen Schluck. Dann beuge ich mich nach vorne und studiere das Video. Ich beobachte meine Mutter, wie sie sich durch die Menge schlängelt. Sie lächelt und lacht. Sie hält inne, um sich an Brody Culvers Arm zu hängen und zu ihm hochzustrahlen. Ich sehe, wie sie mit den Wimpern klimpert, und frage mich, wie Willa das entgehen konnte. Wie sie es nicht wissen konnte.

Mir wird klar, dass ich die letzte Szene im Leben meiner Mutter sehe. Kurz bevor sie von uns gegangen ist.

Aber dann erinnere ich mich daran, dass das nicht richtig ist. Es gab eine andere Szene. Eine Vorhangszene. Hoch oben auf einer Klippe über dem Wasser. In der Dunkelheit. Hinter einem Haus mit einer großen Veranda voller Blumen.

Dieses Haus.

Die letzte Verbeugung meiner Mutter.

Was auch immer mit ihr – mit uns – geschehen ist, es geschah nicht lange nachdem dieses Video aufgenommen wurde. Und nicht weit von dort, wo ich jetzt sitze.

»Erzähl mir noch einmal, woran du dich erinnerst«, sagt Willa. Und ich erstarre. »Von dieser Nacht.«

»Keine Ahnung«, sage ich zu ihr. »Es ist nur ein einziges Durcheinander.«

Willa steht auf und geht in die Küche. Sekunden später kommt sie mit der Weinflasche zurück. Dem kleinen Tablett mit Käse und Crackern. Ich sehe zu, wie sie mein Glas auffüllt. Sie stellt die Flasche vor uns auf den Couchtisch.

»Manchmal spielt uns das Gehirn einen Streich«, sagt sie. Und ich nicke, während ich noch einen Schluck Wein trinke. Denn ich weiß, dass sie recht hat. Ich bin mir so sicher, was in dieser Nacht passiert ist. Mit jeder Minute fühlt es sich mehr wie die Wahrheit an. »Es ist so leicht, sich in unseren eigenen Gedanken zu verlieren.« Sie runzelt die Stirn und füllt ihr eigenes Glas nach. »Hat Cole dir erzählt, dass er letztes Jahr für eine Weile weggegangen ist?«

»Nein«, sage ich. Ich sage ihr nicht, dass Glory es erwähnt hat.

»Er hat sich verloren. In sich selbst. Er war verwirrt. Alles drehte sich.« Willa holt tief Luft. »Cole wird dir sagen, dass er ein Musiker ist, kein Schauspieler.« Sie zuckt mit den Schultern. »Aber das spielt keine Rolle. Er hat tiefe Gefühle.« Sie lächelt mich an. »Das haben kreative Menschen wie wir immer.«

Der Wein macht meinen Kopf benebelt. Schläfrig. Willa nimmt mein Weinglas. Sie stellt es auf den Couchtisch und legt ein Kissen auf ihren Schoß. »Na, komm her«, sagt sie, und ich ziehe meine Flip-Flops aus, um mich auszustrecken. Sie zieht die Decke von der Rückenlehne des Sofas und deckt mich zu. Willas Hand liegt in meinem Haar. Sie streichelt meinen Kopf, während ich meiner Mutter dabei zusehe, wie sie sich auf dem Fernsehbildschirm dreht. »Woran auch immer du dich erinnerst, Avril, lass es zu. Ich werde dir helfen, es zu verarbeiten. Du musst das nicht allein durchstehen. Wir können gemeinsam einen Sinn darin sehen.« Sie hält inne. Und als sie wieder spricht, hat ihre Stimme etwas an sich, das mir das Herz bricht. »Das bin ich Nicole schuldig.«

Und wenn ich bei Willa bin, fühle ich mich so sicher. So umsorgt. Aber wenn ich tue, worum sie mich bittet – wenn ich diese Erinnerungen zulasse –, werde ich sie verlieren. Und Cole auch.

Ich kann nicht mehr darüber nachdenken, also sehe ich meiner Mutter zu, wie sie sich dreht, und lächle. Ich lasse mich in die Weichheit von Willas Couch sinken. Ihre Hand in meinem Haar.

Die tröstliche Berührung einer Mutter.

Das ist alles, was ich mir immer gewünscht habe.

»Ich hab dich lieb«, murmle ich, als ich davonschwebe. Aber ich weiß nicht, ob ich zu meiner Mutter oder zu Willa spreche.

Und ich bin mir nicht sicher, wer von den beiden es zurückflüstert.

AKT III: SZENE 2

Edens Melodie weckt mich auf. Sie dringt wie Nebel in meine Ohren. Jede vertraute Note vibriert gegen einen Gedanken, der tief in mir begraben ist. Eine Erinnerung, die einfach unerreichbar ist.

Ich öffne die Augen, und da sitzt jemand am Klavier. Über die Tastatur gebeugt. Dunkles Haar fällt ihm ins Gesicht. Ich höre ihm beim Spielen zu. Und es tut mir weh.

Dieses Lied.

Diese Finger bewegen sich über die Tasten.

Das ist mehr, als ich ertragen kann.

»Cole?« Er hört auf. Dreht sich um und sieht mich an. »Wie viel Uhr ist es?«

»Fast Mitternacht««

Ich bin so verwirrt. Benommen. Mein Kopf tut weh.

»Ich bin eingeschlafen«, murmle ich und versuche, mich aufzusetzen. Aber es ist so schwer. »Wo ist dein Vater?«

»Er ist ins Bett gegangen.«

Ich schaffe es, mich aufzurichten.

»Ich muss gehen.«

»Bleib«, sagt Cole. Er kniet jetzt vor der Couch. Er presst seine Lippen auf meine, und ich sehne mich nach mehr von ihm. Er schmeckt salzig. Wie das Meer. Aber ich ziehe mich zurück.

»Ich kann nicht hierbleiben.« Cole wickelt die Decke um

mich herum. Aber ich kann nicht mit Brody in einem Haus sein. Das weiß ich genau. Es ist nicht sicher.

Ich schiebe die Decke auf den Boden. Stehe auf. Schlüpfe mit den Füßen in meine Flip-Flops. Ich gehe auf die Hintertür zu.

»Warte«, sagt Cole. »Ich begleite dich zurück zu den Hütten.« Ich lasse zu, dass er mir hinaus in die Dunkelheit folgt.

Der Nebel.

Ich bin sofort verwirrt. Ich drehe mich um. Aber Cole führt mich zurück auf den Pfad nach Whisper Cove, und als es steil wird, greift er nach meiner Hand und hält sie fest.

Wir kommen aus dem Wald auf die große Wiese. Aber ich kann immer noch nichts sehen. Der Nebel ist dichter, als ich ihn je wahrgenommen habe. Es ist, als würde man auf eine graue Wand blicken.

Cole hält immer noch meine Hand. Wir tasten uns über das Gras, und keiner von uns beiden spricht. Wenn wir es täten, wüsste ich nicht einmal, ob wir uns gegenseitig hören könnten. Der Nebel würde wahrscheinlich den Klang absorbieren. Die Worte verschlucken und uns mit Stille zurücklassen.

Es kommt mir vor, als wären wir schon ewig unterwegs.

Endlich sehe ich das Flackern von Licht in den Fenstern des Bauernhauses. Oben in einem der Zimmer – vielleicht in Brodies Büro – hat jemand eine Lampe brennen lassen. Und heute Nacht ist das unser Leuchtturm.

Wir machen uns auf den Weg zur Veranda, damit wir uns gemeinsam auf die Stufen setzen können. Ich bin dankbar für das vertraute Gefühl des rauen Steins unter mir. Meine Beine zittern, und mir ist kalt. Ich bin nass und erschöpft.

Ich lehne meinen Kopf zurück, um zu der grün-weiß gestreiften Markise hochzusehen. Vielleicht hilft das meinem Gedächtnis auf die Sprünge. Wenn ich mich an etwas anderes erinnern kann, an den Streit, den ich hier belauscht habe, als ich fünf Jahre alt war, wird das alles vielleicht irgendwie einen Sinn ergeben.

Aber heute Nacht gibt es keine Markise, die mir die Sicht auf die Sterne versperrt. Ich sehe sie schemenhaft und weit entfernt durch den Nebel leuchten. Es erinnert mich daran, wie ich sie vom Wasser aus gesehen habe, als ich ertrank.

»Cole«, flüstere ich. Aber er starrt über seine Schulter. Ich versuche zu sehen, wo er hinschaut, aber da sind auch keine Picknicktische.

Ein Besen lehnt neben der Tür. Da ist ein geflochtener Teppich. Ein Eimer.

Ein hölzernes Kinderspielzeug.

»Cole.« In meiner Stimme schwingt Angst mit. Er hält einen Finger an seine Lippen.

»Psst«, flüstert er. »Wir wecken sie auf.«

»Worum geht es? Was ist los?«

»Folie à deux«, sagt er zu mir. Sein Mund ist so nah an meinem Ohr. Ich fühle die Worte mehr, als dass ich sie höre. »Der Wahnsinn zu zweit.« Cole nimmt meine Hand und zieht mich von der Treppe hoch. »Wir müssen gehen.«

Wir treten in den Nebel, und Cole legt einen Arm um mich, aber ich ziehe mich zurück. Ich bin so verwirrt.

»Sag mir, was los ist«, bittet er. »Wenn ich etwas getan habe, das dich verärgert hat, oder wenn …«

»Dein Vater hatte eine Affäre mit meiner Mutter.« Die Worte hängen wie Wassertropfen in der schweren Luft. Wir stehen Kopf an Kopf. Kein Platz zwischen uns. Das ist die einzige Möglichkeit, uns zu sehen.

»Nein«, sagt Cole. Er schüttelt den Kopf. »Auf keinen Fall.«

»Sie hat es in ihr Notizbuch geschrieben«, sage ich zu ihm. »Und dann hat mein Vater es bestätigt.«

Cole schüttelt erneut den Kopf. »Das glaube ich nicht.«

»Ich verstehe, warum du es nicht glauben willst«, sage ich ihm, »aber …«

»Nein«, sagt er wieder. »Du verstehst es nicht.« Er wirft einen Blick auf das Licht im Fenster des Bauernhauses. Zieht mich weiter weg von der Veranda. »So ist es nicht. Es ist nur so, dass mein Vater das nie tun würde. Nicht, weil er meine Mutter liebt oder weil er so ein guter Mensch ist oder was auch immer. Er ist einfach …« Cole hält inne. Er schüttelt den Kopf. »Mein Dad ist ein verdammter Feigling. Er mag die Mädchen, sicher. Aber er wäre zu feige, um es so weit zu treiben. Es gäbe zu viel zu verlieren.«

»Was meinst du?«

»Ich habe dir doch erzählt, dass das alles auf dem Papier meiner Mutter gehört. Das Haus. Das ganze verdammte Theater. Alles, was sie zusammen aufgebaut haben.« Cole schüttelt wieder den Kopf. »Er würde nie riskieren, dass sie es herausfindet. Sie würde sich das nicht gefallen lassen. Meine Mutter, ich weiß, sie wirkt so warmherzig, und das ist sie auch. Oder sie kann es sein. Aber sie ist auch rücksichtslos. Willa kümmert sich um Willa. Sie würde ihm alles wegnehmen. Er würde mit nichts dastehen. Und das würde er nicht überleben. Dieses verdammte Theater ist alles, was ihm je etwas bedeutet hat. Es ist sein ganzes gottverdammtes Leben.«

Ich höre das Echo des wütenden Flüsterns meiner Mutter. Diese Worte, die sie auf der Veranda am Meer sagte, während ich mich unter dem Picknicktisch versteckte.

Ich will, dass alles ans Licht kommt!

Cole glaubt, dass er den Namen seines Vaters reinwäscht, aber alles, was er getan hat, ist, ihm ein Motiv für einen Mord zu liefern. Wenn meine Mutter alles offenlegen wollte – wenn sie bleiben und sich ein Leben mit Brody aufbauen wollte –

wenn er ihr etwas versprochen hatte und sie meinem Vater bereits gesagt hatte, dass sie nicht nach Hause kommt – und Brody dann beschlossen hat, dass er nicht riskieren kann, dass Willa es herausfindet – was hätte er dann getan, um das geheim zu halten?

Wie weit hätte er gehen müssen, um alles zu behalten?

»Du warst in jener Nacht dort«, sage ich zu ihm. »Daran habe ich mich erinnert.« Ich erzähle ihm nichts von den Sternen. Mein alter Albtraum. Ich habe Angst, darüber zu reden. Er hat immer noch so viel Macht über mich. »Ich weiß, dass du dort warst.«

»Welche Nacht?«, fragt er mich.

»In der Nacht, als meine Mutter starb.« Ich schlucke das ungute Gefühl hinunter, das in meinem Hals aufsteigt. »Du und dein Vater, ihr wart beide dort.«

Cole sieht aus, als hätte ich ihn ins Gesicht geschlagen. Er starrt mich ein paar Sekunden lang an. Dann schüttelt er den Kopf.

»Nein«, sagt Cole. »Ich war nicht dabei. Daran würde ich mich erinnern.«

»Auf der Klippe«, sage ich ihm. »Hinter deinem Haus.«

»Ich war nicht dabei, Avril.« Cole sieht so verwirrt aus.

»Doch, warst du«, sage ich. »Wir beide waren es. Und dein Vater hat meine Mutter ins Meer geworfen.«

»Nein.«

»Sie hatten eine Affäre, und ich glaube, sie hat gedroht, es allen zu erzählen. Es deiner Mutter zu erzählen. Und er muss in Panik geraten sein.«

Cole schüttelt den Kopf. Er blinzelt heftig.

»Niemals«, sagt er. »Das ist doch verrückt. Er würde nicht …«

»Cole!« Meine Stimme wird lauter. Ich höre den hysterischen Unterton. »Er hat auch versucht, mich zu töten.«

Aber das Wasser brachte mich nach Hause. Zurück zum Strand von Whisper Cove.

»Du bist verwirrt«, sagt Cole. »Wirfst alles durcheinander. Das hast du selbst gesagt.«

Er greift nach mir, aber ich weiche zurück.

»Sag mir nicht, dass ich verwirrt bin.« Ich spucke ihm die Worte entgegen. »Ich weiß, woran ich mich erinnere.«

Es hat mich zwölf Jahre gekostet. Aber ich weiß es jetzt.

»Du erinnerst dich nicht daran, weil es nie passiert ist.« Cole klingt so sicher. Aber ich weiß, dass er sich irrt. Und ich kann nicht mehr hier sein, so mit ihm reden. Ich lasse seine Hand los und gehe in den Nebel hinein.

»Avril!«, schreit Cole. Vergessen ist, dass er denjenigen nicht aufwecken will, der in dieser Albtraumversion des Bauernhauses schläft. »Nicht.« Er greift nach mir, aber ich bin ihm schon entglitten. »Verdammt!« Ich höre die Frustration in seiner Stimme. »Avril, komm schon. Mein Gott!« Und dann höre ich, wie die Frustration in Angst umschlägt. »Wo, zum Teufel, bist du?«

Und die Sache ist, dass ich immer noch genau dort stehe. So nah, dass ich die Hand ausstrecken und ihn berühren könnte. Aber er kann mich nicht sehen. Ich könnte genauso gut ein Geist sein. Also drehe ich mich einfach um und gehe. Ich kann nicht einmal sagen, in welche Richtung ich laufe. Ein Schritt nach dem anderen in dem blendenden Nebel. Keine Ahnung, wohin ich gehe. An einem Punkt verheddere ich mich in etwas. Es schnappt nach mir. Es wickelt sich um mein Gesicht. Und ich keuche. Kämpfe mich frei.

Feuchtes Tuch.

Ich spüre die langen Bänder einer Baumwollschürze. Overall-Knöpfe.

Wäsche hängt auf der Leine.

Meine Beine haben sich in Wackelpudding verwandelt, aber ich laufe weiter, bis ich nicht mehr weiterkann. Dann lasse ich mich in das nasse Gras sinken und schlinge die Arme um meine Brust.

Ich habe mich verirrt.

Und mir ist so kalt. So, so, so kalt.

Ich finde Lex' Feuerzeug in meiner Tasche, aber die winzige Flamme kann nichts ausrichten gegen die Dunkelheit, die mich verschluckt hat. Ich frage mich, ob Cole das orangefarbene Glühen sehen kann. Ich frage mich, ob er immer noch nach mir sucht.

Er hat mir versprochen, dass er mich finden wird.

Wenn ich an Cole denke, öffnet sich irgendwo in meiner Brust ein schmerzhafter Riss. Es fühlt sich an, als wäre ich in zwei Teile gespalten.

Und dann höre ich das Geflüster.

Ich schnippe wieder das Feuerzeug an. Und wieder. Ich schließe meine Augen. Summe eine Melodie. Zähle bis zehn, aber es gibt keine Möglichkeit, das Geräusch auszublenden.

Also mache ich nur einen Schritt auf diese Stimmen zu. Nur einen

Ich ziehe feuchte Luft in meine Lunge. Es ist, als würde ich Wasser atmen.

Dann spüre ich das Klatschen der eiskalten Wellen gegen meine Knie.

Ich stehe wieder im Sund.

Mein Verstand kann sich keinen Reim darauf machen. Er weiß nicht, wie er sich so weit verbiegen soll, aber ich fühle die Wahrheit.

Eiskaltes Wasser.

Der Kuss von Seegras und das Schmatzen von dickem Sand.

Ich gehe rückwärts und rückwärts. Ein Fuß. Dann den anderen. Ein winziger, schlurfender Schritt nach dem anderen. Bis ich nicht mehr spüren kann, wie das Wasser über meine Zehen gleitet.

Lex' Feuerzeug liegt noch immer in meiner Hand. Ich schnippe es an. Aber es passiert nichts. Es muss nass geworden sein. Ich stehe am Rande des Meeres und versuche, mich zu erinnern, wie ich hierhergekommen bin.

Und dann höre ich ein Geräusch hinter mir. Ein einzelnes leises Wort im Nebel.

»Mama?«

Ich drehe mich um und sehe in meine eigenen Augen.

AKT III: SZENE 3

Ich weiche vor mir selbst zurück, und der Nebel füllt den Raum zwischen mir und ihr aus. Das andere Mädchen mit den weißblonden Haaren. Und mein Gesicht. Ich kann sie nicht mehr sehen, und ich fühle mich besser mit diesem Abstand zwischen uns.

Bis ich rücklings gegen jemanden pralle.

Ich drehe mich um und sehe George, den Hausmeister von Whisper Cove. Er steht direkt vor mir. Ich kann Alkohol in seinem Atem riechen. So nah ist er an mir dran.

»Du darfst nicht hier unten sein. So spät.« Meine Stimme funktioniert nicht. Ich habe vergessen, wie man Worte bildet. »Komm schon«, sagt George und knipst eine große Taschenlampe an, bevor er sich zum Gehen wendet. Aber ich kann mich nicht zwingen, ihm zu folgen. Nicht George.

Wo ist Cole? Er sollte derjenige sein, der mich findet.

Als ich zögere, packt George mich am Arm und zerrt mich hinter sich her. »Komm schon«, brummt er. »Ich kann dich doch nicht hier unten lassen.« Das wird also das zweite Mal in meinem Leben sein, dass er mich am Strand findet und den Hügel hinaufschleppt.

Seine Finger umschließen fest meinen Arm, während ich mich durch den feuchten Sand kämpfe. Er verschiebt und bewegt sich unter meinem Gewicht. Er ist tief heute Nacht.

Treibsand. Aber ich sehe nicht zurück. Und ich bin erleichtert, als wir an der Uferpromenade ankommen, und George mich endlich loslässt.

Ich weiß nicht, wovor ich mehr Angst habe: vor Georges alkoholgeschwängertem Atem und seinen unsteten Augen oder vor der Dunkelheit des noch nicht ganz leeren Strandes. Also gebe ich auf und folge seiner Taschenlampe zwischen die Dünen. Über den Sumpf. Den Hügel hinauf. Er sieht nie nach, ob ich noch hinter ihm bin. Und er sagt kein einziges Wort mehr. Nicht, bis wir das Bauernhaus erreichen.

Die Markise ist wieder da. Die Picknicktische. Und ich frage mich, welchem Kind das Holzspielzeug gehörte. Das, das auf dem geflochtenen Teppich neben der Hintertür lag.

Wo ist der kleine Junge oder das kleine Mädchen jetzt?

Ich reibe über die gequetschten Stellen an meinem Arm. Ich versuche, das Gefühl von Georges Fingern auf meinem Körper wegzumassieren. »Du solltest nicht da draußen sein«, sagt er zu mir. Seine Stimme klingt gereizt. Als wäre es absolut nervtötend – vielleicht der schlimmste Teil seines Jobs –, wichtigtuerische Kinder vom Strand zu holen, während sie auf Phantomversionen ihrer selbst starren. »Es gibt keinen Grund für dich, so im Dunkeln herumzulaufen.« Er knipst die Taschenlampe aus und setzt sich auf die Treppe. Dort, wo Cole und ich vor nicht allzu langer Zeit noch gesessen haben. Er zieht eine Zigarettenschachtel hervor und schüttelt eine Zigarette heraus. Ich sehe zu, wie er sie anzündet und den Rauch ausatmet.

»Was sind sie?«, frage ich ihn. »Das sind keine Geister.«

Das Mädchen am Strand.

Die Frau im Nebel vor meinem Kabinenfenster.

George seufzt. Es ist ein langer, tiefer Ton. Er erinnert mich an ein Nebelhorn. »Nein«, sagt er. »Aber die meisten Leute würden sie so nennen.«

Eine steife Meeresbrise weht über den Rasen. Für ein paar Sekunden vertreibt sie den Nebel, und ich sehe den Sund unter uns ausgebreitet.

George blickt auf das Wasser, genauso wie ich. Die Zigarette baumelt an seinen Lippen, sodass er aus einem Mundwinkel heraus spricht. »Sie haben diesen Leuchtturm 1906 gebaut«, erzählt er mir. Aber heute Abend steht er nicht mehr da. Am Horizont ist kein Licht zu sehen, das die Öffnung nach Whisper Cove markiert.

Und der Geruch von Schweinen liegt in der Luft.

»Es sind Echos.« Ich hauche die Worte, als bestünden sie aus Nebel. »Erinnerungen.«

»Nicht deine Erinnerungen«, sagt George. Aber das wusste ich schon. Denn ich hatte noch nie irgendwelche Erinnerungen.

Es sind die Erinnerungen von Whisper Cove.

Meine Mutter fühlt sich für mich in Whisper Cove so lebendig an, weil ein Teil von ihr noch hier ist. Sie überquert noch immer das Feld. Steht auf der Veranda am Meer. Sie tanzt auf dem Gras. Wie in diesen Heimvideos von Willa. Nur viel realer.

Ich erinnere mich an das kleine Mädchen, das ich beobachtete. An den Abend, als Lex und ich uns den Wein teilten. Bevor der Regen zurückkam.

Irgendwie renne ich als Fünfjährige immer noch über den Rasen, während Cole hinterherläuft.

»Dinge bleiben hier gefangen«, sagt George, der die Asche seiner Zigarette auf die Stufen der Veranda schnippt. »Vielleicht liegt es am Nebel.«

Ich beobachte den dicken grauen Vorhang, der sich wieder auf den Rasen legt.

Es füllt den Raum zwischen dem Bauernhaus und dem Strand aus.

Den Raum zwischen mir und George.

Den ganzen Raum in meiner Lunge.

Ich kann nicht atmen.

»Du hast deine Mama gesehen«, sagt George. »Stimmt's?« Aber ich antworte nicht, weil ich ihm nichts schuldig bin. »Ich würde sie auch manchmal gerne sehen«, redet er weiter und bläst den Rauch aus. »Die, die wie deine Mutter sind. Gott, war sie schön!« Er sieht mich an, und der Ausdruck in seinem Gesicht macht mich wieder unruhig. Ich hasse es, wie seine Augen an meinem Körper auf und ab wandern. Über meine nackten Schultern gleiten. Meine Oberschenkel. »Es ist schön, wenn man erst weiß, was sie sind.« George steht auf, und ich weiche einen kleinen Schritt zurück. »Sie können dir nichts anhaben.« Er knipst die Taschenlampe an. Sie ist so hell, dass ich meine Augen abschirmen muss. »Du musst nur aufpassen, dass du dir nicht selbst wehtust.«

Er streckt die Hand aus, um mein Haar zu berühren – eine feuchte Strähne zwischen seinen schmutzigen Fingern –, und ich halte den Atem an. Ich starre auf die Zigarette zwischen seinen Zähnen. Sein Mund verzieht sich fast zu einem Lächeln. »Du siehst aus wie sie«, sagt er und beugt sich zu mir.

»Nicht«, warne ich ihn. Und ich bin überrascht, wie laut meine Stimme klingt. Wie stark. »Fassen Sie mich nicht an!«

Dann grinst er mich an. »Benimmst dich auch wie sie.« Er geht einen Schritt zurück. »Ich habe dir das Leben gerettet, hast du das gewusst? Du wärst wahrscheinlich gestorben, wenn ich dich nicht da unten gefunden hätte, angespült wie eine ersoffene Ratte. Nachdem deine eigene Mama versucht hat, dich loszuwerden.« Und vielleicht ist das wahr. Aber das gibt ihm nicht das Recht, mich so anzuschauen, wie er es tut. »Mach, dass du in deine Hütte kommst.« Er lässt die noch brennende Zigarette fallen und zermalmt sie mit dem Absatz seines Stiefels im feuchten Gras. »Und bleib verdammt noch mal dort«, fügt er hinzu, bevor er in der Dunkelheit verschwindet. »Ich hätte dich dem Meer überlassen sollen, verdammt noch mal!« Ich beobachte das Aufblitzen seiner Taschenlampe, bis sie verschwunden ist. Und alles, was ich will, ist, ins Bett zu gehen, wie George gesagt hat. Aber meine Beine zittern. Ich weiß nicht, ob ich die Strecke heute Nacht noch bewältigen kann.

Das schlammige Feld so breit wie ein Ozean.

Der Zaun, hinter dem die Schweine sind.

Ich lasse mich auf den Stufen der Veranda nieder. Ich ziehe meine Knie an meine Brust und drücke sie fest an mich. Ich möchte nur ungern den kleinen Lichtschein der Veranda verlassen.

Ich habe erst ein paar Minuten dort gesessen, als sich der Nebel wieder lichtet. Es hält nur ein paar Sekunden, aber lange genug, dass ich eine einsame dunkelhaarige Gestalt aus der Baumreihe auftauchen sehe. Mein Herz schlägt mir bis zum Halse, denn ich bin noch nicht bereit, Cole wiederzusehen.

Dann wird mir klar, dass das nicht Cole ist. Es ist Willa.

Ich beobachte, wie sie über den Rasen auf die Meeresveranda zugeht. Der Nebel setzt sich hinter ihr fest, während sie sich bewegt. Als würde er ihr folgen. Er ist die lange Schleppe eines Kleides, das aus der Nacht gemacht ist. Und die Art, wie Willa sich bewegt, hat etwas Eigenartiges an sich. Sie lässt sie wie einen Geist aussehen.

Oder eine Erinnerung.

Sie erreicht die steinernen Stufen der Meeresveranda, und ich kann sehen, dass sie echt ist. Aus Fleisch und Blut. Also sage ich laut ihren Namen. »Willa?«

Ihre Augen sind offen, aber sie geht einfach an mir vorbei. Als wäre ich gar nicht da.

Ich folge ihr durch die Hintertür des Bauernhauses. Die verwinkelten Gänge entlang. Vorbei an Glorys Empfangstresen, wo das einzige Licht von einem leuchtenden Computerbildschirm stammt. Wir gehen durch die leere Cafeteria. Doch in der Tür zur Bibliothek bleibt sie stehen. Der Raum ist dunkel.

»Willa.« Sie antwortet nicht. Sie dreht sich nicht um, um mich zu fragen, was ich so spät noch draußen mache.

Niemand darf nach elf Uhr die Hütten verlassen.

Es ist schwer, etwas zu sehen. Die Lichter sind aus, und von außen drückt Nebel gegen die Fenster. Er verdeckt den Mond. Aber ich kann ihre Gestalt erkennen, als sie zum Regal geht und beginnt, Bücher und Skripte von ihren Plätzen zu ziehen. Sie wühlt sich durch sie hindurch. Wirft sie zu Boden. Als suchte sie etwas, das sie nicht finden kann.

Plötzlich geht das Licht an. Es ist so hell. Für einen Sekundenbruchteil bin ich wieder fünf. Blinzelnd. Blind. Dann steht Cole neben mir. Seine Hand liegt auf dem Schalter.

»Sie schlafwandelt«, erklärt er mir. Aber das habe ich mir schon gedacht. »Mama.« Seine Stimme hallt laut in der leeren Bibliothek wider, aber dann wird sie von den langen Vorhängen absorbiert. Sie wird von den Seiten aufgesogen, die den Boden bedecken. »Mama!«, sagt er wieder. Noch lauter.

Willa dreht sich um und starrt uns beide an. Sie blinzelt. Sie sieht sich in der Bibliothek um und nimmt den Bücherstapel zu ihren Füßen in Augenschein. Dann sinkt sie auf die Knie. Sie starrt auf das Chaos, das sie angerichtet hat.

Cole und ich gehen auf das Bücherregal zu. Wir heben die Bücher auf. Legen sie zurück in die Regale. Ordnen um und sortieren neu.

Aber Willa hockt immer noch zusammengesunken auf dem Boden. Sie starrt jetzt auf ihre Hände. Ich sehe, wie sie zittern.

Als wir fertig sind, nimmt Cole sie am Arm und zieht sie auf die Beine.

»Es tut mir leid«, sagt sie, »wenn ich dich erschreckt habe.«

Ich weiß nicht, zu wem von uns beiden sie spricht. Mit uns beiden schätze ich. Ihre Augen sehen heute Abend so anders aus.

»Wir alle verirren uns manchmal«, sage ich. Aber Willa kann nur auf ihre zitternden Hände starren.

»Ich bringe sie nach Hause«, erklärt Cole. Er deutet mit seinem Kinn in Richtung des Ledersofas in der Ecke. »Schlaf heute hier, okay?« Er sieht zum Fenster. »Geh nicht wieder raus.«

»Ja«, sage ich. »Okay.« Ich versuche, mir noch etwas anderes einfallen zu lassen, aber ich kann es nicht.

»Ich komme zurück«, verspricht er, und ich kann nur nicken. Er macht sich mit Willa auf den Weg zur Tür, und plötzlich fallen mir weitere Worte ein. »Cole.« Er dreht sich um und sieht mich an, und in seinen grau verhangenen Augen liegt etwas Unergründliches. »Sei vorsichtig.«

Als sie weg sind, sehe ich mich in der Bibliothek um. Ich denke an das Bild, das Glory mir von meiner Mutter gegeben hat. Sie beugt sich über den Laptop. Neben ihr ausgebreitet Notizbücher. Zwei Notizbücher. Leuchtende Augen. Ich kann mir fast vorstellen, wie ich Verstecken spiele, während sie arbeitet. Mein kleiner dunkelhaariger Spielkamerad, versteckt hinter den langen Vorhängen.

Ich mache es mir auf dem bequemen Ledersofa gemütlich. Es ist weich. Sehr abgewetzt. Und ich frage mich, ob meine Mutter jemals hier gesessen hat. Ich lege meinen Kopf auf die Armlehne und versuche, sie zu spüren. Meine Augen bleiben offen, und ich starre aus dem Fenster in den dichten Nebel. Ich weiß, dass dort wahrscheinlich nichts ist, aber ich sehe immer wieder Gestalten. Und Gesichter.

Hände drücken gegen das Glas.

Ich stehe auf und löse die goldenen Kordeln, die die Vorhänge offen halten. Ich ziehe die Vorhänge zu, bevor ich zum Sofa zurückkehre.

Es war eine so lange, seltsame Nacht. Erst der Wein mit Willa. Dann wachte ich auf und hörte Cole Klavier spielen. Der Streit wegen seines Vaters. Das Alleinsein im Nebel. Dann nicht allein am Strand. Das Gespräch mit George.

Und jetzt Willa. Schlafwandelnd.

Ich bin erschöpft, aber ich schließe meine Augen nicht.

Erst später, als Cole zurück in die Bibliothek schlüpft. Er legt seine Arme um mich. Zieht mich an seine Brust. Ich spüre sein schlagendes Herz, und so weiß ich, dass er lebt.

Real ist.

»Hat sie das schon immer getan?«, frage ich ihn. »Deine Mutter?«

»Das Schlafwandeln?« Ich nicke. »Nein. Ich glaube nicht. Ich glaube, es hat angefangen …« Er zögert.

»Nach dem Tod meiner Mutter?«

»Ja«, sagt Cole. »Behauptet jedenfalls mein Vater.«

Es ist seltsam, daran zu denken, dass ich nicht die Einzige bin, die durch den Tod meiner Mutter für immer verändert wurde. Es gibt so viele andere Menschen, die mit dieser Lücke leben. So wie ich es immer getan habe.

Es macht mich traurig, das zu wissen, aber irgendwie fühle ich mich dadurch auch weniger einsam.

Dann küsst Cole mich. Weich und sanft und mit so viel Zärtlichkeit. Und ich spüre sie bis in die tiefsten, verborgensten Winkel meines Herzens. So weiß ich, dass auch ich lebe.

Und schließlich gestatte ich mir einzuschlafen.

Bei eingeschaltetem Licht.

Das Letzte, was ich vor dem Einschlafen höre, ist Cole, der mir diese Melodie ins Ohr summt.

Edens Wiegenlied.

Ein Lied für ein ertrunkenes Mädchen.

AKT III: SZENE 4

Es ist früher Morgen, als Cole mich aufweckt. Ich bin verwirrt und verstehe nicht, warum wir in der Bibliothek sind. Aber dann erinnere ich mich an alles, was letzte Nacht passiert ist. Und es ist, als würde ich von einer großen Welle am Strand umgeworfen.

Wir gehen gemeinsam zu den blauen Hütten zurück, und Cole küsst mich noch einmal. Er sagt, wir sehen uns später. Er erwähnt nichts von seiner Mutter. Dass sie letzte Nacht schlafgewandelt ist. Und er sagt mir nicht, dass ich verrückt sei. Dass sein Vater kein Mörder ist. Er streicht mir nur die Haare aus dem Gesicht und verspricht mir, dass alles gut werden wird. Aber es ist ein Versprechen, an das ich nicht wirklich glaube.

Ich sehe Willa den ganzen Vormittag und Nachmittag nicht. Sie schaut nicht in der Cafeteria vorbei, um mir zuzuwinken. Sie steckt nicht ihren Kopf durch die Tür und bittet mich, mit meinem Mittagessen auf die Veranda zu kommen.

Aber als ich an diesem Abend zur Probe ins Theater komme, steht sie in der Mitte der Bühne und starrt zu den Dachsparren der Scheune hinauf. Ich bleibe mit Lex, Val und Jude in der Tür stehen, und Jude hustet schließlich, um sie wissen zu lassen, dass wir da sind. Willa dreht sich um und strahlt uns an – mich –, als wäre letzte Nacht nichts passiert. Ich frage mich, ob sie sich vielleicht nicht mehr daran erinnert, wie sie die Bücher in der dunklen Bibliothek aus den Regalen gezogen hat.

Sie winkt uns herein. »Kommt, meine Lieben, wir haben diese Woche eine Menge zu tun.« Sie ist heute Abend wunderschön. Sie leuchtet. Langes, dunkles Haar und das Klirren von Silberarmbändern. Alles wird von den Bühnenlichtern angestrahlt. Keine Spur von der Frau, die zusammengesunken auf dem Boden saß, umgeben von durcheinandergeworfenen Skripten und Papieren.

Cole kommt gerade herein, als wir anfangen. Er sucht sich einen Platz ein paar Stühle weiter weg von mir, aber ich kann ihn immer noch spüren.

Es ist Montagabend. Der Beginn der dritten Woche. Wir haben gerade die Hälfte der Strecke hinter uns gebracht, und ich weiß nicht, wie ich mich dabei fühlen soll. Es gibt noch so viel, was ich herausfinden muss. Und es scheint alles so unendlich verworren und verwirrend zu sein. Ich mache mir Sorgen, dass die Zeit nicht mehr reicht, und ich habe keine Ahnung, was danach passiert. Ich kann mir nicht vorstellen, nach Texas zurückzugehen und dort weiterzumachen, wo ich aufgehört habe. Ich bin nicht mehr dieses Mädchen.

Aber ich beginne mich auch zu fragen, ob ich weitere zwei Wochen in Whisper Cove überleben werde.

»Okay«, sagt Willa und klatscht in die Hände, um unsere Aufmerksamkeit zu bekommen. »Wir arbeiten heute Abend an der Szene von Edens Beerdigung.« Val sitzt neben mir, und ich kann ihre Aufregung spüren, denn dies ist ihr erster wirklich großer Moment. »Edens ältere Schwester Anya sucht Orion nach der Beerdigung auf. Alle anderen sind schon weg, aber er sitzt noch da. Und sie versucht, ihn zur Vernunft zu bringen.« Willa zwinkert Val zu, dann richtet sie ihren Blick auf Cole. »Seid ihr beide bereit?«

Ich bin froh, dass ich in dieser Szene nicht mitwirke. So habe ich die Möglichkeit zuzusehen.

Und nachzudenken.

Cole nimmt auf einem Klappstuhl auf der Bühne Platz, und Val betritt die Bühne von rechts. Sie geht hinüber und stellt sich neben ihn. Mir fallen die Bartstoppeln an Coles Kieferpartie auf. Er trägt die gleichen zerknitterten Klamotten wie gestern Abend. Und seine Augen sind so dunkel. Mit schwarzen Ringen umrandet. Ich frage mich, wie lange er schon nicht mehr geschlafen hat.

Tage?

Wochen?

Jahre vielleicht.

Wahrscheinlich.

Val legt ihre Hand auf seine Schulter.

ANYA: Du kannst jetzt nach Hause gehen, Orion. Sie ist fort.

ORION: Was wäre, wenn es einen Weg gäbe, sie zurückzubringen?

Cole dreht seinen Kopf und sieht zu Val hoch. Die beiden zusammen auf der Bühne sind beeindruckend. All dieses schöne dunkle Haar und die Intensität.

ANYA: Du kannst nicht …

ORION: Vielleicht kann ich es doch.

ANYA: So funktioniert das nicht. Egal, wie sehr du sie geliebt hast …

ORION: Ich habe sie über alles geliebt.

ANYA: Jeder liebt die Menschen, die er liebt, mehr als alles andere.

ORION: Niemand hat jemals jemanden so geliebt, wie ich Eden liebe.

ANYA: Selbst wenn du es könntest, wäre sie nicht mehr dieselbe.

ORION: Das macht mir keine Angst.

ANYA: Das sollte es.

ORION: Ich habe ihr versprochen, dass ich sie rette.

ANYA: Niemand kann wirklich jemand anderen retten.

ORION: Aber ich habe es versprochen.

Ich sitze in der ersten Reihe. Cole sieht jetzt nicht mehr auf sein Skript. Er starrt mich an, und ich verliere mich so sehr im bodenlosen Grau seiner Augen. Ich weiß, dass er auch verloren ist. Wir können nicht atmen. Können den Blick nicht voneinander abwenden. Es ist, als hielten wir uns gegenseitig gefangen. Gefangen in diesem gemeinsamen Moment.

ANYA: Du hättest das nicht versprechen sollen. Das war nicht fair.

ORION: Aber ich habe es ernst gemeint.

Coles Stimme ist so gebrochen. Es ist echter Schmerz darin, und ich leide mit ihm. Er lässt seinen Kopf in die Hände sinken. Und für eine Sekunde glaube ich, dass er weint. Aber seine Schultern bewegen sich nicht. Er gibt keinen Laut von sich. Es ist, als wäre er zu Stein geworden.

Und ich bin mir nicht sicher, ob er noch schauspielert.

Ich bin mir nicht sicher, ob er das jemals getan hat.

Alle im Theater warten. Wir halten den Atem an. Die Sekunden scheinen sich ewig zu ziehen. Aber er geht nicht zur nächsten Zeile über. Val schaut von Cole zu Willa. Dann zu mir. Sie weiß nicht, was sie tun soll.

Aber ich weiß es.

Ich stehe auf und gehe zu Cole, der dort sitzt. Er ist so still. Aber ich knie vor ihm nieder und lege meine Hände auf seine Knie. Ich drücke meine Lippen auf seinen Scheitel. Diese schönen dunklen Wellen.

Er hebt seinen Kopf, um mich anzusehen, und flüstert, dass es ihm leidtut. Es ist so leise, dass ich die Worte kaum hören kann. Sie treiben wie Nebel über meine Haut. Und ich ziehe sein Gesicht zu meinem. Ich möchte ihm ohne Worte sagen, dass es in Ordnung ist. Dass er mich nicht zu retten braucht. Dass es mir gut geht. Dass ich mit allem, was passiert, umgehen kann. Alles, was ich will, ist, dass er einen Weg findet, sich selbst zu retten. Das ist das Einzige, was ich brauche. Aber ich weiß nicht, wie ich das alles sagen soll, also küsse ich ihn.

Coles Lippen sind so weich, und der Kuss ist innig. Er ist lang und warm und lang anhaltend. Und als er vorbei ist, starrt uns jeder an. Klar.

Ich bin mir nicht sicher, was ich tun soll, aber Willa greift ein und rettet uns beide. »Das ist es, was gutes Theater ausmacht, meine Lieben. Es lässt uns fühlen«, sagt sie. »Und das ist nie etwas Schlechtes.«

In diesem Moment liebe ich sie so sehr.

Alle applaudieren, und mein Gesicht wird knallrot. Ich kehre zu meinem Platz zurück, und Lex legt seinen Arm um mich. »Alles klar?«, flüstert er, und ich nicke. Aber ich bin mir nicht ganz sicher, ob das wirklich stimmt. Cole schenkt mir ein kleines Lächeln, und ich tue mein Bestes, um zurückzulächeln. Denn wir beide brauchen es, dass es dem anderen gut geht. Auch wenn es nur für eine kurze Zeit ist.

Cole und Val machen mit der Szene weiter und spielen sie noch ein paarmal durch, bevor wir zu etwas anderem übergehen. Ich stehe in keiner der Szenen, an denen wir arbeiten, auf der Bühne, und das ist okay für mich. Ich habe schon viel zu viele Abende im Zentrum der Aufmerksamkeit gestanden.

Ich schlage mein Skript auf, um einige Zeilen durchzugehen. Ich blättere auf die Rückseite. Die allerletzte Szene. Und ein paar kleine Blumen fallen mir in den Schoß wie lila Schnee. Sie wurden flach zwischen die Seiten gepresst. Ich hebe sie auf und halte sie zwischen meinen Fingern.

Ich sehe mich im Theater um, aber niemand scheint den überwältigenden Lavendelduft bemerkt zu haben. Oder die Tatsache, dass ich aufgehört habe zu atmen.

Als die Probe zu Ende ist, halte ich vor dem Theater Ausschau nach Cole, aber ich sehe ihn nicht. Es ist eine perfekte Nacht. Schön und klar. Kein Nebel. Keine Feuchtigkeit. Kein Frost. Jeder scheint jemanden gefunden zu haben, mit dem er das wunderbare Wetter genießen kann.

Lex lehnt an der Wand der Scheune. Jude gibt ihm einen Kuss. Sie flüstern miteinander, Stirn an Stirn, und Lex kichert, während er seine Hände in Judes Gesäßtaschen steckt. Sie sind vollkommen mit sich beschäftigt. Nehmen nichts anderes auf der Welt wahr.

Val flirtet mit einem der Jungs. Einem Blonden namens Nixon, der ein *Star Trek*-Shirt trägt. Sie wirft ihre langen, dunklen Locken über ihre Schulter und lacht. Er sagt ihr, dass sie in der Szene heute Abend wirklich gut war, und ich sehe, wie sie seinen Arm berührt. Sie klimpert mit ihren langen Wimpern, und ich frage mich, ob das bedeutet, dass sie mit Chester für immer Schluss gemacht hat. Ich frage mich auch, ob sie schon mit Nixon nackt baden gegangen ist.

Endlich entdecke ich Cole. Er sitzt allein auf der Kante der Treppe und starrt einfach nur in die Dunkelheit. Ich gehe zu ihm und berühre sein Haar, aber er sieht nicht auf.

»Komm schon«, sage ich, »wir müssen reden.« Ich greife nach unten und nehme seine Hand. Dann ziehe ich ihn auf die Beine und um die Ecke zum Amphitheater. Aber auch dort sind Leute. Einige der Techniker hängen Lichter auf. Sie bereiten sich auf die große Aufführung vor. *Midnight Music* von Willa Culver, mit uns allen in der Hauptrolle.

»Scheiße«, murmle ich. Denn ich weiß nicht, wohin ich gehen soll.

»Ist schon gut«, sagt Cole. »Ich weiß einen Ort.« Er führt mich zu einem kleinen Kiesweg, der hinter der Scheune vorbeiführt.

An der Rückwand des Gebäudes steht eine Bank. An beiden Enden befinden sich zwei große, mit Sand gefüllte Kaffeedosen. »Hier macht die Crew ihre Raucherpausen«, erklärt Cole mit einer Stimme, die sich anhört, als wollte er sich entschuldigen. Aber für mich ist es der perfekte Platz, denn wir haben ihn ganz für uns allein. Wir sitzen einfach nur ein paar Sekunden lang da. Dankbar, allein zu sein.

Wir befinden uns auf einer Lichtung, die sich hinter der Scheune bis zu einer nicht weit entfernten Baumreihe erstreckt. An der einen Seite steht ein kleiner Wohnwagen. Es gibt einen winzigen Garten. Und ein paar ramponierte Gartenstühle.

»Georges Haus«, sagt Cole zu mir. Ich sehe Licht im Inneren des Wohnwagens. Vielleicht das Flackern eines Fernsehers. Ich denke daran, wie George mich gestern Abend am Strand gefunden hat. Im Nebel.

»Erinnerst du dich an die erste Nacht? Am Lagerfeuer?«, frage ich. »Am Strand.« Cole nickt. »Du hast mir gesagt, Whisper Cove sei anders als andere Orte.«

»Ich erinnere mich.«

»Was passiert hier eigentlich? Nachts. Im Nebel.«

»Das ist schwer zu erklären«, sagt Cole. »Ich weiß es nicht

einmal selbst ganz genau. Und ich habe mein ganzes Leben hier verbracht.« Er zieht eine Augenbraue hoch und schenkt mir ein schiefes kleines Grinsen. »Außerdem glaubst du doch nicht an Geister, stimmt's?«

»Das sind keine Geister«, sage ich, und Coles Grinsen verschwindet.

»Nein«, bestätigt er, »das sind sie nicht. Aber ich habe dir in der ersten Nacht auch gesagt, dass es viele Möglichkeiten gibt, heimgesucht zu werden.«

»George erklärte mir, es seien Erinnerungen. Dinge, die ich gesehen habe.«

Cole atmet tief durch und lehnt sich mit dem Rücken an die Außenwand der Scheune. »Ich glaube nicht, dass es wirklich Erinnerungen sind. Zumindest nicht alle.« Er mustert die Kaffeedose mit den Zigarettenkippen. »Vielleicht sind es aber auch Erinnerungen, und die Dinge geraten einfach manchmal aus den Fugen.«

»Was meinst du mit ›aus den Fugen‹?«

Coles Blick schweift zur Baumgrenze. Dann hinauf zum Mond. Er schaut irgendwohin, nur nicht zu mir, und mein Gehirn sendet kleine Warnungen aus, dass ich da irgendetwas nicht verstehe.

»Meistens handelt es sich um Dinge, die bereits geschehen sind«, sagt er, »aber hin und wieder erhasche ich einen Blick auf etwas Neues. Etwas, das noch nicht passiert ist.«

»Wie etwas aus der Zukunft?«

Ich erinnere mich, wie ich vor Tagen am Strand stand und nach dem rief, was ich für meine Mutter hielt. Nur ein Wort, das ich in den Nebel flüsterte. *Mama.* Dann drehte sie sich um, und ich war schockiert, in meine eigenen Augen zu sehen.

Und wie ich gestern Abend am Rande des Wassers stand, und mich umdrehte, als ich mich selbst rufen hörte.

Zwei Momente aus den Fugen. Erinnerungen, die sich im Kreis drehen. Wie ein Hund, der seinen Schwanz jagt.

Mein Kopf tut weh. Mir wird schwindelig, und ich muss nach Coles Hand greifen, damit ich nicht ins Trudeln gerate.

»Das passiert nicht oft«, sagt Cole. »Mir ist das im Laufe der Jahre nur ein paarmal passiert.«

»Was hast du gesehen?«, frage ich ihn. Aber er antwortet nicht. Er fährt nur mit den Fingern über die Tätowierung an seinem Handgelenk. Diese Kompassrose. Dann beugt er sich herunter und küsst mich. Es ist kein langer Kuss, aber er hat etwas Verzweifeltes an sich. Und er lässt mich atemlos zurück.

Gebrochen und verängstigt.

Coles Hände sind in meinem Haar, und seine Lippen sind an meinem Mundwinkel. Sie streichen über meinen Wangenknochen. Meine Stirn. Dann atmet er in mein Ohr. »Es spielt keine Rolle. Nichts davon ist real. Alles nur Schall und Rauch, schon vergessen?«

Aber die Angst in seiner Stimme sagt mir, dass Cole das nicht glaubt. Es ist eine Lüge, damit ich mich besser fühle.

Damit er sich selbst sicher fühlt.

»Du hast mich heute Abend gerettet«, sagt er. Ich schließe meine Augen und lasse seine Finger über meine Wange streichen. »Während dieser Szene. Im Theater. Ich bin hineingefallen. Und du hast mich gerettet.«

»Anya sagt, dass niemand einen anderen retten kann«, erinnere ich ihn.

Er zieht mich an sich, und es fühlt sich gut an, von seinen Armen umschlungen zu sein. Aber es liegt so viel Traurigkeit in seiner Stimme. Seine Worte sind voll davon. »Letztendlich können wir das nicht. Aber vielleicht können wir uns gegenseitig in kleinen Momenten retten, so wie du es heute Abend für mich getan hast. Und vielleicht muss das genügen.«

»Ich liebe dich.«

Ich will es nicht sagen. Es rutscht mir einfach heraus. Und ich bin mir nicht einmal sicher, was genau ich damit meine. Weil ich im Moment so viele verschiedene Dinge fühle. Ich weiß nur, dass es sich wahr anfühlt. Und das kommt mir so komisch vor, weil es erst zwei Wochen dauert. Aber dann erinnere ich mich daran, dass ich Cole Culver schon fast mein ganzes Leben kenne.

Ich konnte mich nur nicht mehr daran erinnern.

»Ich liebe dich auch«, sagt er zu mir. »Ich bin mir ziemlich sicher, dass ich das immer getan habe.«

»Du meinst, seit wir fünf sind«, necke ich ihn, aber er schüttelt den Kopf.

»Ich meine, schon immer.« Er sieht mich ein paar Sekunden lang an. Ich kann nicht widerstehen und streiche mit den Fingern über die Stoppeln an seinem Kinn. Ich möchte alles von ihm spüren. Damit ich mich dieses Mal an ihn erinnern kann. Ich will ihn nie wieder vergessen.

»Mein Vater hat deine Mutter nicht umgebracht, Avril. Das ergibt keinen Sinn. Er ist verdammt rückgratlos. Er hätte nie den Mumm dazu gehabt.«

Ich bin mir fast sicher, dass er sich irrt. Meine Erinnerungen an diese Nacht sind jetzt so klar. Es gibt Lücken. Es fehlen Teile. Aber alles deutet auf Brody Culver hin.

»Cole …«

»Wir haben noch zwei Wochen Zeit«, erklärt er. »Wir haben immer noch Zeit, das alles zu enträtseln.«

Ich sage ihm nicht, dass es in Wirklichkeit weniger als zwei Wochen sind. Die Aufführung ist in elf Tagen. Und am Tag danach werden alle Whisper Cove verlassen.

Alle außer Cole. Er darf nie gehen.

Elf Tage.

Das ist nicht viel Zeit, um die Geheimnisse von zwölf Jahren zu entwirren. Oder um herauszufinden, wer meine Mutter wirklich war.

Zu dem zu werden, was ich sein soll.

Aber vielleicht hat Cole recht. Vielleicht gibt es etwas, das ich übersehe.

Ich möchte, dass es eine andere Antwort gibt, denn der Gedanke, Cole und Willa zu verlieren, ist fast zu viel für mich. Und ich weiß nicht, wie es anders sein kann, wenn ich recht habe mit dem, was Brody Culver in dieser Nacht getan hat.

Dann wechselt der Wind seine Richtung, und ich bekomme eine Gänsehaut auf den Armen. Die Haare in meinem Nacken stellen sich auf. Der überwältigende Duft von Lavendel weht mit der nächtlichen Brise herüber.

»Cole?«, flüstere ich. »Riechst du das?«

»Das ist Lavendel«, sagt er.

»Ich glaube, meine Mutter liebte Lavendel«, sage ich zu ihm. »Er erinnert mich an sie.«

»Es ist gut, dass dir solche Dinge wieder einfallen.« Cole lächelt. Er drückt meine Hand. »Es sind all die kleinen Dinge, durch die die Menschen für uns lebendig bleiben, glaube ich.«

Aber er versteht nicht.

»Cole, jemand hat mir kleine Lavendelsträußchen hinterlassen.« Er sieht verwirrt aus. »Auf der Veranda der Hütte. Und in meinem Bett. Sogar zwischen den Seiten meines Skripts.«

»Warum?«

»Keine Ahnung«, sage ich. »Um mir Angst zu machen, schätze ich. Das ist der einzige Grund, den ich mir vorstellen kann.«

Damit ich weiß, dass ich heimgesucht werde. Nicht von einem Geist. Sondern von einem Menschen.

»Um diese Jahreszeit blüht er«, sagt Cole. Seine dunklen Augenbrauen sind zusammengezogen. »Es dürfte nicht schwer sein, ihn hier zu finden.«

»Wo blüht er in Whisper Cove?«, frage ich ihn.

Cole sieht zu dem kleinen Wohnwagen mit den flackernden Fenstern. »Er wächst wild am Rande von Georges Grundstück.«

AKT III: SZENE 5

Ich folge Coles Blick zu Georges Wohnwagen, und etwas flackert über sein Gesicht. Etwas, das wie Hoffnung aussieht. »Du sagtest, du erinnerst dich, dass in dieser Nacht noch jemand dort war.« Seine Worte sprudeln überstürzt heraus. Ein Ausatmen, das wie Erleichterung klingt. »Jemand, der dir Angst gemacht hat.« Ich nicke. »Vielleicht war es George. Er kann böse wie eine Schlange sein, Avril. Ich habe sie gesehen, diese Seite von ihm.«

Ich frage mich, ob er jemals diese Seite seines Vaters gesehen hat. Die, von der Val in der Cafeteria geflüstert hat. Die Seite, die schnell zur Gefahr wird. Und plötzlich wird mir klar, dass es keinen wirklichen Unterschied zwischen George und Brody Culver gibt. Die Art, wie sie Frauen ansehen. Männer wie er sind alle gleich. Sie fühlen sich berechtigt, zu starren – oder zu berühren. Das Einzige, was die beiden unterscheidet, ist, dass Brody Culver Geld hat und George in einem heruntergekommenen Wohnwagen hinter der Scheune lebt.

Aber sonst stehen sich die beiden in nichts nach. Es hätte leicht einer von ihnen sein können.

Vielleicht war es mehr als nur ein Zufall, dass George mich an jenem Morgen an den Strand gespült fand. So gut wie tot.

Vielleicht wusste er genau, wo er nach meiner Leiche suchen musste.

Jetzt bin ich verwirrt. Ich greife wieder nach diesen Erinnerungen. Aber ich habe Schwierigkeiten, sie heute Abend festzuhalten.

Jemand trifft mich mit dem hellen Licht ins Gesicht.

Dann die Hand um mein Handgelenk.

Und ich fliege – falle – in die Dunkelheit.

Ich denke an Georges Gesichtsausdruck, als er davon sprach, wie schön meine Mutter war. Wie Glory sagte, er habe sich in jenem Sommer lächerlich gemacht, weil er sich nach ihr verzehrte. Ich erinnere mich, wie seine Augen über meine Schultern glitten. Meine Oberschenkel. Wie er mein Haar berührte und mir sagte, ich sähe aus wie sie. Meine Mutter. Und ich zittere.

Benimmst dich auch wie sie. Das hat er auch gesagt, als ich Nein sagte. *Ich hätte dich dem Meer überlassen sollen, verdammt!*

»Vielleicht«, sage ich, obwohl mir etwas daran nicht ganz geheuer ist. »Aber ich weiß, dass meine Mutter eine Affäre mit deinem Vater hatte«, erinnere ich ihn und krame das Notizbuch meiner Mutter aus meinem Rucksack. Ich zeige ihm die Seite mit den Initialen darauf.

B.C. – Finde heraus, wie du es beenden kannst!!!

»Fuck«, sagt Cole, als ich mit dem Licht meines Handys auf die Seite leuchte. Es ist das erste Mal, dass er es tatsächlich sieht. »In einer Million Jahren hätte ich nie geglaubt, dass er meine Mutter betrügen würde. Das ist zu riskant.«

»Mein Vater hat es bestätigt«, sage ich. »Er hat gesagt, dass sie nicht mehr nach Hause kommen wollte. Dass sie jemanden kennengelernt hatte. Und das muss dein Vater gewesen sein.«

Der Duft von Lavendel steigt mir wieder in die Nase. Ich sehe hinunter zum Wohnwagen, und ein Schatten huscht über das Fenster. »Aber ich glaube, George war vielleicht auch in sie verliebt«, sage ich. »Und er macht mir Angst. Die Art, wie er ...«

»Avril.« Coles Augen blitzen auf. Hell und wütend. »Hat George etwas zu dir gesagt? Oder etwas getan?« Ich zögere. »Wenn ja, dann musst du es meiner Mutter sagen. Vor ein paar Jahren gab es ein paar Probleme mit einem der Mädchen. Wenn er ...« Cole bricht ab. Er schüttelt den Kopf. »Meine Mom hat deutlich gemacht, dass sie das nicht duldet. Er wird hier rausgeschmissen werden.«

Die Ironie des Ganzen ist nicht zu übersehen. Willa hat wahrscheinlich keine Ahnung, was die Leute über ihren eigenen Mann erzählen. Niemand würde sich trauen, es ihr zu sagen.

»Es ist nichts«, sage ich ihm. Aber ich muss immer wieder daran denken, wie George mein Haar berührt hat. Wie er mich ansieht. Ich will aber nicht, dass er rausgeworfen wird. Wenn die Möglichkeit besteht, dass er wirklich etwas mit dem zu tun hat, was vor all den Jahren passiert ist, ist das Letzte, was ich will, dass er jetzt verschwindet.

»Ich glaube nicht, dass mein Dad ein Mörder ist, Avril. Das kann ich nicht glauben.« Coles Augen stehen in Flammen. In ihnen brennt ein Versprechen. »Aber ich werde dir helfen, das herauszufinden. Egal, wie die Antwort am Ende lautet.«

Er begleitet mich zurück zur Hütte und gibt mir einen Gutenachtkuss. Aber er geht nicht auf die Hütte nebenan zu, sondern lässt sich einfach auf den vorderen Stufen nieder und lehnt sich gegen das Geländer. Und ich weiß, dass er dort bis zum Morgen bleiben wird. Er starrt hinaus in den Nebel.

Hält Wache.

Coles Wache endet jedoch nicht, wenn es hell wird. In den nächsten Tagen ist er mein Schatten. Er isst jede Mahlzeit mit uns in der Cafeteria. Er wartet auf mich vor meinen Morgenkursen. Er schaut nach mir, wenn ich nachmittags mit Glory arbeite. Er lehnt an der Außenwand des Badezimmers, wenn ich nach dem Duschen herauskomme. Er wartet an der Tür auf mich, wenn die Probe vorbei ist. Er sagt mir, ich solle mich von George fernhalten. Dass ich niemals mit ihm allein sein darf. Dass es nicht sicher ist.

Und jeden Abend beendet er den Tag, indem er auf der Treppe Wache hält. Ich bleibe bei ihm sitzen, solange ich kann. Er drückt mir Meerglasstücke in die Hand, und wir blättern im Licht des Handys im Notizbuch meiner Mutter. Auf der Suche nach Hinweisen. Ich erzähle ihm von dem fehlenden Notizbuch. Das, auf dem in der oberen rechten Ecke »Nr. 1« steht. Auf der Rückseite.

Wir sprechen über jede Erinnerung, die ich habe. Jedes Teil des Puzzles. Bis mein Kopf zu schwer wird und gegen seine Schulter fällt. Oder bis er sieht, dass ich zittere. Dann schickt er mich ins Bett. Aber er verspricht mir, dass er bleiben wird. Dass er nicht weggehen wird. Dass es ihm nichts ausmacht. Weil er sowieso nicht schläft.

Er sagt es zwar nicht laut, aber er verspricht mir immer wieder, dass er mich retten wird.

Und ich würde alles dafür geben, auch ihn retten zu können. Aber seine Wangen werden von Tag zu Tag eingefallener und hohler, und seine Augen werden dunkler. Da ist diese Dunkelheit, die in ihm anschwillt. Eine Art von Hoffnungslosigkeit. Ich kann es sehen, wenn ich ihn anschaue. Und ich spüre sie, wenn er mich küsst.

Am Donnerstag sind wir der Aufklärung der Geschehnisse in der Nacht, in der meine Mutter starb, kein Stück näher gekommen, und ich mache mir mehr Sorgen um Cole als um mich.

»Ich habe es nicht gefunden«, sagt er mir an diesem Abend, als wir uns vor der Probe treffen.

»Was gefunden?«, frage ich ihn.

»Das erste Notizbuch«, erklärt er. »Ich habe das Haus auseinandergenommen. Von oben bis unten. Jede Schublade. Jeden Schrank. Aber es ist nicht da.«

Und ich weiß, wie sehr er gehofft haben muss, dass er es findet und dass da etwas drin ist, das mir das Gegenteil beweist.

Irgendein Hinweis, der auf jemand anderen als seinen Vater hindeutet.

Es steht ihm so deutlich ins Gesicht geschrieben.

Wir befinden uns in den letzten Tagen vor dem Umzug ins Amphitheater, wo wir mit der Arbeit an Ton und Licht beginnen, und alle spüren den Druck. Den Mangel an Schlaf. Die tickende Uhr. Den Stress, diesem wunderbaren Theaterstück, das wir gemeinsam erschaffen, gerecht zu werden.

»Morgen in einer Woche geht der Vorhang auf«, sagt Willa nach dem Aufwärmen. Wir arbeiten gerade an der Szene, in der Orion Eden zu sich zurückruft. Es ist das erste Mal, dass sie sich nach ihrem Tod treffen. Und es war immer meine Lieblingsszene im Stück. »Wir müssen also vorankommen. Habt Mut, meine Lieben. Ein Theaterstück zu inszenieren, ist eine Art Geburt. Und die Schöpfung ist immer mit Schmerzen verbunden.«

So müde wir auch alle sind, es gibt immer noch dieses Kribbeln der Aufregung, das durch den Raum schwirrt, wenn Willa spricht. Sie sieht mich an und lächelt, und ich fühle mich sofort besser. Denn es ist, als hätte sich die ganze Welt in Flüssigkeit verwandelt, und ich könnte nirgendwo mehr Halt finden. Aber Willa fühlt sich immer noch fest an. Sie ist mein Bezugspunkt. Die Küstenlinie. Und ich bin so dankbar, dass ich sie wiedergefunden habe. Wenn ich meine Mutter schon nicht leibhaftig wiederbekomme, so kann ich vielleicht wenigstens in Willa eine Mutterfigur haben.

Und vielleicht ist das schon genug.

Vielleicht muss es das sein.

Aber auf diesen Gedanken folgt dieses kalte Grauen, wenn ich an Brody denke. Und an das, von dem ich immer noch glaube, dass er es getan hat. In den letzten Tagen habe ich hin und her überlegt, ob ich Willa erzählen soll, woran ich mich erinnere. So wie ich es Cole erzählt habe. Und mir läuft die Zeit davon, um eine Entscheidung zu treffen. Ich habe immer noch keine echten Beweise.

Und ich habe schreckliche Angst, sie zu verlieren.

Cole ist überzeugt, dass es George gewesen sein muss, der mich am Handgelenk gepackt und von der Klippe geworfen hat. Dass er sich nach meiner Mutter verzehrt hat, wie Glory sagte. Dass er sie getötet hat, weil er sie nicht haben konnte. Und dass er auch versucht hat, mich zu töten. Aber als ich nicht auf der Stelle starb, wollte er den Helden spielen, um unschuldig zu wirken. Also brachte er mich an diesem Morgen vom Strand hoch. Halb ertrunken.

Wir haben alle möglichen Szenarien durchgespielt, als wir in den letzten Nächten zusammengekauert auf der Treppe saßen. Aber ich bin mir immer noch nicht sicher. Wandernde Augen und diese unheimlichen Lavendelgeschenke machen George nicht zum Mörder. Brody ist der Einzige, der ein echtes Motiv hat.

Da sind seine Initialen in dem Notizbuch.

Es ist sein Garten, wo das Land zum Meer hin abfällt.

Er ist derjenige, der alles zu verlieren hat. Cole hat das selbst gesagt.

Val stupst mich an, und ich sehe mich um.

»Avril«, sagt Willa. Sie wartet auf mich, und ich merke, dass ich ins Leere gestarrt habe. »Lass uns die Szene von Anfang an durchspielen.«

Ich nicke, und Cole und ich gehen auf unsere Plätze. Er sitzt auf der Bank und holt die Gitarre heraus. Seine Finger gleiten über die Saiten, und Edens Melodie erfüllt die Scheune. Ich spüre jede einzelne Note so tief in meiner Brust, und bevor ich es überhaupt merke, laufen mir Tränen über die Wangen. Noch nie hat mich ein Musikstück so berührt wie dieses.

Nur für eine Sekunde habe ich die Anfänge einer Erinnerung. Etwas über meine Mutter. Aber dann entgleitet sie mir, bevor ich sie mit den Fingern greifen kann. Und es fühlt sich an, als hätte man sie mir aus den Armen gerissen. Meine Brust wird so stark zusammengedrückt, dass mein Herz und meine Lunge sicher pulverisiert worden sind. Ich bin ein Mädchen mit Kreidestaub an der Stelle, wo ihr Inneres sein sollte.

Ich gehe auf die Bank zu, auf der Cole sitzt. »Das ist ein wunderschönes Lied«, sage ich. Meine Wangen sind noch feucht, aber ich mache mir nicht die Mühe, die Tränen wegzuwischen. Vor Cole habe ich nichts zu verbergen. »Ist es in Ordnung, wenn ich mich zu dir setze?«

Er dreht sich zu mir um, und auch ihm stehen die Tränen in den Augen.

»Eden?« Wenn Cole diesen Namen haucht, klingt er wie ein Kuss. »Ich wusste, du würdest zurückkommen.«

»Ich glaube, ich kannte mal ein Mädchen, das so hieß«, sage ich. »Das klingt vertraut.«

»Weißt du nicht, wer ich bin?«, fragt er. »Ich habe das Lied für dich geschrieben.«

Ich gehe um die Bank herum und setze mich neben ihn. Ich schüttle den Kopf.

»Du musst mich mit jemand anderem verwechseln.«

Cole streckt seine Hand aus, um mich zu berühren, und ich weiche vor ihm zurück.

»Bitte nicht«, sage ich. »Ich kenne dich nicht.«

Ich sehe hinaus auf den Fluss. Und etwas an der Art, wie er im Mondlicht aussieht, macht mir Angst. Er ist still und perfekt heute Nacht. Aber irgendwie erinnere ich mich, dass er brodelt. Sprudelt und ansteigt. Ich erinnere mich, wie er mich nach unten zieht. Unter die Oberfläche.

Ich erinnere mich, dass ich mitgerissen wurde.

Meine Atmung ist schnell und flach. Mein Puls flattert. Ich brauche mehr Luft.

»Ich kenne dich«, sagt Cole zu mir, und diese drei Worte sind mein Anker. Cole kennt mich. Er weiß noch, wer ich bin. »Ich werde dich immer kennen.«

»Das hier ist ein so schöner Ort«, sage ich zu ihm. »Aber ich weiß nicht, warum ich hier bin.«

»Ich weiß, warum ich hier bin«, sagt er. »Ich warte auf jemanden. Ein Mädchen, das ich mal kannte.«

»Ich hoffe, du findest sie.«

Er lächelt. »Vielleicht wird sie mich finden.«

»Ist sie jemand, den du liebst?«

Cole streckt die Hand aus und berührt mein Haar. Und dieses Mal weiche ich nicht zurück. »Jemand, den ich über alles liebe.«

Ich seufze. »Ich glaube, ich habe einmal jemanden über alles geliebt. Ich kann mich beinahe an ihn erinnern.«

»Hier.« Cole nimmt die Gitarre wieder in die Hand. »Vielleicht hilft das ja.«

Er beginnt zu spielen, und sein Lied füllt alle Löcher in meinem Herzen. Es fließt in mich hinein, so wie das Wasser aus der rissigen Muse auf dem kleinen Gemälde fließt, das über Willas Frühstückstisch hängt.

Ich schließe meine Augen.

»Das Wasser«, flüstere ich. »Ich bin geflogen. Ich erinnere mich …«

Der Klang des Windspiels lässt mich erschauern.

»Erinnerst du dich an mich?«, fragt Cole.

»Ich erinnere mich an einen dunkelhaarigen Jungen, der mich küsste und mir die Sterne schenkte.«

Er holte sie aus seinen Taschen und warf sie ins Meer. Für mich.

Cole beugt sich vor und küsst mich, und als ich seine Lippen auf meinen spüre, bin ich so zerbrechlich wie Meerglas. Das ist kein Bühnenkuss. Dieser Kuss ist alles. Ich muss gegen den Drang ankämpfen, Coles Namen zu flüstern. Ich will ihn so sehr. Ich brauche ihn. Er zieht sich zurück, und ich öffne die Augen, um ihn anzusehen.

»Du warst es«, sage ich. Und Cole nickt. »Du warst es schon immer. Oder etwa nicht?« Etwas zerbricht tief in meinem Herzen. »Es tut mir so leid.«

»Warum?«, fragt er, und ich strecke meine Finger aus, um über sein Gesicht zu fahren. Seine Ecken und Kanten.

»Weil ich glaube, dass es für dich zu spät ist, mich zu retten.«

»Licht aus«, verkündet Jude. »Ende der Szene.«

Cole und ich starren uns an. Meine Hand liegt immer noch auf seiner Wange. Ich halte den Atem an. Mein Herz hat vergessen zu schlagen. Alles in meinem Körper ist still. Ich warte.

Was kommt als Nächstes? Für uns. Avril und Cole. Wohin sollen wir gehen?

»Wow«, sagt Willa zu uns. Ihre Stimme ist leise, als hätte sie Angst, den Zauber zu brechen, den Cole und ich gemeinsam gesponnen haben. »Das ist unglaublich. Da steckt eine Menge Ehrlichkeit drin.« Sie sieht von mir zu Cole. Dann wendet sie sich wieder allen anderen zu, die sich in ihren Klappstühlen nach vorne beugen und an jedem ihrer Worte hängen. »So sieht brillantes Theater aus, meine Lieben. Das ist es, wozu wir fähig sind, wenn wir uns nicht verstellen. Wenn wir *es werden.*«

Sie kommt wieder zu mir herüber und hockt sich vor die Bank. »Spürst du es, Avril?« Ihre Hand liegt auf meinem Knie. Ich nicke, und Willa lächelt. »Du wirst zu Eden. Sie ist jetzt so lebendig.« Sie drückt mein Knie ein wenig. »Deine Mutter wäre so stolz auf dich.« Sie sieht mich einen Moment lang an. »Ich bin stolz auf dich.«

Ich habe das unbändige Bedürfnis, aufzuspringen und sie zu umarmen. Es gibt so viele leere Stellen in meinem Herzen, die Willa ausfüllt.

Sie winkt mit einer Hand in Judes Richtung, und ich bin von dem Klimpern der silbernen Armbänder halb hypnotisiert. »Lasst uns diese Szene noch ein paarmal durchspielen, bevor wir zu etwas anderem übergehen.«

Später, nach der Probe, während Jude das Licht ausschaltet, zieht Cole mich in eine dunkle Ecke der Scheune. Sein Mund ist auf meinem, bevor ich Luft holen kann, und ich bin nicht darauf vorbereitet, wie er mich küsst. Es liegt so viel Begierde darin. Heute Abend gibt es keine Sanftheit. Nichts Zärtliches. Bei Cole geht es nur um Dringlichkeit. Nichts als Bedürfnis. Er ist mehr Gebiss als alles andere.

»Gott, du warst wunderschön, in dieser Szene«, flüstert er. Seine Lippen sind an meinen Hals gepresst, und seine Worte vibrieren an der weichen Stelle meiner Kehle. »Ich muss immer daran denken, wie viel Angst Orion haben muss. Wie sehr ihn der Gedanke erschrecken muss, dass er Eden verlieren könnte, wo er sie doch gerade erst gefunden hat.«

»Wieder«, sage ich, und Cole zieht sich zurück und sieht mich an. Seine grauen Augen sind tief und neblig.

»Wieder«, flüstert er zurück. »Wo er sie doch gerade erst wiedergefunden hat.«

Dann schließt Jude das Geisterlicht an, und wir folgen ihm hinaus in die Nacht.

Ich schlafe nicht viel, wälze mich hin und her und wache erschöpft auf. Dann habe ich ein schlechtes Gewissen, weil ich müde bin. Denn ich weiß, dass Cole schon so lange nicht mehr geschlafen hat.

Ich denke immer noch über diese Szene nach. Die, die wir gestern Abend bei der Probe geübt haben. Edens Rückkehr. Sie spukt mir den ganzen Vormittag über im Kopf herum, während wir uns mit britischen Dialekten beschäftigen. Und während des Mittagessens.

Es ist Freitag. Eine Woche, bis sich der Vorhang für *Midnight Music* hebt.

Am Nachmittag schickt mich Glory wieder in die Kulissenwerkstatt. Ich soll ein Messer suchen, damit ich ein paar Kisten auseinandernehmen kann.

Brody bekommt eine Menge Pakete.

Aber aus irgendeinem Grund ertappe ich mich dabei, wie ich dem kleinen Pfad folge, der hinter der Scheune vorbeiführt. Ich stelle mich an das Gebäude und starre auf Georges Wohnwagen. Im Tageslicht sind die kleinen lila Blumen, die zwischen den Steinen am Rande seines Gartens wachsen, gut zu erkennen.

Ich möchte, dass Cole recht behält.

Ich möchte, dass es George ist.

Nicht Brody.

Ich will es für mich. Für Cole. Für Willa.

Für alle von uns.

Ich schaue mich um, aber George ist nirgends zu sehen. Ich gehe auf die Blumen zu, bis ich nahe genug bin, um sie zu berühren. Ich atme den Lavendel ein. Er vermischt sich mit dem salzigen Geruch des Meeres. Und dem Geruch der Verwesung unten im Sumpf.

Meine Finger finden eins der lila Büschel. Sie sind so zart. Jedes einzelne besteht aus einem Dutzend winziger Blüten.

»Hat Glory dich hergeschickt?«

Ich fahre herum, und George starrt mich an.

»Nein«, sage ich. Aber keiner von uns bewegt sich. »Ich wollte nur die Blumen ansehen.«

George schaut mich mit zusammengekniffenen Augen an, als wollte er herausfinden, was für ein Spiel ich hier spiele. Er macht einen Schritt in meine Richtung, und ich atme kurz ein. Wir sind hier so abgeschieden. Hinter der Scheune. Niemand hat eine Ahnung, wo ich bin. Glory denkt, ich sei unten in der Kulissenwerkstatt.

George zieht ein Taschenmesser heraus. Er klappt es auf, und ich bin wie erstarrt. Für den Bruchteil einer Sekunde weiß ich mit Sicherheit, dass Cole recht hatte. George ist ein Mörder, der meine Mutter ermordet hat.

Der mich ermordet hat. Einmal. Vor langer Zeit.

Doch dann wendet er sich einigen Tomatenpflanzen zu. Er schneidet abgestorbene Blätter ab. Lässt sie auf den Boden flattern. »Ich dachte, vielleicht braucht sie noch mehr«, sagt George.

Ich erstarre. Verwirrt. »Wie meinen Sie das?«

»Glory. Sie hat den ganzen Sommer über Lavendel geschnitten.«

George sieht nicht von seiner Arbeit auf. Ich beobachte, wie er die Pflanzen an das Spalier bindet. Ausfransender brauner Bindfaden.

Mein Herz beginnt noch schneller zu schlagen.

»Glory«, wiederholt er. Als hätte ich ihn beim ersten Mal nicht gehört. »Sie kommt ein paarmal in der Woche für Lavendel hierher.« Er zeigt auf eine Stelle, an der der Busch zurückgeschnitten wurde. »Und mich stört es nicht unbedingt. Er wächst wild. Von mir aus kann sie ihn ganz haben. Aber ich habe keine Zeit, ihn für sie zu bündeln. Das kann sie von jetzt an selbst tun.« Er wirft mir über seine Schulter einen Blick zu. »Sag ihr das. Okay?«

Ich nicke und verlasse George. Ich gehe auf den Weg zu. Und ich erwarte immer noch halb, dass er mich aufhält. Aber er tut es nicht. Er sieht nicht einmal von seinen Tomatenpflanzen auf.

Ich stolpere zurück zum Bauernhaus. Ich spüre meine Beine nicht mehr. Mein ganzer Körper ist taub geworden, und ich versuche, einen zusammenhängenden Gedanken zu fassen. Ich überlege, was ich sagen soll, wenn ich wieder an Glorys Schreibtisch bin. Aber selbst als ich die Treppe hinaufsteige, habe ich keine Ahnung.

Sie sieht hoch, als die Fliegengittertür hinter mir zuschlägt. Ich stehe einfach in der Tür und starre sie an.

»Avril?«, sagt sie. »Hast du ein Teppichmesser gefunden?«

Ich muss irgendwohin gehen. Irgendwohin, wo Glory nicht ist. Ich brauche Zeit, um zu verarbeiten, was George mir gerade erzählt hat. Um zu sehen, ob ich es dazu zwingen kann, einen Sinn zu ergeben.

»Ähm. Ich …« Glory starrt mich an. Ihre Augen sind voller Sorge. Es sind freundliche Augen. Und fast hätte ich ihr gesagt, was ich weiß.

Aber dann denke ich daran, wie viel Angst ich gehabt habe. Der Lavendel auf meinem Kopfkissen. Gepresst zwischen den Seiten meines Textbuchs wie eine Erinnerung.

Und ich weiß, dass ich wegmuss.

Von hier.

Von ihr.

»Mir ist schlecht«, sage ich. Und es ist keine Lüge. »Ich muss zurück in die Hütte.«

»Sicher«, sagt Glory. »Aber natürlich. Willst du …?«

Aber ich bin schon aus der Haustür. Und ehe ich michs versehe, tragen mich meine Füße über den großen Rasen. Über den Sumpf.

Über die Dünen.

Zum Strand.

Ich hatte nicht nach ihm gesucht, aber es überrascht mich nicht, als ich sehe, dass Cole schon da ist. Denn wir haben eine Art, uns gegenseitig zu finden.

Wieder und wieder.

Und wieder.

Er steht auf der Schwimminsel mit dem Rücken zu mir, und sieht hinaus zum Leuchtturm. Er weiß nicht, dass ich ihn beobachte, also bleibe ich stehen und starre ihn an. Das wilde dunkle Haar weht im Wind. Er trägt kein Hemd. Wunderschön.

Und er wirkt so allein, wie er da draußen steht, umgeben von all dem Wasser. Etwas schwillt in meiner Kehle an. Es ist das Gefühl, das ich manchmal habe, wenn ich mitten in der Nacht aufwache und mich nach meiner Mutter sehne, die so nah zu sein scheint. Aber ich weiß, dass es keine Möglichkeit gibt, zu ihr zu gelangen.

Keine Möglichkeit, sie zu berühren.

Oder sie zu retten.

Cole dreht sich zu mir um, aber ich weiß nicht, ob er mich sieht. Ich stehe immer noch auf der Strandpromenade. Überragt von den Dünen auf beiden Seiten. Und während ich zusehe, kippt er nach hinten. Ins Meer.

Mir stockt der Atem. Denn in der einen Sekunde ist er noch da. Und in der nächsten ist er weg.

Genau wie meine Mutter am Rande dieser Klippe.

Ich ziehe meine Flip-Flops aus und betrete den tiefen Sand. Ich warte darauf, dass Cole wieder auftaucht. Ich suche die Wasseroberfläche mit den Augen nach dem dunklen Haarschopf ab.

Aber er taucht nicht auf.

Und er taucht nicht auf.

Immer noch nicht.

Immer noch nicht.

Immer noch nicht.

Und dann laufe ich auf den Rand des Wassers zu. Mein Herz klopft so heftig.

Weil er nicht mehr da ist. Und es ist schon zu lange her. Viel zu lange.

Doch dann entdecke ich ihn. Er zieht sich aus den Wellen. Unten am Felsensteg am Ende des Strandes. Er bricht auf dem harten Sand zusammen.

Ich rufe seinen Namen, und er hebt den Kopf. Aber ich renne schon in seine Richtung.

Ich lasse mich neben ihm in den nassen Sand auf ein Knie fallen. Er rollt sich auf den Rücken und sieht zu mir hoch. Seine Brust hebt und senkt sich, und ich beuge mich vor, um meine Lippen auf seine zu pressen. Er ist kalt.

So kalt.

Aber er erwidert den Kuss. Meine Hände liegen auf seinen Armen. Seiner Brust.

»Du hast mich erschreckt.« Ich kann immer noch meinen Herzschlag in meinem eigenen Mund schmecken. Er ist wild. Verängstigt.

»Keine Sorge.« Cole schenkt mir ein kleines Lächeln. »So sterbe ich nicht.«

Ich starre ihn eine Minute lang an. Die Art und Weise, wie er nach oben greift, um mein Haar zu berühren, lässt mich denken, dass er das nicht als Scherz gemeint hat.

»Hast du es gehört?«, fragt er. Ich wische ihm den Sand von den Wangen. »Es war so laut heute Nachmittag.«

»Was gehört?«

Sein erleichterter Gesichtsausdruck verrät mir, wovon er spricht, und ich erschauere.

»Ich liebe dich«, sage ich. Und es ist nicht wie beim ersten Mal, als ich es sagte. Beim letzten Mal. Hinter der Scheune. Als es mir einfach so rausgerutscht ist. Dieses Mal sage ich es mit Absicht. Weil ich will, dass er es weiß.

Er muss es wissen.

»Ich liebe dich über alles«, sagt er zu mir. Und ich weiß, dass er die Wahrheit sagt. »Das habe ich immer.«

Cole setzt sich auf und legt einen Arm um mich. Er zieht mich an seine Seite, und wir halten uns gegenseitig warm, während die Wellen an unseren Zehen lecken. Ich fahre mit meinen Fingern über sein Windrosen-Tattoo und wünsche mir, es hätte echte Magie.

Aber wir wissen beide, dass es ihn nicht schützen kann.

Und er kann mich nicht beschützen.

»Es war nicht George«, sage ich und erzähle ihm von dem Lavendel. Dass Glory ihn den ganzen Sommer über geschnitten hat. »Sie muss es gewesen sein, die die Blumen für mich hinterlassen hat.«

»Wieso?«, fragt Cole. Ich sehe die Verwirrung in seinen Augen. »Wieso sollte Glory dir Angst machen wollen?«

»Ich weiß es nicht«, sage ich. »Ich habe keine Ahnung.«

»Nur weil er den Lavendel nicht hingelegt hat«, sagt Cole, »heißt das nicht, dass er nicht für das verantwortlich ist, was mit deiner Mutter passiert ist. Und dir.«

Ich sehe, wie sehr er immer noch glauben will, dass es George war. Wie sehr er sich wünscht, dass es nicht sein Vater gewesen ist. Aber es gibt ein großes Teil des Puzzles, das ich nicht sehe. Etwas, das einfach unerreichbar ist.

Cole und ich sitzen zusammen am Strand, bis wir das Abendessen verpasst haben und es an der Zeit ist, zur Probe zu gehen. Lex, Jude und Val warten draußen auf uns, und sie mustern uns, als wir Hand in Hand auftauchen. Feucht und sandig.

»Geht es euch gut?«, fragt Val. Ihr Blick wandert zwischen meinem Gesicht und dem von Cole hin und her.

Und ich habe keine Ahnung, wie ich ihr so antworten soll, dass es überzeugend klingt, also nicke ich einfach.

»Av«, fragt Lex. »Was ist hier los?«

Jude öffnet den Mund, um etwas zu sagen, aber Willa kommt gerade in diesem Moment an. Sie klimpert mit Armbändern und Schlüsseln. Sie schließt die Tür auf und winkt uns alle herein. »Es geht auf die Zielgerade, meine Lieben«, sagt sie zu uns. »Wir dürfen keine Zeit verlieren.«

Wir arbeiten heute Abend an der nächsten Szene zwischen Eden und Orion. Ihr zweites Treffen nach Edens Tod.

Und als Cole seinen Platz auf der Bank einnimmt und zur Gitarre greift, wappne ich mich. Ich sage mir, dass ich vorbereitet sein muss. Aber diese eindringliche Melodie findet immer noch ihren Weg in meine Seele. Sie zerrt an etwas, das in meiner Erinnerung vergraben ist.

Oder in meinem Herzen.

Mit jeder Note spüre ich, wie sie sich der Oberfläche nähert.

Wenn ich also zu Cole gehe und ihn unter Tränen ansehe, ist das kein Schauspiel. Es ist nicht einmal ein Werden.

Es gibt nur mich.

»Ich kenne das Lied«, sage ich zu ihm. »Ich höre es manchmal in meinem Herzen.«

»Komm und setz dich zu mir«, sagt er, und ich tue es. Und ich spüre den weichen Druck seines Schenkels gegen meinen. Er ist so warm und so lebendig.

Einen Moment lang frage ich mich, ob er meine Hitze spüren kann. Aber dann erinnere ich mich, dass er das nicht kann. Weil ich tot bin.

Kalt. Und fort.

»Ich wusste, dass du kommen würdest«, sagt Cole.

»Wieder«, entgegne ich. »Du wusstest, dass ich wiederkommen würde.«

Er lächelt. »Ich wusste, dass du wiederkommen würdest.«

»Ich hatte überlegt, woanders zu sein«, gebe ich zu. »Aber ich wusste nicht, wo das war.«

Cole nimmt meine Hand. Er bewegt seinen Daumen auf meinem Handgelenk hin und her. Er reibt die Stelle, wo meine Windrose sein sollte.

»Hier gehörst du hin«, sagt er zu mir.

»Es ist spät«, sage ich. »Du solltest nach Hause gehen.«

Er sieht mich verwirrt an. Graue Augen. Dunkle Augenringe.

»Ich bin schon zu Hause.«

»Das ist nicht dein Zuhause«, sage ich ihm und strecke meine Hand aus, um sein Gesicht zu berühren.

»Du bist mein Zuhause, Eden. Ich will …«

Ich lege meine Finger an seine Lippen und stoppe ihn mitten im Satz.

»Ich bin nicht mehr dieselbe«, warne ich ihn. »Der Tod verändert dich.«

»Das Leben verändert dich auch«, sagt Cole, und er legt seine Hand unter mein Kinn und neigt mein Gesicht zu seinem. »Aber ich weiß, dass ich dich immer lieben werde.«

Er beugt sich herunter und küsst mich, langsam und sanft. Dann legt er eine Hand auf jede Seite meines Gesichts und sieht mir in die Augen. Ich spüre, wie meine Welt zu kippen beginnt – ich höre das Windspiel, das Rauschen der Wellen –, und ich beiße mir auf die Lippe, um die Realität wieder in den Fokus zu bringen.

»Ich liebe dich auch«, sage ich. »Ich weiß jetzt, dass ich dich immer geliebt habe. Es ging immer nur um dich und mich. War es nicht so?«

»Immer wieder«, sagt er, und ich nicke.

»Immer und immer wieder.«

»Vielleicht klappt es ja beim nächsten Mal.« Coles Stimme ist so traurig. »Vielleicht kann ich dich das nächste Mal wirklich retten.«

Ich strecke die Hand aus und fahre mit den Fingern durch seine dunklen Locken. »Du rettest mich jedes Mal.« Ich lächle. »Vielleicht rette ich dich ja das nächste Mal.«

Cole schüttelt den Kopf. »Das nächste Mal retten wir uns gegenseitig.«

»Licht aus!«, sagt Jude, aber niemand im Theater bewegt sich. Cole und ich starren uns immer noch an, und Willa beobachtet uns.

Jemand beginnt zu klatschen. Und schon bald ist die ganze Scheune mit Applaus gefüllt. Das sollte mir ein gutes Gefühl geben. Dieses Geräusch. Denn für eine Schauspielerin gibt es nichts Besseres. Aber ich kann mich nicht von Coles Augen losreißen.

»Avril. Cole.« Willa hockt sich vor die Bank, auf der wir sitzen. »Machen wir fünf Minuten Pause«, rät sie. »Etwas Luft schnappen.«

»Ja«, sagt Cole. »Okay.« Und er steht auf und geht zur Tür. Ich will ihm folgen, aber Willa ergreift meine Hand.

»Avril«, sagt sie. »Warte.« Ihre Stimme ist leise und sanft. Kaum ein Flüstern. »Ich habe dir schon gesagt, dass Cole sich manchmal verirrt. Er ist in seinem eigenen Kopf gefangen.« Ich nicke. »Er hat dunkle Gedanken. Und er ist verwirrt. Verstehst du, was ich meine?«

»Vielleicht«, sage ich. »Ich weiß nicht …«

»Hat er dir gesagt, dass das Meer ihn will?« Ich erstarre, denn diese Frage zu beantworten fühlt sich wie ein Verrat an Cole an. Aber ich will Willa nicht anlügen. »Hat er dir gesagt, dass das Meer dich will?« Sie wartet, aber ich antworte nicht, und Willa seufzt. Es ist ein langer, trauriger Laut. »All diese Geschichten …« Sie hält inne und denkt einen Moment lang nach, bevor sie fortfährt. »Das Meer war immer Coles eigene Dunkelheit, Avril. Ich habe versucht, ihn zu retten. Wir alle haben versucht, ihn zu retten.« Sie streckt die Hand aus und berührt mein Haar. »Und ich weiß, dass du es auch versuchst. Aber wenn du ihn nicht retten kannst, dann lass dich nicht von ihm runterziehen.« Ihre Hand liegt auf meiner Wange. »Cole ist mein Sohn, und ich liebe ihn. Aber Nicole würde wollen, dass ich auf dich aufpasse.«

»Es gibt Dinge, an die ich mich erinnere«, sage ich ihr. Und der Teil über Brody liegt mir auf der Zunge, aber ich bringe es nicht heraus.

»Erinnerungen sind schon komisch«, sagt Willa und runzelt die Stirn. »Sie scheinen so konkret zu sein. So real. Aber sie können schlüpfrig sein.« Sie lässt ihre Hand wieder an ihre Seite fallen. »Es ist fast unmöglich zu wissen, ob man ihnen trauen kann, nicht wahr?«

Ich nicke. Aber es ist fast unmöglich zu wissen, ob man in Whisper Cove irgendetwas vertrauen kann. Nichts ist hier genau das, was es zu sein scheint.

Ich weiß noch, was Cole gesagt hat, als ich ihn zum ersten Mal geküsst habe. Dass hier nichts echt ist. Es ist alles nur Theater, hat er mir gesagt.

Schall und Rauch.

Nach der Probe treffen Cole und ich uns mit Lex, Jude und Val unter den Scheinwerfern vor der Scheune.

»Noch eine Woche«, sagt Jude. »Heute in einer Woche ist alles vorbei.« Er lehnt mit Lex an der Reling, und sie sind so ineinander vertieft. Ich erwarte, dass Lex so etwas in der Art sagt, wie traurig ihn das macht, aber er tut es nicht. Er lächelt nur.

»Nichts, was wir hier begonnen haben, endet nächste Woche«, sagt Lex und beugt sich vor, um Jude einen langen, innigen Kuss zu geben. »Dieser Sommer ist erst der Anfang für uns alle.«

Val legt ihren Arm um meine Taille, und ihr langes, dunkles Haar fällt mir über die Schulter. »Wirst du wie heißt er noch suchen gehen?«, frage ich sie. Ich habe sie in letzter Zeit ein paar Mal mit diesem blonden Typen – Nixon – flirten sehen, aber sie schüttelt den Kopf.

»Nein«, sagt sie und lacht. »Er ist eigentlich nicht mein Typ. Ich kann nur begrenzt über *Star Trek* reden.« Doch dann wird ihr Gesicht ernst. »Ich habe gestern Abend endgültig mit Chester Schluss gemacht.« Lex verdreht die Augen, und Val boxt ihm gegen den Arm. »Nein, im Ernst. Wir waren lange Zeit zusammen, weißt du? Und ich glaube, ich muss einfach mal eine Weile allein sein.«

»Verdammt, Mädchen«, sagt Jude und nickt. »Wird dir guttun.« Lex stupst ihn in die Seite.

»Erzähl ihnen deine guten Neuigkeiten«, fordert Lex ihn auf, und Jude grinst.

»Meine Mutter hat heute Nachmittag angerufen. Ich habe einen Brief von der Universität von North Carolina bekommen. Ein Vollstipendium. Fürs verdammte Ballett.« Er schüttelt den Kopf, als könnte er es nicht glauben.

»Also keine Buchhaltung?«, fragt Val.

»Auf gar keinen Fall!«, sagt Jude. »Ich bin ein verdammter Tänzer!«

Wir lachen. Und schlagartig wird mir klar: Sie haben es alle geschafft.

Sie haben sich verändert.

Wie Willa schon am ersten Morgen gesagt hat, als wir uns alle auf der Veranda des Bauernhauses drängten.

Jeder von ihnen ist ein anderer Mensch als der, der er bei der Ankunft war.

Und ich schätze, ich bin auch jemand anders. Ich bin hierhergekommen, weil ich meine eigene Mutter kennenlernen wollte. Um herauszufinden, wer sie war. Damit ich etwas von ihr habe, an dem ich mich festhalten kann. Und das will ich immer noch.

Aber jetzt will ich auch noch etwas anderes.

Ich will Antworten.

Ich möchte wissen, was in dieser Nacht passiert ist. Oben auf der Klippe.

Und mir läuft die Zeit davon.

Cole bringt mich zurück zur Hütte, und wir setzen uns zusammen auf die Eingangstreppe. Ich frage ihn, ob er die ganze Nacht hier draußen sitzen will. Schon wieder. Und er nickt. Dann sieht er mich eine ganze Weile an, bevor er schließlich sagt: »Ich habe etwas gefunden. Etwas, wovon du wissen musst.«

»Was ist es?«

»Ich habe wieder nach dem Notizbuch deiner Mutter gesucht, wie ich dir schon gesagt habe. Aber ich habe es nicht entdeckt.«

»Okay.« Ich versuche herauszufinden, worauf das hinauslaufen soll.

»Ich habe aber noch etwas anderes gefunden.« Er holt ein gefaltetes Stück Papier aus seiner Tasche und reicht es mir. »Das war in einer Kiste mit den persönlichen Papieren meines Vaters eingepackt. Ganz weit unten.«

Es ist gelb. Die unterste Schicht einer Art Durchschreibeblock. Die Art, bei der man auf die oberste Schicht schreibt, was sich dann auf die anderen Schichten durchdrückt. Aber als ich es auseinanderfalte, weiß ich nicht, was ich da sehe.

Cole zeigt auf das Logo in der oberen Ecke. *Alton Towers*, steht da, und es gibt ein Bild von einem Gebäude. »Okay«, sage ich wieder. Aber ich weiß immer noch nicht, was das ist.

»Es ist in New York City«, erklärt er mir. »Ich habe es nachgeschlagen.« Dann zeigt er auf etwas Gekritzeltes am unteren Rand. »Das ist die Unterschrift meines Vaters.«

Und dann sehe ich einen Namen in der Mitte des Papiers. Gedruckt in sauberen Buchstaben.

Nicole Kendrick

Der Rest ist undeutlich und schwer zu lesen.

»Was ist das?«, frage ich ihn.

»Das ist der Beweis, dass du recht hattest.«

»Ich kann dir nicht folgen.«

»Es ist ein Mietvertrag«, sagt Cole. »Mein Dad hat Geld für eine Wohnung hingelegt. Für deine Mom. Und für dich, schätze ich.«

Das Datum ist nur wenige Tage vor ihrem Tod.

»Cole …«

»Ich glaube, er hat versucht, sie zu kaufen. Ich denke, er wollte sie womöglich in der Stadt unterbringen. Weit weg von Whisper Cove. Damit meine Mutter es nicht herausfindet.« Er hält inne und starrt auf die gekritzelte Unterschrift. »Damit die Kacke nicht das Dampfen anfing.« Er schluckt und schüttelt den Kopf. »Damit er nicht alles verliert, verdammt!«

»Meine Mutter wollte, dass alles offengelegt wird. Ich erinnere mich, dass sie das gesagt hat.« Wütende Worte auf der Veranda am Meer. Ich unter dem Picknicktisch mit den Händen über den Ohren. »Ich glaube, sie war es leid, Geheimnisse zu haben.«

»Ich wollte, dass es George ist. Es schien Hand und Fuß zu

haben, weißt du?« Cole sieht so müde aus. »Aber wenn das alles wahr ist«, sagt er, »dann muss mein Vater eine Scheißangst gehabt haben.« Er starrt mich mit diesen nebelgrauen Augen an. »Und das ist mehr als ausreichend für …« Seine Stimme bricht ab. Und er kann den Gedanken nicht zu Ende führen.

Aber ich kann es.

»Das ist mehr als ausreichend für ein Mordmotiv.«

Wir schauen uns ein paar lange Sekunden an, bevor wir uns Gute Nacht sagen. Denn es gibt nichts anderes zu sagen. Zumindest nicht in diesem Moment. Wir brauchen beide etwas Zeit, um zu verdauen, was Cole mir gerade gesagt hat.

Aber er küsst mich, bevor er nach nebenan geht. Er schwört mir, dass wir es herausfinden werden. Gemeinsam. Und als er dieses Versprechen an meinen Lippen murmelt, wünschte ich, ich könnte es wie eine Medizin schlucken.

Ich ziehe mich von der Treppe hoch und gehe ins Haus. Ich kann die anderen Mädchen reden und lachen hören. Und plötzlich sehne ich mich nach meiner hauchdünnen Etagenbettmatratze. Nach meinen klammen Laken. Die Vorstellung, mit Val und den anderen zusammen zu sein – in der warmen, hell erleuchteten Hütte –, klingt so verlockend. Das ist tausendmal besser, als hier draußen zu sein. Im Nebel. Allein.

Oder noch schlimmer. Nicht allein.

Doch dann steigt mir der Duft von Lavendel in die Nase.

Das leise Knirschen von vorsichtigen Füßen auf Kies.

Ich erstarre. Aber diese anderen Füße bewegen sich weiter. Einen Schritt näher. Und jetzt noch einen.

»Wer ist da?«, rufe ich.

Das Knirschen hört auf. Aber der Lavendel hängt immer noch wie ein dickes Parfüm im erstickenden Nebel.

Dann, direkt am Rande der Veranda, bewegt sich etwas zurück in den Schatten. Weg vom Licht. Es ist mehr ein Gefühl der Bewegung als eine Form. Aber ich habe nicht die Absicht, es entschwinden zu lassen.

Im Nu bin ich die Treppe hinunter und um die Ecke der Hütte. Schneller, als ich in die Nacht ausatmen kann. Schneller, als ich darüber nachdenken kann, ob es eine gute Idee ist, einen Geist in den Nebel zu jagen oder nicht.

Da ist ein kurzes Keuchen. Nicht von mir. Sondern von jemand anderem. Und ich setze mich in diese Richtung in Bewegung. Aber die wirbelnde Nebelwand macht mir einen Strich durch die Rechnung. Das Geräusch scheint aus allen Richtungen gleichzeitig zu kommen. Es hallt von der Feuchtigkeit in der Luft wider. Es hallt in meiner Brust wider und vermischt sich mit dem rasenden Schlagen meines eigenen Herzens.

»Glory!«, rufe ich. »Ich weiß, dass du es bist.«

Aber da ist nichts zu hören. Kein Atmen. Keine Füße bewegen sich in der Dunkelheit.

Dann taucht ein Gesicht aus dem Grauschleier auf. Zuerst kein Körper. Nur blasse Züge. Feucht und glänzend im Mondlicht. Die Augen so hell und weit hinter den riesigen Brillengläsern.

Ich trete einen Schritt zurück. Der erstarrte Blick auf ihrem Gesicht macht mir Angst. Sie ist wie ein Tier, das überrumpelt wurde. Nichts an ihr fühlt sich heute Abend vertraut an.

Nicht hier draußen. Nicht so. Sie hält immer noch einen Strauß Lavendel in den Händen.

Ich frage mich, ob die Mädchen in der Hütte mich hören würden, wenn ich nach ihnen riefe. Würde Val mir zu Hilfe kommen? Denn irgendetwas an dieser Sache fühlt sich ganz falsch an.

Doch dann macht Glory einen Schritt in meine Richtung. Sie bewegt sich aus dem Nebel heraus und in den Schein des Verandalichts hinein. Und ich kann sie deutlicher sehen. Nasse

Locken und ein durchnässter rosa Pullover. Schlammige Tennisschuhe.

Sie ist einfach wieder Glory.

»Du warst es, die mir Blumen hinterlassen hat«, sage ich anklagend. »Lavendel.« Sie sieht auf das Beweisstück in ihren Händen, und ihr Gesicht wird ganz blass. »Warum? Warum wolltest du mir so einen Schrecken einjagen?«

Glory starrt mich an. Ihre Augen sind groß und blinzeln. Ihr Mund öffnet sich, dann schließt er sich. Dann öffnet er sich wieder.

»Ich wollte dich nicht erschrecken.« Sie sieht zum Hüttenfenster und senkt ihre Stimme. »Ich wollte dir helfen, dich zu erinnern.«

»Indem du im Nebel herumschleichst und mir gruselige Blumen hinterlässt?«

»I…« Glory sieht so aufrichtig überrascht aus. »Ich wollte nicht, dass sie gruselig sind.« Sie hält inne und sieht wieder auf ihre Hände hinunter. »Deine Mutter liebte Lavendel. Ich dachte nur, vielleicht …«

»Vielleicht was?« Ich bin so verwirrt.

»Der Geruchssinn ist einer unserer stärksten Sinne. Ich dachte, wenn du dich an den Geruch von Nicole erinnern könntest. Wenn du sie einatmen könntest.« Glory sieht so verloren aus. »Ich dachte, es könnte dir helfen, dich an sie zu erinnern.« Ich weiß nicht, was ich dazu sagen soll. Sie wischt sich mit dem Handrücken eine verirrte Träne weg. »Du und Nicki, ihr habt euch so sehr geliebt.«

Meine Wut ist jetzt verflogen. Und die Angst auch. Sie hat sich verflüchtigt wie der Nebel am Morgen. Aber sie hat mich erschöpft zurückgelassen. Plötzlich kann ich kaum noch stehen. Ich lehne mich gegen die Hüttenwand und schließe die Augen.

Ich bin so, so müde.

Ich drehe mich ständig im Kreis. Aber nichts in Whisper Cove ergibt einen Sinn.

»Es scheint einfach so unfair, dass du dich nicht an sie erinnern kannst«, sagt Glory zu mir. »Ich habe so viele gute Erinnerungen an Nicki. Ich wollte nur, dass du ein paar davon für dich hast.« Sie zupft am unteren Rand ihres Pullovers. »Ich habe versucht, dir Dinge zu erzählen. Aber Erinnerungen aus zweiter Hand sind nicht dasselbe, und das weiß ich.«

Ich denke daran, wie gut Glory in den letzten Wochen zu mir gewesen ist. Die Fotos, die sie mir geschenkt hat. Die Geschichten, die sie mir erzählt hat.

»Ich weiß, dass du nur helfen wolltest«, sage ich, und das erleichterte Lächeln, das über ihr Gesicht huscht, macht mich traurig für sie. Sie scheint so einsam zu sein, und ich frage mich, ob Glory jemanden in ihrem Leben hat. Ob sie seit meiner Mutter überhaupt noch jemanden hatte. »Aber …«

Glory unterbricht mich. »Warum kommst du nicht zu mir?«, fragt sie mich. »Morgen zum Abendessen. Nach der Probe.« Sie schenkt mir ein nervöses Lächeln. »Ich habe noch ein paar Bilder und Dinge, die ich dir zeigen kann.«

Da mir weniger als eine Woche bleibt, kann ich eine Gelegenheit wie die, die Glory mir bietet, nicht ausschlagen. Sie hat mich in ihren Bann gezogen, und etwas sagt mir, dass sie das weiß.

»Ja«, antworte ich. »Okay.«

»Toll!« Glory strahlt jetzt. »Ich hole dich um sechs ab. Wir treffen uns auf der Veranda des Bauernhauses. Ich wohne gleich die Straße runter.« Sie hält mir den Lavendel hin. Schüchtern. Wie ein kleines Mädchen, das seiner Lehrerin eine Blume überreicht. Aber als ich ihn nehme, lächelt sie mich wieder an.

Dann ist sie weg. Und ich bin wirklich ganz allein im Nebel.

Ich stehe da, starre auf den herabhängenden Blumenstrauß, den ich zwischen meinen Fingern halte, und frage mich, warum sich irgendetwas immer noch so seltsam anfühlt.

AKT III: SZENE 6

Der nächste Morgen ist Samstag. Kein Unterricht. Keine Arbeitsaufgaben. Nur ein voller Probentag. Und von Anfang an merke ich, dass Cole unter der Last dessen, was er mir gestern Abend erzählt hat, zu leiden hat. Dass er denkt, ich hätte recht. Wegen seines Vaters. Ich sehe den Schmerz in seinen Augen, wenn er mich ansieht. Und ich spüre ihn in seinen Fingern, wenn wir uns berühren.

Ich erwische ihn in einer Pause und erzähle ihm, was Glory über den Lavendel gesagt hat. Dass sie ihn zum Gedenken hinterließ. Fast so, als würde sie eine Kerze für die Toten anzünden. »Sie dachte, sie würde mir helfen.«

Er nickt. Aber ich kann sehen, wie abgelenkt er ist. Wie schnell er untergeht.

Es ist, als würde ich zusehen, wie er von einem Seeungeheuer verschluckt wird. Wenn Willa recht hatte mit dem, was sie sagte, dass das Meer Coles eigene Dunkelheit ist, dann habe ich Angst um ihn, denn er ist kurz davor zu ertrinken.

Als die Probe zu Ende ist, spreche ich nur ein paar Sekunden mit Lex und sehe mich dann nach Cole um. Aber er ist schon weg. Das beunruhigt mich, aber es ist fast sechs Uhr, und ich kann mir die Gelegenheit nicht entgehen lassen, endlich ein paar handfeste Antworten zu bekommen. Also gehe ich auf die Veranda des Bauernhauses.

Pünktlich um sechs Uhr fährt Glory mit einem verrosteten blauen Subaru vor. Ich lächle über den verblassten Aufkleber ES GIBT KEINEN PLANETEN B an der Heckscheibe.

»Ich habe dieses Auto schon ewig«, sagt sie, als ich einsteige, und es klingt, als sei es teils Entschuldigung, teils Angeberei. »Deine Mutter hat es gehasst.« Sie wirft mir aus dem Augenwinkel einen Blick zu. »Es war schon damals ein Schrotthaufen.«

Es ist seltsam, mit Glory im Auto zu sitzen, aber die Fahrt dauert nicht lange. In weniger als zehn Minuten halten wir vor einem winzigen Backsteinhaus mit einer Leuchtturmfahne vor der Tür.

Sie führt mich durch die Eingangstür und schließt sie schnell hinter uns. »Die Kätzchen flüchten gerne«, sagt sie. »Also muss ich vorsichtig sein.«

»Irgendetwas riecht gut«, sage ich zu ihr, und sie wirkt sehr zufrieden.

»Hausgemachte Hühnernudelsuppe«, sagt sie. »Meine einzige Spezialität. Sie sollte bald fertig sein.«

Wir lassen uns zusammen auf der Couch nieder, und ich bin froh, als ein großer orangefarbener Kater auf meinen Schoß krabbelt. Ich streichle seinen Kopf, und er schnurrt zufrieden.

»Das ist Nacho«, sagt sie. »Der Kater, den Nicki in jenem Sommer gefüttert hat. Als ich am nächsten Tag zum Bauernhaus zurückkam, saß er einfach da und sah so traurig aus. Und damals war er noch ein kleiner, dürrer Kerl.« Sie zuckt mit den Schultern. »Ich konnte ihn nicht dort lassen.« Sie starrt den Kater auf meinem Schoß an, und ich frage mich, ob sie meine Mutter sieht, die ihn hält, und nicht mich. »Er ist jetzt so alt. Mein mürrischer alter Mann.« Sie hält einen Moment inne, und ich sehe, dass sie über etwas nachdenkt. »Aber Nicole wird immer so sein, wie sie in jenem Sommer war. In demselben Alter. Für immer.« Sie schenkt mir ein kleines Lächeln, aber darunter verbirgt sich so viel Herzschmerz. »Es ist schon komisch, wenn man darüber nachdenkt.«

Ich kraule den Kater hinter seinen Ohren. »Hey, Nacho«, sage ich zu ihm, und er reibt seinen Kopf an meiner Seite. Ich frage mich, ob er denkt, dass ich meine Mutter bin, die nach all der Zeit endlich zurückgekommen ist.

Glory zeigt auf ein gerahmtes Foto, das auf einem kleinen Beistelltisch neben der Couch steht, und ich nehme es in die Hand. Ich sitze mit meiner Mutter unter einem Baum, und wir haben beide Eishörnchen. Ich habe Schokoladeneis, und es läuft mir am Kinn herunter. Es tropft mir den Arm hinunter.

Und wir beide lachen.

Ich starre das Foto ein paar Sekunden lang an. Es fühlt sich wie ein Schlag in die Magengrube an, zu wissen, dass es hier oben in Connecticut jemanden gibt, der ein gerahmtes Bild von uns auf seinem Wohnzimmertisch stehen hat, während ich in Texas war und nichts über meine Mutter oder über mich selbst wusste – all diese langen, hungrigen Jahre.

Ein Beweis dafür, dass wir zusammen Eis gegessen haben.

Und dass wir gelacht haben.

Dass uns jemand geliebt hat.

»Ich habe noch mehr Bilder«, sagt Glory. »Wenn du sie sehen willst.« Ich nicke, und Glory steht auf, um einen Karton aus dem Schrank zu holen. Sie nimmt den Deckel ab und wühlt darin herum, bis sie findet, wonach sie sucht. »Hier«, sagt sie, und reicht mir einen Stapel Fotos. »Die meisten sind von dir und Cole. Ihr beide habt in diesem Sommer so viel Zeit mit mir verbracht.«

Ich blättere durch den Stapel. Ein kleines blondes Mädchen und ein kleiner dunkelhaariger Junge.

Schaukeln im Park.

Bauen Sandburgen am Strand.

Ich sitze auf dem Boden hinter Glorys Schreibtisch. Umgeben von Papier und Buntstiften.

»Hier sind noch mehr von Nicki«, sagt Glory zu mir. »Mein Gott.« Sie seufzt, als sie mir die Bilder überreicht. »Manchmal verschlägt es mir immer noch den Atem, wenn ich sie sehe.« Sie lächelt mich an. »Schau, wie schön sie war.« Sie seufzt. »Aber sie war auch so viel mehr als das. Die Art, wie ihr Gehirn arbeitete. Die Ideen, die ihr einfach in den Kopf kamen.« Glory lächelt ein echtes Lächeln. »Ich habe noch nie jemanden getroffen, der so viel kreative Energie hat.«

Ich blättere durch die Bilder. Meine Mutter auf der Veranda des Bauernhauses. Wieder in der Bibliothek. Mit diesem Laptop. Und dann steht sie hüfthoch im Wasser. Sie trägt ein neongrünes Bikinioberteil.

Aber ich halte inne, als ich zu einem Bild meiner Mutter mit Brody Culver komme. Es sind nur die beiden. Das Foto wurde im Scheunentheater aufgenommen. Sie sitzen auf Klappstühlen unter dem Bühnenlicht. Die Köpfe dicht beieinander. Als ob sie sich Geheimnisse erzählen würden.

Das Foto macht mich krank. Ich starre es ein paar Sekunden lang an, bevor ich beschließe, dass ich es wissen muss. Und es bleibt weniger als eine Woche, also habe ich keine Zeit mehr, um den heißen Brei herumzureden.

»Meine Mutter hatte eine Affäre mit Brody Culver, nicht wahr?« Meine Stimme ist leise. Fast ein Flüstern. Aber ich weiß, dass Glory mich hört, denn sie wird ganz blass.

»Wie bitte?« Glory schüttelt den Kopf.

»Sie hat meinen Vater mit Brody Culver betrogen. Und er hat Willa mit ihr betrogen.«

»Nein.« Glory sieht so erschüttert aus. Und so verwirrt. »Nein«, sagt sie wieder. Und sie nimmt mir das Bild aus der

Hand. Sie starrt es an. Als würde sie versuchen zu verstehen, was ich gesehen habe. »Warum sagst du so etwas? Wie kommst du überhaupt darauf?«

»Ich habe etwas in ihrem Notizbuch gefunden«, sage ich.

»Nein.« Glory schüttelt den Kopf. »Das ist lächerlich. Brody hat einen gewissen Ruf«, gibt sie zu. »Die Leute reden. Er kann bei seinen Darstellerinnen ein wenig handgreiflich werden.« Die Art und Weise, wie sie von *seinen Schauspielerinnen* spricht, geht mir auf die Nerven. Als ob sie ihm gehören würden und nicht sich selbst. »Aber er würde Willa nie betrügen.« Sie sammelt alle Fotos ein und legt sie zurück in die Schachtel. »Und Nicki hätte es nie getan – nicht in einer Million Jahren. Nicht mit Brody.« Sie stellt die Schachtel zurück in den Schrank und schließt die Tür. »Deine Mutter hat Willa so sehr geliebt.«

Aber ich werde es nicht dabei bewenden lassen.

»Mein Vater sagte, er sei sich ziemlich sicher, dass sie jemanden kennengelernt hat.«

Glory schüttelt den Kopf. »Nicki hätte das nie getan. Sie hätte das Willa nicht angetan.«

»Er hat gesagt, sie wollte nicht nach Hause kommen.« Ich stehe auf und gehe zu der Stelle, an der Glory immer noch steht. In der Nähe des Schranks. »Mein Vater. Er hat gesagt, es sei aus gewesen zwischen ihnen.«

»Davon weiß ich nichts.« Glory ist sichtlich aufgewühlt. Ich weiß, dass sie lügt.

»Brody hat Geld für eine Wohnung angezahlt«, sage ich. »In New York City. Eine Wohnung auf den Namen meiner Mutter.«

»Woher weißt du davon?« Glory sieht mich fassungslos an. Sie kaut auf ihrer Lippe. Sucht auf ihrem Pullover nach Katzenhaaren.

»Das spielt keine Rolle«, sage ich. »Aber warum hätte er das tun sollen, wenn sie nicht zusammen waren?«

»Die Wohnung w-war Willas Idee«, stammelt Glory. »Sie und Brody wollten beide helfen. Das ist alles. Deine Mutter war in Texas nicht glücklich. Willa und Brody wollten sie näher bei sich haben. Sie dachten …«

»Warum sagst du mir nicht einfach die Wahrheit?« Meine Stimme ist schärfer, als ich es beabsichtigt habe. »Meine Mutter hat meinen Vater mit Brody Culver betrogen.«

»Nein. Das hat sie nicht.«

»Das ist alles schon so lange her. Warum jetzt noch lügen? Sag mir einfach die Wahrheit. Wenn sie …«

»Nein, Avril. Du verstehst das völlig falsch.«

»Mein Gott!« Ich bin so frustriert. Weil sich die Antworten so nah anfühlen und doch so weit weg. »Ich kann mit der Wahrheit umgehen. Ich verspreche es!«

»Ich war es.«

»Was?«

Glory dreht sich um und sieht mich an. »Ich war es, Avril.« Sie starrt mich an, aber ich verstehe immer noch nicht, was sie meint. »Deine Mom und ich waren in dem Sommer zusammen. Ich war die Person, die sie kennengelernt hat. Ich war die Person, in die sie sich verliebt hat.«

»Ich weiß nicht …« Ich schüttle den Kopf. Ich dachte, ich hätte alles verstanden. Aber jetzt ergibt nichts mehr einen Sinn.

»Ich war es.«

»Oh!« Das ist das einzige Wort, das mir einfällt.

»Dieser Sommer war perfekt«, erzählt Glory. »Wir haben beide so viele Dinge gemeinsam herausgefunden. Es war alles ganz neu. Für uns beide. Aber ich wusste von Anfang an, was ich wollte. Ich wollte, dass Nicki hierbleibt. Bei mir. Ich dachte, wenn sie am Theater bliebe, wäre das für uns alle toll, weißt du? Für uns beide natürlich, aber auch für Willa und Brody.«

»Sie hat also bei dir gewohnt«, sage ich. »In Whisper Cove.« Aber Glory schüttelt den Kopf.

»Ich wollte, dass sie es tut. Aber sie wollte nicht.«

»Warum nicht?«

»Sie war … Es gab etwas, das sie tun musste. Jemand, der sie sein wollte. Also wollten Willa und Brody sie in der Stadt unterbringen. Ihr helfen, einen Anfang zu machen. Dann war sie weg, und ich …« Glory bricht ab. »Wenn jemand stirbt, sieht man in Filmen oft, wie die Leute zusammenbrechen. Diejenigen, die zurückbleiben. Sie liegen auf den Knien und weinen und trommeln mit den Fäusten auf den Boden. Aber im wirklichen Leben ist das nicht immer so. Bei mir war es nicht so. Es hätte all diese Traurigkeit und diesen Schmerz geben müssen, weißt du. Aber da war nichts. Zumindest nicht am Anfang. Da war nur dieses riesige, leere Loch. All dieses – *Nichts*. Ich stand auf, duschte, aß, beantwortete E-Mails, ging zur Arbeit und tat was auch immer. Aber innerlich hatte ich völlig aufgehört zu existieren. Es war …«

»Als wärst du tot?«, sage ich, und Glory nickt.

»Und so fühlte es sich später, als die Trauer endlich kam, fast … gut an … irgendwie. Der Schmerz war so viel besser als dieses schreckliche Nichts.«

Ich bin mir nicht sicher, worauf sie hinauswill. Also sehen wir uns nur ein paar Sekunden lang an.

»Ich werde uns einen Salat machen«, sagt Glory. »Und dann können wir weiterreden. Okay? Es gibt so viel, was du über deine Mutter wissen solltest.«

»Ja«, sage ich, »das würde ich gerne.« Aber ich fühle mich so merkwürdig. Gerade als ich dachte, ich hätte alles im Griff, wird alles auf den Kopf gestellt. Nichts davon passt. Es ergibt keinen Sinn.

Wenn meine Mutter keine Affäre mit Brody Culver hatte, was bedeutet dann das B.C. in ihrem Notizbuch?

Und wenn es keine Affäre gab, gab es für ihn auch keinen Grund, sie zu töten.

Oder mich.

Aber in dieser Nacht packte mich jemand am Handgelenk und warf mich von der Klippe.

Vielleicht hatte Cole die ganze Zeit recht. Mit George.

Es ist, als würde ich mich durch das schlammige Feld in Whisper Cove tasten und den Zaun finden, der mir den Weg versperrt. Obwohl ich weiß, dass er nicht da sein sollte.

Glory verschwindet in der Küche, und ich bleibe eine Sekunde lang stehen. Ich bin immer noch halb betäubt. Ich höre, wie sie Schränke öffnet und schließt. Sie holt Dinge aus dem Kühlschrank.

Und ich bin verzweifelt auf der Suche nach einem weiteren Anhaltspunkt. Etwas, das alles miteinander verbindet.

Also öffne ich die Schranktür und ziehe den Karton heraus. Ich halte den Atem an, als ich ihn durchwühle, weil ich Angst habe, dass Glory wieder ins Wohnzimmer kommt. Aber das tut sie nicht. Ich höre sie immer noch in der Küche arbeiten. Wie sie das Wasser in der Spüle aufdreht. Dann abdreht. Etwas klein schneidet.

Ich habe schon fast aufgegeben, etwas auf den Fotos zu finden, als ich etwas Blaues auf dem Boden der Schachtel entdecke. Ich lege die Fotos beiseite und hebe das abgenutzte Spiralheft heraus, damit ich es besser sehen kann. Ich drehe es um, um die Rückseite zu überprüfen, und da ist es in der oberen rechten Ecke.

Nr. 1

Ich packe das Notizbuch in meinen Rucksack und stelle die Schachtel zurück in den Schrank.

Glory ruft mir aus der Küche zu. »Was hältst du von Avocado in deinem Salat?«

»Prima«, sage ich zu ihr. »Ich liebe Avocado.« Aber mein Herz klopft so schnell. Ich kann kaum noch atmen. Ich sehe mich im Zimmer um und entdecke eine Schiebetür zur Terrasse. »Ist es okay, wenn ich rausgehe und etwas Luft schnappe?«, sage ich.

Glory streckt ihren Kopf um die Ecke. »Klar. Natürlich. Ich weiß, es ist viel.« Ihr Gesicht wird knallrot. »Ich wollte es dir schon so oft sagen. Aber ich war mir einfach nicht sicher, wie.« Sie wirft einen Blick auf das gerahmte Foto auf dem Beistelltisch. Ich und meine Mutter. Schokoladeneis. »Ich war nie gut darin, in Worte zu fassen, was Nicki für mich bedeutet hat.« Sie lächelt. »Was ihr beide mir bedeutet habt.«

»Ich bin froh, dass du es mir gesagt hast.«

Und das bin ich wirklich. Es macht mich froh, zu wissen, dass meine Mutter das hatte. Dass sie etwas Besonderes gefunden hatte. Mit Glory.

Aber jetzt stehe ich wieder am Anfang. Mir bleibt weniger als eine Woche. Also bete ich, dass die Antwort vielleicht in dem blauen Notizbuch in meinem Rucksack zu finden ist.

Nach allem, was heute Abend passiert ist, ist mir schwindelig. Ich brauche nur ein paar Sekunden, um einen klaren Kopf zu bekommen.

Glory verschwindet wieder in der Küche, und ich schiebe die Glastür auf und trete auf die Veranda hinaus. Die Nachtbrise ist so kühl und frisch. Ich atme tief ein, und sofort fühle ich mich hundertmal besser. Ich hatte gar nicht bemerkt, wie stickig sich dieses winzige Wohnzimmer anfühlt.

Ich setze mich an einen alten Picknicktisch auf der Veranda. Ich fahre mit den Händen über die rauen Bretter.

Und plötzlich zittere ich. Verängstigt und klein. Die Angst bricht über mich herein wie eine Flutwelle. Sie überspült mich und reißt mich mit aufs Meer. Und ich höre die Stimme meiner Mutter.

Ich will, dass alles ans Licht kommt!

Ich starre auf ihre rosa lackierten Zehennägel. Ihre goldenen Riemchensandalen. Und ich presse meine Hände auf meine Ohren. Aber das verhindert nicht, Glorys wütende Stimme zu hören.

Dann bleib hier bei mir, Nicki! Das will ich auch!

Wieder meine Mutter. *Hör mir doch mal zu!,* schreit sie. Sie klingt so frustriert. Ich zucke zusammen, als sie die Hand hart auf den Picknicktisch knallt. Mir klappern die Zähne.

Ich versuche, ehrlich zu sagen, was ich fühle! Ich kann nicht bei dir bleiben, genauso wenig wie ich zu ihm zurückkann! Ich brauche etwas mehr als das! Ich werde zu etwas mehr als das!

Ich höre jemanden weinen. Und als meine Mutter wieder spricht, ist ihre Stimme sanfter.

Ich glaube wirklich, dass ich dich liebe, sagt sie. *Aber das ist meine Chance, etwas Außergewöhnliches zu sein. Und ich muss sie ergreifen. Für mich und für April.*

Und was ist mit mir?, fragt Glory, und es liegt so viel Bitterkeit in ihren Worten. Aber meine Mutter antwortet nicht. Sie bückt sich nur, um mich unter dem Picknicktisch hervorzuziehen und in ihre Arme zu nehmen. Meine Hände sind immer noch über meinen Ohren. *Was ist mit mir?,* schreit Glory noch einmal. *Nicki!* Aber meine Mutter und ich sind schon weg.

Meine Hände zittern. Ich spreize sie auf dem rauen Holz des Picknicktisches. Der Streit hat hier stattgefunden. Er fand gar nicht auf der Veranda statt. Es war Glorys Picknicktisch, unter dem ich mich die ganze Zeit versteckt habe. Ich habe alles durcheinandergebracht.

Glory war in meine Mutter verliebt. Und vielleicht war meine Mutter auch in sie verliebt. Aber das spielte keine Rolle. Denn sie wollte es beenden.

Sie war bereit, sich weiterzuentwickeln.

Der Wind frischt auf, und der Klang von Windspielen schwebt durch die Dunkelheit. Ich drehe meinen Kopf, und da sind sie. Sie hängen an der Ecke der Veranda. Silberne Windspiele, aufgereihte Muscheln. Sie klimpern und tanzen in der Brise. Und alle Haare in meinem Nacken stellen sich auf.

Weil ich dieses Geräusch schon einmal gehört habe. Ich erkenne es wieder. Kurz bevor ich starb.

Ich zucke zusammen, als Glory die Tür hinter mir aufschiebt.

»Avril«, sagt sie. »Das Essen ist fertig.«

AKT III: SZENE 7

Irgendwie schaffe ich es, mit Glory zu Abend zu essen. Hühnersuppe und Salat. Ich höre ihr zu, wie sie von meiner Mutter erzählt. Wie sehr sie sich geliebt haben. Wie es als Freundschaft zwischen ihnen begann. Aber dann fing es Feuer. Beinahe über Nacht.

Ich schaffe es zu lächeln. Die richtigen Dinge zu sagen. Und mir nie anmerken zu lassen, dass ich mich jetzt erinnere. Dass ich weiß, wie es zwischen ihnen geendet hat. Mit wütenden Worten und der Hand meiner Mutter, die auf den Picknicktisch knallte.

Mit dem Klang des Windspiels, der mir immer noch das Blut in den Adern gefrieren lässt.

Als Glory mich an diesem Abend wieder in Whisper Cove absetzt, suche ich verzweifelt nach Cole. Aber er ist nicht auf der Treppe der Hütte. Und ich weiß, dass er nicht im Bett ist. Ich kann mir also nicht vorstellen, wo er sein könnte. Dann erinnere ich mich, wie schlecht er bei der Probe war. Wie düster. Und ich glaube, ich weiß, wo ich ihn finden kann.

Der Nebel zieht gerade auf, aber er ist noch nicht dicht, also eile ich zum Bauernhaus. George lehnt am Geländer der Veranda und raucht. Falls er mich sieht, lässt er es sich nicht anmerken. Und außerdem weigere ich mich, Angst vor ihm zu haben. Er ist ein erbärmlicher Kriecher. Aber er ist kein Mörder.

Zumindest bin ich mir ziemlich sicher, dass er es nicht ist.

Ich gehe auf den Waldweg zu und steige den steilen Hügel zum Haus der Culvers hinauf. Das Tor am Ende des Gartens ist offen, und Cole steht mit dem Rücken zum Rand der Klippe. Seine Fersen ragen über die Kante. Und unter ihm ist nichts als aufgewühltes Wasser zu sehen. Seine Augen sind geschlossen. Die Arme weit ausgebreitet.

Genauso hat er auf dem Schwimmsteg gestanden, bevor er rückwärts ins Wasser fiel.

Ich starre ihn eine Minute lang an und traue mich nicht, seinen Namen auch nur zu flüstern. Ich will ihn nicht erschrecken, und irgendwie weiß er, dass ich da bin. Er öffnet seine Augen und sieht mich an.

»Du hattest recht«, sage ich zu ihm. »Dein Vater hat meine Mutter nicht umgebracht. Sie hatten keine Affäre. Ich weiß nicht, was B.C. bedeutet, aber es ist nicht Brody Culver. Ich hatte alles falsch verstanden. Er hatte keinen Grund, sie zu töten.« Cole atmet tief durch. Schließt wieder die Augen. Ich sehe, wie er ein wenig auf den Beinen schwankt, und mein Herz bleibt stehen. »Cole«, sage ich. »Hör zu. Ich dachte, er muss es sein, weil ich mich daran erinnerte, dass du in jener Nacht dort warst. Aber wir waren die meiste Zeit des Sommers mit Glory zusammen, du und ich. Wenn du dort warst, dann nur, weil sie dort war.«

Cole öffnet seine Augen und blinzelt mich an. »Glory?« Ich nicke.

»Sie waren verliebt. Meine Mutter und Glory. Ich kann das alles erklären«, sage ich. »Gib mir einfach deine Hand. Okay?«

Ich strecke die Hand nach Cole aus, aber er zögert.

»Bitte, Cole«, flehe ich. »Ich brauche dich.«

Dann greift er nach mir, aber der Rand der Klippe bricht unter seinen Fersen ein, und er kippt nach hinten.

»Cole!« Ich ergreife seine Hand und ziehe mit einem kräftigen Ruck, woraufhin er auf mich fällt. Wir liegen beide im feuchten Gras am Rande des Abhangs. Mein Herz klopft so heftig, dass ich mir sicher bin, dass meine Rippen brechen müssen.

Wir liegen da – ein Gewirr aus Armen und Beinen – und versuchen, zu Atem zu kommen. Und als wir beide aufhören zu zittern, erzähle ich von dem Streit, an den ich mich erinnere. Den es in Glorys kleinem Haus gegeben hat. Nicht auf der Meeresveranda.

Und von dem Klang des Windspiels. Dass es etwas an sich hat, bei dem sich mir die Nackenhaare aufstellen und mein Inneres zu Eis erstarrt.

Dass ich glaube, es kurz vor meinem Tod gehört zu haben.

»Glaubst du wirklich, dass es Glory war?«, fragt Cole. Er ist blass, und ich sehe, wie er hinter diesen grauen Augen grübelt. Er versucht, einen Sinn darin zu erkennen. Er versucht zu entscheiden, ob er wirklich glaubt, dass die nette Dame mit den Pfefferminzbonbons und den Katzenhaar-Pullovern eine Mörderin sein könnte.

»Ich muss mir das Notizbuch ansehen, das ich bei ihr gestohlen habe«, sage ich zu ihm. »Aber ja.«

»Notizbuch Nummer eins?«

»Ja. Sie hatte es.« Plötzlich wird mir schlecht. Glory ist so gut zu mir gewesen.

»Scheiße«, murmelt Cole.

»Ich weiß, es ist schwer zu glauben«, sage ich ihm. »Glory ist so …«

»Das ist es ja.« Er unterbricht mich. »Es ist gar nicht schwer zu glauben. Das sollte es aber. Vielleicht. Ich wünschte, es wäre so.« Er seufzt lang und tief. »Aber die Dinge, zu denen Menschen fähig sind. Die Geheimnisse, die wir alle voreinander verbergen.« Er legt den Kopf zurück und sieht in den tiefblauen Himmel. »Wir kennen niemanden. Nicht wirklich.«

Ich greife nach Coles Hand und verschränke unsere Finger ineinander. Ich drücke fest zu. Denn ich werde mich weigern, seinen Kopf unter Wasser gleiten zu lassen. Nicht heute Nacht. Ich brauche ihn zu sehr.

»Ich kenne dich«, sage ich ihm. »Und du kennst mich.«

Cole setzt an, um etwas zu sagen, doch ich sehe, dass er beschließt, es nicht zu tun. Und da weiß ich mit Sicherheit, dass Cole Culver immer noch Geheimnisse hat. Teile von ihm, die ich immer noch nicht freigeschaltet habe. Verschlossene Orte tief im Inneren. Räume, für die es keine Schlüssel gibt. Und plötzlich ist alles, was ich auf der Welt will, die Chance, ihn zu kennen. Ihn wirklich zu kennen. Sogar seine dunklen, unheimlichen Seiten. Ich will es noch viel mehr, als ich wissen will, was mit meiner Mutter damals passiert ist.

»Was ist mit dem Mietvertrag, auf dem der Name meines Vaters steht?«, fragt er mich. »Die Wohnung in der Stadt?«

»Glory sagt, das war die Idee deiner Mutter«, erkläre ich. »Sie wollten nur helfen.« Ich spüre, wie sich die Last all dessen, was in den letzten vierundzwanzig Stunden geschehen ist, auf meiner Brust niederlässt. »Glory wird damit durchkommen, Cole. Ich habe keine Beweise. Es gibt keine Möglichkeit, es zu beweisen.« Wir sitzen nebeneinander im Gras und starren auf das schäumende Wasser hinunter.

»Wir werden uns etwas einfallen lassen. Das verspreche ich. Aber selbst wenn wir nicht …« Cole hält inne und zieht mich zu einem Kuss an sich.

Seine Hände liegen auf meinem Gesicht, und er streicht mit den Daumen über meine Wangenknochen. Ich spüre, wie er zittert. Da ist diese Traurigkeit, die durch seine Haut zu mir durchdringt.

Irgendetwas fühlt sich anders an. Dieser Kuss ist anders als alle anderen, die wir bisher geteilt haben.

Dies ist ein Abschiedskuss.

»Was ist los?«, frage ich ihn. Aber Cole sagt es nicht. Er begleitet mich einfach zurück zu den kleinen blauen Hütten. Wir machen einen großen Bogen um den Schweinestall. Aber ich kann sie heute Nacht grunzen hören.

Der Geruch gräbt sich in meine Nase.

Bevor ich ins Bett gehe, drückt mir Cole ein Stück grünes Meerglas in die Hand.

»Zum Schutz?«, frage ich ihn. Aber er schüttelt den Kopf.

»Damit du dich an mich erinnerst«, erklärt er. »Nächstes Mal.«

»Du machst mir Angst«, sage ich zu ihm. Aber er zieht mich einfach in einen weiteren Kuss, und als er vorbei ist, lächelt er mich an. »Was?«, frage ich ihn.

Cole berührt meinen Arm, und ich spüre, wie die Wärme seiner Fingerspitzen auf meinen Körper wandert.

»Willst du wissen, wie das Buch endet?«, fragt er mich.

Ich kann ihm nicht antworten. Der Kloß in meinem Hals ist zu groß.

Ich sehe auf unsere Füße hinunter, aber er hebt mein Kinn an, damit er mein Gesicht sehen kann, und dann fragt er wieder. Seine Stimme ist warm und weich, wie ein Wintermantel.

»Willst du wissen, wie das Buch endet, Avril?«

Mein Herz ist in zehntausend Stücke zerbrochen, aber ich kenne meinen Text noch.

»Das würde die Überraschung verderben.«

»Aber was ist, wenn es dich traurig macht?«, fragt er und streicht mir eine Haarsträhne aus dem Gesicht. Seine Stimme ist kaum ein Flüstern.

Wind im Dünengras.

»Ich würde mir lieber die Zeit nehmen, all die schönen Dinge zu entdecken, die auf dem Weg passieren, ohne mir Gedanken über das Ende zu machen.« Ich drücke mich an seine Brust. »Du nicht?«

»Doch, ich glaube, das würde ich auch tun«, sagt Cole. Er zieht mich fester an sich. »Jetzt, wo du es sagst.«

Er küsst mich ein weiteres Mal, und dann ist er verschwunden.

Der nächste Tag ist Sonntag. Unser letzter freier Tag in Whisper Cove. Es soll die Ruhe vor unserer letzten wilden Woche sein. Ich verbringe den Tag in der Bibliothek und sehe mir das Notizbuch meiner Mutter an, aber ich finde nicht viel. Es stehen ein paar Dinge über sie und Glory drin. Nur kleine Notizen über die Dinge, die sie zusammen gemacht haben.

Wie es sich anfühlte, als sie sich zum ersten Mal küssten.

Und ich schätze, deshalb wollte Glory nicht, dass ich es bekomme.

Es gibt noch mehr Zettel, die mit diesen Initialen beschriftet sind. B.C. Und ich weiß immer noch nicht, was sie bedeuten. Sätze wie *Liebe ist nicht genug* und *keine Versprechen*. Und gekritzelte Adjektive wie *einsam*, *geheimnisvoll* und *leidenschaftlich*. Aber wenn meine Mutter in Glory verliebt war, kann ich mir nicht vorstellen, wer B.C. sein könnte.

Ich warte ständig darauf, dass Cole zu mir kommt. Ich möchte ihm die Passagen zeigen, die ich markiert habe. Die Stellen, die ich nicht verstehe. Aber er taucht nicht auf.

Beim Frühstück am Montag wird uns allen klar, dass dies wirklich der Anfang vom Ende ist. Unsere letzte gemeinsame Woche. In diesen letzten Tagen gibt es keinen Unterricht und keine Arbeitsaufträge mehr. Da sich der Vorhang am Freitagabend hebt, konzentrieren wir uns auf die Show. Und ich bin dankbar für die Tatsache, dass ich meine Nachmittage nicht damit verbringen muss, Rechnungen mit jemandem zu schreiben, der wahrscheinlich meine Mutter ermordet hat.

Es ist ein anstrengender Tag mit Kostümproben und der Arbeit mit der Requisiten-Crew, um die letzten Dinge zu finden, die wir brauchen. Ich habe nicht viel Zeit, um mit Cole zu reden, aber wann immer ich auch nur eine freie Minute habe, suche ich in dem blauen Notizbuch nach einem Beweis dafür, dass die kalte Hand an meinem Handgelenk Glory gehört hat. Denn ich weiß, dass ich mit Beweisen wie Windspielen und Kindheitserinnerungen nicht zur Polizei gehen kann. Und ich werde hier auf keinen Fall weggehen, ohne die Schlussszene geschrieben zu haben.

Ich bin überrascht, als mein Vater an diesem Abend nach dem Essen anruft. Ich gehe hinunter zur Scheune und lasse Lex, Val und Jude vorausgehen, damit ich etwas Privatsphäre habe.

»Hallo?« sage ich, und es vergehen ein paar Sekunden der Stille. Ich lege fast auf. Ich denke, es war ein versehentlicher Anruf, aber dann höre ich die Stimme meines Vaters.

»Bist du okay?«

»Ja«, sage ich. »Beschäftigt.« Ich versuche herauszufinden, warum er angerufen hat, weil er definitiv niemand ist, der viel redet.

»Euer Stück ist dieses Wochenende«, sagt er.

»Ja. Freitagabend.«

»Und dann kommst du nach Hause. Wann? Am nächsten Tag?«

»Ja«, sage ich wieder. »Ich fliege am Samstagmorgen nach Hause.«

Es ist noch ein paar Sekunden lang still.

»Es wird schön sein, dich zu Hause zu haben«, meint er. Und das überrascht mich so sehr, dass ich den nächsten Teil fast überhöre. »Es ist zu ruhig hier. Tu me manques.«

Ich vermisse dich.

Ich sage nichts.

»Welche Rolle hast du?«, fragt er mich. Nicht, dass er etwas über das Stück wüsste. Aber es ist schön, dass er fragt.

»Eden«, sage ich ihm. »Das ist die Hauptrolle.«

»Eden«, wiederholt er. »Das ist schön.« Noch ein paar Momente des Schweigens. »Das war der Lieblingsname deiner Mutter.«

»Wirklich?« Das kommt mir so eigenartig vor.

»Sie wollte dich so nennen, aber ich wollte es nicht.« Er hält inne und seufzt. »Ich weiß jetzt nicht mehr, warum nicht.«

Ich frage mich, ob Willa das wusste. Ob sie deshalb diesen Namen gewählt hat. Um meine Mutter zu ehren. Oder ob es nur ein Zufall war.

»Hals- und Beinbruch«, sagt Papa zu mir. »Wir sehen uns am Samstag.«

Ich will ihm sagen, dass ich ihn auch vermisse, aber er hat bereits aufgelegt.

Ich eile hinunter in die Scheune. Es ist der letzte Abend, an dem wir drinnen arbeiten, bevor wir für drei Abende zu den technischen Proben ins Amphitheater ziehen. Und wir arbeiten an der letzten Szene des Stücks. Das letzte Treffen zwischen Eden und Orion.

Willa hat bereits alle in der ersten Reihe versammelt, als ich ins Theater schlüpfe. Sie dreht sich um und lächelt mich an. »Es ist so weit«, sagt sie zu uns allen. »Eine letzte Szene. Sie ist kurz und bündig. Kein langwieriger Abschied für unsere beiden Liebenden. Aber es gibt so viel zu bedenken.«

Jude macht alles für uns bereit. »Okay«, sagt er. »Das ist der letzte Moment des Stücks. Eden und Orion treffen sich ein letztes Mal auf der Bank am Fluss. Und wenn ich jetzt weiterrede, fange ich an zu heulen.«

Cole nimmt seinen Platz auf der Bank ein, und ich sehe, wie er die Gitarre in die Hand nimmt. Dieses Lied ist fast mehr, als ich heute Abend ertragen kann.

Ich gehe auf die Bühne und stehe direkt hinter ihm – nah genug, dass ich weiß, dass er meinen Atem spüren kann – bis seine Finger aufhören, sich zu bewegen, und das Theater verstummt.

Mir fällt auf, wie ausgehöhlt und eingefallen er aussieht. Und ich versuche, mich daran zu erinnern, wann genau er zu Orion geworden ist. Aber ich kann es nicht. Ich schätze, ich war zu sehr darauf konzentriert, Eden zu werden.

»Ich weiß, dass du da bist«, sagt er zu mir. »Ich kann dich spüren.«

»Fast wäre ich heute Abend nicht gekommen«, sage ich.

»Warum hast du es dann getan?«

»Weil ich mich verabschieden wollte.«

Cole dreht sich um und sieht mich an. Dann hält er mir eine Hand hin. »Komm, setz dich zu mir«, sagt er. Und es ist eine so einfache Bitte.

Also tue ich es.

»Liebst du mich nicht mehr?«, fragt er, und das ist wie ein Messerstich ins Herz.

»Ich liebe dich über alles«, sage ich. »Aber die Dinge ändern sich. Menschen ändern sich.«

»Du hast dich verändert«, sagt er, und ich nicke.

»Du wirst dich auch ändern«, verspreche ich ihm.

»Und wenn ich dein Lied noch einmal spiele?«, fragt er.

»Ich werde deine Musik immer hören. Sie ist das Lied in meinem Herzen.«

»Aber du wirst nicht wiederkommen.«

»Nein«, sage ich. »Ich werde nicht wiederkommen.«

»Und wenn ich dir ein neues Lied schreibe?«, fleht er. »Etwas Besseres.« Er lächelt fast. »Oder Lauteres.«

»Okay.« Willa hält einen Finger hoch. »Lasst uns einen Moment innehalten, bevor wir weitermachen.« In der Scheune könnte man eine Stecknadel fallen hören, so still ist es. Nur das Geräusch unseres Atems ist zu hören. »Warum sagt Eden, dass sie nicht zurückkommen kann? Sie liebt ihn eindeutig. Das bringt sie um. Warum ist das also ein Abschied?«

Ich sehe, wie jeder diese Frage in seinem Kopf hin und her wälzt. Und ich kenne die Antwort, aber ich weiß nicht, wie ich sie in Worte fassen soll.

Es ist lange Zeit still.

»Niemand?«, fragt Willa und sieht sich in der Scheune um. Sie seufzt, sichtlich enttäuscht. »Eden hat sich zu sehr verändert«, sagt sie uns. »Sie ist Orion entwachsen. Und das ist traurig. Vielleicht ist es eine Tragödie, wenn sie ihn wirklich liebt. Aber sie ist jemand anderes geworden, als sie vor ihrem Tod war. Vor dem Chaos von alldem. Und es gibt keinen Weg zurück.«

Aber das stimmt nicht.

Ich kenne Eden jetzt in- und auswendig. Sie lebt irgendwo in mir. Und das ist es ganz und gar nicht.

Eden wird nicht zurückkommen, um Orion zu sehen, weil auch er die Chance verdient, sich zu verändern. Sie will das für ihn. Sie weiß, dass er nicht den Rest seines Lebens damit verbringen darf, auf einen Geist zu warten. Er muss Schmerz empfinden. Und wachsen. Lernen. Er braucht eine Chance, sich zu *entwickeln.* Denn er ist derjenige, der noch lebt. Und sie wird ihm diese Chance nicht nehmen.

Es erscheint so seltsam, dass Willa ihr eigenes Stück so missversteht.

Aber ich sage nichts. Denn es spielt keine Rolle, ob Willa es weiß oder nicht. Ich weiß es. Sie mag Eden erschaffen haben, aber ich bin diejenige, die ihr Leben einhaucht. Es ist mein Herz, das ihr Blut pumpt.

Also wende ich mich an Cole und sage die letzte Zeile des Stücks auf.

»Keine Lieder mehr für mich, Orion. Schreib ein Lied für dich selbst. Etwas, das du immer in deinem eigenen Herzen hören kannst. Und ich werde ein Teil dieser Melodie sein, das verspreche ich. Denn das ist es, was es bedeutet, jemanden über alles zu lieben.«

Es herrscht einen Moment lang unheimliche Stille, bevor die Scheune in Applaus ausbricht, denn wir haben es endlich geschafft. Wir haben uns durch die gesamte *Midnight Music* hindurchgearbeitet.

»Gute Arbeit, meine Lieben!« Willa Culver klatscht am lautesten von allen. »Hervorragende Arbeit!« Aber ich denke die ganze Zeit, wie seltsam es ist, dass sie ein Stück schreiben und das Ende so falsch interpretieren konnte.

Als Cole mich an diesem Abend nach der Probe zu meiner Hütte begleitet, sieht er mich lange an. »Du kannst mich nicht retten«, sagt er schließlich. »Und das ist okay. So ist es vorherbestimmt.« Ich möchte ihm sagen, dass er das nicht mit Sicherheit wissen kann. Aber ich kann es nicht. Ich bin zu traurig. Zu verängstigt. Zu verwirrt und erschöpft. Cole holt ein weiteres Stück Meerglas aus seiner Tasche. Aber ich schüttle den Kopf und schließe seine Faust um das winzige Stückchen.

»Behalte du es«, sage ich zu ihm. »Ich brauche nichts, was mich an dich erinnert. Ich werde dein Lied in meinem Herzen hören.«

»Immer?«, fragt er mich.

»Immer«, sage ich zu ihm.

AKT III: SZENE 8

Die nächsten Tage vergehen wie im Flug. Die technischen Proben dauern stundenlang. Es gibt Licht- und Toneinsätze. All die neuen Requisiten. Und Bühnenbildteile. Aber es ist ein gutes Gefühl, im Amphitheater zu arbeiten.

Selbst wenn das Rauschen der Wellen zu laut erscheint.

Selbst wenn der Nebel spät in der Nacht herankriecht und an unseren Knöcheln leckt.

Selbst dann, wenn Coles Augen dunkler erscheinen, als sie es früher waren.

Es ist, als hätten wir das Stück in der Scheune zusammengebaut, es aber erst richtig zum Leben erweckt, als wir es nach draußen brachten und die Nachtluft seine Lungen füllen ließen.

Jetzt atmet es.

Dies ist ein Stück, das bei Sternenlicht aufgeführt werden möchte.

Nach der Probe am Mittwochabend bleibe ich noch im Amphitheater. Ich bin wie hypnotisiert von den Bewegungen der Beleuchtungscrew. Die Art und Weise, wie sie über die hohen Leitern balancieren, mit schwerer Ausrüstung unter einem Arm, als wäre das nichts. Sie nehmen letzte Anpassungen vor. Das hat eine gewisse Anmut. Es ist wie Ballett. Auf und nieder. Ausstrecken. Dehnen. Flink und schnell. Sie scheinen sich ihrer Sache so sicher zu sein. Das macht mich neidisch. In letzter Zeit habe ich das Gefühl, eine falsche Bewegung, und ich falle in den Tod, selbst wenn ich auf dem Boden stehe.

Als ich mich umdrehe und gehen will, steht Glory direkt hinter mir. Ach Mist! Ich hatte gar nichts gehört. Aber sie ist genau da. Sie sieht mich an. Für eine Sekunde höre ich auf zu atmen.

»Ich schaue der Crew gerne bei der Arbeit zu«, sagt sie, und ich nicke. »Also komme ich manchmal. Nachts.« Sie wartet darauf, dass ich etwas sage, aber mein Mund ist trocken geworden. Es ist das erste Mal, dass ich ihr seit dem Besuch in ihrem Haus von Angesicht zu Angesicht gegenüberstehe. Als ich draußen in ihrem Garten stand und die Windspiele hörte. Es ist eine ewige Minute lang still. Schließlich seufzt sie. »Ich habe Fehler gemacht, Avril. Mit Nicki, in jenem Sommer. Ich war so jung. Und ich war noch nie zuvor so verliebt gewesen. Es gibt Dinge, die ich gerne anders gemacht hätte. Ich wünschte, ich hätte nicht …« Sie bricht ab. Und für einen verrückten Moment denke ich, dass sie es mir vielleicht gestehen wird. Dass sie es vielleicht einfach sagen wird. Laut und deutlich.

Aber das tut sie nicht.

Stattdessen sagt sie: »Man kann nicht wissen, wie man in so einer Situation reagieren wird. Nicht, bevor man sie selbst durchlebt.« Ich nicke, und sie greift nach mir. Ich lasse zu, dass sie mich in eine verzweifelte Umarmung zieht. Und ich beiße die Zähne zusammen und kämpfe gegen den Drang, mich loszureißen. Sie zu Boden zu stoßen. »Es tut mir leid«, sagt sie. »Es tut mir so leid.«

Ihre Worte fühlen sich schwer an. Ihr Gewicht ist wie ein Anker, der auf ihrer Zunge liegt. Und ich kann nicht aufhören, mich zu fragen, wofür genau sie sich entschuldigt. Dass sie sich vor all den Jahren in Nicole Kendrick verliebt hat? Dass sie nicht in der Lage war, die Frau zu retten, die sie liebte?

Oder vielleicht dafür, dass sie meine Mutter von der Klippe hinter Willa Culvers Haus in den Tod gestürzt hat. Dafür, dass sie alles getan hat, um auch mich zu töten.

Ich löse mich aus Glorys Umarmung und mache mich auf den Weg in den Nebel. Weg von der Liebhaberin meiner Mutter.

Der Mörderin meiner Mutter.

Am nächsten Nachmittag stelle ich Willa während einer Probenpause eine Frage. »Wussten Sie, dass da etwas zwischen Glory und meiner Mutter lief?«

Sie sieht von den Notizen auf, die sie studiert, und wirft mir einen merkwürdigen Blick zu. Sie ist erschrocken, ganz klar. Aber da ist noch etwas anderes in ihrem Blick. »Ich habe es vermutet. Aber ich war mir nie sicher.«

»Sie waren verliebt«, sage ich und setze mich neben sie. Willa rümpft die Nase, als hätte ich beim Weihnachtsessen etwas Geschmackloses gesagt.

»Nein«, sagt sie. »Das glaube ich nicht. Glory war verliebt, da bin ich mir sicher. Das konnte ich sehen. Es wäre schwer, es nicht zu sein. Aber Nicole …« Willa schüttelt den Kopf. »Glory ist so vollkommen gewöhnlich.« Willa spricht das Wort aus, als wäre es das Schlimmste, was ein Mensch sein kann. »Sie ist nichts Besonderes. Ich meine, sie ist reizend, natürlich. Nett. Aber sie ist …«

»Gewöhnlich«, sage ich, und Willa schenkt mir dieses magische Lächeln.

»Glory gehört zu den Menschen, die mit dem Leben, das sie führen, zufrieden zu sein scheinen. Und daran ist nichts auszusetzen. Aber Nicole, sie war wie wir.« Willa legt einen Arm um meine Schulter. »Sie war für wahre Größe bestimmt. Sie hätte sich nie mit einem Alltagsleben zufriedengegeben. Daran wäre sie zerbrochen.«

In ihrer Stimme liegt eine Härte. Wie kalter Stahl. »Sie war auf der Suche nach etwas Besonderem, und das muss man wollen. Man muss dafür kämpfen.« In ihren Blick schleicht sich eine gewisse Traurigkeit. »Man muss bereit sein, es zu ergreifen. Man muss …«

Ich bin still und warte darauf, dass sie diesen Gedanken zu Ende führt. Aber sie scheint festzustecken. Ich sehe zum ersten Mal, dass Willa sich verirrt hat. Dann vergeht die Traurigkeit fast so schnell, wie sie gekommen ist, und das strahlend helle Lächeln kommt zurück. Heller als je zuvor. Sie drückt mich fest an sich. »Du musst bereit sein, es anzunehmen. Egal, was passiert, Avril. Du musst bereit sein, dafür zu sterben. Oder dafür zu töten. Dafür zu lügen. Dafür zu stehlen. Und dann musst du bereit sein, mit den Konsequenzen zu leben. Oder du wirst immer genau das sein, was alle anderen sind.« Sie zuckt mit den Schultern und nimmt ihren Arm von meinen Schultern. Wendet sich wieder ihren Notizen zu. »Wie Glory.«

Dann geht mir auf, dass auch Willa daran zerbrochen wäre, gewöhnlich zu sein. Ganz sicher. Wenn sie sagt, der einzige Sinn des Lebens sei es, etwas Außergewöhnliches zu sein, dann meint sie das auch so. Es ist nicht nur ein inspirierender Satz, den sie uns auftischt. Sie brennt einfach heller als alle anderen. Sie braucht mehr. Und sie kämpfte mit Zähnen und Klauen darum, es zu werden. Um sich selbst in etwas Größeres und Besseres und Besonderes zu verwandeln. Etwas, das so brillant ist, dass es beinahe blendet.

Und ich schätze, meine Mutter hätte es auch getan, wenn nicht jemand ihr Licht gelöscht hätte.

Wenn Glory sie nicht ins Meer geworfen hätte, um sie nicht gehen lassen zu müssen.

Ich wünschte, ich hätte mehr von ihrem Feuer in mir brennen. Ich habe immer zu schnell aufgegeben. Aber jetzt nicht mehr. Ich verspreche mir selbst, dass ich nicht nach Hause gehen werde, ohne diese ganze Sache zu entwirren. Egal, wie die Konsequenzen dieser Entwirrung aussehen. Ich werde an den verworrenen Knoten meiner Erinnerungen ziehen – die Hinweise studieren –, bis ich eine Art Beweis finde. Bis ich mit Sicherheit sagen kann, was vor all den Jahren passiert ist. Mit meiner Mutter.

Mit mir.

Aber jetzt geht alles so schnell. Ich habe nicht mehr viel Zeit. Es ist unsere allerletzte Probe.

Morgen Abend geht der Vorhang auf.

Bevor wir den Abend beenden, bittet Willa alle, einen Kreis zu bilden. Wir bilden einen Ring unter dem Bühnenlicht. Saugen die Energie der anderen in uns auf. Saugen Willas summende Energie auf. Ein letztes Mal.

»So verlassen wir die Dinge«, sagt sie, und wir atmen gemeinsam aus. Fassen uns gegenseitig etwas fester an den Händen.

Ein gebetsloser Gebetskreis.

Ich stehe zwischen Cole und Lex. Halte ihre Hände. Lex weint. Und ich staune, wie er die Tränen einfach über seine Wangen kullern lässt. Das kann ich auch auf der Bühne. So ehrlich sein. So frei. Aber abseits der Bühne ist es immer noch schwer für mich.

Es gibt so viele Dinge, die mir durch den Kopf gehen … die Show morgen Abend und der Stolz auf das, was wir gemeinsam geschaffen haben … die Angst, die ich wegen Cole empfinde … was genau vor zwölf Sommern auf der Klippe passiert ist … wie ich meine Mutter im Stich lasse … wie Glory damit durchkommen wird … die Unmöglichkeit, in weniger als achtundvierzig Stunden in mein Leben in Dallas zurückzukehren … wie ich den Gedanken nicht ertragen kann, Lex oder Val oder Jude zu verlassen.

Oder Willa.

Oder Cole.

Der Kummer, ihn wiederzufinden, fühlt sich unerträglich an. Nur um ihn zu verlieren.

Wieder.

Ich bin so versunken in unseren Bühnenkreis und in die Gedanken, die in meinem Kopf in Dauerschleife kreisen, dass ich die Sirenen zunächst nicht höre.

Aber ich sehe, wie die anderen auf das Geräusch reagieren. Und das reißt mich aus meinen Gedanken und zurück in die Realität.

Zu diesem Zeitpunkt heult der Krankenwagen bereits die lange Zufahrt nach Whisper Cove hinunter. Wir können ihn von dort, wo wir alle am Fuße des Amphitheaters stehen, nicht sehen, aber es ist unmöglich, ihn jetzt nicht zu hören.

Es ist das lauteste Geräusch, das ich mir vorstellen kann.

Es zerreißt mir das Hirn, und ich bin für einen Moment wie erstarrt. Ich frage mich, ob sie wegen mir gekommen sind.

Bin ich ertrunken, ohne es zu merken?

Bin ich endlich tot?

Vielleicht bilde ich mir diesen Kreis nur ein. Die Wärme des Bühnenlichts. Und Willas Stimme. Cole. Und Lex. Vielleicht träume ich von ihren Händen in meinen, während ich auf den Grund des Sunds sinke und vergehe. Diesmal für immer.

Aber dann zerstreuen sich alle, und ich werde mitgerissen. Und Willa schreit: »Wartet! Bleibt ruhig, meine Lieben!« Aber es ist zu spät. Wir rennen alle in Richtung Bauernhaus. Der Krankenwagen steht in der Einfahrt. Die Sirenen schweigen jetzt. Die Lichter blinken noch.

»Avril!« Cole ruft meinen Namen, aber ich habe ihn in der Aufregung aus den Augen verloren, also folge ich der Menge einfach zur Rückseite des Hauses. Zu den Stufen der Meeresveranda.

Lex greift nach meiner Hand, zieht mich zu sich. Und wir schieben uns durch die Gruppe, bis wir ganz vorne stehen. Wir starren auf die Szene, die sich im Mondlicht abspielt. Wie etwas aus einer griechischen Tragödie.

»Oh mein Gott!« Jude sinkt auf die Knie. Er hält sich die Hände vor das Gesicht. Er versucht, es zu verdrängen. Denn das ist der Stoff, aus dem Albträume sind.

George steht unten an der Treppe und schimpft auf uns ein. »Mein Gott! Geht zurück«, knurrt er. »Bleibt verdammt noch mal zurück! Ihr alle.«

»George!« Die Menge teilt sich jetzt für Willa wie das Rote Meer. Sie hat wilde Augen und ist außer sich. Ich habe sie noch nie so gesehen. »Was ist …?«

Sie bleibt stehen, als sie sieht, was wir sehen. Ich höre sie keuchen. Dann würgt sie.

Glory liegt auf dem verwitterten Holz der Meeresveranda. Ich kann nicht aufhören, ihre nassen Locken anzustarren. Den durchnässten weißen Pullover. Ihre starrenden Augen und den unnatürlichen Winkel ihrer Arme und Beine. Die Sanitäter sind über sie gebeugt und arbeiten mit einer Intensität und Konzentration, die mir alles sagt, was ich über den Ernst der Lage wissen muss. Einer von ihnen führt eine Herzdruckmassage durch. Ich kann nicht sehen, was die anderen tun. Ihre Körper versperren mir die Sicht. Und ich bin froh darüber.

Einige der anderen weinen jetzt. Sie halten sich die Hände vor den Mund. Sie klammern sich aneinander. Ein paar beten laut. Aber ich stehe einfach nur da, stumm und starr. Cole auf der einen Seite von mir und Lex auf der anderen. Sie halten beide wieder meine Hände. Aber dieses Mal weiß ich, dass ich nicht träume.

»Was ist passiert?« Willas Stimme durchbricht das Chaos. Sie hat ihre Kontrolle jetzt wiedererlangt. Ihre Gelassenheit.

»Ich habe sie unten am Steg gefunden«, sagt George. »Ich hatte ein kleines …« Er hält inne. Es scheint ihm fast peinlich zu sein. »Ich wollte nur eine Raucherpause machen, das ist alles. Und dieser weiße Pullover von ihr. Er fing das Licht ein. Hat meine Aufmerksamkeit erregt. Genau wie …« Er hält wieder inne. Er nickt in meine Richtung. »Also habe ich sie aus dem Wasser gezogen. Brachte sie hierher und rief um Hilfe.«

Hinter ihm kümmern sich die Sanitäter immer noch um Glory. Sie laden sie auf eine Trage und bringen sie weg. Eine von ihnen schaut über ihre Schulter zu Willa. »Ma'am, würden Sie die Jugendlichen hier wegbringen? Wir brauchen freie Bahn.«

Willa klatscht in die Hände. Als würde sie den Beginn einer Probe ankündigen. »Alle in ihre Hütten«, ordnet sie an. Niemand rührt sich, also klatscht sie erneut. Der musikalische Klang dieser klimpernden Armbänder dringt in meine Ohren. »Nun, meine Lieben. Heute Abend könnt ihr nichts mehr für Glory tun.« Sie wirft dem reglosen Körper auf der Trage einen Blick zu. »Es gibt nichts, was jemand von uns tun könnte.« Die Menge beginnt sich zu zerstreuen. Alle bewegen sich langsam. Sie gehen nur widerwillig. Sie wischen sich über die Augen. Halten sich aneinander fest. Sie flüstern. Sehen über ihre Schultern zurück. »Morgen ist um sieben Uhr Frühstück«, erinnert Willa. »Dann werden wir über alles reden. Gemeinsam.«

Ich schätze, die Show muss weitergehen.

Die meisten anderen gehen zurück zu den blauen Hütten, wie Willa es angeordnet hat. Aber Cole zieht mich in Richtung des versteckten Theaters. Lex, Val und Jude laufen hinter uns her. Wir fünf suchen Schutz in den Ästen des riesigen Baumes, während wir zwischen den Blättern hindurchspähen und beobachten, wie Glory in den wartenden Krankenwagen verladen wird. Die Sirene heult wieder auf, und sie fahren die Einfahrt hinunter.

Wir lauschen, bis der Lärm verklungen ist, und dann ist es ganz still.

So tödlich still.

»Was glaubt ihr, was passiert ist?«, fragt Lex schließlich. »Eine Art Unfall?«

»Ich weiß es nicht.« Jude klingt so gebrochen. Ich erinnere mich daran, wie herzlich er und Glory sich an unserem ersten Morgen umarmt haben. »Das ergibt keinen Sinn. Was hätte sie unten am Strand machen sollen? In der Nacht. Allein.«

»Es war kein Unfall«, sagt Cole. »Sie hat sich selbst ertränkt, glaube ich.« Alle drehen sich um und starren ihn an. Seine Augen sind schwarz, und seine Stimme klingt seltsam.

»Nein«, sagt Val. »Lass das, Cole. Mach nicht eine deiner Geistergeschichten daraus. Das verdammte Geflüster. Ich kann nicht …«

»Nein.« Cole schüttelt den Kopf. »Das ist es nicht. Ich glaube, sie wollte einfach nur sterben.« Jetzt sieht er mich an.

»Weshalb?« Jude schüttelt den Kopf. »Warum, zum Teufel, sollte Glory sich umbringen?«

»Versucht haben, sich umzubringen«, fleht Lex. »Wir wissen nicht, ob …«

»Aber warum?«, fragt Jude erneut. »Ich versteh's nicht.«

»Schuldgefühle«, sage ich ihnen. Und ich kann ihre Verwirrung spüren. Ich weiß nicht genau, ob ich bereit bin, es vor der ganzen Gruppe laut zu sagen. Aber ich sehe keinen Grund mehr, das Geheimnis zu wahren. Also lasse ich die Worte heraus. »Weil sie meine Mutter ermordet hat.«

Es herrschen einige Momente fassungslosen Schweigens. Ich sehe Lex, Jude und Val, die alle versuchen, aus dem, was ich gerade gesagt habe, einen Sinn zu ziehen. Aber es gelingt ihnen nicht. Wie denn auch? Also informiere ich sie über alles, was ich weiß. Dass Glory in meine Mutter verliebt war. Der Streit bei ihr zu Hause. Wie ich mich unter ihrem Picknicktisch versteckt habe. Wie meine Mutter sagte, sie würde gehen. Dass sie nicht bleiben kann. Nicht einmal aus Liebe. Dann der ominöse Klang von Glorys Windspiel. Es ist eins der letzten Dinge, an die ich mich erinnere, bevor die Welt schwarz wurde. »Sie konnte sie nicht gehen lassen. Also hat sie sie getötet. Sie hat sie von der Klippe hinter Willas Haus geworfen. Das ist die einzige Antwort, die Sinn ergibt.«

»Und sie hat dich ihr hinterhergeworfen«, sagt Lex. Er blinzelt. Versucht, sich zu fangen. »Heilige Scheiße, Av! Oh mein Gott! Av.« Er zieht mich in seine Arme und plötzlich ist alles zu viel. Ich fange an zu schluchzen. Lex wiegt mich hin und her. Er streichelt mein Haar und macht beruhigende Geräusche in mein Ohr.

»Ich glaube, sie hat neulich versucht, es mir zu sagen«, würge ich hervor. Ich erinnere mich an das letzte, seltsame Gespräch mit Glory im Amphitheater. »Aber sie konnte es nicht.«

»Sie wollte, dass du es weißt.« Coles Stimme durchbricht den Nebel. »Deshalb hat sie dir das grüne Notizbuch gegeben. Deshalb ließ sie dich das zweite bei ihr finden.« Er hält inne. Greift in der Dunkelheit nach mir. Ich lasse zu, dass er mich von Lex wegzieht und mich festhält. Weil ich weiß, dass er diesen physischen Anker braucht, um nicht abzudriften. Er braucht mich. »Deshalb hat sie dir den Lavendel gegeben. Sie hat versucht, diese Erinnerungen auszulösen. In der Hoffnung, dass du es herausfinden würdest.«

»Warum?«, will Val wissen. »Warum sollte sie wollen, dass jemand herausfindet, was sie getan hat?«

Coles Antwort ist so einfach. So ehrlich. »Weil sie müde war.«

»Aber Glory war – sie ist – sie war – verdammt!« Jude reibt sich frustriert die Augen. »Sie war so süß. Wisst ihr? Wie konnte sie …« Er hält inne. Schüttelt den Kopf. »Wie konnte sie nur so etwas tun?«

»Sie wurde *anders*«, sagt Val. »Was auch immer in der letzten Nacht zwischen ihr und Avrils Mutter vorgefallen ist, sie hat zugelassen, dass es sie in jemand anderen verwandelt. Jemand, den wir nicht wiedererkennen würden. Jemand, den sie wahrscheinlich nicht einmal selbst erkannt hat.«

Ich denke an dieses Zitat aus *Hamlet.* Willas Lieblingszitat. Ein Satz von einem Mädchen, das zum Ertrinken verurteilt ist. Unser Thema für diesen Sommer.

Wir wissen, was wir sind, aber nicht, was wir sein können.

Warum war mir nie in den Sinn gekommen, dass Menschen manchmal zu etwas Dunklem, Verdrehtem und Geheimem werden. Etwas, das nichts weiter ist als ein Schatten dessen, was sie einmal waren.

»Ich verstehe immer noch nicht genau, was in dieser Nacht passiert ist.« Judes Stimme ist heiser. Sie ist von Tränen durchzogen und voller Trauer und Verwirrung. »Nach dem Streit, an den du dich erinnert hast.«

»Wie seid ihr drei auf Willas Grundstück gelandet?«, fragt Lex.

»Weiß ich nicht«, gebe ich zu. »Es fehlen viele Details.«

Ich weiß nicht genau, was in diesen letzten Stunden passiert ist. Oder Momenten. Zwischen dem tödlichen Geklimper der Windspiele und George, der mich aus dem Meer zog.

Ich weiß nicht, wer B.C. ist.

Ich weiß eigentlich gar nichts, außer dass meine Mutter tot ist. Und jetzt ist die einzige Person, die echte Antworten hat, wahrscheinlich auch tot.

Es ist spät, und die Temperatur ist gesunken. Wir frösteln

alle. Sind durchnässt. Betäubt von der Kälte. Und von dem, was wir gerade gesehen haben. Jude sagt, wir sollten ins Bett gehen. Versuchen, etwas zu schlafen. Immerhin haben wir morgen eine Show.

Cole hält meine Hand, während wir wie eine Schar von Geistern zwischen den Ästen der Bäume hindurchgleiten. Niemand gibt einen Laut von sich. Doch kurz bevor ich ins Freie trete, ertönt das Nebelhorn leise und traurig in der Dunkelheit. Ich werfe einen Blick über meine Schulter zurück.

Und da sind sie. So echt.

Eine schlanke Frau mit eisblondem Haar, das ihr ins Gesicht fällt. Und eine andere Frau. Kleiner. Schmächtiger. Ihr Haar ist eine Masse von widerspenstigen Locken. Sie sitzen so eng aneinandergedrückt. Nicht einmal der Nebel hat genug Platz, um zwischen sie zu schlüpfen. Glory sagt etwas, und meine Mutter lacht, während sie mit ihren langen Fingern durch die wilden Locken fährt. Jetzt kichern sie beide. Die Stirnen berühren sich. Nase an Nase. Ich halte den Atem an und warte auf den Kuss, von dem ich weiß, dass er kommen muss. Und ich sehe, wie sie miteinander verschmelzen, als sich ihre Lippen treffen.

Genau wie ich und Cole.

»Avril?« Cole wartet auf mich. Er hält einen der kleinen Zweige zur Seite, damit die nassen Blätter nicht mein Gesicht streifen. »Bist du okay?«

»Ja.« Ich drehe mich zu ihm um, und als ich einen Blick über meine Schulter zurückwerfe, ist das versteckte Theater leer.

Die Erinnerungsgeister sind verschwunden.

Aber ich weiß, dass sie noch da sind. Auch wenn ich sie nicht sehen kann. Denn ich beginne zu verstehen, dass niemand Whisper Cove jemals wirklich verlässt.

Es ist schon schwer genug für die Toten zu entkommen, aber für die Lebenden ist es noch schwieriger.

AKT III: SZENE 9

Cole führt uns alle zurück zu den Hütten. Der Gestank von Nutztieren liegt in der Luft, und wir gehen um den Zaun herum, der nicht da sein sollte. Val greift nach meiner Hand, als sie das Grunzen der Schweine hört.

»Ich habe Angst«, flüstert sie, und ich drücke ihre Finger. Ich hoffe, dass sie dadurch weniger Angst hat. Denn die Schweine sind nur ein Schatten.

Die wirkliche Gefahr in Whisper Cove ging schon immer von den Menschen aus Fleisch und Blut und ihren Geheimnissen aus.

Am nächsten Morgen versammelt Willa uns alle vor dem Frühstück auf der Veranda des Bauernhauses. Ich versuche, in ihrem Gesicht zu lesen, um herauszufinden, was sie uns erzählen will. Über Glory. Aber ihre Augen geben keinen Aufschluss. Sie wirft uns allen einen langen Blick zu, bevor sie spricht. »Ich habe gerade mit dem Krankenhaus telefoniert«, erzählt sie uns. Und es ist ein seltsames Gefühl. Zwei Dutzend Menschen, die alle gleichzeitig den Atem anhalten. »Seit heute Morgen ist Glory außer Lebensgefahr. Die Ärzte sind optimistisch.« Ein kollektiver Seufzer der Erleichterung ertönt, und ich weiß plötzlich nicht mehr, wie ich mich fühlen soll. Cole greift nach meiner Hand. »Sie ist noch nicht über den Berg.« Willa schließt die Augen und konzentriert sich, bevor sie fortfährt. »Aber ich denke, wir können hoffnungsvoll sein. Und so wird die Show heute Abend weitergehen. Zu Glorys Ehren.« Lex sieht mich an, aber ich kann nur Willa anstarren. »Ihr habt alle so hart gearbeitet, und ich weiß, sie hätte gewollt, dass ihr diesen Abend erlebt.« Sie versucht zu lächeln. »Das ist der Moment eurer *Metamorphose*.«

Beim Frühstück ist es seltsam still. Dabei hätten heute Morgen alle so aufgeregt sein müssen. Die Cafeteria sollte vor lauter Vorstellungs-Adrenalin vibrieren. Aber jetzt hängt diese Wolke über allem.

Irgendwie fühle ich mich jedoch seltsam ruhig. Denn ich kenne meine Mutter auf eine Art und Weise, wie ich es nie getan hätte, wenn ich nicht nach Whisper Cove gekommen wäre. Ich spüre, dass sie jetzt bei mir ist, fast immer. Und ich glaube, das ist etwas, das ich mit nach Hause nehmen werde. Dieses Gefühl der Verbundenheit mit einem Teil von mir, den ich auf dem Meer verloren glaubte. Jetzt kann ich nur noch die Dinge loslassen, die ich noch nicht weiß, und hoffen, dass Glory auf die eine oder andere Weise für ihre Taten bezahlen wird.

Und darin liegt eine Art von Freiheit.

Irgendwie überstehen wir alle den Rest des letzten Tages, und noch bevor ich blinzeln kann, stehe ich in der Umkleidekabine im hinteren Teil der Scheune und schlüpfe in ein einfaches weißes Kleid. Val hilft mir, es im Rücken zu binden, und dann steht sie auf und starrt mich im Spiegel an. Sie bedeckt ihren offenen Mund mit den Händen.

»Stimmt etwas nicht?«, frage ich sie, aber sie schüttelt den Kopf.

»Es ist alles in Ordnung. Du bist nur … sie.« Dann wirft sie ihre Arme um meinen Hals. »Hals- und Beinbruch heute Abend«, sagt sie zu mir. »Ich hab dich lieb.«

Und ich umarme sie ganz fest. »Ich hab dich auch lieb«, sage ich.

Ich stelle mein Make-up fertig und kämme mein Haar zurück.

Dann stehe ich hinter der Bühne und halte Händchen mit Lex.

»Du bist wunderschön«, sagt er zu mir. »Einfach umwerfend.«

»Das bist du auch«, antworte ich. Und ich meine das so sehr. Ich habe noch nie jemanden wie Lex getroffen. Er brennt förmlich vor Liebe, Wahrheit und Neugierde, und ich war im letzten Monat so dankbar für seine Freundschaft und sein Licht.

Dann entdecke ich Cole. Er versteckt sich in den Schatten. Er wartet. Also gehe ich zu ihm, und wir stehen Seite an Seite.

Die Musik vor der Show wird leiser, und Willa betritt unter tosendem Applaus die Bühne. Sie verbeugt sich. Erhebt ihr Gesicht in den Nachthimmel. Sie ist die freundlichste Gastgeberin, heißt das Publikum willkommen und sagt, dass die heutige Show jemand ganz Besonderem gewidmet ist. Einem beliebten Mitglied der Whisper-Cove-Familie, das uns heute Abend sehr am Herzen liegt. Ich bin überwältigt von ihrer Anmut. Ihrer Gelassenheit. Ihrer stählernen Stärke.

Wenn ich alles werden könnte, würde ich das für mich wählen.

»Jemand hat den Schriftzug wieder aufgemalt«, flüstert Cole. »An der Rückwand der Kulissenwerkstatt.«

Den Namen meiner Mutter. Und diese blutroten Worte. *Was das Meer will, wird das Meer bekommen.*

»Warum?«, frage ich. »Ich weiß nicht …«

»Sie glauben, es war der Fluch. Was mit Glory passiert ist. Das Geflüster. Eine weitere Tragödie in Whisper Cove.«

»Das war es nicht«, sage ich zu ihm. »Niemand hat Glory ins Meer gerufen. Das ist nicht …«

»Nein.« Er greift nach meiner Hand. Drückt sie fest. »Ich weiß. Die Einzige, die Glory verflucht hat, war Glory.«

Er beugt sich hinunter, um mir einen Kuss auf den Scheitel zu drücken, und ich habe diesen plötzlichen Anflug von Angst. Fast wie eine Vision. Oder eine Vorahnung.

Heute Abend wird etwas Schreckliches passieren. Mir.

Oder Cole.

Aber ich habe keine Zeit, darüber nachzudenken, denn die Lichter gehen aus, und ich gehe auf meinen Platz.

Ich setze mich auf die Bank in der Mitte der Bühne und entledige mich meiner Avril-Haut, so wie man einen Bademantel ablegt, bevor man unter die Dusche geht. Ich lasse zu, dass die Eden-Gedanken die Avril-Gedanken ersetzen, und ich nehme all die Stellen wahr, an denen sie sich überschneiden. Ich lasse die Grenzen miteinander verschmelzen.

Ich sitze auf der Bank und warte darauf, dass Cole mich findet.

Denn er wird es tun. Er tut es immer.

Das ist der einzige Gedanke, den ich behalte. Die anderen lasse ich verwehen wie Asche, die im Wind aufsteigt.

Ich warte auf Cole.

Ich warte immer darauf, dass Cole Culver mich findet.

Immer.

Dann geht das Licht an. Und los geht's.

Die Show läuft so gut. Das Publikum frisst uns aus der Hand. Und es fühlt sich so gut an, denn jede einzelne Minute, Szene für Szene, verliebe ich mich immer wieder aufs Neue in Cole. In dieses dunkle, gewellte Haar. Und diese grauen Augen. Als wir zu der Tanzszene kommen, in der Eden zugibt, dass sie verliebt ist, weiß ich nicht, wer von uns beiden sich mehr in ihn verliebt hat. Ich. Oder sie. Aber ich weiß, wenn Eden es Orion sagt, dann sage ich es auch Cole.

Ich fühle mich so offen. Als ob jeder Teil von mir entblößt wäre. Und das ist das tollste Gefühl. Auf diese Weise im Rampenlicht zu stehen. Keine Geheimnisse. Kein Verstecken im Dunkeln.

Aber das Stück zu spielen ist auch seltsam. Denn jedes Mal, wenn ich diesen Song – Edens Melodie – höre, zerrt er ein bisschen stärker an meinem Verstand. Es ist, als wären meine Erinnerungen Fäden, und statt an den Gitarrensaiten zu zupfen, zieht Cole jedes Mal an diesen Fäden, wenn er zu spielen beginnt. Er löst mich auf, Stück für Stück. Während des gesamten ersten Aktes wird die Sehnsucht nach meiner Mutter mit jedem Akkord des Liedes stärker und stärker. Ich spüre, wie die Wahrheit aufsteigt und immer näher an die Oberfläche kommt. Ich kann mich beinahe hinunterbeugen und sie greifen.

Beinahe.

Aber dann sinkt sie wieder außer Reichweite.

Ich kann mich aber nicht auf das Erinnern konzentrieren. Ich kann mich nicht auf mich konzentrieren. Nicht jetzt. Ich muss mich auf Eden konzentrieren. Ich kann meinen Verstand nur im Hintergrund arbeiten lassen.

Und vielleicht ist das der Grund, warum es mir endlich einfällt. Weil ich einfach in den Noten dieses Liedes lebe. Es erlebe. Nicht versuche, mich zu erinnern. Ich versuche nicht, es zu erzwingen.

Mitten in der Szene des Ertrinkens trifft es mich. Die Musik ist in diesem Moment so laut, weil Cole sie nicht auf der Gitarre spielt. Sie wird durch die Lautsprecher gepumpt, direkt in meinen Kopf.

Ich tanze am Rande des Flusses, als es mich überrollt. Wie eine wilde Welle.

Und ich bleibe wie angewurzelt stehen. Ich bin wie erstarrt.

Meine Mutter deckt mich nachts zu. Das Bett ist warm und gemütlich. Sie legt sich neben mich und streichelt meinen Rücken. Und sie summt dieses Lied. Die Melodie von Eden.

Eden.

Der Lieblingsname meiner Mutter.

Plötzlich erinnere ich mich an hundert Nächte. Die Erinnerungen prallen wie Wellen auf mich ein. Eine nach der anderen. Hundert Umarmungen und Küsse. Die Hand meiner Mutter auf meinem Rücken. Das Lied an meinem Ohr.

Wieder und wieder. Tausend Variationen der gleichen Melodie.

Ich bewege mich jetzt wieder. Ich drehe mich und tanze, wirbele herum. Und das Geräusch des rauschenden Wassers wird in meinen Ohren immer lauter.

Erinnerungen überfluten mein Gehirn.

Meine Mutter hebt mich über den Kopf und wirbelt mich herum.

Meine Mutter fegt den Küchenboden.

Meine Mutter wäscht mir die Haare.

Und summt. Und summt. Und summt.

Immer das gleiche kleine Stückchen der gleichen eindringlichen Melodie.

Ich erinnere mich an etwas, das Glory zu mir sagte. Darüber, was für ein musikalisches Gespür meine Mutter hatte. Wie sie immer gesungen hat. Wie sie immer originelle Melodien in ihrem Kopf komponierte und herumlief und sie vor sich hin summte. »*Niemals ganze Lieder*«, sagte Glory zu mir. »*Nur die wunderbarsten kleinen Schnipsel.*«

Es kommen immer mehr Erinnerungen.

Und sie kommen und kommen und kommen.

Das Wasser wird höher.

Und die Musik wird lauter.

Bis der Damm bricht und ich weggeschwemmt werde.

Und die Welt wird dunkel.

Ich stolpere von der Bühne und in Coles Arme. Er wartet im winzigen Backstagebereich auf mich, und er legt seine Arme fest um mich. Ich ringe nach Luft. Ertrinke. Ersticke. An Wasser. Und an Erinnerungen. »Atme«, sagt er zu mir. »Ich werde nicht loslassen. Ich verspreche es. Atme einfach.«

Aber ich entwirre mich und löse mich von ihm. Denn ich habe nur diese eine Szene. Die von der Beerdigung. Zwischen Orion und Anya. Cole und Val. Und dann muss ich zurück auf die Bühne.

Ich bahne mir einen Weg durch die anderen, die darauf warten weiterzumachen. Die Beerdigungsmenge. Eins der Mädchen hält ein Textbuch in der Hand. Sie geht ihren Text durch. Aber ich reiße es ihr aus der Hand. »Hey!«, zischt sie, aber ich bin schon auf dem Weg zum Requisitentisch. Ich halte das Skript ins Licht und blättere zur ersten Seite, auf der die Produktionsinformationen stehen.

Und verdammt. Da ist es. Genau da.

Ich habe den Schlüssel die ganze Zeit in meinem verdammten Rucksack mit mir herumgetragen. Fast mein ganzes gottverdammtes Leben.

Midnight Music wurde erstmals am Whisper Cove Theatre unter dem Originaltitel *Before the Chaos* aufgeführt.

B.C.

Vor dem Chaos.

Meine Mutter hat nicht versucht herauszufinden, wie sie eine Affäre beenden sollte. Sie versuchte herauszufinden, wie sie ein Stück beenden sollte.

»Av?« Lex steht hinter mir und sieht mir über die Schulter. »Alles in Ordnung?«, flüstert er. Aber ich kann mich nicht bewegen. Oder sprechen. »Av?«, drängt er.

»Willa Culver hat dieses Stück nicht geschrieben«, sage ich zu ihm. Ich denke an das Bild von meiner Mutter. Über den Laptop gebeugt. Mit leuchtenden Augen. Und an all die anderen B.C.-Notizen in dem blauen Notizbuch.

Liebe ist nicht genug.

Keine Versprechungen.

Einsam. Geheimnisvoll. Leidenschaftlich.

Und all die anderen.

Es sind Charakterskizzierungen. Notizen zur Handlung.

Keine Liebesbriefe.

»Wie bitte?«, flüstert Lex. »Wovon redest du?« Er denkt eindeutig, ich hätte den Verstand verloren.

»Meine Mutter war es.«

Ich dränge mich an Lex vorbei. Ich steuere auf den Seitenausgang zu.

Sobald ich mich von der Helligkeit der Bühne wegbewege, merke ich, wie der Nebel aufzieht und mich zu ersticken droht. Aber das ist mir egal. Ich bewege mich bereits durch die Dunkelheit in Richtung des Bauernhauses. Der Nebel ist jetzt so dicht, aber irgendwie finde ich den kleinen Pfad, der in den Wald führt, zum Haus der Culvers. Und als ich auf Whisper Cove zurücksehe, sind die Lichter des Amphitheaters verschwunden. Alles, was ich sehe, sind leere Häuser. Dunkel und menschenleer. Tot. Kein Rauch, der sich aus den Schornsteinen kräuselt. Keine Kerzen, die in den Fenstern flackern.

Wäsche flattert auf den Leinen.

Gemüse verrottet in den Gärten.

Und dann steige ich durch den Wald hinauf. Ich renne zur Küchentür. Willa ist im Amphitheater, ich weiß. Und Brody auch. Cole. Sie alle. Aber ich habe nur ein paar Minuten Zeit, bevor sie alle merken, dass ich weg bin, und *Midnight Music* zum Erliegen kommt.

Die Küchentür ist nicht verschlossen. Ich wusste, sie würde es nicht sein. Ich stoße sie auf und eile zu dem kleinen Gemälde. Das mit den Musen. Das Mädchen mit den vielen Rissen.

Das mich so sehr an mich selbst erinnert.

Ich nehme es von der Wand und drehe es in meinen Händen um. Und auf der Rückseite steht eine Inschrift.

Für Willa,

danke, dass du mich zum Schreiben ermutigt hast. Du wirst immer meine beste Freundin und meine größte Inspiration sein. Ich liebe dich für immer und ewig!

Nicole

Das Bild landet klappernd auf dem Boden. Und schon bin ich unterwegs ins Wohnzimmer. Ich durchsuche die Regale nach weiteren Hinweisen. Aber irgendetwas sagt mir, ich solle oben nachsehen. In Willas Schlafzimmer. Wenn sie noch andere Beweise versteckt hat, werden sie sicher dort sein.

Ich steige die Treppe hinauf und stehe im Flur. Ich weiß nicht, welche Zimmer welche sind. Ich weiß nicht einmal, welches Coles ist. Ich betrachte den Holzboden, und in der Mitte ist ein abgewetzter Pfad zu sehen. Er führt von einem Ende des Flurs zum anderen. Als ob jemand jahrelang hin- und hergelaufen wäre.

»Sie läuft nachts herum.«

Ich fahre herum, und Cole steht am oberen Ende des Treppenabsatzes. Er sieht auf den abgewetzten Pfad auf dem Boden hinunter. »Ich höre sie hier draußen die ganze Zeit. Sie läuft hin und her.« Er hebt seinen Blick und sieht mich an. »Ich … Wir schlafen nicht.«

Ich erinnere mich an diese seltsame Nacht in der Bibliothek. Willa schlafwandelte. Sie riss Bücher aus den Regalen. Auf der Suche. Sie wollte etwas finden.

Ich frage mich, ob sie vielleicht nach den Notizbüchern meiner Mutter gesucht hat. Sie muss doch gewusst haben, dass sie existieren. Dass sie voller Hinweise waren.

Der Gedanke, dass sie irgendwo da draußen sind, muss sie gequält haben.

Ich sehe an Cole vorbei zu dem großen Panoramafenster am Ende des Flurs. Der perfekte Blick über den hohen Zaun und auf die Klippen dahinter.

»Wusstest du es?«, frage ich ihn. »Wusstest du, dass sie *Midnight Music* von meiner Mutter gestohlen hat?«

»Nein.« Cole sieht aus, als hätte ich ihn geohrfeigt. »Ich schwöre es. Ich hatte keine Ahnung. Nicht, bis Lex mich beiseitegezogen und mir erzählt hat, was du heute Abend gesagt hast. Bevor du abgehauen bist.« Ich weiß nicht, ob ich ihm glauben soll. Ich möchte ihm glauben. Aber alle in Whisper Cove sind so aalglatt. Sie gleiten mir alle durch die Finger wie der verdammte Nebel. Ich kann niemanden hier festhalten. Sie wandeln und verändern sich vor meinen Augen. »Aber jetzt ergibt alles einen Sinn. Wie sie es so schnell geschrieben hat. Und wir wussten nicht – niemand wusste –, dass sie überhaupt an einem Stück gearbeitet hat. Dass sie nie wieder etwas geschrieben hat. Nicht ein einziges verdammtes Stück. In all diesen Jahren.«

Ein Gedanke verschlägt mir plötzlich den Atem. »Hat sie meine Mutter umgebracht? Damit sie ihr Stück stehlen kann?« Ich muss mich gegen die Wand lehnen, um mich auf den Beinen zu halten.

Hat Willa Culver mich ertränkt?

Wollte Glory, dass ich das herausfinde? Hat sie mir deshalb so viele Hinweise gegeben?

»Ich weiß es nicht«, gibt Cole zu. Und das ist nicht die Antwort, die ich wollte. Ich wollte, dass er sagt, dass der Diebstahl eines Stücks seine Mutter nicht zum Mörder macht. Denn ich liebe Willa. Ich liebe sie so sehr. Aber er wiederholt nur wieder diese vier Worte. »Ich weiß es nicht. Ich war an dem Abend nicht da.«

»Du warst dabei«, sage ich zu ihm. Meine Stimme wird immer lauter. Ich bin jetzt außer mir. Will verzweifelt eine Antwort. Etwas, das dem Ganzen endlich ein Ende setzt. »Du hast diesen Zaubertrick für mich gemacht. Den mit dem Meerglas und der Taschenlampe, und …«

»Nein. Das ist etwas, dessen ich mir absolut sicher bin, Avril. Ich war nicht dabei, als deine Mutter starb. Als du …«

»Cole. Du hast gesagt, ich soll mir die Sterne ansehen.«

»Nein.« Er klingt so sicher. »Ich war nicht dabei. Und ich habe diesen Teil davon nie gesehen. Den Schatten davon. Oder die Erinnerung. Also weiß ich es nicht. Ich weiß nicht, was passiert ist.« Er greift nach mir, aber ich weiche zurück.

»Oh mein Gott«, flüstere ich. »Cole.« Denn jetzt, wo ich es gesagt habe, weiß ich, dass es wahr sein muss. Was hätte Willa Culver für eine Chance getan, außergewöhnlich zu werden? Was hätte sie an sich gerissen? Wen hätte sie weggeworfen, um es zu bekommen? Oder um es zu behalten?

Cole erstarrt. Er legt einen Finger an seine Lippen. »Riechst du das?«, flüstert er. Und es fühlt sich an wie ein Déjà-vu. Aber es ist nicht der Geruch von Pferden. Oder von Schweinen.

Es ist nicht der Geruch der Vergangenheit, der in unsere Nasen steigt.

Es ist der Geruch von Benzin. Hier. In der Gegenwart.

»Wir müssen hier raus«, flüstere ich. »Sofort.«

In diesem Moment höre ich Stimmen unter uns. Sie lachen. Ein Junge und ein Mädchen. Cole nimmt meine Hand in seine, und wir schleichen die Treppe hinunter.

Auf dem Fernseher läuft ein Video. Der kleine Cole und die kleine April kichern am Rande der Klippe. Die Dämmerung setzt ein. Es ist fast dunkel. »Vorsicht!« Das ist Glorys Stimme aus dem Hintergrund. Sie ist immer nervös. Immer vorsichtig. »Geht nicht zu nah ran«, warnt sie. »Das ist gefährlich.« Sie packt Cole an der Hand, als er zu weit von ihrer Seite weicht. Dann schwenkt sie nach rechts, und Willa steht am Rande der Klippe. Ihr langes, dunkles Haar weht wild im Wind. In einer Hand hält sie eine Taschenlampe, und ich stehe wie gebannt in ihrem Wohnzimmer, als sie eine Handvoll Meerglas aus ihrer Tasche zieht. Sie wirft es in die Dunkelheit und trifft es mit dem Strahl der Taschenlampe.

»Seht euch die Sterne an«, sagt sie, und wir quietschen vor Freude.

Ich. Cole. Glory. Weil Willa pure Magie ist.

Der Geruch von Gas beißt in meiner Nase.

»Den Trick hat dir deine Mutter beigebracht«, flüstere ich. Und Cole nickt. »Sie war in jener Nacht dort. Nicht du. Nicht dein Vater. Nicht George. Nicht Glory.«

Es war Willa.

»Cole!«

Wir wirbeln beide herum, und Willa starrt uns von der Küchentür aus an.

Cole macht einen Schritt in ihre Richtung, aber ich greife nach seinem Arm, um ihn aufzuhalten. Denn ich sehe die Streichhölzer in ihrer Hand.

Und der Raum ist mit Benzin getränkt.

»Sie wird dir nichts tun«, sagt Cole. Aber ich weiß nicht, ob er mit mir redet. Oder mit seiner Mutter.

Wenn er mit mir redet, weiß ich, dass er sich irrt. Denn Willa Culver hat mich schon einmal ermordet. Und es gibt nichts, was sie davon abhalten könnte, es wieder zu tun.

»Raus, Cole«, sagt Willa. Aber Cole rührt sich nicht.

»Mom.«

»Ich sagte: Raus!«, faucht Willa.

»Ich werde nicht gehen.« Zwei schiefergraue Augenpaare, jedes auf das andere gerichtet.

»Alles an Ihnen ist eine Lüge.« Ich spucke die Worte aus wie Gift. »Es gibt nichts Außergewöhnliches an Ihnen. Das haben Sie alles von meiner Mutter gestohlen.« Es überrascht mich, wie sehr es mir wehtut, diese Worte zu sagen. Denn ich wollte so sehr, dass Willa Culver genau die ist, für die sie sich ausgab. Ich war so bereit, sie für das zu lieben, was sie vorgab zu sein. Und ich war so begierig darauf, dass sie mich auch liebt.

»Man kann eine tote Frau nicht bestehlen«, sagt Willa zu mir. Ihre Augen sind so kalt. Wie konnte ich nur denken, sie sähen aus wie Coles Augen? »Das Stück hätte deiner Mutter nichts gebracht.«

»Wie konnten Sie Ihre beste Freundin umbringen?« Meine Zähne sind so fest aufeinandergebissen, dass ich nicht weiß, wie die Worte einen Weg nach draußen finden können. »Sie hat Sie verdammt noch mal geliebt!« Heiße, wütende Tränen laufen mir über die Wangen. Weil Willa Culver mir so viel genommen hat. Sie hat mir meine ganze Welt genommen.

Willa sieht aufrichtig überrascht aus. »Ich habe deine Mutter nicht umgebracht, April. Ich habe nur ein Geschäft angenommen.« Sie lächelt mich an. »Ich kann nicht zulassen, dass du mich vor den Augen meines Sohnes des Mordes beschuldigst.«

»Es war Glory, nicht wahr. Den Teil hatten wir richtig.« Coles Stimme ist so leise. Er klingt so distanziert. Ich greife nach seiner Hand, um mich zu vergewissern, dass er noch da ist. Dass er mir nicht entglitten ist.

»Sie hatten in dieser Nacht einen Streit«, sagt Willa. »Einen heftigen.« Sie spielt mit den Streichhölzern, während sie spricht. Sie hält eines behutsam zwischen ihren Fingern. Reibt den

Kopf nur ganz leicht an der Seite der Schachtel. Sie erinnert uns daran, dass sie jeden Moment eine Flamme entzünden könnte. Wenn sie es wollte. Denn sie ist Willa Culver. Und sie ist außergewöhnlich.

»Nicole hat Glory gesagt, dass sie geht«, fährt sie fort. »Dass es vorbei sei. Alles war vorbei. Nicole kam direkt hierher, nachdem sie Glorys Wohnung verlassen hatte. Brody und ich wollten ihr eine kleine Wohnung in der Stadt besorgen. Nur etwas Kleines. Ein Neuanfang.«

Das kratzende Geräusch des Streichholzes auf der Reibefläche. Eine kaum hörbare Warnung. Eine Erinnerung für uns, dass wir hier nicht das Sagen haben. Dass Willa diese Geschichte erzählt, weil sie es so will. Denn nichts liebt Willa Culver mehr als ein Publikum.

»Aber Glory ist ihr hierher gefolgt. Ich habe gehört, wie sie sich am Rande der Klippe gestritten haben, also bin ich auf die Veranda gegangen, um zu sehen, was da los ist.« Willa reißt endlich das Streichholz an, und Cole und ich holen tief Luft. »Und da habe ich gesehen, wie Glory sie über die Klippe gestoßen hat. Ich glaube nicht, dass sie es absichtlich getan hat. Sie hat es einfach getan.« Willa zuckt mit den Schultern. »Aber es gibt Momente, in denen es kein Zurück mehr gibt. Manche Dinge kann man nicht rückgängig machen.«

»Glory hat dir einen Deal angeboten, nicht wahr?«, sagt Cole. »Sie wusste, dass Nicole an einem Stück arbeitete. Sie wusste, dass es gut war. Dass es etwas Großes sein würde. Und sie hat es dir für dein Schweigen angeboten.«

»Glory hat Sie gekauft«, flüstere ich. Das Streichholz in Willas Hand erlischt. Aber sie hat sofort ein anderes zwischen ihren Fingern.

»Sie bot mir eine Chance. Eine Chance, jemand ganz anderes zu werden.«

»Aber Sie sind ein Monster geworden«, sage ich. »Sie hätten alles werden können. Und Sie haben sich entschieden, eine Diebin und Lügnerin zu werden.«

»Wie ist Avril ins Wasser geraten?« In Coles Stimme liegt so viel Eis, dass er einen Moment lang genau wie Willa klingt. »War das auch Glory? Oder warst du das?«

»Ich wusste nicht, dass sie da war. Erst als Glory wegging.« Willa sieht mich jetzt an. Und für einen kurzen Moment ist da etwas Sanftes in ihren Augen. Etwas Aufrichtiges und Trauriges. »Ich wusste nicht einmal, dass Nicole dich an diesem Abend mitgebracht hatte. Das ist die Wahrheit. Aber dann bist du aus dem Gras aufgetaucht. Und ich wusste, dass du es gesehen hast. Dass du es wusstest. Also habe ich getan, was ich tun musste.«

»Mein Gott! Sie war ein kleines Mädchen.« Cole klingt erstickt. Als ob er gleich kotzen müsste. »War der verdammte Tony es wert?«

Willas Unterkiefer verspannt sich. »Ich habe getan, was ich tun musste. Genauso wie ich letzte Nacht getan habe, was ich tun musste.«

»Sie haben versucht, Glory zu töten.« Die Erkenntnis darüber trifft mich schlagartig. »Sie wollte es mir sagen, stimmt's? Sie konnte nicht mehr damit leben.«

Willa zuckt mit den Schultern. »Ich habe getan, was ich tun musste.« Sie zündet ein weiteres Streichholz an.

»Und was wirst du jetzt tun, wo es so aussieht, als würde Glory überleben?« Es ist Cole, und der Schmerz in seiner Stimme ist fast das Schlimmste an dieser ganzen unergründlichen Nacht. »Wirst du es noch einmal versuchen? Wie oft bist du bereit, jemanden zu töten?«

»Ich werde tun, was ich tun muss. Genau wie ich heute Abend tun werde, was ich tun muss. Was auch immer das ist. Ich werde nicht zulassen, dass mir jemand mein ganzes Leben wegnimmt.«

»Ich war dein Sohn«, sagt Cole. Und ein Wort klingt mir in den Ohren. *War.* »Ich hätte dein Leben sein sollen.« Es liegt so viel Herzschmerz in seinen Worten. »Nicht dieses Theaterstück.«

Willa sieht Cole an. Das Streichholz in ihrer Hand ist erloschen, und ich schiebe meine Hand unter das weiße Kleid. In die Tasche der Shorts, die ich darunter trage. Ich fahre mit meinen Fingern über Coles glatte Glücksbringer. Finde Lex' Feuerzeug.

Willa Culver hat versucht, mich zu ertränken, und es ist ihr nicht gelungen. Jetzt denkt sie, sie kann mich mit Feuer auslöschen. Aber sie kennt mich nicht.

Ich hatte nie Angst vor den Flammen. Ich habe mich immer nach der Verbrennung gesehnt.

»Ich werde euch beide töten«, sagt Willa. »Wenn ich es muss.« Und ich weiß, dass sie es ernst meint. Aber sie wird nicht die Gelegenheit dazu bekommen.

Ich ziehe das Feuerzeug heraus und schnippe es an. Dann packe ich Cole am Arm. »Lauf!«, schreie ich. Und ich schiebe ihn an Willa vorbei. Sie schaut so verblüfft, als ich das Feuerzeug hinter uns auf den Boden werfe und der Teppich mit einem lauten *Wuusch* in Flammen aufgeht.

Cole und ich stürmen durch die Küchentür in die Dunkelheit.

In den Nebel, der so dick wie Schlamm ist.

Und irgendwie entgleitet mir seine Hand.

Ich gerate in Panik, weil die Luft heute Abend nach Ertrinken riecht.

Nicht nach dem Meer.

Oder nach dem Strand.

Es riecht nach Ertrinken. Wasser über dem Kopf. Sein Stechen in der Nase. Tote Dinge und Flüche der Seeleute. Der

Schlamm auf dem Grund. Sein Gestank. Seeungeheuer und Walknochen und Fische, die deine Augen zerfressen.

»Cole!«, flüstere ich. »Wo bist du?«

»Avril!«, sagt er. »Hier drüben.«

Und ich gehe auf den Klang seiner Stimme zu.

Aber ich lasse mich ablenken. Denn der Zaun ist heute Abend weg. Und meine Mutter steht am Rande der Klippe. Sie steht mit dem Rücken zum Wasser, und ihre Augen blitzen hell und wütend. Sie streitet sich mit einer anderen Frau. Jemand mit wilden Locken und noch wilderen Augen. Die gelockte Frau ist außer sich. Sie fuchtelt mit den Armen, und meine Mutter weicht vor ihr zurück. Sie geht einen Schritt zu weit zurück. Zu nah an den Abgrund. Ich sehe, wie sie die Hand hilfesuchend ausstreckt. Aber die Frau mit den wilden Haaren stößt sie hart weg.

Ich höre meine Mutter meinen Namen rufen. »April!«

Und dann ist sie verschwunden. Hat sich in Luft aufgelöst.

Jemand packt mich von hinten, und ich schreie. »Avril. Ich bin's.« Cole wirbelt mich herum und zieht mich an sich. Ich spüre den schnellen Druck seiner Lippen. Seinen warmen Atem auf meiner Haut. »Ich wusste es nicht«, sagt er zu mir. »Ich habe das alles nie verstanden. Nicht bis heute Abend.«

»Ich glaube dir«, sage ich zu ihm.

Ich werfe einen Blick zurück zum Rand der Klippe, und eine weitere Erinnerung spielt sich jetzt ab. Sie ist dunkel, die Formen undeutlich und schwer zu erkennen. Fast wie Schattenpuppen an einer Wand.

Eine Frau mit wehenden schwarzen Haaren steht am Rande der Klippe. Sie starrt hinunter in das schäumende Wasser unter ihr und sucht mit einer Taschenlampe die Wellen ab.

Ein kleines blondes Mädchen taucht aus dem hohen Gras auf. Ihr Gesicht ist tränenüberströmt. Sie weint um ihre Mutter.

Die dunkelhaarige Frau dreht sich um. Auch ihr Gesicht ist tränenüberströmt, aber ihre Augen werden groß, als sie das kleine Mädchen mit dem Strahl der Taschenlampe mitten ins Gesicht trifft. Die Frau erholt sich jedoch schnell. Sie streckt die Hand nach dem Kind aus, und ich höre das Klimpern von zarten Silberarmbändern. Es ist ein schönes Geräusch. Leicht und zart.

Es klingt genau wie die Musik eines Windspiels.

»Cole«, flüstere ich und greife nach seiner Hand.

»Ich sehe sie«, sagt er.

Dann zieht die Frau eine Handvoll von etwas aus ihrer Tasche und schleudert es in die Luft. »Sieh dir die Sterne an«, sagt sie. Und als sie die Taschenlampe in die Dunkelheit richtet, steht der ganze Himmel in Flammen.

Das Mädchen steht und starrt. Weil sie noch nie etwas so Schönes gesehen hat. Die Sterne fallen wie Regen, und es vergisst für einen Moment, dass es Angst hat. Bis die dunkelhaarige Frau es am Handgelenk packt. Sie ruckt kräftig. Einmal. Zweimal.

Cole zieht mich an seine Brust. »Sieh nicht hin«, flüstert er mir ins Ohr. »Du brauchst diese Erinnerung nicht.« Also schließe ich meine Augen fest. Aber ich spüre immer noch, wie ich fliege.

Falle.

»Ich liebe dich«, sage ich zu ihm.

»Ich liebe dich auch«, antwortet er. »Es muss dir also nicht leidtun. Es ist das, was ich will.«

Ich weiß nicht, was er meint.

»Cole …«

Hinter uns geht das Haus der Culvers in Flammen auf. Ich spüre die intensive Hitze. Alles ist jetzt orange gefärbt. Die Luft brennt.

Coles Hände liegen auf meinem Gesicht. »Ich liebe dich über alles. Also wage es nicht, es zu bereuen, wenn ich sterbe.«

»Es ist in Ordnung«, sage ich zu ihm. »Uns geht es gut.«

Er schüttelt den Kopf. »Ich habe es gesehen, Avril. Ich habe mich in hundert verschiedenen Nächten sterben sehen. Hier draußen. Im Nebel. Immer und immer wieder. Aber ich habe es nie verstanden. Es hat nie einen Sinn ergeben. Nicht, bis du aufgetaucht bist. Und dann habe ich dein Gesicht erkannt. In der allerersten Sekunde, als ich dich sah. Und ich wusste, wenn ich mich in dich verliebe, ist alles vorbei. Dass es so enden würde. Für mich.« Er streckt die Hand aus und berührt mein Haar. So sanft. »Aber ich habe es trotzdem getan.« Er fährt mit seinen Fingern meinen Hals hinunter. »Und das war es wert.«

»Wovon redest du?«

»Ich habe immer gewusst, dass ich sterben werde. Ich habe gesehen, wie ich in den Abgrund stürze. Ich habe es mein ganzes Leben lang wie einen Film beobachtet. Ich weiß nicht, wie es passiert. Das habe ich nie gewusst. Weil ich diesen Teil nie sehe. Den Teil, der kurz vorher passiert. Ich sehe nur, wie ich falle. Und ich weiß, dass du da bist. Ich sehe dich. Ich fühle dich. Und ich weiß, dass ich falle, um dich zu retten. Um dich zu beschützen.« Seine Stirn ist an meine gepresst. »Irgendwie weiß ich das. Ich habe es immer gewusst. Also war es immer in Ordnung.«

»Nein«, sage ich, und ich weiß, dass ich hysterisch klinge. »Cole. Nein.«

»Was das Meer will, wird das Meer bekommen.«

»Das ist Blödsinn«, sage ich ihm. »Deine Mutter ist das Meer, Cole. Willa Culver ist das Meer. Sie ist tief, und sie ist dunkel. Und sie ist so verdammt kalt. Sie ist das Ding, das dich verfolgt. Das Ding, das dich in die Tiefe zieht.« Cole sieht mich an, aber irgendetwas in seinen Augen ist bereits verschwunden. »Aber hör mir zu.« Ich flehe ihn jetzt an. »Du kannst gegen sie ankämpfen. So wie du dich immer gegen das Flüstern gewehrt hast. So wie wir es immer bekämpft haben.« Ich halte inne und schlucke mein aufsteigendes Grauen hinunter. »Sie muss nicht gewinnen.«

»Das spielt jetzt keine Rolle«, sagt Cole. »Das hier ist echt. Alles andere ist nur Schall und Rauch. Immer und immer wieder.« Er küsst mich erneut. Der Kuss ist schnell und verzweifelt. Und er lässt mich nach Luft schnappen. »Aber du und ich? Das ist echt. Jedes verdammte Mal. Vergiss das nicht.« Er drückt meine beiden Hände. »Du kämpfst wie verrückt, um dich daran zu erinnern. Das nächste Mal. Okay?«

Ich nicke, und der Nebel verzieht sich. Nur für eine Sekunde.

Cole und ich stehen am Rande der Klippe. Direkt am Rande des Nichts.

Hinter mir ertönt ein Geräusch. Ich drehe mich um, und Willa rennt in meine Richtung. Hat ihre Hände vor sich ausgestreckt.

Und dann versetzt Cole mir einen harten Stoß. Stößt mich zur Seite. Ich falle zu Boden, und Cole tritt an meine Stelle, gerade als Willas Hände seine Brust berühren.

Ich beobachte in Zeitlupe, wie sie beide über die Klippe stürzen.

Willa reißt die Augen weit auf. Sie schnappt nach Luft.

Aber Cole ist voller Frieden.

Und seine Augen suchen ein letztes Mal nach meinen.

Ich beobachte, wie sie wie Sterne fallen und unter der schwarzen Oberfläche des Meeres verschwinden.

Ich starre eine Minute lang. Ich bin hypnotisiert von all dem aufgewühlten Wasser.

Aber dann drehe ich mich um und renne davon.

So viele Menschen füllen jetzt den Culver-Hof. Sie alle stehen da und sehen zu, wie das Haus brennt, angezogen vom Schein der Flammen. Der Rauch und die Sirenen. Ich sehe George, der sich durch die Menge drängt. Und Brody. Er steht da mit diesem fassungslosen Gesichtsausdruck, während die Glut seines perfekten Lebens wie feuriger Schnee um ihn herum herabrieselt.

Ich frage mich, ob er es wusste. Die Abmachung kannte, die seine Frau getroffen hat. Oder ob er es zumindest ahnte.

Ich sehe das rote Haar von Lex. Er sieht mich auch. Und er schreit meinen Namen. Er bahnt sich einen Weg durch die Menge. Er schluchzt und greift nach mir. »Ich dachte, du wärst da drin«, schreit er. Aber ich kann nicht stehen bleiben. Nicht einmal für Lex.

Ich rutsche den Weg zum Strand hinunter.

Ich halte nicht einmal an, um die aufrecht stehenden Steine zu betrachten.

Neuer Schmutz.

Frische Blumen.

Ich kann nicht stehen bleiben. Nicht, bis ich am Strand bin.

Willa liegt mit dem Gesicht nach unten an der Wassergrenze. In der Nähe des Stegs. Ihr langes, dunkles Haar schwebt um sie herum.

Und zuerst denke ich, dass sie sich bewegt, aber dann wird mir klar, dass es nur der Rhythmus der Wellen ist. Es sieht aus wie Atmen.

Cole liegt auf dem Rücken, nicht weit von seiner Mutter entfernt.

Das Wasser hat sie zusammen nach Hause gebracht, und einen Moment lang bin ich neidisch. Denn für meine Mutter und mich hat es das nicht getan.

Ich lasse mich im kalten Wasser auf die Knie fallen. Ich wiege Coles Kopf in meinem Schoß. Ich schluchze.

Ich streiche ihm das schöne dunkle Haar aus den Augen.

»Av?« Es ist Lex. Er steht hinter mir am Strand. Vorgebeugt. Die Hände auf seinen Knien. Er atmet schwer. Val und Jude rennen den Strand entlang auf uns zu. Sie sind meinetwegen hier. Alle drei. Um sich zu vergewissern, dass es mir gut geht. Und der Klang von Lex' Stimme – verwirrt und verängstigt und so voller Liebe – versetzt mir den letzten Todesstoß. Das ist mehr, als ich überleben kann.

Der Verlust ist zu tief.

Ich werfe noch einen Blick auf Coles Gesicht. Ich beuge mich vor und drücke meine Lippen auf seine. Ich will nicht, dass ihm kalt wird.

Doch dann öffnen sich flatternd seine Augenlider. Er hustet Meerwasser aus, und ich würge seinen Namen hervor. Der Nebel lichtet sich, und wir beide atmen gemeinsam. Wir sind am Leben. Die Erleichterung, als Cole mit zitternder Hand mein Haar berührt, ist der einzige Beweis, den ich brauche.

Jetzt. In diesem Moment. Wir sind lebendig. Wir beide.

Das Meer kann uns nicht haben. Nicht heute Nacht.

Cole zieht mich an seine Brust. Ich spüre das Klopfen seines Herzens an meinem eigenen.

»Diesen Teil habe ich nie gesehen«, sagt er. Ich wische ihm das Wasser aus den Augen, und er lächelt fast. »Du und ich. Am Ende von allem.«

»Das ist der einzige Teil, der zählt«, sage ich zu ihm. »Das ist real. Du und ich. Immer. Der Rest ist nur Schall und Rauch.«

Und …

EPILOG

Ich war fünf Jahre alt in der Nacht, als die Sterne vom Himmel fielen. Sie lösten sich irgendwie und kamen herunter wie Regen. Ich erinnere mich an das schwere, dumpfe Geräusch, als sie aufs Wasser trafen.

Plopp.

Plopp. Plopp.

Plopp.

Ich beobachte sie und warte darauf, dass sie wieder so etwas tun, aber heute Abend bleiben sie fest an der großen Schwärze über uns. Wo sie eigentlich auch hingehören. Das ist mehr, als ich von uns sagen kann, denn wir sollten in unseren Hütten sein. Ausgangssperre war schon vor einer Stunde.

Aber hier sind wir, am Strand.

DANKSAGUNGEN

Zuerst möchte ich meiner Mutter Anna Myers und meiner Schwester Anna-Maria Lane danken, die die konstantesten und solidesten Kräfte in meinem Leben sind. Ich kann euch gar nicht genug danken.

Meinem Sohn Paul, der meine Liebe zu allem, was gruselig und unheimlich ist, teilt. Danke, dass du das beste Kind bist, das ich mir je hätte wünschen können. Wenn dieses Buch erscheint, hast du gerade die Highschool abgeschlossen und beginnst einen neuen Weg. Ich bin stolz auf deine Nachdenklichkeit, deine Kreativität, deinen Humor und dein weiches Herz. Es ist ein solches Privileg, deine Mutter zu sein.

Dem Rest meiner Familie, die mich immer unterstützt – meinem Bruder Ben Myers und seiner Frau Mandy, meinem Schwager Bill Lane, meiner Cousine Becky Kephart und Lela Fox, die ich als Ehrenmitglied meiner Familie betrachte. Auch allen meinen Nichten und Neffen und meinen Tanten, Onkeln und Cousins auf beiden Seiten meines Stammbaums. Ich bin für immer dankbar, dass ich aus einer langen, langen Linie von Geschichtenerzählern und Geschichtenliebhabern stamme.

An meinen Agenten Pete Knapp, der der absolut Beste in der Branche ist. Danke, dass du die perfekte Mischung aus freundlich und knallhart bist. Ich bin so dankbar, dich in meiner Ecke zu wissen.

Mein Dank gilt auch dem übrigen Team von Park & Fine Literary and Media, insbesondere der großartigen Stuti Telidevara, die immer alles im Griff hat, sowie Abigail Koons und Kathryn Toolan in der Abteilung für ausländische Rechte.

An meine Lektorin Ruta Rimas bei Razorbill, die ein wahr gewordener Traum ist! Die Möglichkeit, mit jemandem zusammenzuarbeiten, der nicht nur eine fantastische Lektorin ist, sondern der mich und meine Geschichten auch einfach versteht, war ein großes Geschenk.

Und an alle anderen bei Razorbill und Penguin Young Readers, darunter Casey McIntyre, Simone Roberts-Payne, Jayne Ziemba, Felicity Vallence, Kaitlin Kneafsey, Gretchen Durning, James Akinaka, Abigail Powers und Kristie Radwilowicz, die ein weiteres traumhaftes Cover entworfen hat.

Vielen Dank an Berni Barta von CAA, meine Agentin für Film und Fernsehen, und an das wunderbare Team von Electric Monkey/Farshore Books in Großbritannien, insbesondere Sarah Levison, Lindsey Heaven, Lucy Courtenay, Laura Bird, Olivia Adams, Ellie Bavester und Pippa Poole.

Ich möchte auch Tiffany Thomason (und Carter), Catren Lamb, Brenda Maier und Valerie Lawson grüßen. Ihr alle habt mich in den letzten zwei Jahren buchstäblich am Leben gehalten, mit einem lustigen und breit gefächerten Gruppenchat und unzähligen Brunches und Nachmittagen bei Panera. Auch an Kim Ventrella, Scarlett St. Clair und Alysha Welliver. Ihr alle wisst die Antwort auf jede Frage, bevor ich sie überhaupt gestellt habe. Ihr seid witzig und klug und stark, und ich bewundere euch über alle Maßen! Und natürlich ein riesengroßes Dankeschön an alle meine Leute von der Margarita Night und an Gaye Sanders und alle bei SCBWI Oklahoma!

Dieses Buch ist ein Liebesbrief an das Theater. Obwohl ich gerne schreibe, gehört mein Herz dem Theater, seit ich ein kleines Mädchen war, und ich möchte allen, die jemals eine Bühne oder eine Ecke eines dunklen Theaters mit mir geteilt haben, ein herzliches Dankeschön sagen. In diesem Buch steckt ein Stück von jedem Einzelnen von euch. Besonders viel Liebe und Dankbarkeit möchte ich den folgenden Personen zukommen lassen …

Lincoln County On Stage, das kleinstädtische Gemeinschaftstheater, mit dem ich aufgewachsen bin.

Die Theaterabteilung der University of the Ozarks, wo ich wirklich das Handwerk und die Kunst des Schauspielens gelernt habe.

Das Eugene O'Neill Theatre Center, wo ich das Glück hatte, sechs wunderbare Sommer als Praktikantin zu verbringen, die Sonne am Meer zu genießen und mit Legenden auf Tuchfühlung zu gehen. Das wunderschöne, nebelgetränkte Gelände von Whisper Cove wurde von der wirklich atemberaubenden Kulisse des Eugene O'Neill Theatre Center in Waterford, Connecticut, inspiriert.

Außerdem möchte ich mich bei allen Kindern des Stages Theaters bedanken, die im Laufe der Jahre so viel von ihrem Leben mit mir geteilt haben, in so vielen schönen Momenten, auf der Bühne und außerhalb. An Caitie, Robert, Hannah, Lauren, Faith, Blakely, Cason, Dustin, Talley Beth, Weston, Jessica, Kelsey, Kimmie, Colton, Lexie, Suede und all die anderen, die ich hier gerne aufzählen würde … aber dazu bräuchte ich Seiten über Seiten. Was wir zusammen gemacht haben, war magisch, und ihr habt keine Ahnung, wie stolz ich auf euch bin und wie viel von meinem Herzen ihr einnehmt, selbst nach all dieser Zeit.

Und an meinen Freund Bruce Brown, der meine Leidenschaft für das Theater teilt. Ich werde unsere dreistündigen Mittagessen und langen Gespräche nie vergessen. Ich bin dankbar für all die Abenteuer, die wir gemeinsam erleben durften, sowohl im Theater als auch draußen in der Welt.

Und schließlich an meinen eigenen mutigen, schönen, brillanten, rothaarigen besten Freund Weston Allen Kemp, dem dieses Buch gewidmet ist. Danke, dass du die Art von Freund bist, von der ich nie wusste, dass ich sie brauche, bis du mich so wunderbar überrumpelt hast. Der Schock des Wiedererkennens zwischen uns war sofort und unvermeidlich. Du hast es einmal »die Magie von dir und mir« genannt, und du hattest so recht. Du wirst immer mein liebster Partner in allem sein, auf der Bühne und außerhalb. Du bist mein einziges großes JA, und es macht mir so viel Freude, diese Geschichte mit dir teilen zu können. Ich bin so unglaublich dankbar für all die zweiten … und dritten … und vierten … Chancen, die wir uns im Laufe der Jahre gegenseitig gegeben haben. Es war nicht immer einfach, aber wir waren es immer wert. Ich liebe dich mehr als alles andere, Wes. Bitte lass deine Kerze weiter brennen, denn du bist alles andere als gewöhnlich, und die Welt braucht dein Licht fast genauso sehr wie ich.

ÜBER DIE AUTORIN

Ginny Myers Sain lebt in Tulsa, Oklahoma, und hat in den letzten zwanzig Jahren als Regisseurin und Schauspiellehrerin in einem Programm für Highschool-Schüler, die ernsthaft eine Karriere im professionellen Theater anstreben, eng mit Jugendlichen zusammengearbeitet. Da sie im ländlichen Amerika aufgewachsen ist, interessiert sie sich für Geschichten über unverwüstliche Kinder, die in abgelegenen Gegenden erwachsen werden. *Dark and Shallow Lies* ist ihr Debütroman. Folgen Sie ihr auf Twitter @stageandpage und auf Instagram @ginnymyerssain, oder besuchen Sie ihre Website ginnymyerssain.com